读客外国小说文库

激发个人成长

大黄蜂奇航

［英］肯·福莱特 著　张雅楠 译

KEN FOLLETT

Hornet Flight

江苏凤凰文艺出版社
JIANGSU PHOENIX LITERATURE AND
ART PUBLISHING, LTD

引 子

一个装着一条木头假腿的男人穿过了医院的走廊。

他个子不高，却健硕有力；看上去30多岁，穿了一套炭灰色的西装和一双黑色结头鞋。他的步伐轻快，但透过那一重一轻的脚步声，你依然觉察得出他的腿有残疾。他的表情严肃冷峻，仿佛正压抑着某种强烈的情感。

这男子走到走廊尽头，停在了护士台前。"皇家空军霍尔上尉在哪儿？"他问。

护士抬起头，将目光从登记簿移到他的身上。那是个漂亮的黑发姑娘。"我猜您是他的亲人吧？"她带着科克郡口音柔声问道，脸上泛起了友善的笑容。

她的魅力毫无作用。"哥哥。"这位访客生硬地回答，"哪张床？"

"左边最后一张。"

他把重心移到脚跟上转了个身，大步穿过病床间的过道，来到病房尽头。那张床旁边的椅子上，坐着一个身穿棕色晨衣的男人，正背对着房间，指间夹着香烟，双眼望向窗外。

这位访客有些犹豫。"巴特？"

椅子里的男人转身站了起来。他的头上蒙了一块纱布，左臂吊在胸前，但脸上却满是笑容。"嗨，迪格比。"

迪格比揽过弟弟，紧紧地抱住了他。"我以为你死了。"他说。

然后他哭了。

"我那天开的是一架惠特利。"巴特说。阿姆斯特朗·惠特沃思公司的惠特利式飞机是一款外表笨重的长机尾轰炸机，飞起来机头低垂，样子有些奇怪。1941年春天，轰炸军团的700架飞机中，有100架都是惠特利。"一架梅塞施密特朝我们开了火，我们中了几炮，"巴特继续说道，"但他肯定是没燃料了，居然没等把我们击毁就跑了。我刚想说今天真是走运，就发现惠特利开始下落。梅塞施密特肯定把我们的一对引擎都打坏了。为了减重，我们几乎把没被螺栓旋紧的东西全扔了。但根本没用。我们必须在北海迫降。"

迪格比在床边坐了下来，此时他的眼泪已干。他望着弟弟的脸，看到了沉浸在回忆中的巴特深邃的眼神。

"我告诉所有人清空后舱，然后做好迫降准备，贴紧舱壁。"迪格比记得，那架惠特利上应该有五个人。"一降到掠地飞行高度，我就拉回操控杆，打开了节流阀，但那家伙就是平衡不了，我们狠狠地撞到了水面上。然后我就晕过去了。"

他们是继兄弟，两个人相差八岁。迪格比的母亲在他13岁的时候就过世了。后来他父亲娶了一个寡妇，寡妇有一个儿子，那就是巴特。从一开始，迪格比就一直照顾着这个弟弟，保护他不受欺负，还辅导他的功课。这两兄弟都对飞机很着迷，梦想着有一天能当飞行员。迪格比在一次摩托车事故中失去了右腿，结果只能选择学习工程，成为了飞机设计师；而巴特则真的实现了梦想。

"我一醒来，就闻见了烟味儿。飞机浮在水面上，右机翼着了火。天黑得像在坟墓里一样，但我能看见火光。我顺着机舱往前爬，找到了救生筏包。我把它扔出了舱口，然后就跳了出去。上帝，海水可真够冷的。"

他的声音低沉而冷静，但他狠狠地吸了几口手中的香烟，再将肺里的烟从微张的双唇间缓缓地吐了出来。"我穿了一件救生衣，觉得自己就像是浮在海上的一个木塞子。浪很大，我被冲得上上下下，就像条荡妇的内裤。还算走运，救生筏包就在我眼前。我拉开线绳，它很快就充满了气。但我进不去。我没力气从水里爬上去。我当时弄不清为什么——我不知道自己的一条胳膊脱了臼，手腕骨折，还断了三条肋骨。所以我只能待在那儿，等着冻死。"

迪格比记得，自己曾一度认为巴特才是他们两兄弟中幸运的那个。

"琼斯和克罗夫特终于出现了。直到飞机沉下去为止，他们一直抓着机尾。这两个伙计都不会游泳，救生衣救了他们的命。他们俩爬上了救生筏，然后把我拉了上去。"他又点了一根烟，"我再没见过皮克林，不知道他怎么样了。不过我估计他应该是沉到海底了。"

巴特沉默了。迪格比意识到还有一个人巴特没有提到。"第五个人呢？"

"约翰·罗利，他是我们的轰炸瞄准手。他本来还活着，我们听见他在喊我们。我当时头是昏的，但是琼斯和克罗夫一直在试着朝声音传来的方向划。"他绝望地摇了摇头，"你想象不到那有多难。浪差不多有三四英尺①高，火光差不多熄了，我们基

---

① 英尺，英制长度单位，1英尺=12英寸=0.3048米。

本上什么也看不清,风声就像是该死的女妖在嚎叫。琼斯一直在喊,他的声音最大。罗利也在喊,可是救生筏在浪上颠来颠去,而且还不停地转,所以他每次喊,声音都好像来自不同的方向。我不知道这样子过了多久。罗利没放弃,可他的声音越来越弱,应该是因为太冷的缘故吧。"巴特的表情僵住了,"他有点儿绝望了,开始哭天喊地。最后就再没有声音了。"

迪格比发现自己一直在屏着呼吸,生怕自己的喘息声会打断这个悲惨的故事。

"黎明的时候,一艘巡逻艇的驱逐舰发现了我们。他们放下来一艘小艇把我们拉了上去。"巴特望着窗外,却对眼前赫特福德郡的一片碧绿视若无睹,他眼中完全是另一番世界,一个遥远的世界,"够他妈幸运,真的。"他说。

他们沉默了良久,然后巴特说:"这次突袭成功了吗?还没人跟我说过有多少人回来了。"

"损失惨重。"迪格比说。

"我们中队呢?"

"詹金中士和他的队伍安全返航了。"迪格比从口袋里掏出了一张纸,"还有阿拉萨拉特南少尉。他是哪里人?"

"锡兰。"

"赖利中士的飞机挨了一炮,但他还是安全回来了。"

"爱尔兰人真有运气,"巴特说,"其他人呢?"

迪格比摇了摇头。

"但这次突袭我们中队出了六架飞机啊!"巴特叫道。

"我知道。我们和你们一样。另外两架飞机被击落了。目前没发现幸存者。"

"也就是说克莱顿-史密斯已经死了？还有比利·肖？还有……哦，上帝。"他转过头去。

"真抱歉。"

巴特的情绪从绝望转变为恼怒。"抱歉有什么用，"他说，"他们是派我们去送死的！"

"我知道。"

"看在上帝的分上，迪格比，你就在那个见鬼的政府工作。"

"是的，我为首相工作。"丘吉尔热衷于将那些私营企业中的佼佼者笼络到政府里来，而迪格比在战前就是一名优秀的飞机设计师，因此也就成了他的顾问。

"所以这也是你的错。你不应该在这儿浪费时间，赶紧走开做点儿正事！"

"我正在做正事，"迪格比冷静地说，"上头让我查清楚事情为什么会变成这样。我们在这次突袭中损失过半。"

"我怀疑是高层变节。或者是哪个蠢货中将在俱乐部吹嘘明天的突袭，被酒桶后面的纳粹酒保听到了。"

"这也算是一种可能性。"

巴特叹了口气。"对不起，迪格斯。"这是迪格比儿时的爱称，"这不是你的错。我太生气了。"

"说真的，你觉得这次任务为什么会败得这么惨？你们都是执行了十几次任务的老兵了。你有什么想法？"

巴特陷入了沉思。"我说有间谍并不是开玩笑。我们到德国的时候，他们已经等在那儿了。他们知道我们正在飞来。"

"你为什么会这么说？"

"他们的飞机已经升空了，就在天上等着我们。你知道把握时间对防卫队伍来讲有多难。战斗机中队必须准确地掌握起飞时间，他们必须要及时到达他们认为我们会飞到的区域，而且还要升到我们上方。就算这些都做到了，他们还得在月光里找到我们。整个过程需要很长的时间，在这段时间里我们完全有可能飞过去扔下炮弹再离开。可结果却相反。"

迪格比点了点头。巴特的叙述与他问询过的其他几个飞行员一致。他正要开口，巴特却抬起头来，越过他的肩膀冲他身后笑了笑。迪格比回过头去，看到了一名穿着空军少校制服的黑人。和巴特一样，他也是位年轻有为的军人，在打了胜仗之后得到了自动晋升——12次突围后即可晋升为皇家空军上尉，15次之后便会晋升为少校。

巴特招呼道："嗨，查尔斯。"

"你让我们担心坏了，巴特。你怎么样？"这位新客人的加勒比海口音中带着些名校毕业生慢声慢气的调调。

"他们说我还死不了。"

查尔斯用手指尖轻戳了一下巴特受伤的那只手的手背。这个动作够亲密，迪格比想道。"那我就放心了。"查尔斯说。

"查尔斯，这是我哥哥迪格比。迪格比，这是查尔斯·福特。我们以前都在三一学院上学，然后又加入了空军。"

"因为只有这样我们才能躲过考试。"查尔斯边说边与迪格比握了握手。

巴特说："非洲人对你怎么样？"

查尔斯笑着朝迪格比解释："我们那边有一支中队都是罗德西亚人，一等一的飞行员，不过他们还不能接受我这种肤色的长官。他们不太乐意被我们叫作非洲人。我实在不懂为什么。"

迪格比说："不过显然你并没有灰心。"

"我相信只要有耐心，这些人还是可以教化的，虽然现在他们比较落后。"查尔斯将目光转向了别处，但迪格比依然从他的眼睛里看到了一丝怒气。

"我正在问巴特，为什么我们这次损失了这么多轰炸机，"迪格比说，"你有什么看法？"

"我没参加这次任务，"查尔斯说，"应该说我很幸运能躲过去。但事实上，最近的行动都很不顺利。我感觉德国空军好像能在云里跟踪我们似的。他们难不成研发出了什么新设备，即使看不到我们都可以进行定位？"

迪格比摇了摇头。"我们检测过了所有被击落的敌军飞机，但是并没有找到你说的这种装置。事实上我们也在努力研发这种技术，当然敌方也是一样。但我们离成功还很远，而且我们也相信他们的技术还不如我们。所以我不认为是这个原因。"

"但我的感觉就是这样。"巴特说。

"有趣。"迪格比站起身来，"我得回白厅了。谢谢你们的意见，我会和上面反馈。"他再次和查尔斯握了握手，然后又紧握了一下巴特没受伤的那个肩膀，"多休息，早点儿好起来。"

"他们说我几周之后就能飞了。"

"这对我恐怕不是什么好消息。"

迪格比转身要走，查尔斯突然说道："我能问你一个问题吗？"

"当然。"

"像这样的一次突袭，我们要替换失去的飞机所需。"

"毫无疑问。"

"那么，"查尔斯做了一个不解的姿势，"我们为什么要这么做呢？轰炸的作用是什么呢？"

"是啊，"巴特说，"我也想知道。"

"我们还能怎样呢？"迪格比说，"纳粹控制了欧洲——奥地利、捷克斯洛伐克、荷兰、比利时、法国、丹麦、挪威。意大利是他们的同盟，西班牙也表示支持，瑞典中立，他们还和苏联签订了条约①。我们在欧洲大陆没有任何军队。除了回击我们没别的办法。"

查尔斯点了点头。"所以你们只有我们。"

"正是如此。"迪格比说，"如果轰炸停止，战争便结束了——希特勒也就赢了。"

首相正在看《马耳他之鹰》。海军部刚刚建了这座私人影院。影院中有五六十张长绒棉座椅，荧幕前还挂着天鹅绒的帷幕，但这里通常只是播放轰炸突袭类的影片，或者是预先播放一些即将公映的政治宣传片。

深夜，在所有的计划事项都已经完成——电报发完、报告批好、会议记录签过之后，丘吉尔如果因为焦虑或是气愤无法入睡，便会到这里来，坐进前排的一张大VIP软椅里，喝上一杯白兰地，让自己沉浸在最新的好莱坞影片中。

---

① 指1939年8月23日，苏联与德国签订的《苏德互不侵犯条约》。

迪格比走进来的时候，亨弗莱·鲍嘉正在向玛丽·阿斯特[①]解释说如果一个人的搭档被杀了，这个人就应该做点什么。空气中弥漫着浓重的烟雾。丘吉尔示意让他坐下。迪格比坐下来看了几分钟电影。当那只黑鹰小雕像上面盖上了字幕时，迪格比告诉他的上司德军好像提早得到了轰炸机行动的消息。

丘吉尔依然盯着屏幕，好像想知道扮演布莱恩的是谁。他平时常常魅力十足的，笑容中充满了感染力，蓝眼睛里闪耀着光芒。可是今晚，他却非常阴郁。良久之后，他终于开了口："RAF[②]怎么想？"

"他们说是编队的问题。理论上讲，如果轰炸机采取密集队形，他们的火力就可以覆盖整个天空，这样我们就会被马上击落。"

"你觉得呢？"

"简直是胡扯，编队轰炸从来就没起过作用。应该是另有原因。"

"同意。不过你指的是什么？"

"我弟弟认为有间谍。"

"我们抓到的间谍都很业余——不过当然，这也解释了为什么他们会被抓到。有可能那些高手都逃脱了。"

"或许德国在技术上有新突破。"

"秘密情报局告诉我，敌军在无线电探测方面远远不如我

---

① 亨弗莱·鲍嘉（Humphrey Bograt），美国著名男演员，电影《马耳他之鹰》男主角，影片中他与搭档阿切尔小一起开了一家侦探事务所，但在调查一桩案件时，阿切尔被杀害。玛丽·阿斯特（Mary Astor），美国著名电影、戏剧女演员，电影《马耳他之鹰》女主角。
② RAF，Royal Air Force的简称，即英国皇家空军。

们。"

"您相信他们吗？"

"不。"屋顶上的灯亮了。迪格比这才看到丘吉尔正穿着睡衣。他一直都是个衣冠整洁的男人。但此刻的他却形容疲惫。他从口袋里掏出了一张折起来的电报纸，"线索在这儿。"他边说边把那张纸递给了迪格比。

迪格比看了看纸上的内容。那应该是对德军无线电信号的破解，既有德语也有英语。上面说德国空军的暗夜拦截战略获得了伟大的突破，这要感谢"芙蕾雅"传来的重要信息。迪格比读了一遍英文，又读了一遍德文。然而"芙蕾雅"却既非英语词也非德语词。"这是什么意思？"他问。

"这正是我想让你去查的。"丘吉尔站起身，把夹克披在肩上。"陪我走回去吧，"他说，然后又高声喊了一句，"谢谢！"

放映间里传出了一声回应："很荣幸，长官。"

他们走进楼道后，另外两个人跟了上来：伦敦警察厅的汤普森督察以及丘吉尔的私人护卫。他们来到阅兵场，经过了一支操控阻塞气球①的队伍，之后穿过铁丝网的大门，来到了大街上。此刻的伦敦已是一片漆黑，不过天空中的一弯新月依然可以为他们指引方向。

他们并肩而行，沿着骑兵卫队阅兵场走了没多久，就到达了斯托里门大街1号。本来位于唐宁街10号的首相府刚刚被炸掉了，因此丘吉尔只能住在附近的内阁战时办公室里。房间的入口处建

① 阻塞气球，一种用强力钢缆固定在地面上的大型气球，用于战时拦截在低空飞行的敌机。

了防爆墙，一支机关枪的枪筒就隐藏在墙上的洞中。

迪格比告别道："晚安，长官。"

"不能再这样下去了，"丘吉尔说，"以这样的速度，轰炸机部队圣诞前就会被消灭掉。我要知道'芙蕾雅'到底是什么。"

"我会查出来的。"

"要尽可能地快。"

"是，长官。"

"晚安。"首相走了进去。

第一部

1

1941年5月的最后一天，丹麦西海岸莫兰德市的大街上出现了一辆奇怪的车子。

那是一辆丹麦制造的光轮挎斗摩托车。在这里出现摩托车本身就是一件不寻常的事，因为除了医生和警察——当然还有占领这个国家的德国兵——之外，没人能搞得到汽油。这辆车的四缸汽油发动机被换成了一个废弃摩托艇的蒸汽发动机。挎斗里的座椅也被移走了，换成了锅炉、燃烧室和烟囱。因为这个发动机替代品动力太低，所以摩托车的最高速度也只能达到每小时22英里^①，开起来并没有平常那种呼啸而去的架势，只有温和的冒气声。不过，缓慢的速度和诡异的安静反倒让这车子增加了些庄重感。

座椅上的高个子年轻人名叫哈罗德·奥鲁夫森，今年18岁，皮肤白皙，头发整齐地梳向脑后，露出了高高的额头。他看上去就像是一个身穿校服的维京人。为了买这辆价值600克朗的光轮，他攒了整整一年的钱。可就在他买下它的第二天，德国人就颁布了限油令。

哈罗德当时气疯了。他们有什么权利这样做？但尤论如何，

---

① 英里，英制长度单位，1英里=1760码=1.6093千米。

他是个不喜欢抱怨而更喜欢行动的人。

改装这辆车又花了他一年的时间。除了上学和准备大学入学考试之外，只要一有时间他就会捣鼓这架光轮摩托。就好比今天——他所在的寄宿学校正在放圣灵降临节假——在复习了一个上午的物理方程式以后，哈罗德利用下午的时间在车子的后轮上安了一个废弃割草机上的齿轮。现在，车子一切正常。他准备到酒吧去听听爵士乐，顺便看看能不能遇到什么女孩。

哈罗德热爱爵士乐，那恐怕是除物理之外最让他感兴趣的东西了。当然，最棒的爵士乐手在美国，但就算是他们丹麦本土的模仿者也绝对是值得一听的。在莫兰德，你有时候就能听到相当好的爵士乐，或许因为那儿是国际港口，充满了来自世界各地的水手。

但当哈罗德开到位于码头区中心的热度酒吧时，却发现那里居然门窗紧闭。

这有点儿奇怪。现在是周六晚上八点钟，而这里又是全城最热闹的地段。酒吧都应该人满为患才对。

他盯着那栋沉寂的建筑，一个过路人停下来看了看他的摩托车。"这是什么新鲜玩意儿？"

"蒸汽发动的光轮。你知道这间酒吧是怎么回事吗？"

"酒吧是我开的。这车用什么作燃料？"

"只要是能够燃烧的东西就行了。我用的是泥炭。"他指了指车子的挎斗。

"泥炭？"那男人笑了。

"为什么关门了？"

"纳粹关的。"

哈罗德心中顿时一阵反感。"为什么？"

"因为我雇了黑人乐手。"

哈罗德从来没亲眼见过黑人乐手，但他听过他们的唱片，知道他们是最棒的。"纳粹是无知的蠢猪。"他生气地说。一个挺好的夜晚就这么毁了。

酒吧的主人很快地扫视了一下四周，以确保没人听到哈罗德刚刚的话。虽然德军占领者对丹麦的管制还算宽松，但依然没什么人会公开得罪纳粹。还好，目所能及之处一个人都没有。他又把目光转回到那辆光轮上。"这样能开吗？"

"当然能。"

"谁帮你改装的？"

"我自己。"

那人眼中的好奇一下子转变成了钦佩。"聪明。"

"谢谢。"哈罗德打开了向发动机输送蒸汽的阀门，"真遗憾你的酒吧关了。"

"我希望几个星期之内他们能批准我开门。可是我必须保证只雇用白人乐手。"

"没有黑人的爵士乐？"哈罗德生气地摇了摇头，"这就好比是禁止餐厅雇法国厨师。"他的脚松开了刹车，摩托车缓缓地开动了。

他想了一下是不是要去市中心，看看在广场旁边的咖啡馆或是酒吧里能不能撞到自己认识的朋友，可爵士吧的事让他突然没了兴致，无心再逗留了。他决定回港口去。

哈罗德的父亲是桑德岛上的牧师——那是个离岸只有几英里的小岛。往返于桑德岛的渡船已经靠了岸。他直接把车开了上去。船上挤满了乘客，大部分他都认识：一群渔民刚刚看过一场足球赛，之后又喝了几杯；两个戴着帽子和手套的富家女人牵着小马，还提着一堆购物袋；另有一家五口人刚去城里串了亲戚；还有一对他并不认识的情侣可能是要去岛上的一家高级酒店吃晚餐。他的摩托车几乎引起了每个人的注意，他不得不再解释一遍蒸汽发动机的工作原理。

在船开动前的最后一分钟，一辆德国制造的福特小轿车开上了船。哈罗德知道，这是阿克塞尔·弗莱明的车。阿克塞尔·弗莱明是岛上那间酒店的主人。弗莱明家和哈罗德家是宿敌。无论是阿克塞尔·弗莱明还是奥鲁夫森牧师都认为自己才是岛上当仁不让的领导者。两位家长之间的对立情绪波及了两个家庭的关系。哈罗德不知道弗莱明从哪里弄来了汽油。或许金钱真是万能的。

海上的浪很大。厚厚的乌云盖住了西边的天空。暴雨要来了，不过渔民倒是说他们应该赶得及在下雨前到家。哈罗德拿出了那份在城里的时候人家塞给他的报纸。报纸叫《事实》，免费派发，是一份对抗占领国的非法出版物。丹麦警察并没想打压这份报纸的流通，而德国人也没把它当成什么大事，在哥本哈根，人们可以在火车或是公交车上公开阅读它。不过这儿的人比较谨慎，哈罗德把报纸的标题部分折了起来。今天的消息中有一份关于黄油短缺的报道。丹麦每年都会生产上百万磅的黄油，但现在几乎全部的黄油都会被运去德国，而丹麦人自己却吃不到。这样的消息永远都不可能出现在那些会被审查的合法刊物中。

那个熟悉的岛屿越来越近了。桑德是一座12英里长、一英里宽的小岛，岛的两端各有一个村庄。渔民的村舍、教堂及里面的工作人员都生活在岛南端年代较久远的村子里。另外，这边还有一间荒废了多年的航海学校，德国人占领这里之后，把这间学校变成了他们的军事基地。酒店和大些的房子都坐落在北端。岛的中间覆盖着沙丘与灌木丛，还有一小片树林，没有山川，海边则是一片十英里长的美丽海滩。

船在岛北边靠岸时，有几滴雨落在了哈罗德身上。酒店的马车在那里等待着富贵的客人们。渔民中一个人的妻子驾了马车来接他们。哈罗德决定穿过厚厚的沙滩骑回家——事实上在那儿曾经进行过赛车的速度测试。

在从码头到酒店的途中，他的车子没蒸汽了。

他一直用油箱当水箱，可现在他才意识到，这个水箱恐怕小了点儿。他真应该配一个五加仑的油桶放在挎斗里。眼下他必须找些水来，否则是回不了家了。

不幸的是，他目所能及的唯一住户就是阿克塞尔·弗莱明的宅子。虽然长年不和，但奥鲁夫森家和弗莱明家倒并没有糟糕到完全不讲话的程度：弗莱明一家人依然会每周日到教堂做礼拜，并且还会坐在第一排。事实上，阿克塞尔还是教堂的执事。但无论如何，哈罗德依然不想向弗莱明家求助。他考虑着要不要推着车走上个四五百米到下一户人家去讨些水，可转念一想这好像太蠢了。他叹了口气，把车停在了路边。

哈罗德没有敲前门，而是绕到了房子侧面的马厩前。有个男仆正在那儿帮他的主人泊车。"嗨，冈纳，"哈罗德招呼道，"我能要点儿水吗？"

那人很是友善。"随便拿，"他说，"院子里有个水龙头。"

哈罗德在水龙头旁找了一个木桶，接好水拎回路旁，倒进车子的水箱里。看来他成功地避开了弗莱明家的人。可是当他回去还木桶的时候，彼得·弗莱明出现了。

彼得是阿克塞尔的儿子，今年30岁，高大挺拔，身穿米灰色粗花呢套装。在两家闹翻之前，他和哈罗德的哥哥亚恩是最好的朋友，这两个人十几岁的时候都是有名的少女杀手：亚恩靠的是自己带些邪气的魅力；彼得则是凭自己成熟稳重的气质。彼得平时住在哥本哈根，哈罗德猜他今天应该是回家来度周末的。

彼得手上拿着一份《事实》。他抬起头来看到了哈罗德。"你在这儿干什么？"他问。

"嗨，彼得，我来要点儿水。"

"我猜这报纸是你的吧？"

哈罗德摸了摸口袋，心中一惊。他一定是在刚刚接水的时候不小心把报纸掉在地上了。彼得已经得到了答案。"显然是了，"他说，"你知道这会让你坐牢吗？"

这并非仅仅是吓唬他：彼得是个警察。哈罗德说："城里每个人都在看。"他尽可能想显得大胆些，可事实上他确实有点儿害怕：彼得性格残忍，他完全有可能逮捕他。

"这里不是哥本哈根。"彼得一字一顿地说。

哈罗德明白，彼得愿意抓住每一个侮辱奥鲁夫森家的机会。但他这次却有点儿犹豫。哈罗德知道原因。"你要是为了这么一件半个城的人都在做的事而逮捕一个桑德岛上的学生，恐怕别人都会把你当成傻瓜，尤其如果大家知道你和我父亲不和，你的脸上恐怕也不会好看。"

让哈罗德受辱的欲望和怕被他人耻笑的担忧，显然让彼得矛盾不已。"没人有资格犯法。"他说。

"谁的法律？我们的，还是德国人的？"

"法律就是法律。"

哈罗德感到更自信了。彼得如果想要逮捕他，就不会跟他这样吵下去了。"你这么说就是因为你爸爸在酒店里招待纳粹。"

这一招直击重点。弗莱明家的酒店是德国军官的至爱，他们可比丹麦人阔气多了。彼得的脸因为愤怒而涨得通红。"那也好过你老子在教堂里煽动民心。"他回击道。这也是事实：牧师一直在宣传反对纳粹的理念，他的宗旨是"耶稣是犹太人"。彼得继续道："他知道如果人们闹起来，会引来多少麻烦吗？"

"我相信他知道。基督教的创立者本身恐怕也是个爱找麻烦的人。"

"别跟我谈什么宗教。我管的是地上的秩序。"

"什么狗屁秩序，我们已经被占领了！"哈罗德整晚的抑郁情绪在此刻终于爆发了，"纳粹有什么权利告诉我们能做什么，不能做什么？我们应该把他们踢出我们的国家！"

"你不应该恨德国人——他们是我们的朋友。"彼得自以为是的语气让哈罗德更生气了。

"我不恨德国人，你这个蠢蛋。我的表亲就是德国人。"20年代的时候，牧师的妹妹遇到了一个从汉堡到这里来旅行的年轻有为的牙医，后来便嫁给了他。他们的女儿莫妮卡是哈罗德吻过的第一个女孩。"纳粹对他们比对我们还糟百倍。"哈罗德又加了一句。乔基姆叔叔是犹太人，虽然他已经受了洗，还是教会的长老，但纳粹却命令他只能给犹太人看病，这等于是毁了他的工作。一年前，他因为"囤积金子"而被逮捕，后来被送去了位于德国巴伐利亚州达豪市一个村庄中的特殊监狱——某个集中营。

"那些人是自找麻烦，"彼得世故地说，"你父亲就不该让自己的妹妹嫁给犹太人。"他把报纸扔到了地上，走开了。

哈罗德怒不可遏。他弯腰捡起了报纸，对着彼得的背影说道："你的口气活像个纳粹。"

彼得没理他，打开厨房门走了进去。

哈罗德感到自己输掉了这一仗。这实在令人愤怒，彼得刚刚的话完全令人无法容忍。

雨越下越大。哈罗德回到车子旁才发现，锅炉下面的火灭了。

他试着重新打火。他把《事实》团成一团，想用它点火，他口袋里还有一盒没有淋湿的火柴，可是他没带下午点火时用的风箱。他在雨里对着那个锅炉研究了20多分钟，结果还是以失败告终。他只能走回家了。

他竖起了风衣的领子。

他把车子推到了半里地之外的酒店，找了一个小停车场，把车留在了那里，然后便朝着海滩走去。夏至刚过去三周时间，斯堪的纳维亚的天色应该到11点才会入夜，但今晚乌云密布，雨水阻挡了他的视线。哈罗德沿着小沙丘的边缘朝前走，用脚试探着路面，右耳边回荡着一阵阵海浪声。他就算是游回家恐怕和现在也差不多了。

他本来体质极好，就像只灵缇犬一样结实。但这样在雨中走了两个小时之后，他感到又累又冷，狼狈不堪。眼前是德国人建的新基地。这个位置其实离他家只有几百码[1]的距离了，但如果

---

[1] 码，英制长度单位，1码=3英寸=0.9144米。

沿着基地的边缘走，就要绕上两英里的路。

如果是退潮的时候，他可以继续沿着沙滩往前走。虽然基地外的沙滩地区也是禁止进入的，但在这种天气里，守卫应该注意不到他。可现在正赶上涨潮，围网插到了水里。他想了一下是否要游过去，又马上打消了这个念头。和渔村里的每个人一样，哈罗德对大海有着天生的敬畏，况且以他现在的体力在雨天里游泳，实在有些冒险。

但他至少有力气翻过围网。

雨小了，月亮从云层间探出了一个小角，偶尔洒下些光。哈罗德看到眼前的铁丝网栅栏大概有六英尺高，上面还竖着两排钢尖。虽然看上去吓人，但只要有力气也有决心，就不成问题。离这里50码开外的网边有一片灌木。从那里翻进去应该最容易。

哈罗德了解围网另一边的情况。去年夏天，他曾经在那里边工作过。那时候他完全没想到这儿会变成一个军事基地。当时的建筑商是一家哥本哈根的公司，他们告诉大家这里将建成一个海岸警卫站。如果说出实话，他们恐怕很难招到工作人员——首先哈罗德就不可能为德国人工作。可大楼建好了，围网围好了，丹麦人却被遣散了，德国人进入基地开始安装设备。不过哈罗德至少知道建筑物的布局。废弃了的航海学校被粉刷一新，基地的两端建起了两座新楼。好在所有的建筑都在远离沙滩的一侧，这样哈罗德穿过基地的时候不用冒险靠近它们。而且基地里有很多灌木，方便他藏身。只要小心躲开守卫巡逻就行了。

他走到那片灌木旁，爬上了铁丝网，小心地跨过上面的钢尖，轻身一跃，落到了另一边的灌木丛中。他环视四周，昏暗的天色中只见树影绰绰，雨雾里连建筑物的轮廓都看不到，只听到楼那边传来断断续续的音乐和偶尔响起的笑声。这是周六的晚上，士兵们可能想趁长官在阿克塞尔·弗莱明的酒店寻欢作乐的时候，自己也小酌上两杯。

在若隐若现的月光中，他谨慎而迅速地直接横穿基地，身子尽可能地紧贴着灌木丛，用右边的海浪声和左边的音乐声来确认前行的方向。他经过了一栋很高的建筑物，昏暗中，他认出那应该就是探照灯灯塔。一旦发生紧急情况，整个区域都会瞬间灯火通明，不过通常这里都是一片黑暗。

突然左边传来一阵响动，哈罗德一惊，马上弯下身去，心跳倏然加速。他朝那几栋楼的方向望去。一扇门开了，一个士兵出来，快步跑到另一幢楼前，打开门走了进去。

哈罗德的心跳逐渐平静了下来。

经过一片针叶林后，他顺着下坡走到了一片凹地中间。在黑暗中，一个巨大的家伙挡住了他的去路。他看不清它的具体形状，但在他的印象里，这个位置之前绝对没有这样的东西。再走近一点儿，他看到了一堵和他差不多高的环形水泥墙，墙头上好像有什么东西在移动，发出了低沉的嗡嗡声，听上去像是电动机的声音。

这家伙一定是丹麦人撤走之后，由德国人建的。可之前怎么没看到呢？他转念一想：有这么多的灌木遮挡在中间，而且这装置又建在低洼处，恐怕站在任何位置都很难注意得到——或许只有从隔离区外的沙滩上才可能看见，而那里又是禁区。

他抬起头来想看得更清楚一点儿，可雨水却打在了他的脸上，迷住了他的眼睛。但他实在是太好奇了，不甘心就这么离开。恰好现在有点月光。他眯着眼睛再次抬起了头。环形的围墙上方是一张大铁丝网，就像是一个超大的床垫。整个装置仿佛是游乐场中的旋转木马，几秒钟就能转一圈。

哈罗德惊呆了。他从来都没有见过这样的机器，这可激起了他工程师的好奇心。它是干什么的呢？为什么会旋转呢？单凭它发出的声音很难做出判断——那只是推动整个装置运作的马达声。这肯定不是枪，至少不是传统意义上的枪，因为没有枪筒。它很可能和无线电有关。

不远的地方有人咳嗽了几声。

哈罗德本能地用双手抓住墙头，撑了上去，然后马上趴低了身子。他在窄窄的墙头上等了片刻。这样太容易暴露了。想到这儿，他一跃而下，跳到了围墙的里面。他担心自己的脚会碰到那个旋转的机器。但无论如何，总该有一条道可以让工程人员走到这个装置的核心区域。他蹑手蹑脚地试探着，终于踏在了水泥地上。马达声更大了，他闻到了机油的味道，简直连舌尖都感到了静电。

刚刚是谁在咳嗽？可能是路过的警卫。风雨声太大，哈罗德没能听见脚步声。也正是因为有风雨声，才盖住了他翻墙时的动静。但那个警卫会看到他吗？

他紧贴着那堵墙，急促地喘着气，想象着手电筒照到他身上那一刻。他不知道如果被抓到会有什么样的下场。德国人在村里还算是友好的，很少有德国兵会摆出一副征服者的姿态来，相反，他们甚至会因为自己入侵者的地位而感到有些尴尬。他们可能会将他交给丹麦警方。他不知道会由哪个部门来接手这样的案件。如果彼得·弗莱明负责当地的事务，那他一定会让哈罗德死得很惨，好在他在哥本哈根当差。事实上，哈罗德最怕的不是警察局的惩罚，而是父亲的怒火。他仿佛已经听到牧师充满挖苦的责问："你翻到围网里面去了？你闯进了秘密军事基地？在夜里？就为了能少走点路？就因为在下雨？"

但没有手电筒照到他。他一动不动地站在那里，盯着眼前那个在黑暗中运转的机器。金属网下面的边沿上好像连接着沉重的缆线，缆线的另一端消失在了远处的夜色中。这应该就是他们发送或是传输无线电信号的方法了。

几分钟过去了，守卫看来是走远了。哈罗德再次回到了墙头上，希望能再看看清楚。装置的远端，好像还有两个深色的物体，个头要比这个大家伙小一点，而且没有旋转。哈罗德想，这三台机器应该是一体的。他四周望了望，发现并没有警卫的影子，便趁机跳到墙外，接着往前走。

月亮又藏到了乌云后面。在黑暗中哈罗德撞到了一堵木墙。他又惊又怕，低声骂了一句。定下神之后，他意识到这应该是之前那所航海学校的船库。船库早就废弃了，德国人也没重修，显然它对他们没什么用处。哈罗德在那儿停了片刻，想听一听有没有什么响动，却只听到了自己的心跳声。他决定继续赶路。

很快地，他来到了围网的另一端，翻过铁丝网，直接朝家走去。

路上，他经过了父亲的教堂。灯光从那排小方窗中透过来。这个时间怎么还会有人？他走到窗前朝里面看了看。

教堂的形状狭长，屋顶低矮。在特殊的日子里，这座教堂可以容纳岛上的400多个居民，不过也只能装这么多了。成排的座椅对面是一个木制的读经台。这里没有祭坛。墙上除了挂着一些镶了木框的经文之外，什么都没有。

丹麦人对宗教并没有那么教条化，大部分的国民都信奉福音派教义。可到了大约100年前，桑德岛上的渔民开始转向一些更为严苛的信条。最近30年来，哈罗德的父亲一直用自己清教徒式的生活做范本，尽己所能地用每周的布道督促人们恪守自己的信仰。在那双充满神圣之光的蓝眼睛的注视下，每个旧习难改的人恐怕都难以遁形。不过牧师的信仰虽然坚若磐石，但他的儿子却并不是信徒。哈罗德在家的时候虽会去教堂帮忙——主要是怕伤父亲的心——但心里却存着异议。他对宗教本身的概念还不清楚，不过至少他知道自己并不相信有一个所谓的上帝，会定下那么琐碎的规则和那些报复性的惩罚手段。

他趴在窗户上往里看的时候，听到教堂里面传出了音乐声。他的哥哥亚恩正坐在钢琴前，弹奏着一曲轻柔的爵士乐。哈罗德很开心。亚恩休假回家了。亚恩诙谐风趣，有他在，家里会增添很多乐趣。

哈罗德走了进去。亚恩没有回头，然而原来的爵士乐却不落痕迹地转成了一首圣歌。哈罗德笑了。一定是亚恩听到了门响，以为是他们的父亲进来了，就转了调。牧师不喜欢爵士乐，所以当然不会允许他们在教堂里弹奏。"是我。"哈罗德说。

亚恩转过头来。他穿着一身棕色的军装。亚恩长哈罗德十岁，现在正在陆军航空兵部队教授飞行课程，他所在的飞行学校离哥本哈根不远。德国人禁止了丹麦的一切军事行动，因此飞机大部分时间都停在地面上。不过飞行教官依然可以驾驶滑翔机授课。

"我用余光瞥了一眼，以为你是老爸呢。"亚恩满眼喜悦地把哈罗德上下打量了一番，"你真是越来越像他了。"

"是说我会秃顶吗？"

"很有可能。"

"你呢？"

"我估计不会。我像妈妈。"

这倒是真的。亚恩遗传了母亲的黑头发和棕眼睛；哈罗德则更俊秀些，继承了父亲那双让信众无限敬畏的蓝眼睛。另外，哈罗德和父亲都出奇的高，把五英尺九英寸[①]高的亚恩比成了个小矮人。

"我有首曲子给你听听。"哈罗德说。亚恩从琴凳上站起身来，把位置让给了哈罗德。"这是我从学校的同学那里听来的。你知道麦兹·柯克吗？"

"我同事保罗的表弟。"

"对。他发现了一个美国的钢琴家，叫克莱伦斯·佩恩托普·史密斯。"哈罗德突然犹豫了一下，"爸爸现在在干什么？"

"写明天的布道词。"

"太好了。"他们家离这儿有50码，应该听不到琴声，而且牧师没理由中断自己的写作，跑到这里来遛一圈，尤其是在这样的天气里。哈罗德开始弹《佩恩托普的布基伍基》，教堂里顿时充满了属于美国南部的性感旋律。他是一个热情的演奏者，母亲总说他的手太重了。坐着弹琴实在不够畅快。他索性站起来，把琴凳踢到了钢琴下面，弯下身子站着弹了起来。虽然这种姿势更容易弹错音，但对于这令人着迷的韵律来说，音符的对错已经无所谓了。结尾时，他果断而高调地奏出了最后的和弦，然后用英语说道："这就是我所说的！"和佩恩托普在唱片中的语气一模一样。

---

① 英寸，英制长度单位，1英寸=2.5400厘米。

亚恩哈哈大笑。"不赖嘛!"

"你应该听听原声。"

"到外面来站会儿吧,我想抽根烟。"

哈罗德直起了身子。"爸看到会气死的。"

"我28岁了,"亚恩说,"我可不是听爸爸话的小毛头。"

"我同意——可他呢?"

"你怕他吗?"

"当然。妈都怕他。岛上没人不怕他——也包括你。"

亚恩咧嘴笑了。"好吧,可能有一点点。"

他们兄弟二人站在教堂的门外,雨水打在门廊上。不远处牧师家的轮廓隐约可见。厨房门上那扇菱形窗户后面透出了昏黄的灯光。亚恩拿出了一根香烟。

"有赫米娅的消息吗?"哈罗德问道。这个英国女人是亚恩的未婚妻,可自从德国攻占了丹麦之后,亚恩已经有一年时间没收到她的任何音信了。

亚恩摇了摇头。"我想给她写信。我找到了英国使馆在哥德堡的地址。"丹麦人可以向中立国瑞典寄信,"我在信封上只写了那里的地址,但没写英国使馆。我以为自己挺聪明,可显然审查员也没那么笨。信被退回了我上司那儿。他告诉我如果我再这么干,就得上军事法庭。"

哈罗德很喜欢赫米娅。亚恩曾经和一些金发美女交往过,她们却都胸大无脑。赫米娅很不同,她聪明又有胆识。第一次见她时会觉得她有点可怕:头发眉毛都像墨一样黑,说话也直率得过火。但她像对待一个男子汉一样对待哈罗德,而不是只把他当成是某人的小弟弟。当然,她穿着泳衣的时候简直性感极了。"你还想娶她吗？"

"上帝，当然——如果她还活着。她可能已经死在伦敦的哪次轰炸中了。"

"你一定很难受，什么消息都得不到。"

亚恩点了点头，然后说："你呢？有什么新行动吗？"

哈罗德耸了耸肩："和我同龄的女孩子都不喜欢小男生。"他的语气听上去很轻松，可其实他是在掩盖内心深处的伤感。他已经被拒绝了好几次了。

"我猜她们更希望找个能在她们身上花钱的人。"

"没错。可比我小的女生……我复活节的时候遇到了一个女孩，叫布丽吉特·克劳森。"

"克劳森？莫兰德的那个造船商？"

"对。她挺漂亮，但才16岁。而且和她聊天很没意思。"

"他们家信天主教。老爸不会同意的。所以也没什么可遗憾的。"

"我知道。"哈罗德皱了皱眉，"他真是个怪人。复活节的时候他还讲到了宽容。"

"他要是宽容，弗拉德公爵①都能算是宽容了。"亚恩扔掉了手中没吸完的香烟，"走吧，去和那个老暴君聊一聊。"

"等等……"

"怎么了？"

"部队里面怎么样了？"

"糟透了。我们连自己的国家都保卫不了。而且大部分时间

---

① 弗拉德公爵（Vlad the Impaler），吸血鬼德古拉的原型，以残忍著称。

我都不能飞。"

"这样的日子还要持续多久？"

"谁知道？可能永远都要这样了。纳粹走到哪儿都能打胜仗。除了英国，已经没有国家在抵抗了。而且现在英国也是命悬一线。"

哈罗德压低了声音，虽然旁边一个人都没有："哥本哈根应该会有抵抗行动吧？"

亚恩耸了耸肩。"就算我知道有，也不能告诉你，对吧？"哈罗德还没来得及接话，亚恩就踏进了雨雾里，向远处那一点光亮走去。

2

赫米娅·芒特沮丧地盯着自己的午餐——两根煎香肠，一团稀糊糊的土豆泥，还有几片煮过了头的白菜——她真想念哥本哈根海边那间酒吧，那儿光鲱鱼就有三种做法，还有美味的色拉、腌黄瓜、热乎乎的面包和贮藏啤酒。

她是在丹麦长大的。她的父亲是一位英国外交官，几乎一直在斯堪的纳维亚国家工作。赫米娅在哥本哈根的英国使馆工作，一开始只是做秘书，后来成了一名海军大使随员的助理，这位随员事实上是军情六处秘密情报机构的成员。父亲去世以后，她的母亲就搬回了伦敦，然而赫米娅却留了下来：一方面是出于工作的原因；另一方面是因为她和丹麦飞行员亚恩订婚了。

1940年4月9日，希特勒进攻丹麦。度过了心惊胆战的四天之后，赫米娅和一组英国官员乘着一辆外交官专列穿过了德国，到达了荷兰边境，再从中立国荷兰回到了英国。

如今，30岁的赫米娅已经是MI6丹麦分部的情报分析负责人。她和大部分的工作人员从白金汉宫附近位于百老汇街54号的伦敦总部撤离到了布莱切利园——首都北部50英里处的一幢乡郊大宅。

这里很快就建起了一栋半圆形的建筑，成了这些工作人员的餐厅。赫米娅很庆幸自己能够躲过那次突袭，但她同时也希望能有个神秘的力量把伦敦街头的某间意大利或法国餐馆也搬到这里来，这样她就能有东西吃了。她用叉子挑起了一点土豆泥放进了嘴里，勉为其难地咽了下去。

为了让自己能忘了食物的味道，赫米娅打开了餐盘旁边那份《每日快讯》。英国刚刚痛失了地中海上的克里特岛。《每日快讯》希望能够鼓舞士气，报道说希特勒在克里特一战中失去了18000多人。但事实就是事实：纳粹又赢了。

无意间一瞥，赫米娅发现有个矮个子男人向她这边走来，那人也是30岁左右，手里端了一杯茶，步子很快，不过依然看得出他有些跛脚。"我能坐这儿吗？"他的语调轻快，没等她回答就已经坐在了对面，"我是迪格比·霍尔。我知道你是谁。"

她挑了挑眉毛，说："请自便，不用客气。"

她略带讽刺的语气显然没有起到什么作用。他回答说："谢谢。"

她见过他一两次。他虽然腿有残疾，但精力旺盛。当然，他不算是个美男子，头发乌黑而蓬乱，不过蓝蓝的眼睛却魅力逼人，粗犷的五官带着些亨弗莱·鲍嘉的味道。她问道："你在哪个部门？"

"我在伦敦。"

这并没有回答她的问题。她推开了餐盘。

他问："不喜欢吃？"

"你喜欢吗？"

"我之前和两个曾经在法国上空被击落、后来回到英国的空军士兵聊过天。我们以为这里的生活已经很苦了，可其实我们不知道什么叫苦。法国人已经快饿死了。听了他们的话之后，我吃什么都觉得很香。"

"资源匮乏不是厨艺糟糕的借口。"赫米娅朗声说道。

他咧嘴笑了。"他们告诉过我，你脾气不太好。"

"他们还跟你说什么了？"

"说你既会说英语，也会说丹麦语——我猜这应该就是他们选你做丹麦分部负责人的原因吧。"

"你错了。原因是打仗。之前，在MI6，女人不可能得到秘书助理以上的职位。我们恐怕更适合收拾家务和带孩子。但战争一来，女人的脑子突然变得好使了，我们突然可以担任那些只有男人的智慧才能胜任的高职了。"

他完全不介意她的挖苦。"我也注意到了，"他说，"这确实有趣。"

"你为什么要调查我？"

"两个原因。首先，你是我见过的最美的女人。"这次他没有笑。

她有些错愕。男人从来不会夸她美。潇洒大方倒是有可能；引人注目，有时候；威风，这应该是最多的评价。她的脸型长圆而端正，可头发却太黑，眼皮有些厚重，鼻子又太大。她想不到一句合适的话反驳，便接着问："第二呢？"

他转头望了望旁边那两个和他们在同一张餐桌用餐的妇女。虽然她们一直在聊天，但应该也能听到迪格比和赫米娅的谈话。"我一会儿告诉你。"他说，"想和我约会吗？"

他再次让她吃了一惊。"什么？"

"你愿意和我约会吗？"

"当然不。"

他先是有些迷惑，然后又咧开嘴笑了："没有糖衣，直接是炮弹啊。"

她笑了。

"我们可以去看看电影，"他还在坚持，"或者去酒吧玩。或者先看电影，再去酒吧。"

她摇了摇头。"不用了，谢谢。"她的语气很坚决。

"哦。"他一下泄了气。

他会不会觉得我介意他残疾呢？赫米娅马上又解释道："我订婚了。"她伸出了左手。

"我没有注意到。"

"男人永远都注意不到。"

"那个幸运的伙计是谁？"

"丹麦的一个飞行员。"

"我想他现在应该还在丹麦吧？"

"据我所知是的。我已经有一年没有他的消息了。"

那两个女人离开了。他的表情一下子严肃了起来，声音低沉而焦急。"看看这个。"他从上衣口袋里掏出了一张纸递给了她。

她之前在布莱切利园看到过这样的纸。正如她所料，这是敌方无线电信号的解码。"我想我没必要再强调这事有多紧急了。"迪格比说。

"不用。"

"我相信你的德语应该和丹麦语一样好。"

她点了点头。"在丹麦，所有的学生都要学德语，当然还有英语和拉丁语。"她看了看那张解码纸，"'芙蕾雅传来的重要信息'？"

"这也是我们的问题所在。'芙蕾雅'既不是德语，也不是英语，所以我猜它可能是某个斯堪的纳维亚国家的单词。"

"从某种意义上来讲，应该算是，"她说，"芙蕾雅是挪威的女神——事实上她应该算是维京人的爱神维纳斯。"

"啊！"迪格比若有所思，"看来确实有这个词，但这对我们来说好像也没什么用。"

"这到底是怎么回事？"

"我们的轰炸机损失太惨重了。"

赫米娅皱起了眉头。"我在报纸上看到了上次突袭的事——可报上说那是一次重大的胜利啊。"

迪格比没回答，只是定定地望着她。

"我明白了，"她说，"你们没有跟他们说实话。"

他继续保持沉默。

"原来我所知道的轰炸战役都是媒体宣传，"她继续道，"事实上我们糟透了。"他居然没有和她争辩，"看在上帝的分上，我们到底损失了多少飞机？"

"一半。"

"上帝！"赫米娅转开脸去。很多飞行员恐怕也都有未婚妻吧，她想道，"但如果再这么下去……"

"是的。"

她又看了看那张解码单。"'芙蕾雅'是间谍吗？"

"这正是我想要搞清楚的。"

"那我能做些什么？"

"跟我讲讲这个女神。"

赫米娅努力在记忆中搜寻着。在学校的时候，她曾经学过关于挪威女神的知识，但那是很久以前的事了。"芙蕾雅有一条非常珍贵的金项链。那是四个矮人送给她的。那条项链由一个神的守卫看守……好像叫海姆达尔。"

"守卫。听上去有点关联。"

"'芙蕾雅'可能是一个可以获得空袭情报的间谍。"

"也可能是一个可以在发现敌机以前就能探测到对方信号的机器。"

"我听说我们有这样的机器，但我不知道它是怎么运作的。"

"有三种可能性：红外线、激光雷达和无线电雷达。红外线探测装置可以探测到飞机引擎温度升高后发出的射线，或者是它排出的废气；激光雷达指的是由探测设备发出的光脉冲射到飞机上之后，再返回给接收器；无线电雷达就是无线电脉冲。"

"我又想起了一件事，海姆达尔是个千里眼。"

"那它就更可能是部机器了。"

"我也这么想。"

迪格比喝完了杯中的茶，站起身来。"如果你再想到什么的话，会告诉我吧？"

"当然。我要到哪儿去找你？"

"唐宁街10号。"

"哦！"她心中肃然起敬。

"再见。"

"再见。"

她在位子上坐了一会儿。这是一次有趣的对话。迪格比·霍尔显然位高权重，首相本人一定很担心轰炸的失败。"芙蕾雅"这个代码会不会只是巧合？还是它确实源自斯堪的纳维亚？

迪格比约她这件事让她感到开心。虽然她并没想要和别的男人约会，但被人欣赏总是好事。

可一看眼前的食物，她的心情又一下子低落了下来。她端起托盘，把剩下的食物倒进了垃圾桶，然后便向洗手间走去。

走进厕格之后，她听到洗手池那边有一群年轻女人在聊天，好像谈得还很热闹。她刚想出去，就听到其中一个人说道："迪格比·霍尔可不会浪费时间——他真是直入主题啊。"

赫米娅僵住了，一只手紧握着门把手。

"我看到他想要追求芒特小姐，"一个老一点的声音说，"估计他是那种喜欢大胸女的男人。"

其他人坏笑了起来。厕格里，赫米娅皱了皱眉。

"不过我估计她肯定是没让他好看。"刚刚那个女孩说。

"要是你呢？我肯定不会喜欢有条木头腿的男人。"

另一个带着苏格兰口音的女孩说话了："不知道他在做爱的时

候要不要把腿取下来。"其他人全笑了。

赫米娅听不下去了。她打开门走了出去:"等我知道了就告诉你们。"

那三个女人瞬间闭了嘴。没等她们缓过神,赫米娅便离开了。

她走出了那座木房子。之前原本宽敞的草坪,还有草坪上的雪松和天鹅池,都被为来自伦敦的员工搭建的临时宿舍弄得面目全非了。她穿过公园,来到了那栋华丽的维多利亚式红砖建筑前。

穿过门廊,她径直走进了自己那间L形办公室。这个房间在曾经的佣人区,面积极小,恐怕之前只是放鞋子的地方。房间里仅有一扇小窗,而且非常高,根本没办法看到外面的风景。办公桌上有一部电话,旁边的小桌上摆着打字机。她的前任有自己的秘书,但上级显然认为女人可以自己打字。此刻,一个来自哥本哈根的邮包出现在了赫米娅的办公桌上。

希特勒入侵波兰之后,她在丹麦建立了一个小间谍圈。这个圈子的领头人就是她未婚夫的朋友保罗·柯克。保罗组建了一个名为"守夜人"的组织,里面集合了一些年轻人,他们认为丹麦终将受到强大邻国的蹂躏,并且相信争取自由的唯一出路就是与英国合作。保罗声明,"守夜人"绝不是破坏者或杀手的团体,只负责把军队的信息传递给英国情报机构。赫米娅的这一成就——对一个女性来说这实属不易——让她得到了丹麦分部负责人的位置。

邮包里装着她的胜利果实。密码组已经破译了里面的几份德国在丹麦的军事部署的报告,包括在菲英岛的军事基地,丹麦与瑞典之间的卡特加特海峡的海上交通情况,以及驻哥本哈根的德国高级将领的名字。

除此之外，邮包里还有一份题为《事实》的哥本哈根报纸。到目前为止，这份地下报纸可以说是丹麦抵抗纳粹的唯一行动了。

她通读了一遍这份报纸，看到一篇饱含愤怒的文章，指责德国人造成了丹麦的黄油短缺。

邮包是通过一个在瑞典的中间人传递过来的，他把包裹交给了斯德哥尔摩英国使馆的MI6成员。那个中间人还随件附了一条消息：他给斯德哥尔摩的路透社也寄了一份《事实》。赫米娅皱了皱眉，她不赞同这种做法。表面上看，将德国统治下的丹麦的真实情况公之于众好像是件好事，但她并不希望中间人将间谍工作与其他事混在一起。抵抗行动可能会引起当权者对间谍的注意，而如果不这样节外生枝，这个间谍可能可以持续工作很多年。

想到"守夜人"，她便不由得想起了自己的未婚夫。亚恩并不在这个组织里。他的性格完全不适合情报工作。她喜欢他带来的无拘无束和生活之乐。他让她感到放松，尤其是在床上。然而他绝不是做间谍的料。坦率地讲，她怀疑他是否有足够的勇气。玩的时候他确实什么都不怕——他们就是在挪威的一座山上滑雪时认识的，而亚恩是唯一一个比赫米娅还要棒的滑雪手——但她不知道在面对地下工作者所要面临的危险时，亚恩会做出怎样的反应。

她想过让"守夜人"给她捎个信。保罗·柯克就在飞行学校工作，如果亚恩还在那里，那么他们两个几乎天天都可以见面。但利用间谍网络办私事实在太不专业了。不过这并不是阻挡她的根本原因。她会被查出来，这毫无疑问，解码组会看到她的信息，但这也不是问题。她考虑到的是亚恩的安全。密报有可能会落到敌方手中。MI6用的是和平年代遗留下来的诗歌码，很容易就能破译。如果亚恩的名字出现在英国情报机构发给丹麦间谍的信息中，恐怕他一定会没命。赫米娅对他的询问有可能会成为他的死亡通牒。因此她只能坐在这间放鞋子的办公室里，任由自己心急如焚。

她写了一条信息，交代中间人远离宣传战，踏踏实实地履行自己作为信使的职责。然后她又总结了邮件中的所有信息，写成报告交给了她的老板，并将副本转给了其他部门。

四点钟时她离开了。事实上她还有很多工作没完成，今晚恐怕要回到这里加班。但现在她要和母亲去喝茶了。

玛格丽特·芒特住在切尔西的一栋小房子里。赫米娅的父亲在40多岁的时候患癌症去世了。自那以后，她母亲就和自己还单身的同学伊丽莎白组建了一个家。她们互称麦格和贝齐——那是她们年幼时的外号。今天，她们两个要搭火车到布莱切利来"视察"赫米娅的住所。

她快步穿过村庄，回到了自己的出租屋中。麦格和贝齐正在客厅与房东贝文夫人聊天。赫米娅的母亲穿着救护车司机的制服，戴着帽子。贝齐是个漂亮的50岁妇人，穿了一件短袖花裙子。赫米娅和母亲拥抱了一下，又吻了吻贝齐的脸颊。她和贝齐从来都不是很亲近，而且她甚至觉得贝齐有些嫉妒她和她母亲之间的亲近关系。

赫米娅把她们请上了楼。贝齐对这个小房间和里面的单人床不以为然，而赫米娅的母亲却兴高采烈地说："对于战争时期来讲，也不算差了。"

"我在这里的时间也不多。"赫米娅撒了个小谎。事实上她经常会在这个房间里看书和听广播。

她泡了一壶茶，又切了几块蛋糕——这是特别为访客准备的。

麦格说："我猜你应该还没有亚恩的消息吧？"

"没有。我之前写信给斯德哥尔摩的英国使馆，请他们转发，但后来就再没有音信了。不知道他有没有收到。"

"哦，上帝。"

贝齐说："真希望我也能见见他。他什么样？"

和亚恩相爱就像是滑下一座雪山，赫米娅想道，只需要一点点的推力，便一发不可收拾，在她还没准备好之前，心中的激情就已经爆发了。但原因呢？"他的样子像电影明星，身材健硕，像个运动员，他有一种爱尔兰人的魅力。但这不是重点，"赫米娅说，"和他在一起你会非常轻松。无论发生什么事，他都只是一笑了之。我有时候会发脾气——当然不是冲他——但他却会笑着说：'你简直独一无二，赫米娅，我发誓。'哦，上帝啊，我真的很想他。"她使劲忍住了泪水。

她母亲马上说："喜欢你的男人不少，但能受得了你的可不多。"麦格的谈话方式和赫米娅一样，坦率直接，"你只要有机会，就应该把他的脚钉在地板上。"

赫米娅换了个话题，询问她们空袭的情况。贝齐每次都会躲在厨房的餐桌下面，而麦格则会开着救护车直奔轰炸现场。赫米娅的母亲一直是个很强势的女人，对于一个外交官的太太来说，她有些太过直接而粗犷了。不过战争让她进一步释放了自己的力量和勇气，就像是情报部门缺乏男性后正好让赫米娅有了大施拳脚的机会一样。"德国不可能一直这样轰炸下去，"麦格说，"他们的飞行员和轰炸机也是有限的。如果我们一直袭击他们的基础设施，早晚会看到成效。"

贝齐说："但同时会有很多德国的女人小孩和我们一样受罪。"

"我知道，但这就是战争。"麦格回答道。

赫米娅想起了之前和迪格比·霍尔的对话。麦格和贝齐这样的普通市民都认为英国的轰炸在削弱纳粹的实力。他们完全不知道，英军半数的轰炸机已经被击落。不过这样也好，如果他们了解了事实，恐怕就会彻底放弃了。

麦格开始讲她从一栋着火的大楼里营救一只小狗的故事，赫米娅一边听她讲，一边想着迪格比跟她讲的事。如果"芙蕾雅"是一台机器，那么它很可能就在丹麦。她有没有可能去查一下呢？迪格比说这种机器可以发出某种光束，可能是光脉冲，也可能是无线电波。这应该是可以探测得到的。或许她的"守夜人"可以做点事。

她越想越激动。她可以给"守夜人"发一条消息。但首先她还需要获得更多的信息。她决定把麦格和贝齐送到车站之后就马上回去工作。

她开始盼着她们离开了。"再吃块蛋糕吗，妈妈？"她问道。

3

詹斯博格·斯科尔学校已经有300年的历史了，颇为值得骄傲。

最初这所学校只有一座教堂和一栋楼，男孩子们吃饭、睡觉、上课，全都在这栋楼里。现在这里已经盖起了很多栋新的红砖楼。那座图书馆大楼——曾经是丹麦最棒的图书馆——几乎和教堂一样气势恢宏。当然，还有科学实验室、现代化的宿舍、医务室，还有一间用谷仓改造成的健身房。

哈罗德·奥鲁夫森正从餐厅走向健身房。现在是中午12点钟，女生们刚刚吃完午餐——说是午餐，其实就是自制的火腿腌黄瓜三明治.从七年前他来到这里，每周三的午餐都是这个，从来都没有变过。

在他看来，以年头久作为骄傲的资本实在是愚不可及。当老师们一脸虔诚地谈到学校的历史时，他就会想起桑德岛上那些老渔民的妻子们，脸上带着腼腆的微笑说："我已经70岁了。"就好像这是一种伟大的成就。

他走过校长室时，校长的太太满脸堆笑地向他走来。"早晨好，米娅。"他礼貌地打了声招呼。他们管校长叫"艾斯"，这是希腊语中"第一"的意思，因此校长夫人也就成了"米娅"——"艾斯"的阴性形式。五年前学校就已经不教希腊语了，但老传统是很难改掉的。

"有什么新闻吗，哈罗德？"

哈罗德有一台自制的收音机，可以听到BBC的新闻。"伊拉克的反政府组织被打败了。"他说，"英国进入了巴格达。"

"英国赢了。"她说，"这算是个变化。"

米娅是个挺普通的女人，相貌平凡，头发干枯，经常穿一些样子不好看的衣服。不过整个学校里就只有两个女人，而她就是其中之一，所以男孩们总是幻想她的裸体是什么样。哈罗德不知道自己什么时候才能不这么痴迷于"性"。理论上讲，他认为一个男人在和老婆朝夕相处很多年之后，恐怕也就能习惯成自然了，甚至可能会觉得烦。但此刻他是无法想象那种状态的。

接下来本该是两个小时的数学课，但今天会有一个人来做讲座。那人叫斯文德·艾格，曾经是这里的学生，现在成为了丹麦国会的议员。全校的学生都会集中在健身房里听他演讲，那也是学校里唯一能够装得下120个学生的地方。哈罗德倒情愿去上数学课。

他不记得从什么时候起，上学开始变得有趣起来。小时候，他总觉得上课妨碍了他做很多重要的事，比如筑水坝，或者是在树上建小屋。到了14岁左右，他突然发现物理和化学比在树林里玩还要有趣。就比如他在知道是丹麦的科学家尼尔斯·玻尔创立了量子物理学后，简直激动得发抖。玻尔对元素周期表的阐释，即用元素的原子结构解释化学反应，在哈罗德看来就如同是天启，是一种最根本也最令人信服的对宇宙构成的分析。他崇拜玻尔就如同其他男孩崇拜"小卡奇"卡奇·汉森——哥本哈根B93足球队的英雄内锋。哈罗德已经申请了哥本哈根大学的物理专业，玻尔是那里理论物理研究所的负责人。

上学需要钱。幸运的是，哈罗德的祖父在看到自己的儿子选择了一份注定要贫穷一世的职业之后，就给他的孙子存下了一些钱。他用自己的财产供亚恩和哈罗德在詹斯博格·斯科尔念书，之后还会继续供哈罗德读大学。

哈罗德走进了健身房。低年级的男孩们已经整齐地坐在那里了。他在后排坐了下来，旁边就是约瑟夫·达克维茨。约瑟夫非常爱笑，而他的姓听起来就像是英文中的"鸭子"，所以别人曾经给他起了个外号，叫"艾那提克拉"，也就是拉丁语中的"小鸭子"。几年下来，这个外号被缩略成了"提克"。两个男孩的背景很不同——提克来自一个富有的犹太家庭——但他们一直都是非常好的朋友。

没过多会儿，麦兹·柯克就走了进来，坐到了哈罗德旁边。他们两个人同年。麦兹的背景十分显赫：他来自军队家庭，祖父是将军，已故的父亲是30年代的国防部长，他的表哥保罗是亚恩在飞行学校的同事。

这三个男孩都是理科生。他们经常会待在一起，可三个人看起来却那么不同——哈罗德是个金发碧眼的大个子；提克是个黑头发的小个子；而麦兹则长了一头红发，脸上还有很多小雀斑。一个有趣的英文老师把他们称为"三个臭皮匠"，后来这个外号就传开了。

校长艾斯和那位访客一起走了进来。男孩们礼貌地起立。艾斯高高瘦瘦，鹰钩般的鼻梁上架了一副眼镜。他曾在部队待过十年时间，但很容易理解他为什么会来学校任职。他太过温和，哪怕是拥有任何一点权力都会让他感到抱歉。学生们并不怕他，反而很喜欢他，大家听他的话主要是因为不想伤他的心。

大家再度坐下来之后，艾斯介绍了一下这位国会代表。这位来客身材矮小，貌不惊人，不了解情况的人恐怕会认为他是学校的老师，而艾斯是来做演讲的嘉宾。艾格开始谈起了德国的占领。

哈罗德记得占领开始的那天，那是在14个月之前。午夜，他被头顶上的隆隆声惊醒。三个臭皮匠爬到屋顶上，看到十几架飞机从上空经过，而后一切又恢复了平静。然后他们回到了宿舍。

直到早晨他才知道发生了什么。当时他正在刷牙，一个老师冲了进来，说道："德军登陆了！"早餐之后，大概八点钟，男孩们在健身房集合唱晨歌，校长向他们宣布了最新的消息。"快回你们的宿舍，毁掉那些反对纳粹或者同情英国的相关东西吧。"哈罗德摘下了他最爱的海报，那是一架机翼上印有英国皇家空军标志的虎蛾双翼机[1]。

当天迟些时候——那是一个周二——学校要求高年级的学生搬一些沙袋到教堂那边，好把那些珍贵的古代雕刻和石棺藏起来。祭坛后面是学校创办者的坟墓，他的石像庄严地躺在那里，穿着中世纪的盔甲，下体的遮片尤其醒目。哈罗德当时在凸起的那个部分放了一个沙袋，引起了学生们一阵哄笑。艾斯不喜欢他开的玩笑，作为惩罚，哈罗德用了整个下午的时间把那些油画搬到了地窖里。

结果这些准备都是无用功。这间学校坐落在哥本哈根外的一

---

[1] 虎蛾双翼机（Tiger Moth），一架由德·哈维兰公司设计于20世纪30年代的军民两用机，被法国、英国皇家空军及其他机构作为主要的教练机。

个村子里，一年后他们才真正见到德国人。而德军也从来没有对这里进行过轰炸，甚至连枪都没开过。

丹麦在24小时之内就投降了。"之后发生的事证明了这是个英明的决定。"这位演讲者做作的样子很让人恼火。座位上的男孩们有些烦躁不安了，开始低声议论起来。

"我们的国王保住了他的王位。"艾格继续道。哈罗德旁边的麦兹生气地咕哝了一句。哈罗德也是一样充满了鄙夷。国王克里斯蒂安十世经常会骑着马走街串巷，与哥本哈根的市民会面，但这看起来不过是故作姿态罢了。

"总体来讲，德国的表现是充满善意的。"他继续说道，"丹麦的情况证明了在战争中失去一部分独立地位并不一定会导致极度的艰苦或冲突。而对于在座的各位同学来讲，你们也应该懂得，谦恭和服从比不假思索的反抗更有意义。"他坐了下来。

艾斯礼貌地鼓起了掌，男孩们也跟着面无表情地拍了拍手。如果这位校长可以更用心地观察一下观众的情绪，他应该马上结束这次活动。但他却微笑着说："好吧，同学们，有没有什么问题要问我们的演讲嘉宾？"

麦兹马上站起了身。"先生，挪威和丹麦在同一天被侵略，但挪威人抵抗了两个月的时间。难道你不觉得和他们比，我们就像个懦夫吗？"他的语调非常礼貌，但问题却充满了挑战性，这引起了台下一阵骚动。

"太幼稚了。"艾格说。他的不屑刺激了哈罗德的神经。

艾斯打断了他们的对话。"挪威是一个多山地和峡湾的国家，"他拿出了自己在军事方面的专长，"丹麦一马平川，公路系统优良——这样的情况下，我们很难去抵御德军高机动化的攻势。"

艾格点了点头。"打仗会引起不必要的流血，最终的结果却没什么不同。"

麦兹粗鲁地说："至少我们可以抬起头来面对这整个世界，而不至于每天都感到丢脸。"哈罗德仿佛听到了自己那些在军队工作的亲戚们的论调。

艾格的脸红了。"就像莎士比亚所说的，勇敢贵在审慎。"

麦兹说："事实上，先生，这话出自福斯塔夫①之口，那可是世界文学史上最出名的懦夫。"

"好了，好了，柯克，"艾斯温和地说，"我知道这件事让你很激动，但并没有必要这样无礼。"之后他环顾了一下整个体育场，指着一个低年级的男孩说，"博尔，你来提问吧。"

"先生，您觉得希特勒元首关于国家自豪和种族纯粹的理论对丹麦也会有好处吗？"沃尔德马·博尔的父亲是个出了名的丹麦纳粹。

"某些方面确实如此，"艾格说，"但德国和丹麦是两个不同的国家。"这完全是搪塞，哈罗德生气地想。这个家伙难道就连承认种族迫害是错误的这点胆量都没有吗？

艾斯有些悲伤。"有没有人想知道艾格先生作为国会议员每天都做些怎样的工作呢？"

提克站起身来。艾格自以为是的语调也激怒了他。"您不觉得自己像个傀儡吗？"他说，"不管怎么样，真正在统治我们的

---

① 福斯塔夫（Sir John Falstaff），莎士比亚历史剧《亨利四世》和喜剧《温莎的风流娘儿们》中的人物。此人自私、懒惰，又无道德荣誉观念，利用拍马、吹牛谋生。

其实是德国人。您只是做做样子。"

"我们的国家一直都是由丹麦国会来管理的。"艾格回答说。

提克降低了声调:"是的,所以你才有工作做。"旁边的几个男孩笑出了声。

"政党都保存了下来——甚至连共产党都还存在。"艾格继续道,"我们有自己的警察、自己的武装。"

"但丹麦国会只要做出任何德国人不赞成的事,就马上会被关掉,警察和军队也会被解除武装。"提克争辩道,"所以你们根本就是在演一出闹剧。"

艾斯有些恼怒了。"达克维茨,注意你的礼貌。"他生气地说。

"没关系,艾斯,"艾格说,"我喜欢热烈的讨论。如果达克维茨认为我们的国会没用,那么他可以把我们和法国现在的状况比较一下。我们和德国人的合作政策对于普通丹麦国民的生活来讲,是最好的选择。"

哈罗德真是听够了。他没等艾斯的允许就站了起来。"那如果德国人来抓达克维茨呢?"他说,"您会建议大家合作吗?"

"为什么他们要来抓达克维茨?"

"和他们把我在汉堡的姑父抓走的原因一样——他是犹太人。"

这个话题引起了一些学生的关注。他们可能从来都没有注意到提克是犹太人。达克维茨一家不信教,而且提克和每个学生一样,会到那座古老的红砖教堂去帮忙。

艾格第一次被激怒了。"占领部队已经证明了他们对丹麦犹太人的宽容。"

"目前为止是的，"哈罗德争辩说，"但如果他们改主意了呢？如果他们认为提克和我的姑父乔基姆叔叔一样呢？您对我们有什么建议呢？我们应该看着他们走进来抓走他吗？还是我们现在就应该组织抵抗行动，以防那一天的到来？"

"你最好的选择就是确保那一天永远不会到来，方法就是支持占领时期的政策。"

这种兜圈子式的回答让哈罗德忍无可忍了。"如果没有用呢？"他继续坚持道，"为什么您不能直接回答这个问题？如果纳粹就是要抓走我们的朋友呢？"

艾斯插话了。"这是个假设性的问题，奥鲁夫森，"他说，"没有必要去杞人忧天。"

"问题是他们的合作政策的底线是什么，"哈罗德激动极了，"纳粹在夜里敲你的门时，你恐怕就没时间再去辩论了。"

一开始，艾斯本想要责备哈罗德的鲁莽，但最终他还是温和地说："你的问题很有意思，但我想艾格先生已经做出了很好的回答。好了，大家的讨论很精彩，现在应该回去上课了。让我们感谢嘉宾在百忙中还要来为我们进行演讲。"他抬起手来准备鼓掌。

哈罗德打断了他。"请让他回答这个问题！"他喊道，"我们应该抵抗，还是应该让纳粹为所欲为？看在上帝的分上，还有什么课比这个更重要吗？"

全场鸦雀无声。只要有理有据，学生是可以和教职人员争论的。但哈罗德的态度已经充满了挑衅。

"我觉得你最好离开这儿，"艾斯说，"快出去，我们一会儿再谈。"

这让哈罗德怒不可遏。他满怀挫败感地站起身来。其他男孩们静静地看着他走向健身房的大门。他知道他不应该再说什么，但却没办法压抑自己的情绪。他打开门，用一只手指指着艾斯说："如果是盖世太保，你就不能让他们离开这个该死的房间！"

然后他便摔门而去。

4

凌晨五点半，彼得·弗莱明的闹钟响了。他关掉闹钟，打开灯坐了起来。在他一旁的英格平躺在床上，双眼瞪着天花板，就如同一具没有表情的尸体。他望了她一会儿，便起了床。

他走进他们哥本哈根公寓的小厨房，打开了收音机。一个丹麦播报员正在读一份德国人发表的悼词，致海军上将卢金斯——十天前他和俾斯麦号一起沉没了。彼得把一小锅燕麦片放在了炉子上，然后拿出了一个托盘。接着，他切了一片黑面包，又煮了一壶代用咖啡。

他心情不错，并很快想起了原因。昨天，他正在负责的一个重要案件终于有了头绪。

他是哥本哈根罪案侦查科机密组的侦查员，主要工作是负责锁定联盟的组织者、共产党、外国人以及其他可能制造麻烦的群体。他的上司，也就是整个科的负责人，是弗莱德里克·朱埃尔警长。那是个聪明却懒惰的家伙。他毕业于著名的詹斯博格·斯科尔，崇尚无为而治，放任自流。他是丹麦海军史上某个英雄的后裔，但显然，到他这一代，祖上的英勇豪情已经消失殆尽了。

这14个月以来，他们的工作范围扩大了，德国的反对者也变成了他们的监控对象。

目前为止，唯一可以看到的抵抗行为就是奥鲁夫森家的男孩那天拿着的地下报纸《事实》的传播。朱埃尔认为这种报纸无伤大雅，甚至有可能会起到"安全阀"的作用，以宣泄民众的情绪。因此他拒绝去追踪报纸的出版者，这种态度让彼得很是恼怒。让罪犯公然地存在，继续他们的罪行，这对他来讲实在是太疯狂了。

德国人并不喜欢朱埃尔的放任态度，但目前为止他们还没有和朱埃尔直接对抗。朱埃尔和德方之间的联系人是在对法战争中失去了一个肺的沃特·布劳恩将军。布劳恩的目标是要不惜一切地维持丹麦和平，因此如非必要他不会推翻朱埃尔的决定。

最近彼得发现有几份《事实》被带去了瑞典。直到现在，他都不得不容忍朱埃尔的放任政策，但他希望此次的新发现可以摇撼朱埃尔自以为是的信心。昨晚，一位瑞典的探员——同时也是彼得的朋友——打电话告诉他，报纸应该是被带上了汉莎航空公司从柏林飞往斯德哥尔摩的飞机，这班飞机中途经停哥本哈根。就是这个消息让彼得在醒来之后感到神清气爽。或许胜利已经在向他招手了。

燕麦粥好了。他往里面加了些牛奶和糖，放在托盘上端进了卧室。

他帮助英格坐了起来。他先试了试燕麦粥的温度，确保粥不会太烫，便开始用勺子喂英格用餐。

一年前，也就是在限油令颁布之前，彼得和英格开车到海边去玩。一个开着新跑车的年轻人撞向了他们的车子。彼得双腿骨折，不过很快就恢复了。然而英格却撞伤了头部，永远也不可能再恢复从前的样子。

那个名叫费恩·荣克的年轻司机是一位知名大学教授的儿子，当时他被甩了出去，掉到了一片灌木丛中，完全没有受伤。

他没有驾照——之前他出过一次事故，法院吊销了他的驾照——而且还喝醉了。但荣克家雇了一名顶级律师，成功地将案件推后了一年时间，所以直到现在，费恩还没有因为英格的伤而受到惩罚。英格和彼得所遭遇的灾难也证明了，在现代社会中，一些无耻的犯罪居然可以免受惩罚。无论你怎么看待纳粹，他们在对待犯人方面还是相当严苛的。

英格吃完早餐之后，彼得把她带到浴室，帮她洗了澡。她一直都是一个干净整洁的人。这是彼得爱她的原因之一。尤其是在性这方面，每次做爱之后，英格都会把自己清洗干净——彼得对这一点十分欣赏。不是所有女孩都会这样。他曾经和一个酒吧歌手上过床——他在一次搜查任务中认识了那个女人，后来和她有过一段露水姻缘——她不喜欢他在做爱后洗澡，觉得那样太不浪漫。

英格毫无反应。他也已经习惯了这个过程，即使触摸到她最私密的部位也不会有什么感觉了。洗完之后，他用一块大毛巾擦干了她柔软的皮肤。最艰难的部分是帮她穿长裤。他要先把袜子卷起来，让英格把脚尖伸进去，然后再小心翼翼地将袜子拉到大腿根部，用吊袜带夹住。刚开始的时候，他总是会把袜子刮破，但他是个很有毅力的人，只要想做成一件事，就会有十足的耐心把它做好，现在他已经是专家了。

他帮她穿上了一件明黄色的棉布裙装，然后又为她戴上了她的金表和手镯。英格已经不会看时间了，但彼得始终觉得，看到珠宝在腕上闪闪发亮，她会露出微笑。

他让她坐在镜子前，开始帮她梳头。她是个漂亮的金发女孩，在车祸之前，她总是笑靥迎人，还会俏皮地眨动自己长长的睫毛。而现在，她的脸上一片空洞。

圣灵降临节回桑德岛的时候，彼得的父亲想劝他把英格送到私人看护机构去。彼得付不起那儿的费用，但阿克塞尔愿意帮他偿付。他说他希望彼得能获得自由，但事实是他太希望有一个孙子可以继承他的姓氏了。不过无论如何，彼得还是认为自己有义务照顾自己的太太。对他来说，男人首先就是要履行自己的责任。如果逃避了这个责任，他恐怕无法尊重自己。

他把英格带到客厅，让她坐在床旁。他把收音机转到音乐台，并调低了声音，然后又回到了浴室。

镜子中映出了他端正而俊朗的面孔。英格总说他长得像电影明星。事故发生后，他的胡子变白了，棕色眼睛的周围也爬上了一条条代表疲惫的细纹，但他脸上的自信并没有丝毫退减，坚毅的嘴角显露出他强硬的性格。

刮完胡子，打好领带，他又把那把瓦尔特7.65毫米手枪放进了肩部的枪套里——瓦尔特7.65是一种专门为警务人员设计的小型手枪，规格较小，易于隐藏。他站在厨房吃了三片干面包，把所剩无几的奶酪留给了英格。

护士应该八点钟就到。

八点到八点零五分之间，彼得的情绪发生了变化。他开始在房间的走廊里来回踱步。他点了一根烟，又马上把它掐灭。甚至是每过上几秒钟，他就要看一次表。

八点零五到八点十分，彼得愤怒了。这一切难道还不够吗？他又要照顾妻子，还要完成自己极耗时又责任重大的工作。那个护士有什么权利让他失望？

她是个胖胖的19岁女孩，穿了一身整洁的制服，头发被工工整整地压在了护士帽下面，圆圆的脸蛋上化了些淡妆。他的怒气吓到了她。"对不起。"她怯生生地说。

他侧身让她进来，恨不得揍她一顿。她显然也感觉到了，所以匆匆地走了进去。

他跟着她走进了客厅。"你倒有时间梳头化妆。"

"我道过歉了。"

"你难道不知道我的工作有多重要吗？你有时间和男人打情骂俏，怎么没时间准时上班？"

她紧张地看了看他枪套里的枪，生怕他会突然朝自己开枪。"车来晚了。"她的声音在发抖。

"坐早一班车，你这头懒猪！"

"哦！"她好像马上就要哭了。

彼得走开了，心里真想在她的胖脸上扇一巴掌。可如果她一走了之，他的麻烦会更大。他穿上夹克走向大门口。"永远不要再迟到！"他喊了一句，然后便愤然离去。

走出大楼，他冲上了一辆开往市中心的电车，点了根烟猛吸了两口，想尽快冷静下来。下车的时候他心中依然还有怒气，可一看到那栋现代的警察局大楼，心里就舒服了很多：那栋方正的矮楼让人感到一股力量，白色的石材代表了纯洁，而整齐排列的窗户则象征着秩序与公正。他穿过了昏暗的前厅。建筑的中间藏着一个露天的大花园，花园是方形的，外围是一圈人行道，道路两旁竖着柱子。彼得穿过花园走进了自己的部门。

刚一进办公室，彼得就看到了康斯特布尔·蒂尔德·叶斯帕森警官——局里为数寥寥的几个女探员之一。她的丈夫也是一位警官，却英年早逝。在科里，她的英勇机智绝不输给任何一个男警察。彼得经常让她参加监视工作，因为比起男人，女人更不容易引起别人的怀疑。她很有魅力，长了一双碧蓝的眼睛，头发卷曲。她矮小而丰满的身材在女人看来可能有些嫌胖，但对男人来说却恰到好处。"车晚了？"她同情地问。

"没有。英格的护士迟了15分钟。那个草包。"

"哦，真不幸。"

"有什么新情况吗？"

"恐怕是的。布劳恩将军正和朱埃尔谈话呢。他们说让你来了之后过去找他们。"

真是糟糕透顶：布劳恩偏偏选了彼得迟到这天过来。"可恶的护士。"他咕哝了一句，便径直向朱埃尔的办公室走去。

朱埃尔挺直的身板和凌厉的蓝眼睛完全符合他的海军出身。出于礼貌，他正在用德语和布劳恩对话。受过一定教育的丹麦人都可以用德语和英语对话。"你去哪儿了，弗莱明？"他问彼得，"我们一直在等你。"

"对不起。"彼得同样用德语回答说。他并没有解释自己迟到的理由：在他看来，找借口是令人屈辱的事。

布劳恩将军40多岁。他年轻的时候应该算英俊，但在一次爆炸中，他不仅失去了一个肺，下巴也被炸掉了，右半边脸可以说是面目全非。为了弥补自己外表的缺憾，他永远都穿着整洁无瑕的军装，还有配套的长靴，并佩戴带皮套的手枪。

他谈话时通常温文有礼，声音低得像是耳语。"请看看这个，弗莱明探员。"他把几张报纸摊在了朱埃尔的办公桌上，每份报纸上都是一样的报道。彼得已经看到过这个故事了：丹麦黄油短缺，因为德国运走了所有的黄油。这些报纸包括《多伦多环球邮报》《华盛顿邮报》以及《洛杉矶时报》，当然还有那份丹麦的地下报纸《事实》。和旁边的报纸一对比，《事实》显得格外的寒酸幼稚，可它才是原稿，其他的报纸都在转载它的文章。这是媒体宣传的一次胜利。

朱埃尔说："我们已经掌握了大部分报纸印刷者的名单。"他自信的口气让彼得很生气，就好像是他——而不是他的祖辈——在克厄湾击退了瑞典海军似的。"我们当然可以把他们都抓起来。但我还是情愿先不理他们，只是保持监视。如果他们做出了什么严重的事，比如炸毁一座桥之类的，我们马上就可以知道去逮捕谁了。"

彼得觉得他简直蠢极了。现在就应该把他们抓起来，这样他们就不会去炸大桥了。但之前他已经和朱埃尔争论过这件事，现在也只能缄口不言。

布劳恩说："如果他们的行为仅限于丹麦，那么你的做法还可以接受。但是这样的报道已经传遍全世界了！柏林很生气。我们实在不希望进行高压政策。到那时盖世太保会踏平全城，把那些制造麻烦的人揪出来，扔到监狱里去。真要是到那一天，上帝才知道会发生些什么事。"

彼得心里在偷笑。这条新闻的结果恰恰是他想要的。"我已经在查这件事了，"他说，"美国的报纸都是从路透社得到的消息，而路透社是在斯德哥尔摩得到的线索。我想《事实》是被偷运到了瑞典。"

"很好！"布劳恩说。

彼得偷偷地看了朱埃尔一眼，后者看上去很生气。他应该生气。彼得本来就比他这个上司更出色，而这次事故更进一步证明了这一点。两年前，这个位置空缺时，彼得也递交了申请，但最终还是被朱埃尔抢走了。彼得比朱埃尔年轻几岁，却战功累累，成功破获了很多案子。但是朱埃尔属于一个所谓的都市精英圈，他们都出身名校。在彼得看来，这些人肯定是把最好的职位留给了自己人，而把那些有才华的圈外人排斥在外。

朱埃尔说道："但是报纸是怎么被偷运出去的呢？所有的包裹都要接受检查。"

彼得犹豫了。他希望一切确凿之后，再把消息公布出去。但布劳恩此刻就站在他面前，这不是含糊其辞的时候，此时不说，更待何时。"我得到了一个消息。昨晚我和斯德哥尔摩的一个探员朋友通话，他仔细地盘查了通讯社。他认为是从柏林经停哥本哈根再飞去斯德哥尔摩的汉莎航空飞机把报纸运过去的。"

布劳恩兴奋地点了点头。"所以我们只要搜查每一架在哥本哈根降落的飞机，就能得到最新的刊物了？"

"是的。"

"今天有飞机吗？"

彼得的心沉了下去。这不是他想要的。他希望在行动前能够再证实一下消息的准确性。但无论如何，他依然很感激布劳恩的积极态度——这和朱埃尔的懒惰和谨慎形成了鲜明的对比。在这样的时候，他不应该太过保守。"是的，几小时后就到。"他掩饰住了自己的担忧。

"那就行动吧！"

鲁莽会毁掉一切。彼得不能让布劳恩来领导这次行动。"我能提一个建议吗，将军？"

"当然。"

"我们应该小心行动，避免打草惊蛇。请让一组探员和德国警官在这里，等到最后时刻再行动。等旅客们都已经集合在一起，大家再进去。我会一个人到凯斯楚普机场进行秘密部署。等旅客寄好行李、飞机降落并加油之后，他们就逃不掉了——这时大部队就可以出现了。"

布劳恩理解地笑了。"你怕一大堆德国兵闯进去破坏了整个行动。"

"不，长官。"彼得毫无表情地回答道。占领者自嘲的时候，你最好不要附和。"让您部下参与也是这个计划中非常重要的部分，因为我们也可能要对德国公民进行讯问。"

布劳恩又重拾了之前严肃的表情，他的冷幽默没得到效果。"确实如此。"他说完，便走向门口准备离开，"你们准备就绪后，随时给我消息。"他走了。

彼得的心情终于放松了下来。至少他又得到了控制权。他唯一的担心是布劳恩的热情会迫使他太快采取行动。

"找到偷运线索这件事做得很好。"朱埃尔的态度带着些屈从，"好警探就该这样。但如果你能在告诉布劳恩之前先和我沟通一下就更好了。"

"对不起，长官。"彼得说。事实上那是不可能的：昨天他在和瑞典的警探通话时，朱埃尔已经离开了。但彼得从不找借口。

"好吧，"朱埃尔说，"组织一支队伍，让他们到我这里来。之后就去机场吧。等旅客准备登机，就给我打电话。"

彼得离开了朱埃尔的房间，回到了蒂尔德的办公桌旁。她穿了一件夹克，里面是一件衬衫，下面穿了一条浅蓝色的百褶短裙，看上去就像是油画中的法国少女。"怎么样？"她问。

"我迟到了，不过还是将功补过了。"

"不错嘛。"

"今天早晨要到机场去执行任务。"他告诉她说。他知道自己会选哪些探员。"本特·康拉德、佩德·德莱斯勒，还有克努特·埃勒加德会跟我一起。"康拉德中士是个极端亲德派，康斯特布尔、德莱斯勒和埃勒加德探员则没有什么特别的政治立场或是爱国心，但都是服从命令且办案能力很强的警察。"我希望你也一起来，如果你愿意，因为可能有女客需要搜身。"

"当然。"

"朱埃尔会跟你们介绍基本情况。我要直接去凯斯楚普机场。"彼得向门口走去，又突然转过身来问，"小斯蒂格怎么样？"蒂尔德有一个六岁大的儿子，她上班的时候，孩子就由祖母照料。

她笑了："他很好，现在都能看书了。"

"说不定哪天他就成了警察局局长。"

她的脸一沉："我可不希望他当警察。"

彼得点了点头。蒂尔德的丈夫是在逮捕一批走私犯时殉职的。"我理解。"

她又辩驳了一句："你希望你的孩子当警察吗？"

他耸了耸肩："我没有孩子，估计以后也不会有了。"

她望着他，眼神深邃："未来的事，谁说得清。"

"倒也是。"他不想在这样一个日子里谈这个，"等我电话。"

"行。"

彼得选了一辆警局里没车牌的黑色别克，它最近才装了收发两用无线电设备。他开出城，穿过一座桥，来到了凯斯楚普机场所在的阿迈厄岛。今天天气很好，路边的沙滩上人头攒动。

这身保守的条纹西装和低调的领带让他看上去像是一个商人或律师。他没拿提包，但为了看上去更可信，他带了一个文件夹，里面放了几张废纸。

快到机场时，他感到有点紧张。如果他还能再有一两天时间，那么他可以弄清楚是否每一架飞机都会进行非法运输，还是只有几架。他今天或许会一无所获，而他们的任务却有可能让颠覆性组织提高警惕。他们可能会改换航线。那么一切都要重新来过。

机场只有一条跑道，跑道的一侧有几栋低矮的建筑物。机场有德国士兵进行严密的守卫，不过民航飞机依然由丹麦航空运输公司、瑞典航空公司以及汉莎航空管理。

彼得将车子停在了机场控制室外。他告诉秘书说他来自政府的航空安全部门，结果很快就被请了进去。控制室的负责人瓦尔德是一个矮个子男人，他满脸堆笑地接待了彼得。彼得亮出了警徽。"一会儿我们要查一下汉莎航空飞往斯德哥尔摩的飞机。"他说，"布劳恩将军已经批准了这次行动，他一会儿也会过来。我们要准备好一切。"

那位经理的脸上露出了恐惧的神情。他想打电话，可彼得却用手挡住了那部话机。"不，"他说，"不要预先通知任何人。你有在这里登机的旅客名单吗？"

"我秘书有。"

"让她拿进来。"

瓦尔德把秘书唤了进来，她手里拿着一张纸。他把它递给了彼得。

彼得问："飞机会准点到达吗？"

"是的。"瓦尔德看了看表，"还有45分钟。"

时间充足。

如果只是搜查那些在丹麦登记的旅客，那么只需要彼得一个人就够了。"请你打电话告诉飞行员，今天所有人都不能下飞机，包括乘客和机组人员。"

"没问题。"

他看了看秘书拿来的那张名单。上面只有四个名字：两个丹麦男人，一个丹麦女人，还有一个德国男人。"乘客现在在哪儿？"

"应该正在办理登机手续。"

"把他们的行李都拿来，在我们搜查过之前，不要运上飞机。"

"没问题。"

"乘客在登机前也要搜身。除了乘客和行李，还有些什么东西要运上飞机？"

"咖啡和三明治，还有一包信件，当然还要加油。"

"食物和饮料都要检查，当然还有邮包，另外我的同事会监督加油。"

"好的。"

"现在就去通知飞行员吧。所有乘客都办完手续之后就来候机室来找我。不过——请尽量保持低调，不要让别人看出有什么奇怪的地方。"

瓦尔德出去了。

彼得来到了出发区域，仔细地回忆了一下自己有什么遗漏。他找了个地方坐了下来，打量着其他乘客，不知道他们之中哪个人的行程会就此结束。今天上午有飞往柏林、汉堡、挪威首都奥斯陆、瑞典南部城市马尔莫、丹麦度假岛屿博恩霍尔姆岛的飞机，他很难确定在座的乘客中哪些是飞去斯德哥尔摩的。

房间中只有两个女人：一个年轻的母亲带着两个孩子；还有一个穿着考究的白发女人。那位年长的女士有可能是偷运者，彼得想道：这样的外表恰恰可以避免他人的怀疑。

有三个乘客穿着德国制服。彼得看了一下他手中的清单：单子上的德国男人叫范·施瓦茨克夫，是一名上校。眼前这三个人中只有他是上校军衔。但德国军官会偷运丹麦地下报纸？这实在太离谱了。

其他的男人都和彼得一样，穿着西服套装，打着领带，帽子搁在大腿上。

他一边假装不耐烦地等飞机，一边仔细留意着每个人的动向，想看看是否有人预感到了有什么不对。有几个乘客看上去有些紧张，但可能也只是害怕飞行。彼得想看看有没有人偷偷扔掉什么包裹，或是在这间候机室里藏什么东西。

瓦尔德又出现了。看他的样子好像非常高兴，他说："四个乘客都办完手续了。"

"很好。"要开始了，"告诉他们汉莎航空希望向他们表示欢迎，把他们带到你的办公室去。我也会过去。"

瓦尔德点了点头，走向了汉莎航空的服务台。他在广播召唤前往斯德哥尔摩的乘客时，彼得走到了一部公用电话旁边，打给了蒂尔德，告诉她一切已经准备就绪。瓦尔德将那四位乘客带去了办公室。彼得跟着走了进去。

他们走进瓦尔德的办公室之后，彼得表明了自己的身份。他向那位德国上校展示了警徽。"我奉布劳恩将军之命来执行任务，"他为了阻止大家反对，提前说道，"他一会儿就会过来向你们解释一切。"

那位上校看上去很生气，不过坐在那里什么也没说。其他三位乘客——那位白发老太太，还有两位丹麦商人——也保持了沉默。彼得靠在墙上，看着他们，试图发现任何会露出痕迹的行为。每个人都带了一件行李：老太太带了一个大手提包，军官拿的是一个薄薄的文件夹，商人则提着公文包。他们都有可能携带非法报纸。

瓦尔德轻松地说："需不需要给您倒一杯咖啡或者是茶？"

彼得看了看表。来自柏林的飞机应该已经抵达。他向窗外望了望，刚好看到了那架飞机。那是一架容克Ju-52三引擎飞机——真是个丑陋的家伙，他想。它的表面凹凸不平，像是房檐一样，第三个引擎从机头伸出，好像一个猪鼻子。不过这样的一个庞然大物以缓慢的速度滑翔，总还是会给人一种庄严肃穆的感觉。它着陆后向登机口滑去。舱门开了，机组人员扔下了轮挡，机修工将它们顶在了机轮前。

乘客们正在喝代用咖啡的时候，布劳恩和朱埃尔带着彼得选的另外四个探员到了。

彼得仔细地监督探员们清空了那些男士的公文包和老太太的手提包。间谍很有可能会将非法出版物放在随身的行李中，到时候这个叛徒可以争辩说自己只是想在飞机上看。不过这样的解释恐怕也救不了他。

但这些行李中并没有任何违禁刊物。

蒂尔德带着那位老太太去了另一个房间搜身，而另外三位男士则在这个办公室里脱去了衣服。布劳恩把上校的全身上下都拍打了一遍，康拉德则检查了那两个丹麦人。结果依然是一无所获。

彼得大失所望，但他还是安慰自己：那份刊物也有可能在他们托运的行李中。

乘客被请回了候机室，但依然不能登机。他们的行李被一字排开地摆在候机楼外的停机坪上：两个崭新的鳄鱼皮箱子显然属于那位老太太，一个粗呢行李包很可能是德国上校的，还有一个棕色皮箱，以及一个廉价的瓦楞纸箱。

彼得坚信自己可以在这些箱子里找到一份《事实》。

本特·康拉德从乘客那里拿到了行李的钥匙。"我猜是那个老女人，"他说，"我看她就像犹太人。"

"打开箱子吧。"彼得说。

康拉德打开了所有的行李箱。彼得开始挨个搜查，朱埃尔和布劳恩在后面看着他；窗户的另一边，候机厅的旅客们也在好奇地往外看。他想象着自己找到报纸后向每个人展示的胜利瞬间。

那个鳄鱼皮箱子里装满了昂贵的衣服。彼得把它们都扔在了地上。粗呢包则装了刮胡子的用具、内衣裤，还有一件折叠整齐的制服衬衫。商人的棕色皮箱里既有文件，也有衣物。彼得非常仔细地查看了那些文件，但没有一张是报纸或任何值得怀疑的东西。

他最后才去看那个瓦楞纸箱，心想那个穷商人做间谍的可能性应该最大。

箱子一半都空着。里面有一件白衬衫和一条黑领带，这倒印证了这个人的证词：他要去参加葬礼。另外还有一本旧的黑皮《圣经》。没有报纸。

彼得开始怀疑自己的担心会不会已成现实：今天或许真的不应该行动。他痛恨自己的草率。他控制着情绪，一切还没有结束。

他从口袋里掏出了一个折叠刀，把刀尖插进了老太太昂贵的皮箱的内衬里，在白色的丝绸上划了一个大口子。他听到朱埃尔惊讶地叫了一声。彼得把手伸了进去。但不幸的是，里面什么都没有。

接着他又划开了那个商人的皮箱内衬，结果还是一样。穷商人的纸箱没有内衬，里面也找不到任何可以藏东西的地方。

彼得感到自己的脸因为灰心和尴尬而涨红了。他用刀拆开了那位军官的箱子底部的缝线，把手伸进去摸了一通。依然是一无所获。

他抬头看了看布劳恩、朱埃尔和其他探员，他们都在盯着自己，脸上既有惊讶，也有恐惧。他意识到自己的行为已经有点疯狂了。

见鬼去吧。

朱埃尔慢吞吞地说："或许你的信息是错的，弗莱明。"

那岂不正合你意，彼得满心憎恶地想道。但一切还没结束。

他看到瓦尔德正站在候机室里往这边看，便向他示意让他过来。那个男人看到乘客们的行李时，带着笑的脸瞬间僵住了。

"邮包呢？"彼得问。

"在行李室。"

"那你还在等什么？拿过来啊，白痴！"

瓦尔德跑开了。彼得满脸厌恶地指着这些行李，冲他的下属们说道："把这些东西清走。"

德莱斯勒和埃勒加德草草地把行李箱收好。一个行李运送人员走了过来，准备把它们运到那架容克上。"等等。"在那个男人拿箱子的时候，彼得说道，"搜他。"康拉德在搜身后依然什么都没发现。

瓦尔德把邮包送了过来。彼得将所有信件都倒在了地上：每个信封上都盖了通过检查的邮戳。其中只有两个信封可以装得下一张报纸，一白一棕。他打开了那个白信封。里面是六份法律文件，应该是合同之类的东西。棕信封里是哥本哈根一家玻璃制品厂的产品名录。彼得生气地骂了一句。

有人推来了食品推车，让彼得检查。车上放了一托盘三明治和几壶咖啡。这应该算是他最后的希望了。他把咖啡全都倒在了地上。朱埃尔嘟囔了一句，想表示没这个必要，但彼得已经歇斯底里了。他掀开食物托盘上的纸巾，在三明治底下翻找。还是一无所获。他害怕了。最后，他拿起托盘，把三明治全都倒在了地上，然而托盘底下只垫了一张薄薄的餐巾。

他意识到自己将会承受奇耻大辱，这让他更加恼火了。

"开始加油吧，"他说，"我来监督。"

一辆油罐车驶向那架容克飞机。侦探们熄灭了香烟，看着燃油从机翼处被注入飞机的油箱中。彼得知道这是在做无用功，但他依然坚持要留在这里，表情木讷——因为他实在不知道之后该怎么办。飞机上的乘客们从窗子里好奇地看着外面发生的事。他们一定在想，为什么一个德国将军和六个普通市民要观察飞机加油的过程。

加油完毕，油箱盖儿合上了。

彼得不知道如何让飞机延迟起飞。他判断失误。而现在他倒像是个傻瓜。

"让乘客登机吧。"他强压着怒火命令道。

他回到了候机室，心中的屈辱已经升至了极点。他真希望能掐死谁来解解气。他在布劳恩将军和他的顶头上司朱埃尔面前扮演了一次彻头彻尾的傻瓜。任命委员会一定会庆幸他们选了朱埃尔而不是他来担任这个职位。而朱埃尔也可以借这件事情把他调去那些低层次的部门，比如交通科。

他站在候机室里，看着飞机起飞。朱埃尔、布劳恩，还有其他几个探员在那里等着他。瓦尔德就站在旁边，希望表现出什么事都没有发生的样子。他们目送那四个愤怒的乘客登上了飞机。地面工作人员移开了轮挡，把它们扔上了飞机。舱门关闭了。

飞机开始移动。彼得突然灵机一动。"让飞机停下。"他向瓦尔德命令道。

朱埃尔说："看在上帝的分上……"

瓦尔德看上去就要哭出来了。他转向布劳恩将军："长官，我的乘客……"

"让飞机停下！"彼得重复道。

瓦尔德仍然在向布劳恩求救。片刻之后，布劳恩点了点头："照他说的做。"

瓦尔德拿起了听筒。

朱埃尔说："上帝，弗莱明，你最好是对的。"

飞机在跑道上转了180度，回到了它原先的位置。舱门开了，轮挡又被扔了下来。

彼得带着其他几名同事跑到了停机坪上。螺旋桨慢慢地停下来了。两个穿着制服的男人正要将轮挡塞进飞机的主轮下面。彼得对其中一个人说："把那个轮挡给我。"

那个人看上去有些害怕，不过还是照他说的做了。

彼得从他手里拿过了轮挡。那是个一英尺高的三角形木块——又脏又重又结实。

"还有那个。"彼得接着说。

那个机修工蹲在机身下，拿起另一个轮挡递给了他。

这个轮挡看上去一模一样，但却轻了很多。彼得把它翻过来，看到那东西的底部有一个滑盖，拉开滑盖，里面是一个用油布包得整整齐齐的包裹。

彼得满意地叹了一口气。

机修工转身想跑。

"拦住他！"彼得喊道，但其实没有必要。那人避开了在场的男人，想从蒂尔德那边逃走——他以为自己可以轻易地撞开她。但蒂尔德像舞蹈演员一样灵活，一个侧身，给他让开了路，同时伸脚一绊，那个人瞬间飞了出去。

德莱斯勒扑到他身上，拖住他的脚，然后从后面绑住了他的双手。

彼得冲埃勒加德点了点头。"把另一个机修工也抓起来。他肯定知情。"

之后彼得又把目光转回到那个包裹上。他打开油布，里面是两份《事实》。他把报纸交给了朱埃尔。

朱埃尔看了看报纸，又抬头看了看彼得。

彼得带着期待的目光望着他，什么也没说，只是在等他开口。

朱埃尔闷闷地说了一句："干得好，弗莱明。"

彼得笑了："这是我该做的，长官。"

朱埃尔走开了。

彼得对探员们说："把那两个机修工都铐起来，带去总部审问。"

包裹中还有一叠钉在一起的纸。上面写满了五个一组的字母，没有任何含义。他先是有些困惑，然后突然意识到这次胜利已经超出了他的想象。

这是密码情报。

彼得将这些纸递给了布劳恩。"我想我们发现了一个间谍网，将军。"

布劳恩看着这些纸，脸一下子白了。"上帝啊，你是对的。"

"德军应该有解码部门吧？"

"当然。"

"那就好。"

5

一辆两匹马的旧式马车在科斯坦村车站接上了哈罗德·奥鲁夫森和提克·达克维茨。提克解释说这辆马车已经在谷仓里面放了很多年，在德国人颁布了限油令之后，又重新启用了。车身一看就是重新漆过的，但马却显然是从农场借来的普通役马。马夫看上去很不自在，恐怕犁地对他来说更得心应手些。

哈罗德不太清楚为什么提克要邀请他来度周末。"三个臭皮匠"虽然是七年的同学加朋友，却从来都没到彼此家做过客。这次或许是因为哈罗德在班上表现出强烈的反纳粹情绪？提克的父母可能很好奇为什么牧师的儿子会这么关心对犹太人的迫害。

他们穿过了只有一间教堂和一个小酒馆的小村庄，之后便转入了由两头石狮子"把守"的车行道。马车向前走了大概半英里之后，哈罗德看到了一座童话般的城堡，城堡外环绕着围墙，旁边还有角楼。

丹麦有成百上千座城堡。哈罗德有时候会为此感到欣慰。虽然这里是个小国家，但在历史上它并非是一个会轻易向邻国屈膝投降的懦夫。这里或许还存留着 ·些维京人的精神。

一些历史悠久的城堡已经成了供游客参观的博物馆；还有一些则与农民们建的村舍无异；另有一类城堡介乎于这两者之间，

所有者便是这片土地上最富有的家庭。科斯坦庄园——这座与村庄同名的城堡——就属于这一类。

在这座建筑面前，哈罗德感到有些自卑。他知道达克维茨的家里非常富有——提克的爸爸和叔父都是银行家——但他并没有想得这么具体。他实在不知道一会儿应该如何表现才算得体。牧师家的生活与眼前的情境差别实在太大了。

马车停在了那座如同天主教教堂般恢宏的建筑门口。现在是周六傍晚。哈罗德拿着自己的小箱子走进了宅子的大门。大理石装饰的大厅里摆满了古董家私、装饰花瓶、小雕像，还有巨幅的油画。哈罗德一家一直严奉"第二诫"生活，"不可作什么形象，仿佛上天、下地，和地底下、水中的百物"，因此，牧师家中没有任何图片或画作（不过哈罗德知道母亲曾经在他和亚恩还是婴儿时偷拍了照片，他在母亲的抽屉里看到过）。达克维茨家里的华丽装饰让他感到略微有些不舒服。

提克把他带到了楼上的一间卧室里。"这是我的房间。"他说。这里没有大师的作品或是中国花瓶，是个典型的18岁男孩的卧室：足球，一张玛琳·黛德丽的性感照片，还有一张宾尼法利纳设计的兰旗亚轿车的广告招贴。

哈罗德拿起了一个相框，这是提克和一个同龄女孩的合照。"你女朋友？"

"我的双胞胎妹妹，卡伦。"

"哦。"哈罗德好像记得提克有个双胞胎姐妹。照片里她要高过提克。那是一张黑白照片，但看得出，她的肤色和发色要更浅些。"显然你们不是同卵双胞胎，她比你好看多了。"

"同卵双胞胎的性别是一样的，白痴。"

"她在哪儿上学？"

"丹麦皇家芭蕾舞团。"

"我不知道他们居然还有学校。"

"如果你想进舞团，就得上他们的学校。有些女孩从五岁就开始学了。他们也学普通的课程，同时还跳舞。"

"她喜欢吗？"

提克耸了耸肩："她说那儿很苦。"他打开了门，带着哈罗德经过了浴室，来到了另一间小一些的卧房，"如果没问题，你今晚就住这里吧。"提克说，"我们可以共用一个浴室。"

"好。"哈罗德把箱子放在了床旁边。

"还有更大的房间，但离我很远。"

"还是这儿好些。"

"来和我妈妈打个招呼吧。"

哈罗德跟着提克走进了一层的走廊。提克敲了敲门，推开了一条缝朝里面说道："妈妈，想见见两位绅士吗？"

一个声音回答说："进来吧，约瑟夫。"

哈罗德随着提克一起走进达克维茨太太漂亮的卧室。房间里挂满镶了框的照片。提克的母亲和他看上去很像，两个人都是黑眼睛，只是她身材矮胖，提克却很瘦。她大约40岁的年纪，不过头发已经花白了。

提克做了一下介绍，哈罗德弯了弯身子，和达克维茨太太握手行礼。达克维茨太太请他坐下，询问了一下学校里的事。她是个很可爱的女人，和她讲话很轻松。哈罗德对这个周末的担忧渐渐舒缓了下来。

过了一会儿，她说："去准备一下，晚餐时间快到了。"两个男孩回到了提克的房间。哈罗德紧张地问："你们吃晚餐不会要穿得很正规吧？"

"你的外套和领带就可以。"

哈罗德也只有这个可以穿了。学校的套装、裤子、大衣、帽子，再加上运动服，对于奥鲁夫森一家来说已经是一笔庞大的开销了，因为随着哈罗德逐渐长高，这些衣服每年都要更换。除了冬天的毛衣和夏天的短裤之外，他再没有其他的衣服了。"你穿什么？"他问提克。

"黑夹克和灰绒裤。"

哈罗德很高兴自己带了一件白衬衫。

"你想先洗个澡吗？"提克问。

"好啊。"饭前洗澡对哈罗德来说有点奇怪，不过他告诉自己这是学习富人生活的好机会。

他在浴缸里洗了头，在外面刮了胡子。"你在学校可不会一天刮两次胡子。"哈罗德说。

"妈妈很麻烦。而且我的胡子又很黑。她说我晚上要是不刮胡子，看上去就像是个矿工。"

哈罗德穿上了他的干净衬衫和校服西裤，然后回到房间里，对着梳妆台的镜子把自己湿漉漉的头发梳理整齐。他正在梳头的时候，一个女孩没敲门就走了进来。"嗨，"她说，"你一定就是哈罗德。"

这就是相片里的那个女孩，但那张黑白照片对她实在不够公平。她的肌肤洁白如雪，眼睛碧绿，一头铜红色的卷发柔顺而光亮。她身材高挑，穿了一件深绿色的裙装，走进来的时候仿佛是一个轻飘飘的幽灵。那女孩轻松地搬起了一张椅子，把它调转朝向哈罗德，然后坐了下来。她跷起腿，问道："对吗？你是哈罗德吧？"

他一阵语塞。"是的，我是。"他突然想到自己还光着脚，"你是提克的妹妹。"

"提克？"

"这是约瑟夫在学校的外号。"

"哦，我叫卡伦，没有外号。我听说了你在学校的事。我觉得你做得很对。我恨死纳粹了——他们以为自己是谁！"

提克出现在了门口，身上裹着一条毛巾。"你就不能尊重一下男士的隐私吗？"他问。

"不，我不能。"她反驳说，"我想喝鸡尾酒，但他们说餐桌上至少要有一位男士才能上酒。我觉得这些佣人完全是在自定规矩。"

"你先把头转过去待一会儿。"提克说完之后便解掉了毛巾，这让哈罗德吃了一惊。

卡伦完全不在乎她哥哥的裸体，根本没有转头的意思。"你怎么样，黑眼睛矮人？"她边看着提克穿衣服边亲切地问。

"我挺好，不过考完试以后会更好。"

"你要是不及格怎么办？"

"我估计我会在银行工作。爸爸会让我从底层做起，给低级职员倒墨水。"

哈罗德对卡伦说："他不会不及格的。"

她转头回答："我想你也应该挺聪明吧，和约瑟夫一样？"

提克说："事实上他比我聪明多了。"

哈罗德没法否认。他不好意思地问："芭蕾舞学校什么样呢？"

"就像是服兵役和蹲监狱的交集。"

哈罗德着迷地看着卡伦。他不知道应该把她看作是一个男孩，还是一个女神。她会像个小孩子一样和哥哥斗嘴，然而尽管如此，却依然保持着不同于众的优雅。就算此刻坐在椅子上，手舞足蹈地聊天，或是指着谁说话，又或是把下巴放在手背上，她都像是在跳舞。她的动作永远那么和谐。但优雅的姿势并没有让她变得呆板，哈罗德愣愣地望着她脸上的表情。她的嘴唇饱满，笑容明媚，有一边嘴角挑得更高些。事实上她的脸稍稍有点不规则，鼻子不是很直，下巴也有些不对称——但整体的效果却很漂亮，可以说是他见过的最美的女孩。

"你最好把鞋穿上。"提克对哈罗德说。

哈罗德回到自己的房间，穿戴整齐。他回到提克的卧室时，提克已经穿好了白衬衫和黑外套，还打了一条黑色的领带，看上去非常利落。哈罗德突然感到自己的制服实在太学生气了。

哈罗德和提克跟着卡伦走下楼。他们来到了一间有些凌乱的长方形房间，里面摆了几张大沙发、一架钢琴，还有一只老狗趴在壁炉前面的地毯上。这里的轻松气氛和之前大堂中的古板保守形成了对比——不过墙壁上依然挂满了各种油画。

一个穿着黑裙子、戴着白围裙的年轻女子问哈罗德想喝点什么。"和约瑟夫一样就可以了。"他回答说。哈罗德家里没有酒。在学校，毕业班的男生每个周五的晚上可以喝一杯啤酒。哈罗德从来都没有喝过鸡尾酒，甚至都不知道鸡尾酒是什么。

为了不让自己闲着，他弯下身子拍了拍那只狗。那是一只赤毛塞特犬，身子又瘦又长，姜黄色的长毛中间已经夹杂了丝丝灰色。

它睁开了一只眼睛，摇了一下尾巴，以感谢哈罗德对它的关注。

卡伦说："这是托尔。"

"雷神的名字。"哈罗德笑了。

"很傻吧，我觉得也是，是约瑟夫给它起的。"

提克反对说："你要叫它金凤花！"

"我那时候才八岁！"

"我也是。而且'托尔'这名字一点都不傻。它放屁的时候就像是打雷。"

提克正说着，提克的父亲走了进来。他和托尔长得太像了，哈罗德差点笑出来。达克维茨先生高高瘦瘦的，穿了一件天鹅绒的短上衣，戴了一个黑色的领结，红色的卷发也已经花白。哈罗德站起身来和他握了握手。

达克维茨先生对他的态度和托尔一样友好而懒散。"很高兴能见到你。"他语调缓慢地说，"约瑟夫总是提起你。"

提克接话道："现在你已经见过我们全家了。"

达克维茨先生对哈罗德说："学校的一切还顺利吧，在上次你发火之后？"

"我没受罚，这挺奇怪的。"哈罗德回答说，"之前只因为我说一个老师'胡扯'，就被罚剪草坪。这次我对艾格先生的态度要糟糕得多，但艾斯——我们的校长——只是告诉我，如果我能平静地提出问题，效果要好得多。"

"他这是以身作则啊。"达克维茨先生笑着说，哈罗德这才意识到艾斯可能确实是这个意思。

卡伦说："我觉得艾斯不对。有时候你必须用这种方式让对方听你的观点。"

哈罗德觉得她说得很有道理。他当时就应该这样对艾斯说。卡伦真是既聪明又漂亮。不过他一直都想问达克维茨一个问题，现在终于有机会问了："先生，您不担心纳粹有可能会对您采取什么行动吗？"

"我担心。但丹麦不是德国，德国人看来首先把我们视为丹麦人，其次才是犹太人。"

"只是到现在为止。"提克说。

"是的。但问题是我们有什么选择？我想我可以到瑞典出一趟公差，在那儿申请去美国的护照。但全家人都搬走太困难了。而且我得把很多东西都留在这儿，我曾祖父创建的生意，我的孩子们出生的房子，我用一生时间收藏的油画……这样想来，恐怕最简单的方法还是留在这里，期待能有好运了。"

"而且我们也不是开小店的，看在上帝的分上。我恨纳粹，但我们家拥有全国最大的银行，他们能拿我们怎么样呢？"

哈罗德觉得她的看法很傻。"纳粹可以为所欲为——你现在应该已经看出来了。"他带着讽刺的口气说。

"哦，是吗？"卡伦冷冷地反问道。他意识到自己得罪到她了。

他本来想解释乔基姆叔叔已经受到了迫害，但就在这时，达克维茨太太来了。他们开始谈起皇家芭蕾舞团最近演出的《林中仙子》。

"我喜欢它的音乐。"哈罗德在收音机里听过，而且可以用钢琴弹奏其中的一小部分。

"你看过那段芭蕾舞吗？"达克维茨太太问道。

"没有。"他很想表示自己看过很多芭蕾舞，只是没有看过这一部。但他意识到在这样的家庭面前很容易露馅。"说实话，我从来没去过剧院。"他承认道。

"真悲惨。"卡伦高傲地说。

达克维茨太太责备地看了她一眼："那卡伦应该带你去看一次。"

"妈妈，我很忙，"卡伦反对道，"我正在准备做主角替补呢。"

哈罗德听到她的拒绝，感到很受伤害，但他想，她应该是因为他刚刚关于纳粹的观点而在惩罚他。

哈罗德喝光了杯子里的酒。他喜欢鸡尾酒那种苦中带甜的味道，那酒让他感到放松，然而却也让他有点口无遮拦了。他很后悔自己冒犯了卡伦。现在她突然对他冷淡了下来，不过这更让他意识到自己有多喜欢她。

帮大家斟酒的那个女仆宣布晚餐已经就绪，并打开了通向餐厅的门。他们穿过大门，坐在了一张长桌前。女仆拿来了一瓶红酒，哈罗德拒绝了。

他们喝了蔬菜汤，吃了白汁鳕鱼，还有肉汁羊排。虽然现在食物都是定量配给的，但他们依然吃了很多东西。达克维茨太太解释说，这些食材大部分都来自农庄。

整个晚餐过程中，卡伦都没有直接和哈罗德说过一句话，每次开口也都只是对所有人泛泛而谈。就算是他问她什么问题，她回答的时候眼睛也不会看着他。哈罗德很不开心。她是他见过的最可爱的女孩，可他在几小时的时间里就站到了她的对立面。

后来，大家又回到了客厅。哈罗德终于喝到了真正的咖啡。他实在想知道达克维茨太太是在哪儿买到的。这咖啡细得像金沙一般，不可能是来自丹麦的哪个园子。

卡伦去阳台吸烟了。提克解释说，他们的父母很保守，不喜欢看到女孩子吸烟。这个女孩喝鸡尾酒、抽香烟时的那种成熟风韵让哈罗德心中萌生了一种敬意。

卡伦回来了。达克维茨先生坐在钢琴前，翻开了琴谱。达克维茨太太站在他身后。"贝多芬？"达克维茨太太点了点头。他谈了几个小节之后，她开始唱一首德文歌。哈罗德惊叹不已，歌曲结束后热情地鼓起了掌。

提克说："再唱一首吧，妈妈。"

"好啊，"她说，"不过一会儿你也要弹一段。"

达克维茨夫妇又演出了一首曲子。之后提克拿出了黑管，吹了一首莫扎特最简单的《摇篮曲》。达克维茨先生回到钢琴前，弹奏了肖邦《林中仙子》中的一段圆舞曲。卡伦踢掉了鞋子，跳了一段自己做替角的舞蹈。

然后，他们便将充满期待的目光转向了哈罗德。

他意识到自己也得表演点什么。可他不会唱歌，只知道几首丹麦的民歌。这样的话就只能弹琴了。"我不太懂古典音乐。"他说。

"胡扯。"提克说，"你经常在你爸的教堂里弹琴，你告诉过我。"

哈罗德坐在了钢琴前。他实在没法在这个上流犹太家庭面前弹路德教会赞美诗。他犹豫了一下，然后便弹起了《佩恩托普的布基伍基》。曲子开始时是右手单独演奏的一段颤音，然后再用左手弹奏低音和弦，右手则是一段性感而充满诱惑力的蓝调。没多久，他就忘记了周围的环境，完全沉浸在了音乐中。琴声越来越响，越来越热情，他还学着佩恩托普的样子用英语招呼着："大家一起来，布基伍基！"

曲子终了，房间中鸦雀无声。

达克维茨先生脸上的表情就仿佛是刚刚吞下了一个烂苹果。连提克都显得很是尴尬。达克维茨夫人说："我必须要说，这样的曲子还从来没在这个房间出现过。"

哈罗德意识到自己犯了一个大错。达克维茨这样的人家不可能接受爵士乐，他们在这一点上和自己的父亲是一样的。他们受过良好的教育，但这并不意味着他们的思想足够开放。"上帝，"他说，"看来这首曲子不太合适。"

"确实不太合适。"达克维茨先生坦言。

沙发后面，卡伦的目光与哈罗德撞了个正着。他以为她会高傲地冷笑，却没想到她竟调皮地挤了一下眼睛。

再丢脸都值了。

星期天的早晨，他从睡梦中醒来，满脑子都是卡伦的影子。

他希望她还能像昨天一样，到男孩的房间里来聊天，但结果却令他失望了。早餐的时候她也没有出现。哈罗德尽可能不落痕迹地问提克卡伦去了哪儿。提克好像毫不关心，只是说她有可能去练舞了。

早餐之后，哈罗德和提克复习了两个小时的功课。以他们的成绩来说，通过考试应该是轻而易举的事，但两个人都不想冒险，因为考试的结果将决定他们是否能上大学。11点钟的时候，他们准备到农庄里散一会儿步。

在那条长长的车行道尽头，哈罗德看到了一栋废弃的修道院隐藏在树木后面。"在改革之后，国王占了这座修道院，后来王室在这里住了100多年，"提克说，"之后科斯坦庄园建起来了，这些老地方也就没人用了。"

他们走进了那座修道院，这里曾经遍布着修士们的足迹。那一个个小单间现在变成了园艺用具的储藏室。"这些东西估计有几十年都没有人看到过了。"提克边说边用脚尖踢了一下前面那个生了锈的铁轮。他打开了一扇门，门的另一边是一个明亮的大房间。窄窄的窗户上面没有玻璃，但整个房子里面干爽而整洁。"这里曾经是宿舍。"提克说，"夏天的时候，在农庄干活的农民会住在这里。"

他们走进了院里的那座废弃的教堂，现在这儿已经变成了杂物室，屋子里弥漫着一股霉味儿。一只瘦瘦的小猫瞪着他们，仿佛在质问他们有什么权利闯进它的地盘.瞪了一会儿之后，它就跳到窗户外面去了。

哈罗德揭开了屋子里那辆劳斯莱斯上面盖着的帆布。"你爸爸的？"

"对——在限油令结束前只能放在这儿了。"

房间里还有一张斑痕累累的工作台，上面摆了一把老虎钳，还有一些乱七八糟的工具，是之前修车用的。墙角处有一个洗手池，池子上面有一个水龙头。旁边摞着一大堆曾经装肥皂和橙子的木箱。哈罗德拿起一个箱子看了看，看到里面装着好几辆用上了色的罐头盒做的小玩具汽车。他拿起了其中的一辆，车窗上画了司机的脸，侧面的窗户上是侧脸，挡风玻璃上则是正脸。他记得自己小时候曾经非常想要这样一个玩具。他把那辆小车子放回了盒子里。

在对面的角落里，停着一架没有翅膀的单引擎飞机。

哈罗德眼睛一亮。"这是什么？"

"大黄蜂蛾式双翼机[1]，英国德·哈维兰公司生产。我爸爸五年前买的，但他甚至都没想过要去学着开它。"

"你上去过吗？"

"上去过。刚买来的时候我们飞过很多次。棒极了。"

哈罗德用手轻触了一下它的螺旋桨。那家伙至少有六英尺长，经过精确数学计算的弧度就如同艺术品一般。飞机微微有些倾斜，起落架已经坏掉了，一个轮胎也扁了。

他摸了摸机身。它的外壳居然是帆布的，哈罗德感到十分惊讶。一大块布套在了它的骨架上，上面还有一些裂口和皱褶。飞机是淡蓝色的，中间有一条黑色的腰线，腰线上下各一条白边。起初它的颜色应该很是鲜艳明快，但现在已经显得晦暗陈旧了，上面蒙了一层厚厚的灰，还有一块一块的油污。它其实是有机翼的！哈罗德这时候才看到——但那对银色的翅膀被收到了后面。

他透过窗户看到了机舱里边。那儿其实和普通的汽车差不多：并排两个座位，正对着木制的操作面板，上面是各种各样的按钮。一个座位上的面料已经裂了，里面的填充物都露了出来。估计是有老鼠在这儿筑窝了。

他扭了一下门把手，打开舱门钻了进去，坐在了那张完好的椅子上。控制面板看上去很简单。中间是一个Y字形的操控杆，

---

[1] 大黄蜂蛾式双翼机（Hornet Moth），德·哈维兰公司生产的虎蛾双翼机的替代品。虽然此机型的舱内结构与之后空军飞行训练员所驾驶的现代飞机非常类似，但当时英国皇家空军并未对其表现出兴趣，因此该机型被卖给私人买家进行生产。

两边的座位都可以操作。他用手握住操控杆，脚踏踏板。开飞机应该比骑摩托更令人激动吧，哈罗德想道。他想象着自己像一只巨鸟一样直冲云霄，耳旁回荡着引擎的轰鸣。

"你开过吗？"他问提克。

"没有。不过卡伦上过飞行课。"

"是吗？"

"她不够年龄，但技术非常棒。"

哈罗德研究了一下那些控制键。他看到了一对写着"开/关"的按钮，便打开试了试，但飞机却毫无反应。操控杆和踏板都很松，连接线恐怕已经断了。提克说："去年农场的机器坏了，就拿走了飞机的电线。我们走吧。"

哈罗德真希望能再在这里待上一个小时，可提克已经没了耐心。他只得钻了出来。

他们从后门离开了那间修道院，沿着小路穿过了一片小树林。庄园后面有一片很大的农场。"我出生之前，尼尔森家就把这儿租下来了。"提克说，"他们养猪做培根，乳牛群还得过奖，另外还种了几百英亩的谷物。"

他们围着一片麦子地转了一圈，穿过了四处都是奶牛的牧草地，远远地闻到了猪圈那边传来的味道。在去农舍的土路上，他们看到一辆拖着挂车的拖拉机停在路边，穿着工作装的年轻司机正趴在引擎上不知道在摆弄什么。提克和那个男人握了握手："嗨，弗莱德里克，怎么了？"

"车熄火了。我本来在送尼尔森先生一家去教堂，"他看了一眼挂车，车上有两排座位，"现在大人们只能走着去教堂，孩子已经被送回家了。"

"我朋友哈罗德是修机器的专家。"

"那就让他看看吧。"

那是部最新型的时髦家伙：柴油发动机，橡胶轮胎，而不是旧式的钢轮。哈罗德弯下身子检查内部的机器状况。"打火后会怎么样呢？"

"你看看就知道了。"弗莱德里克拉动了一个把手。发动机轰鸣，但引擎却带不起来。"我猜它需要一个新油泵。"弗莱德里克失望地摇了摇头，"但我们的机器都没有备用的零件。"

哈罗德怀疑地摇了摇头。他闻得到燃料的味道，这说明燃油泵可以正常工作，只不过柴油机连不到气缸。"能再打一次吗？"

弗雷德里克又拉了一下把手。哈罗德好像看到燃油滤水管有反应了。他趴近了一点，发现气门附近在漏油。他把手伸进去，拧了拧螺母，把整个气门组件从滤清器上取了下来。"问题在这儿，"他说，"这个螺母里的螺丝磨损太厉害了，已经松了。"

弗雷德里克把手伸进自己粗花呢裤子的口袋里："我这儿有一根粗绳子。"

"可以将就一段时间。"哈罗德把气门装了回去，用绳子把它紧紧地固定在了滤清器上，"再试试。"

弗雷德里克再次拉动把手，引擎启动了。"好吧，是我蠢，"他说，"服了你了。"

"有时间把绳子换成金属线吧。这样你也就不需要再预备配件了。"

"你会在这儿待上一两个星期吧？"弗雷德里克问，"这儿到处都是坏机器。"

"不好意思——我得回去上学。"

"好吧，那祝你好运。"弗雷德里克钻进了车子里，"幸亏遇到你，我还来得及到教堂把尼尔森先生一家接回来。"说完他便开走了。

哈罗德和提克朝着城堡走去。"刚才你可真厉害。"提克说。

哈罗德耸了耸肩。他从记事开始，就能修各种各样的机器。

"老尼尔森特别喜欢这些新发明，"提克又说，"播种机、收割机，甚至是挤奶机。"

"他找得到燃料？"

"可以。只要是为了生产食物就行。但没人能找到富余的零件。"

哈罗德看了看表，他一直盼着在午餐时能见到卡伦。他想问她关于飞行课的事。

他们在村子里的一间小旅馆门前停了下来。提克买了两杯啤酒，他们坐在旅馆外面，享受着中午美好的阳光。街对面是一座红砖小教堂，门口都是来祷告的村民。弗雷德里克又在这里碰到了他们，抬手打了个招呼。他后面坐了四个人。那个身材健硕的白发男人应该就是尼尔森先生，他的肤色棕红，一看就是整日在户外工作的人。

一个穿着黑色警察服的男人走了出来，旁边跟着一个贼眉鼠眼的女人和两个小孩子。他充满敌意地看了提克一眼。

旁边那个七八岁大的小女孩大声问："爸爸，为什么他们不去教堂？"

"因为他们是犹太人，"那个男人回答说，"他们不相信我们的主。"

哈罗德转头看提克。

"那是村里的警察，波尔·汉森。"提克静静地说，"也是这儿的丹麦国家社会主义工人党的代表。"

哈罗德点了点头。丹麦纳粹是个很弱的政党。在两年前那次选举中，他们在国会里只得到了三个席位，但德国的占领带给了他们希望。德国人给丹麦政府施压，让他们给纳粹领导人弗里茨·克劳森一个部长职位，但国王立场明确，拒绝了这个提案，结果德国人还是退让了。汉森这样的党员当然十分失望，不过他还是在静候改天换地的那一刻。他们好像很自信，认为属于自己的时代终将来到。哈罗德很怕他们的愿望成真。

提克喝光了杯子里的酒。"回去吃午饭吧。"

他们返回了城堡。可是刚到院子里，却意外地碰到了保罗·柯克——他们的同学麦兹·柯克的表兄，也是哈罗德哥哥亚恩的朋友。保罗穿着短裤，旁边的廊柱上靠了一辆自行车。哈罗德以前见过他几次，便停下了脚步，让提克一个人先回去了。

"你在这儿工作吗？"保罗问他。

"不是，只是来玩的。还没放假呢。"

"收割的时候这里会雇学生帮忙。你这个夏天有什么安排吗？"

"还不知道。去年我在桑德岛工作。"他做了个鬼脸，"结果那儿变成了德国的基地，那时候他们可没告诉我。"

保罗看上去很有兴趣。"哦？什么基地？"

"我猜应该是个无线电站。他们解雇了所有丹麦人之后才去安置那些设备。今年我估计会在渔船上工作，再预习一下大学的课程。我希望能跟着尼尔斯·玻尔学物理。"

"真不错。麦兹一直夸你是个天才。"

哈罗德本来想要问保罗来这里做什么，然而答案却不言自明了。卡伦推着一辆自行车从城堡的侧门走了出来。

那条卡奇色的短裤更凸显了她修长的双腿。她美得简直不可形容。

"早晨好，哈罗德。"她走到保罗身边，亲了他一下。哈罗德心里嫉妒极了，那可是嘴对嘴的亲吻，虽然只是轻轻一吻。"嗨。"她对保罗说。

哈罗德心里很难过。他本来希望能够和卡伦在餐桌上相处一个小时，可她却要和保罗去骑车了，而且这个大她十岁的保罗显然已成为了她的男朋友。哈罗德第一次意识到保罗其实非常英俊，五官端正，笑容迷人，笑起来的时候还会露出两排完美的牙齿。

保罗拉着卡伦的手，上上下下地打量了她一番。"你真美，"他说，"我真想把你现在的样子拍下来。"

她优雅地笑了笑："谢谢。"

"可以走了吗？"

"好啊。"

他们骑上了自行车。

哈罗德难受极了。他看着他们在阳光下肩并肩地沿着大道骑走了。"玩得开心点！"他喊道。

卡伦头也没回地挥了挥手。

6

赫米娅·芒特恐怕要被炒掉了。

她从来没经历过这样的事。她是个聪明又负责的员工，虽然她有些刻薄，但上司们依然还是将她视为自己团队的财富。可此刻，她的顶头上司赫伯特·伍迪恐怕马上就要让她卷铺盖回家，现在只差等他鼓起勇气了。

MI6的两个丹麦人在凯斯楚普机场被捕了。他们现在正在拘留中，无疑会遭受到拷问。这对于"守夜人"来说是一个很大的打击。伍迪从和平时期起就在MI6工作，是一个老官僚。他需要一个替罪羊，而赫米娅显然是个合适的人选。

赫米娅完全理解他的立场。她已经为英国政府工作了十年，她了解其中的游戏规则。如果伍迪发现自己的部门必须要承担责任，就只能将罪过推到最初级的员工身上。伍迪本来就不太习惯和女人一起工作，所以如果能让男人代替她，岂不更好？

一开始赫米娅也情愿做这个替罪羊。她从来没见过那两个机械工——他们是保罗·柯克招进来的——但整个网络是她一手建立的，她应该对这两个被捕的人负责。此刻，她难受得就像他们已经殉职了一样，完全不想再继续下去了。

而且她的工作对整个战争又有什么意义呢？她只是收集情报

而已，而且这些情报根本也没起到什么作用。那么多人付出自己的生命向她传递哥本哈根港口的照片，却并没有得到什么结果。想想也真傻。

但事实上，她也能理解这种常规工作的重要性。在不久的将来，勘察飞机将拍到一个停满了船只的港口，而部队里的指挥者们将会判断这张图片代表了正常的交通往来，还是突然的侵略部署——在那一刻，赫米娅的照片将起到至关重要的作用。

另外，这次迪格比·霍尔的造访让她的工作变得更为紧要了。德国飞机侦察系统可能是他们赢得战争的关键。她想得越多，就越觉得问题的关键就在丹麦。丹麦西岸的地理位置应该是侦察接近德国的轰炸机的理想地点。

MI6里面再没有一个人能比她更了解丹麦的具体情况。她和保罗·柯克私交甚好，保罗也信任她。如果让一个陌生人接任她的工作，后果可以说是不堪设想的。她必须要保住这个位子。而这意味着她要和老板斗智斗勇。

"这是个坏消息。"伍迪坐在办公桌后面责备她说。

他的办公室是由这栋旧房子的一间卧室改造的。墙壁上的花朵和缎面灯罩意味着这里以前应该住着一位女士。可现在，曾经的衣橱变成了一屋子的文件柜，那个可能装了三面镜子的细腿梳妆台如今也变成了金属制的工作台。除此之外，房间里也再没有一个穿着奢华丝绸睡衣的美人，坐着的只是一个身着灰套装、戴着眼镜、五短身材并且自以为是的男人。

赫米娅尽可能地让自己显得镇静些。"毋庸置疑，特工受审是一件很危险的事，"她说，"但是——"她的头脑中出现了那两个勇敢的男人被拷问折磨的情境，感到喉咙都收紧了。她平复了一下心情，"但是我觉得这次的风险很小。"

伍迪怀疑地咕哝了一声："我们可能要启动质询程序。"

她的心一沉。质询意味着要从其他部门请一位调查员。这个人必须要锁定一个替罪羊，而她无疑将成为最终的人选。幸亏她有所准备。"那两个被捕的人并不知道任何秘密，所以也没办法叛变，"她说，"他们是飞机场的地面工作人员。'守夜人'的某个队员会将报纸交给他们，让他们运送出境。他们把违禁物放在飞机的空轮挡里面。"即使如此，她知道他们可能会交代一些细节，比如他们是怎样被甄选为特工人员的，整个组织是怎么运作的。如果那个捕间谍的人够聪明，他就可以利用这些细节来找到其他的特工人员。

"谁给他们的报纸？"

"马蒂斯·赫兹，陆军中尉。他已经躲起来了。这两个机械工不认识其他任何人。"

"也就是说我们的安全保障系统很严密，缩小了可能的损失范围。"

赫米娅想，伍迪应该是在预演向他上司汇报的说辞吧。她强迫自己迎合他一次："是的，长官，这个说法非常正确。"

"但是丹麦警察是怎么发现你的人的呢？"

赫米娅料到了他会这么问，所以早就准备好了答案。"我想问题应该是出在瑞典那边。"

"啊。"伍迪的脸一下子亮了。瑞典是中立国，显然不在他的掌控之内。他很渴望可以有机会把责任推到其他地方去，"坐下说吧，芒特小姐。"

"谢谢。"赫米娅备受鼓舞：伍迪的表现完全符合了她的预期。她继续道："我觉得瑞典那边的中间人一直在向斯德哥尔摩的路透社传递非法刊物，也就是这些刊物引起了德国人的注意。您一直坚持说特工应该专注于情报收集工作，不要参与到媒体宣传一类事务中。"这绝对是逢迎拍马之词，她从来没听伍迪说过这样的话，虽然这是间谍工作的根本规则。

但他还是假充贤明地点了点头："确实如此。"

"我刚一发现瑞典那边的行为，就提醒了他，但恐怕已经来不及了。"

伍迪陷入了深思。如果他能这样和上司解释，表明自己的建议受到了对方的忽视，对他来说绝对是好事。事实上他倒不希望人们总是按照他的意思去做事，因为如果获得了成功，那些人恐怕会把功劳揽到自己的身上。相反，他更愿意他们自作主张，这样如果行动失败，他就可以说上一句："我提醒过你的。"

赫米娅说："不如我写一份备忘录，注明您之前的建议，还有我对瑞典公使馆的提醒？"

"好主意。"伍迪更开心了。他连推卸责任这一步都省了，只需要手下在备忘录中提及自己的英明建议就行了。

"不过我们需要想一个新方法来从丹麦收集情报。这种材料不能用无线电传达——太耗时间了。"

伍迪完全不知道应该怎样设计一条秘密传递情报的路径。"啊，这真是一个问题。"他的声音中充满了紧张。

"幸运的是我们还有一个后备选择，可以通过从丹麦的埃尔西诺到瑞典赫尔辛堡的水陆联运列车来运送。"

伍迪一下子放松了下来。"太棒了。"他说。

"那我就在备忘中记下来您授权我这样做了？"

"好的。"

她犹豫了一下："那质询呢？"

"你知道的，我不确定是否有这个必要。你的备忘录已经可以回答任何问题了。"

她心中的石头终于落了地：她不会被解雇了。不过她还是努力掩饰住了自己的情绪。

她知道在这个时候她应该见好就收，但是有一个问题她实在不能不提。"还有一个方法可以提高我们的安保系统，长官。"

"是吗？"看伍迪的表情，好像他已经对这个问题深思熟虑过了。

"我们应该采用更严密的密码系统。"

"我们现在的诗歌码有什么问题吗？MI6的特工很多年以来一直用它啊。"

"可是我担心德国人已经可以破解我们的密码了。"

伍迪笑了。"我不这么想，亲爱的赫米娅。"

赫米娅决定冒险跟他争到底。"我能跟您举个例子吗？"没等他回答，她就继续说了下去。"您看看这段密码。"她在纸上快速写下了几个字母：

Gsff cffs jo uif dbouffo

她说："这里面出现最多的是f。"

"显然。"

"在英语中，应用最普遍的字母是e，因此解码者就会假设这里的f代表了e。这样，这句话就变成了gsEE cEEs jo niE dbouEEo。"

"这可以代表任何意思。"伍迪说。

"并非如此。有多少单词是以两个e结尾的呢？"

"我不知道。"

"其实很少，逃跑（flee）、免费（free）、快乐（glee）、你（thee）、还有大树（tree）。现在您看一下第二组字母。"

"芒特小姐，我真的没有时间——"

"几秒钟就够了，长官。在英语中，中间有两个e的四字母单词很多，那么第一个开头字母会是什么呢？不可能是a，但有可能是b。所以我们可以根据逻辑推算：'逃跑'加'曾经'（been）没有实际意义，'免费的蜜蜂'（bee）听起来有点怪，'大树蜜蜂'可能有点意思——"

"免费啤酒（Free Beer）！"伍迪突然叫了出来，一脸胜利的表情。

"好，就假设是这样。下一组只有两个字母，这样的单词不多：一个（an），在（at），在……里面（in），如果（if），在……上面（on），关于（of），或者（or），还有上（up），这些是最常见的。第四组是以e结尾的三字母单词，这样的词也是很多，最常用的是定冠词the。"

伍迪的兴趣来了。"免费啤酒在'某某'地方。"

"或者在'某某'里。而这个'某某'是一个七字母单词，并且结尾是eed，eef，eek，eel，eem，een，eep或者——"

"餐厅（canteen）里有免费啤酒！"伍迪兴高采烈地说道。

"没错。"赫米娅静静地坐在那里，望着伍迪，想让他自己意识到事情的严重性，"我们的密码就是这么容易，长官。"她看了看表，"您只需要三分钟就能破解。"

他咕哝了一声。"这只是个小游戏，芒特小姐。但是MI6的老手们对这些东西懂得比你要更多，相信我吧。"

完全没用，她失望地想。他今天恐怕很难接受这个提议了。她强迫自己优雅地朝他笑了笑。"好的，长官。"

"集中精力做好你的工作吧。其他的'守夜人'成员之后有什么任务？"

"我准备让他们注意德国是不是发明了远距离飞机探测装置。"

"上帝啊，千万别那么做！"

"为什么？"

"如果敌军发现我们在问这样的问题，就会认为我们有了这样的装置。"

"但是长官——如果他们已经建成了，又该怎么办呢？"

"他们没有。这个你可以放心。"

"上星期唐宁街来的一位先生想法可能不太一样。"

"芒特小姐，MI6最近刚刚组织委员会研究过雷达装置问题，他们认为敌军需要至少18个月的时间才可能开发出这样的设备。"

所以那应该就是雷达了，赫米娅想道。她笑了。"这样就好，"她撒谎道，"您应该也是委员会的成员吧，长官？"

伍迪点了点头。"事实上我是委员会的负责人。"

"谢谢您让我放心。我现在就去写备忘录。"

"很好。"

赫米娅走出了伍迪的办公室。她的脸已经笑僵了——讨好伍迪让她感到筋疲力尽。她保住了自己的工作。在回办公室的路上，她小小地得意了一下。她还知道了那种远距离飞机探测系统的名字——雷达——但显然，伍迪不想让她调查德军是否在丹麦建立了这样的系统。

她希望能做一些行之有效的事。常规工作让她感到不耐烦而沮丧。如果能看到一些真实的成果，她的心情会好很多。这样也算是对在凯斯楚普机场被捕的那两个机械工有个交代。

她应该背着伍迪调查一下敌军雷达的事。他有可能会发现，但她情愿冒险。但是她不知道该怎样和"守夜人"说。他们应该找些什么？在哪儿找？她在向保罗下达命令之前还需要获得更多的信息才行。显然伍迪不可能帮她什么忙。

但他也不是她唯一的希望。

她坐在桌子前，拿起听筒说道："帮我接唐宁街10号。"

她和迪格比在特拉法尔加广场见了面。她站在尼尔逊纪念柱前，看着他从白厅的方向走了过来。远处那个精力充沛、步履略显蹒跚的身影非常容易辨认。他们握了握手，然后向苏荷区走去。

那是一个温暖的夏日夜晚，伦敦西区很是热闹。满街都是赶往剧院、电影院、酒吧或者餐厅的人们。可这快乐的场景却被偶尔出现的炸毁楼宇遗迹打破了，就像是一排整洁的牙齿中的一颗黑色蛀牙。

她想过和他去酒吧喝一杯，可迪格比却带她来到了一间小小的法国餐厅。他们的两旁没有人，这倒也方便了他们谈正事。

迪格比依然穿着那天那套深灰色套装，不过里面的浅蓝色衬衫倒正好衬托出了他的蓝眼睛。赫米娅很高兴今天戴了自己最喜欢的配饰——翡翠眼睛的美洲豹胸针。

她只想谈公事。她之前已经拒绝了迪格比的约会，不希望他以为自己改变了主意。他们点完菜，她便直入主题："我想用我在丹麦的特工找一下德军的雷达设在了哪里。"

他眯起了眼睛。"问题比这个要复杂。现在我们可以确定他们和我们一样拥有这种装置，但他们的比我们的要更有效——具有毁灭性的效果。"

"哦。"她犹豫了一下，"伍迪告诉我……算了，别管他。"

"我们非常希望能找到他们胜我们一筹的原因。要么是他们发明出了比我们更强的设备；要么就是找到了更好地使用这些设备的方法——或者两者都是。"

"好的。"她迅速地吸收着这些新的信息，思考怎样能够根据这些新了解到的情况调整自己原本的计划，"但没有区别，这样的设备很可能就建在丹麦。"

"逻辑上讲，是这样的——'芙蕾雅'这个密码也和斯堪的纳维亚地区有关。"

"那么我的人应该找一个什么样的东西呢？"

"很难说。"他皱了皱眉头，"我们不知道他们的机器长什么样——问题就在这儿，不是吗？"

"我想它应该会发出无线电波。"

"当然。"

"而且这些电波的射程应该很远，否则也起不到警告作用。"

"是的。电波至少要可以发射到50英里之外才有意义，或许更远。"

"我们可以听到吗？"

他有些惊讶地抬了抬眉毛。"只要有无线电接收器。这个想法很聪明——怎么之前没有人想到呢？"

"这些信号能和其他类别的信号区分开吗？比如普通的广播、新闻之类？"

他点了点头。"你可以听到一连串的信号，速度很可能很快，大概是每秒钟1000下。听上去就像是连续的音符。这样你就知道它不是BBC，也和那些点点线线的部队联络信号很不一样。"

"你是工程师。你知道怎么做一个能接收这种信号的接收器吗？"

他思考了一会儿。"而且必须是移动的。"

"必须可以放到一个箱子里。"

"还要电池供电，这样才能随时使用。"

"对。"

"这应该可以操作。在韦林的那些研究员每天都在研究这种东西。"韦林是布莱切利和伦敦之间的一个小镇，"什么能爆炸的萝卜，砖块里面藏着的无线电发报机，等等。他们应该可以搞出这么个东西来。"

食物来了。赫米娅点了一份土豆色拉，旁边配了洋葱和薄荷叶。她真不明白英国的厨师怎么就做不出这么简单而好吃的东西来，只知道弄些沙丁鱼罐头和煮白菜应付差事。

"你怎么想到要创立'守夜人'的？"

她不太清楚他怎么会这么问。"我当时觉得这应该是个好主意。"

"现在也是，但请允许我冒昧，对于一个普通的年轻女性来说，应该很难想到这样的主意。"

她开始回忆，想起了自己和另一个官僚上司的争执，当时她自问为什么会这么执着。"我想摧毁纳粹。他们的一些做法让我厌恶至极。"

　　"法西斯给社会问题找了一个虚假的原因——他们认为是其他种族造成了眼前的一切。"

　　"我知道，但不是因为这个。是他们的制服，他们趾高气扬的姿态，他们喊那些仇恨口号时的样子，实在让我恶心。"

　　"你是什么时候看到这些的？丹麦没什么纳粹啊。"

　　"30年代的时候，我在柏林待了一年时间。我看到他们游行，喊口号，朝着人民吐口水，砸犹太人的店铺。我记得那时候我就想过，要是再不阻止这些人，他们会把世界都毁掉的。我现在也这么想，而且非常确定。"

　　他笑了。"我也是。"

　　赫米娅要了一份海鲜炖锅。再一次地，她惊讶地赞叹着法国厨师在配给制下还可以用平凡的食材做出这样的美食。炖锅里有鳗鱼丁，伦敦人喜爱的海螺，还有鳕鱼片，所有食材都新鲜美味，她细细地品尝了起来。

　　每当她的目光与迪格比相撞，都会看到同样的神色：爱慕和欲望交织。这让她心里一颤。如果他真的爱上了她，那么结果一定是以伤心收场。但被一个男人这样地喜爱与需要，感觉虽尴尬，却也让人满足。她感到自己的脸红了，便用手掩住了一边的脸。

　　她故意将思绪转到亚恩身上。他们第一次对话是在挪威一间滑雪酒店的吧台边。她当时便意识到自己找到了人生中缺失的那个部分。"我现在知道为什么从来都没有交到一个让自己满意的男朋友了。"她写信给她母亲说，"因为我没有遇到亚恩。"他向她求婚的时候，她告诉他说："如果我之前认识像你这样的男人，我早已经嫁给他了。"

她对他的任何提议都没有拒绝的能力。曾经的她独来独往，就连和女孩子合租公寓都难以接受，但和亚恩在一起之后，她便完全没了原则。每次他约她出去，她都会答应；他吻她的时候，她也会回吻他；他把手伸到她的滑雪服下面，抚摸她的双乳时，她只能满足地叹气；他在午夜敲响她酒店的房门时，她的回答是："真高兴你能来。"

一想到亚恩，她慌乱的心情便逐渐平复了下来。他们用完餐之后，便又将话题转回到了战争上。包括英国、英联邦以及自由法国在内的同盟国准备袭击叙利亚。这是一次外围的小规模战争，他们两个人都认为这次战斗恐怕起不到太重要的作用。欧洲的内部矛盾才是所有问题之源，而这里是一场轰炸机的战斗。

他们离开餐厅的时候天已经黑了，但一轮满月却投下了皎洁的光芒。他们朝着南边走去，赫米娅想到母亲那里过夜。他们在穿过詹姆斯公园的时候，月亮躲到了云彩后面。迪格比转向赫米娅，吻住了她。

她享受着他所表现出的笃定。他的动作之快让她无从躲避。他将她拉到自己怀里，她的双乳贴住了他的胸膛。她知道自己应该表现出愤怒，但却不自觉地回吻了他。长久以来，她几乎忘记了男人结实的身体和温热的皮肤是什么感觉，心中的欲望让她对他张开了双唇。

一分钟的激吻之后，他的手开始向她的胸部移动，但这个动作打破了气氛。她不是小姑娘了，同时也是个有身份的人，早已经过了在公园里卿卿我我的年龄。她一下子推开了他。

她想到是否要带他回家。可麦格和贝齐一定会齐声反对。想到这儿她笑了出来。

"怎么了？"他说。

她看到他的眼神中有一丝受伤。他可能会认为她笑是因为他的残疾。我不能忘记，随便的玩笑可能会伤害到他，她想道。她马上解释："我母亲是一个寡妇，她和一个从没结过婚的中年女人一起生活。我刚刚想到如果我带男人回她那里住，她们会作何反应。"

他的表情放松了下来。"我喜欢你的想法。"他再次想要吻她。

她心里是愿意的，可想到亚恩，她把一只手顶在他的胸膛上，阻止了他。"别这样，"她坚定地说，"送我回家吧。"

他们离开了公园。短暂的欲望过去之后，她开始难过起来。她怎么能在依然爱着亚恩的同时享受迪格比的吻呢？可当他们走过大笨钟时，空袭警报驱散了她全部的思绪。

迪格比说："找地方避一避吗？"

很多伦敦人都已经不理这些警报了。多个不眠之夜之后，有些人情愿冒一冒险，而另一些则变成了宿命论者：他们认为炸弹上如果写了你的名字，无论你怎么躲都没用。赫米娅倒没有看得这么淡然，她只不过不希望和眼前这位痴情先生在防空洞里共处一夜。她紧张地转了转手上的订婚戒指。"还有几分钟就到我母亲家了，"她回答说，"你介意我们赶回去吗？"

"可是那样的话，我可能就要在你母亲那里过夜了。"

"至少有人可以监视我。"她咕哝道。

他们很快从西敏寺走向平利可。探照灯刺穿了厚厚的云层。

他们听到了重型飞机不祥的轰鸣声，如同猛兽饥饿地寻找食物时从喉咙深处发出的咆哮。某处传来高射炮声，炮弹冲上云霄，如同节日的焰火。赫米娅猜想着母亲今夜恐怕又要开着救护车出去工作了。

可怕的是，炮弹就落在他们附近——之前敌军通常只会攻击东边的工业区。旁边那条街传来了震耳欲聋的爆炸声。一分钟之后，一辆消防车从他们身边开过。赫米娅快步疾走。

迪格比说："你真不可思议——你不怕吗？"

"我当然怕，"她不耐烦地回答说，"我只是没有恐慌而已。"

他们转了一个弯，看到一栋大楼着了火。消防车停在楼外，消防员们正在铺水管。

"还有多远？"迪格比问。

"下条街就是。"赫米娅气喘吁吁地回答。

又转了一个弯后，他们看到麦格家不远处停着一辆消防车。她的心狂跳不止。那儿还有一辆救护车，至少她母亲所在的街区已经遭到了轰炸。"不，不！"她大声叫道。

再跑近一些后，她发现自己找不到哪一栋是母亲家了。她盯着眼前的情境，突然感到有些眩惑。过了不知道多久，她逐渐意识到，母亲的家消失了。除了残砖败瓦，这里什么都没有了。她绝望地呻吟了一声。

迪格比问："就是这儿吗？"

赫米娅点了点头，什么也说不出。迪格比用充满权威的声音向一位消防员问道："你！这里有人吗？"

"是的，长官，"消防员回答说，"有一个人已经身亡了。"他朝旁边一栋没有被摧毁的住宅的院子指了指。那儿躺着一个人,脸上蒙了一块布。

赫米娅感到迪格比拉住了她的胳膊。两人一起走向了那个院子。

赫米娅跪下身来。迪格比掀开了那块布。

"是贝齐。"赫米娅说,为心中的放松感到内疚。

迪格比四周环视了一圈。"那是谁,坐在墙上的那个人?"

赫米娅抬起头,一下子认出了母亲的身影。她穿着制服,戴着帽子,坐在一堵矮墙上,整个人已经没了生气。"妈妈?"她说。

母亲也抬起了头。赫米娅看到她的眼中淌下了两行眼泪。

赫米娅走过去,揽住了她。

"贝齐死了。"她的母亲说道。

"对不起,妈妈。"

"她那么爱我。"麦格抽噎着。

"我知道。"

"你知道?你真的知道?她等了我一辈子。你知道吗?一辈子。"

赫米娅紧紧地抱住了母亲。"对不起。"她说。

1940年4月9日,希特勒入侵丹麦时,海上大约有200艘船只。整整一天的时间,BBC都在用丹麦语广播劝导那些出海者驶向同盟国的港口,不要再回到已经被攻占的祖国。据统计,大约有5000人接受了他们的号召,成为了难民。大部分都驶去了英国东海岸,升起了英国国旗,以英国船只的名义继续出海。到了第二年年中,英国的港口已经建起了很多丹麦人的社区。

赫米娅决定到斯托克比的渔村走一趟。在向那里的丹麦人询问情况之前，她已经到这里来观察过两次。她告诉她的上司赫伯特·伍迪，她想看看这些丹麦人聚集的港口的情况，以决定是否应该对那里的规划进行一些调整。

他相信了她。

迪格比在轰炸发生的两天之后来到了布莱切利园。他带来了一部无线电接收器和一部定位设备，两部机器都被装在了一个旧皮箱子里。他教她怎样使用这些设备。她又想起了那天晚上的吻，还有自己心中的满足感，顿时感到一阵内疚。她之后怎么可能再坦然面对亚恩呢？

她原本的计划是想将这部无线电接收装置交给"守夜人"，但后来她想倒不如让一切更简单些。事实上，和在陆地上一样，海上也可以接收到雷达设备发出的信号。她告诉迪格比，她会把机器转交给一艘渔船的船长，然后教他如何使用。迪格比同意了。

那样可能确实行得通，但她却不希望让别人来接受这么重要的工作。她希望自己来。

在英国和丹麦之间的北海上，坐落着著名的多格浅滩。最浅处的海水才50英尺深，可谓打鱼的好去处。英国和丹麦的船只都会到那里去捕鱼。严格来讲，丹麦的船只不能到离岸这么远的地方来，但因为德国需要鲱鱼，所以这一禁令并没有得到有效执行。赫米娅曾经想过可以通过这里的渔船从英国向丹麦、或者从丹麦向英国传递信息——甚至是人员往返。但现在，她想出了一个更好的主意。多格浅滩的远端离丹麦海岸线只有100多英里。如果她的猜测没有错的话，从那里就应该可以接收到"芙蕾雅"发出的信号。

周五的下午，她搭上了火车。为了出海，她特意穿了裤装、靴子，还选了一件宽松的毛衣和一顶男士鸭舌帽。当火车抵达一马平川的南英格兰乡村时，她开始担心自己的计划是否能成功。她能找到愿意载她的船吗？她能接收到她想要的信号吗？如果一切都只是浪费时间呢？

过了一会儿，她又想到了母亲。昨天是贝齐的葬礼，而母亲一直控制着自己的情绪，看上去很平静，并没有被悲伤击倒；今天她去了她住在康沃尔的妹妹那里——也就是赫米娅的姨妈贝拉的家。但事实上，在轰炸那晚，她的心已经空了。

麦格和贝齐是非常好的朋友，当然事实上可能远不止如此。赫米娅不想深究她们之间的关系，但心里依然充满了好奇。抛却她们可能拥有的肉体上的关系不谈，赫米娅非常惊讶这么多年来，母亲居然能够如此严密地隐瞒着她和贝齐的这种联系，以至于赫米娅和父亲都毫不知情。

她在八点钟到达了斯托克比。在这个温暖的夏夜里，她从火车站向码头上那间名叫"造船者的手臂"的酒吧走去。没几分钟时间，她就了解到有一位名叫斯特恩·芒奇的丹麦船长在凌晨的时候会出海——这个人她上次来的时候就见过，他的船叫"摩根蒙德"，意思是"早起者"。她来到了山坡上斯特恩的住处。他正在花园里修剪树篱，就像是一个天生的英国人一样。他请她进去坐坐。

斯特恩是一个鳏夫，和儿子拉斯生活在一起。1940年4月9日那天，他的儿子和他都在船上。拉斯娶了当地一个名叫卡萝的女孩。赫米娅进去的时候，卡萝正抱着一个刚刚出生的小婴儿。拉斯准备了茶水。他们为了卡萝，基本上都说英语。

赫米娅告诉他们，她希望能够接近丹麦海岸，以便接受德国的无线电信号——当然，她并没有解释是什么方面的信号。斯特恩并没有质疑她的故事。"当然！"他义正词严地说，"只要能打败纳粹！可是我的船不太合适。"

　　"为什么？"

　　"我的船太小，只有35英尺——而且我们要离开三天时间。"

　　赫米娅早有预料。她告诉伍迪她要把母亲安顿好，可能要下周才能回去。"没关系，"她告诉斯特恩，"我有时间。"

　　"我的船只有三个铺位。我们轮流睡觉。这实在不太适合女士。您应该选一条大船。"

　　"有其他的船凌晨出海吗？"

　　斯特恩看了看拉斯。后者回答说："没有。有三条在昨天已经离开了，下周前都不会回来。彼得·科宁明天应该能回来。但他要周三才会再出海。"

　　她摇了摇头。"太晚了。"

　　卡萝抬起头来。"反正他们都是穿着衣服睡觉的，所以回来的时候才会这么臭，那味道比鱼还糟。"

　　赫米娅马上就喜欢上了她的直率性格。"没关系，"她说，"我可以穿着衣服睡，也可以睡别人睡过的床。死不了的。"

　　斯特恩说："你知道我想帮忙。但是女人真的不应该出海。你们生下来就应该做些斯文的事。"

　　卡萝不满地哼了一声："比如生孩子？"

　　赫米娅笑了，她很开心有卡萝这样一个同盟。"没错。我们不怕苦。"

卡萝拼命点了点头。"想想沙漠里的查理吧。"她告诉赫米娅，"我哥哥查理正在北非打仗。"

斯特恩进退两难了。他不想带上赫米娅，但又不好意思这样说，希望自己能显得爱国而勇敢。"我们凌晨三点出发。"

"我会按时过来。"

卡萝说："你最好留在这儿。我们有一个空房间。"她看了看她的公公，"你不介意吧，爸？"

他的借口已经用光了。"当然！"

"谢谢，"赫米娅说，"你们真好。"

他们很早就休息了。赫米娅没有脱衣服，一直开着灯坐在房间里。她怕自己睡过了头，斯特恩会不等她就离开。她家的人并不太读书，再说这儿能找到的也就只有一本丹麦文的《圣经》，但至少这可以让她不睡着。两点钟的时候，她走到洗手间梳洗完毕，然后蹑手蹑脚地下楼烧了一壶水。斯特恩两点半的时候出现了。他看到赫米娅时既惊讶又失望。她给他倒了一大杯茶，他道了谢。

赫米娅、斯特恩、拉斯三个人走下山坡，不到三点钟就到了码头。另外两个丹麦人正在那里等他们。那艘"早起者"确实很小。35英尺差不多就等于伦敦巴士的长度。船是木头的，上面立了一根桅杆，还装了一个柴油发动机。甲板上有一间舵手室，墙上开了一排小窗。从舵手室可以走到生活区。船尾是撒收渔网的装置。

小船离岸后，天色也渐渐亮了起来。天气不错，但他们刚离开陆地，就遇到了五六英尺的浪。幸运的是，赫米娅从来都不会晕船。

整个一天，她都努力地在船上帮忙。她不懂航海技术，所以就只能做一些清洁打扫方面的工作。男人们习惯于自己准备食物，赫米娅便在饭后刷锅洗碗。她用丹麦语热情地和另外两个船员聊天，努力地向他们表示尊重和友好。在没事做的时候，她就坐在甲板上享受美好的阳光。中午前，他们到达了多格浅滩东南角的"银坑"，开始捕鱼。船速降了下来，他们慢慢地向东北方向行进。开始时他们没发现有什么鱼，每次收网，都几乎一无所获。可到了傍晚时分，鱼来了。

夜幕降临，赫米娅下到船舱里，找了张床休息了一会儿。她以为自己不会睡着，可事实上她已经36个小时没合过眼了，疲倦盖过了她的紧张情绪。没过几分钟，她就睡着了。

深夜，她被头顶上轰炸机的轰鸣声吵醒。她不知道这是从英国飞去德国的飞机，还是德国飞来英国的。不一会儿，她再次进入了梦乡。

不知过了多久，拉斯把她摇醒了。"已经到离丹麦最近的地方了。"他说，"现在离莫兰德大概只有20英里了。"

赫米娅把接收器放到了甲板上。天已经亮了。男人们刚刚打到了满满一网的鱼，主要是鲱鱼和鲭鱼。他们把这些鱼倒进了桶里。赫米娅觉得眼前的场景有些吓人，便转开了头。

她把电池装好，看到接收器的表盘有了动静，心终于放了下来。然后她又用迪格比细心为她准备好的一段铁丝绳将天线固定在了桅杆上。接收器预热了一会儿之后，她戴上了听筒。

船向着东北方向前行。赫米娅上下调节着无线频率。她听到了BBC英文广播以及法国、荷兰、德国和丹麦的广播信号，另外还有一大堆摩尔斯密码，她猜应该是两边的军事信号。搜索了一圈之后，赫米娅却并没有找到迪格比描绘的信号。

她再次慢慢地搜索了一遍，以确认自己没有错过。时间还多的是。但最终她依然一无所获。

她没有放弃。

两个小时之后，她注意到那些男人已经停止了捕鱼，只是呆呆地看着她。她的目光与拉斯相撞。"怎么样？"他问道。

她摘下听筒。"我找不到想找的信号。"她用丹麦语回答说。

"这里整晚上都是鱼。我们捕够了——桶都满了。我们要回去了。"斯特恩同样用丹麦语告诉她说。

"能再往北一点吗？我必须要再试试——这真的很重要。"

斯特恩犹豫了。"如果碰到德国飞机怎么办？"

赫米娅说："你可以撒网假装在打鱼。"

"你去的那边没法打鱼。"

"德国飞行员不懂这个。"

一个船员说："要是能解放丹麦的话……"

斯特恩的虚荣心又帮了赫米娅一次。"好吧，"他说，"我们再往北开开。"

"到离岸100英里的地方吧。"赫米娅戴上了听筒。

她又扫了一遍所有的频段。随着时间的流逝，她越来越绝望了。雷达站最可能的设置地点就是丹麦的南端，也就是靠近德国边境的地方。她本来以为可以很快捕捉到那些信号。可这一个小时的时间让她感到心灰意冷。

她连一分钟都不想离开那部设备，所以船员们隔些时间就会给她端杯茶水过来。到了晚饭时间，他们端给她一碗罐头炖肉。她仔细地倾听着，眼睛望向东方。她看不到丹麦，但她知道亚恩就在那里的某个地方。这种切近感让她的心变得温暖而满足。

天快黑了，斯特恩跪在她旁边想和她说话。她摘下了听筒。"我们已经到日德兰半岛北边了。必须回去了。"

她绝望地请求说："能再近一点吗？可能离岸100英里还是太远了。"

"我们得回家了。"

"我们能不能再靠近50英里，沿着海岸线向南返回？"

"太危险了。"

"快入夜了。晚上不会有观察机的。"

"我觉得不太好。"

"求你了。这太重要了。"她向正站在一边听他们对话的拉斯做出了一个乞求的表情。他比他父亲勇敢，这也可能是因为他娶了英国太太，所以已经将自己的未来和英国连在一起了。

拉斯帮腔道："离岸70英里行吗？"

"没问题。"

拉斯望着父亲："反正我们也要朝南开。这样也多花不了几个小时。"

斯特恩生气地说："我们这是在让船员们冒险。"

拉斯温和地回答说："想想卡萝在非洲的哥哥，他也在冒险。我们能帮忙的机会也不多。"

"好吧，你来掌舵，"斯特恩闷闷不乐地说道，"我要睡觉了。"他走进舵手室，走下了舱梯。

赫米娅望着拉斯笑了："谢谢。"

"我们应该谢谢你。"

拉斯把船掉了个头。赫米娅继续扫描那些频段。天完全黑了。他们在没有灯光的海面上前行。不过天空很清澈，大半个月亮投下了皎洁的光。赫米娅担心他们的船会显得很可疑，不过附近并没有飞机或是其他船只的影子。拉斯会时不时地用六分仪查看他们所在的位置。

她回想起了她和迪格比几天前所经历的那场突袭。那是她第一次在户外遇到的轰炸袭击。她竭力保持着冷静，但事实上那情景着实恐怖：飞机的嗡鸣，探照灯和高射炮，爆炸，着火的房子。然而她现在所做的却是在帮助英国皇家空军为德国家庭带去同样的恐惧和痛苦。这一切太疯狂了——但如果不这样，就等于把整个世界交给了纳粹。

那是一个短暂的仲夏之夜，天很快就亮了。海面少有的平静。晨雾升腾，四周的朦胧让赫米娅觉得安全了许多。船还在继续南行，这让她越来越焦虑了。她必须马上找到信号——除非她和迪格比都错了，对的是伍迪。

斯特恩一只手端着一杯茶，另一只手拿了一个三明治，来到了甲板上。"怎么样？"他问道，"你找到想要的信号了吗？"

"应该是从丹麦的南边发过来。"她说。

"或者根本就不存在。"

她沮丧地点了点头。"我也开始怀疑了。"就在这个时候，她好像听到了些什么，"等等！"她刚才向上调频段的时候，好像有一个音符似的声音出现了。她回拨那个旋钮，寻找刚刚的那个点：先是一段干扰，然后她又听到了那个声音——完全是机器发出的声音，比中央C音高一个八度。"应该就是它！"她高兴极了。波长是2.4米。她在迪格比给她准备的小本子上做了记录。

现在她需要确认方向。这个接收器里面自带了一个从0度到

360度的表盘，中间有一根指针，指出了信号传来的方向。迪格比再三强调，这个仪表盘必须要对准船的中线，这样就可以计算出信号发出的具体位置。"拉斯！"她叫道，"我们现在对着什么方向？"

"东到东南之间。"他说。

"不，要确切的。"

"这……"虽然天气很好，海面也很平静，但因为船一直在晃，所以指南针也一直不稳定。

"尽量准确些。"她说。

"120度。"

那根指针指的是340，加上120之后，就等于是转了一周之后再多100度。赫米娅记下了这个数字。"那我们现在的位置呢？"

"等等。我上次查看的时候，我们应该刚刚过北纬56度。"他查了一下日志，又看了看手表，报出了现在所处的经度和纬度。赫米娅写下了数字。当然这只是估算。

斯特恩开口了："满意了吧？现在可以回去啦？"

"我还需要再记一个位置，这样才能用三角坐标确定信号的发出地点。"

他生气地咕哝了一句，走开了。

拉斯朝她挤了挤眼睛。

他们继续南下。她一直用接收器锁定那个信号所在的频段。接收器上的指针几乎没有移动。半个小时以后，她让拉斯再次确认他们前行的准确方向。

"还是120。"

表针此刻停在了335度上。所以信号的方向变成了095度。她请他估计了所在的位置，并记下了经纬度的数字。

"回家啦？"他问。

"好。谢谢！"

他转了舵。

赫米娅成功了。她想马上就确定信号究竟是从什么地方发出来的。她走进舵手室，找到了一张大幅地图。在拉斯的帮助下，她将刚刚记下的数字在地图上定了位，将两个位置和信号方向连线，并按照正北方向进行调整。两个位置的连线交叉在了丹麦离岸，恰好就在桑德岛附近。

"上帝，"赫米娅说，"我未婚夫就在那儿。"

"桑德？我知道那儿——几年前我去看过赛车。"

她开心极了。这个结果应该是可靠的。她的方法看来是奏效了。桑德岛应该算是最合乎逻辑的信号来源地了。

现在她需要联络到保罗·柯克，或者是他的团队成员，让他们到桑德岛走一趟。回到布莱切利园之后，她就马上通知他。

几分钟之后，她又记录了一次方位。信号已经变弱了，而地图上这第三条线和之前那两条形成了一个三角。桑德岛正好落在了这个三角内部。虽然所有的计算都只是近似值，但结果已经非常清楚了。信号一定来自桑德。

她已经等不及想把结果告诉迪格比了。

7

　　虎蛾绝对算是哈罗德见过的最漂亮的机器了，它看上去就好像是一只振翅欲飞的蝴蝶，上下两翼宽阔地展开，玩具似的车轮轻盈地停驻在草地上，锥形长尾精巧美观。今天天气晴朗，微风徐徐，那架小小的飞机在风中微颤，等待飞翔。飞机的引擎安装在鼻部，带动着前面那个奶黄色的巨型螺旋桨。引擎后面是一前一后两个开放式的驾驶舱。

　　虎蛾可以说是他在科斯坦村见到的那架大黄蜂的表亲。两架飞机的机械原理十分相似，只不过大黄蜂的驾驶舱是封闭式的，且两个驾驶座左右并排。不过和这架虎蛾比，那架大黄蜂恐怕要自惭形秽了：起落架受损，整个机身都倾歪向了一边；座椅的填充物都露了出来，上面还沾着油；再加上内饰都已经爆裂了。相比之下，眼前的虎蛾看上去"玉树临风"，外漆都是新刷过的，颜色明亮，前面的挡风玻璃反射着耀眼的阳光。它的尾部轻触草坪，鼻部抬起，仿佛在嗅着空气的味道。

　　"你会发现机翼的下面是平的，可上面却是弧面的。"哈罗德的哥哥亚恩·奥鲁夫森介绍说，"这样，飞机移动的时候，机翼上方的空气就会比下方的流速快。"他迷人的笑容几乎可以让任何人原谅他的任何错误，"这样才能让飞机离开地面，不过到底为什么我永远也不会明白。"

"这样会产生不同的压力。"哈罗德说。

"哦。"亚恩干巴巴地应了一声。

詹斯博格·斯科尔的毕业班学生来到了军队的飞行学校。亚恩和保罗·柯克正带着他们参观。这也是军队征兵的一个环节，如今很少有年轻人愿意加入一支无所事事的军队。艾斯因为自己的军人背景，所以希望詹斯博格每年都可以送一两个学生参军。对于学生来说，这也算是复习考试前的一次休息。

"下翼上连接的折叶翼面叫做副翼，"亚恩告诉他们说，"它们和操控杆——也就是'游戏杆'——之间连着电线，其中原因你们太小，还弄不明白。"他笑了，"当操控杆向左时，左边的副翼就会抬起来，右边的降下去。这样飞机就会倾斜，然后左转。也就是我们所说的倾斜飞行。"

哈罗德甚是兴奋。可他更想能自己体验一下飞行的感觉。

"你们可以看到飞机后半个横尾翼也是有折叶的，"亚恩说道，"这叫'升降舵'，可以让飞机上下移动。后拉操控杆飞机就会抬头，可以升到更高的水平高度。"

哈罗德注意到机尾的垂直部分也有一个襟翼。"这是干什么用的？"他指着那个襟翼问道。

"这是方向舵，是通过座舱里的脚踏板操作的。它的作用和船舵是一样的。"

麦兹插话了："方向舵有什么用呢？不是可以用副翼控制方向吗？"

"这个问题很好！"亚恩说，"证明你在认真听。但你自己想不出吗？为什么我们又要用方向舵、又要用副翼来调整飞行方向呢？"

哈罗德猜道："在跑道上没法使用副翼。"

"那是因为……"

"因为机翼会碰到地面。"

"没错。我们在滑行时只能用方向舵，否则机翼会触地。不过在空中我们也会用到方向舵，以避免飞机左右移动，也就是我们所说的偏航。"

15个男孩子已经在空军基地兜了一大圈，又听了一堂讲座，了解了军队的机会、薪酬以及培训，后来又和一组飞行员学员一起用了午餐。此刻他们都跃跃欲试地想要体验一下在空中的感觉，军队已经答应他们每个人都可以试驾。草坪上排了五架虎蛾。从德国占领丹麦起，丹麦军用飞机就基本上停用了，不过还是有例外。飞行学校可以用滑翔机进行授课，而今天的虎蛾试飞也是获得了特殊许可的。为了防止有人直接飞去瑞典，有两架德国的Me-109战斗机一直停在跑道上，随时准备击落试图逃跑的飞机。

保罗·柯克接过了亚恩的班。"我想让你们每个人都看一看驾驶舱里面的样子。一个一个来吧。"他说。"请站在下翼的黑色通道上。别走出这个范围，否则如果你的脚踩到了那些仪器，就不能飞了。"

提克排在了第一个。保罗说："你在左边可以看到一个银色的节流阀拉杆，它控制了引擎的速度，下面有一根绿色的细杆，它可以控制升降舵，如果飞行时这根细杆的位置正确，那么即使你松开手，飞机也会一直平稳行驶。"

哈罗德是最后一个进去观看的学生。他虽然心里还在嫉恨着保罗带卡伦去骑车那件事，但对飞机浓厚的兴趣也让他顾不了那么多了。

他进入驾驶舱后，保罗问他："怎么样，哈罗德？"

哈罗德耸了耸肩。"听上去还是挺简单的。"

"那你第一个试驾吧。"保罗说。

其他人都笑了，但哈罗德很开心。

"大家都去准备一下吧。"保罗说。

他们回到飞机棚，穿上了专门的飞行员制服——那是一套连体装，前面有一排扣子。除了服装，每个人还都要戴上头盔和护目镜。可保罗却提起了上次见面的事，这让哈罗德很不高兴。

"上次我们见面还是在科斯坦呢。"

哈罗德礼貌地点了点头，可心里实在不想回忆起那天的情景。不过他依然希望知道保罗和卡伦的关系走到哪一步了。他们只是约会吗？还是还有别的？他们激吻过吗？她让他碰过她吗？他们想过结婚吗？他们做过爱吗？他不想去想这些事，但却不能自已。

大家都准备好之后，排在前五个的学生回到了停机坪上，每个人身旁都跟了一名飞行员。哈罗德很希望能和哥哥一起飞，但保罗却选了他，好像对他很感兴趣似的。

一名满身油污的空军士兵过来为飞机加满了油。飞机的油箱在上翼的中间位置，也就是它和前排座椅交叉的地方——这个位置应该有些危险吧，哈罗德想道。他飞的时候会不会时时都在想头顶上有好几加仑的易燃液体呢？

"首先，要进行飞行前的检查。"保罗说。他坐进了驾驶舱里。"我们要查一下磁动机的按钮是否关好了，还有节流阀是否已关上。"他看了看机轮，"轮挡是否归位。"然后又踢了一下机轮，并检查了副翼，"你之前说你曾经在桑德岛的德国基地工作过？"

"是的。"

"什么工作？"

"只是做苦力——挖坑、和水泥、搬砖。"

保罗走到飞机后面，检查了升降舵的状况。"你知道那地方是要干什么吗？"

"当时不知道。基本的工作结束以后，丹麦工人就被解雇，德国人进去了。不过我肯定那应该是个无线电站之类的地方。"

"你上次好像说过。但你怎么知道的呢？"

"我看到了他们的机器。"

保罗眼睛一亮，哈罗德发现这并不是普通的闲聊。"从外面看得到吗？"

"看不到。那边四周都围了铁丝网，而且有人把守。机器外面挡了很多树，可能只有从海的那边能看到，但那边又是禁区。"

"那你是怎么看到的？"

"我当时急着回家，所以就抄了近路。"

保罗在方向舵前蹲下了身子，检查尾橇。"那么，"他说，"你看到了些什么？"

"一个很大的天线装置，应该是我见过的最大的，差不多12平方英尺，下面连着一个旋转的基座。"

加油的士兵打断了他们的谈话："准备好了，长官。"

保罗对哈罗德说："可以飞了吗？"

"前面还是后面？"

"培训员一般都坐后面。"

哈罗德爬进了驾驶舱。他得先站在座椅上，然后再坐进去。驾驶舱非常窄，他好奇如果飞行员很胖的话可怎么办。不过转念一想，胖子应该当不了飞行员。

由于飞机仰望长空的姿势，坐在那里的哈罗德只能看到清澈的蓝天。他必须要欠起身子才能从侧面看到地面。

他把脚放在方向舵脚蹬上，右手握住操控杆，试验了一下。飞机的副翼随着他左右搬动操控杆上下移动。他又用左手握了握节流阀的拉杆和那根绿色的细杆。

驾驶舱外的机身上有两个小把手，他猜那应该就是磁动机的开关。

保罗弯下腰帮哈罗德调整他的安全带。"这些飞机是专门为了培训而设计的，所以它们有两套控制系统，"他说，"在我操控的时候，你可以把手和脚放在操控杆和踏板上，体会一下我是怎样操作的。到时候我会告诉你什么时候开始自己开。"

"我们怎么对话呢？"

保罗指了指一个Y字形的橡胶管，就好像是医生的听诊器。"这和船上的通话管是一个道理。"他告诉哈罗德怎样固定他头盔里的耳机。那个Y形管的下端插进了一根铝管里，铝管肯定连着前面的驾驶舱位。另一根管是话筒。

保罗坐进了前面的驾驶位。哈罗德听到了自己在话筒中的声音。"你听得到我的声音吗？"

"很清楚。"

那个站在飞机左前方的士兵和保罗大声地进行了一下常规对话，基本上是那个士兵在问，保罗在答。

"准备好了吗，长官？"

"准备好了。"

"燃料已加满？开关均已关闭？节流阀已关闭？"

"燃料已加满，开关均已关闭，节流阀已关闭。"

哈罗德以为那名士兵会拨转螺旋桨，但他却又走到了飞机的右边，打开机身上的引擎罩，摆弄着里面的引擎——应该是在做什么准备工作吧，哈罗德猜道。随即他关上了引擎罩，回到了飞机前面。

"正在吸入，长官。"他说道，然后伸手将螺旋桨叶片拉了下来。他这样重复了两三次，哈罗德猜想这应该要让燃油进入汽缸。

那名士兵站在下翼上，打开了哈罗德驾驶舱外面的两个开关。

"节流阀就位？"

哈罗德感到节流杆向前移动了一英寸左右，然后听到保罗说："节流阀就位。"

"连接。"

保罗伸手将他舱内的各个开关都拨到了前面。

士兵再次拨动螺旋桨，随即后退了一步。引擎启动，螺旋桨转了起来。一声轰鸣之后，这架小飞机开始颤抖。哈罗德突然感到它是那么的轻盈而脆弱，是啊，它根本就只是木头和纤维，而不是金属。震动的感觉并不像汽车或是摩托车启动时候的动静——相比之下，汽车和摩托的动静让你有一种扎实的着地感，而此刻的感觉却更像是爬上一棵小树之后，树枝在风中左右飘摇。

哈罗德听到胶皮管里传来了保罗的声音。"我们得让引擎热一会儿。要花几分钟的时间。"

哈罗德回想起了刚刚保罗关于桑德岛德军基地的问题。那不是简单的好奇，这个他可以肯定。保罗是有的放矢的。他想知道那个基地在战略上的重要性。为什么呢？难道保罗参与了什么抵抗组织？否则是为什么呢？

引擎的声调提高了一个八度，保罗伸出手关上了磁动机的开关，然后又马上打开了——这应该是安全检查，哈罗德想。引擎的声音回到了正常状态，保罗最终示意那名士兵移开轮挡。哈罗德感到飞机晃了一下，便开始前进了。

保罗用方向舵控制飞机穿过草坪时，哈罗德感到脚下的踏板在移动。他们滑行到了跑道上，跑道旁边的标志性小旗子在迎风飘扬。他们停了下来。保罗说："还有几项检查，然后我们就可以起飞了。"

哈罗德第一次感到自己接下来要做的其实是件危险的事。他的哥哥这么多年来并没有遇到过什么事故，但确实有些飞行员坠机了，甚至有些人因此没了命。开车会死，开摩托会死，驾船出海也会死，但这感觉不一样。他努力让自己不再去想这些可怕的事。决不能在全班同学面前丢脸。

突然间，他手中握着的节流阀拉杆缓缓地移向了前面，引擎的声音更大了。这架虎蛾开始快速行进。几秒钟之后，哈罗德膝盖前面的操控杆移开了，身后的机尾抬了起来。他感到自己的身体有些前倾。这架小飞机的速度越来越快。哈罗德兴奋了起来，血流的速度都加快了。之后操控杆又回到了原位，飞机好像一下子从地面跳了起来。他们升空了。

这感觉太奇妙了。他们稳稳地向上爬升。望向旁边，哈罗德看到了一个小村庄。在人满为患的丹麦，很少有什么地方可以让你看到村庄。保罗让飞机向右倾斜，哈罗德感到身子也跟着歪了过去。他总是有些害怕自己会从驾驶舱里掉下去。

为了让自己冷静下来，他开始研究舱内的设备。转速表显示的是2000转，他们现在的速度大约是每小时60英里。水平高度已经到达了1000英尺。而显示机身角度的仪表上的指针则垂直向上。

飞机开始平稳前行。节流阀拉杆回到了后面的位置，引擎的声音降下来了，转速表的指针下降至1900转。保罗问："你握着操控杆吗？"

"是的。"

"校一下水平线。应该是穿过我头部的位置。"

"现在正在你耳朵的位置。"

"我松手的时候，你只要保持机翼持平，水平线保持在现在的位置就可以了。"

哈罗德紧张极了："好的。"

"现在你来吧。"

哈罗德感到飞机仿佛活了一样，他的每一个动作都会左右它的飞行。水平线移到了保罗肩膀的位置，飞机的鼻部抬了起来，他意识到害怕的心情让他不由自主地把操控杆拉后了一点。他小心翼翼地把操控杆推回了前边。水平线缓缓地移回到了保罗的耳部。

飞机开始边摇晃边向一侧倾斜，好像完全失控了一样。他们就要从驾驶舱掉出去了。"怎么回事？"他大喊了起来。

"只是气流而已。调整一下，但别调太多。"

哈罗德努力平静心态，朝着倾斜的相反方向调整操控杆。虽然飞机又开始向另一个方向倒，但这起码意味着他的操控起作用了——他又微微地调节了一下。可机头却又抬了起来，他马上又将机鼻压了下去。他发现驾驶飞机必须要非常专注地观察飞机所做出的反应，才能平稳飞行。哪怕是一个小错误都可能让飞机坠毁。

保罗鼓励道："很好，你已经逐渐抓到要领了。"可哈罗德却很讨厌他打扰自己。

再练习个一两年，他一定可以变成高手。

"现在两只脚都轻轻踏在踏板上。"

哈罗德一直都没想过他的脚应该放在哪儿。"知道了。"他粗鲁地说道。

"看好了机身角度显示表。"

哈罗德想说：看在上帝的分上，我怎么可能手脚并用啊？他飞速地用眼睛瞥了一眼显示表。指针依然指着正上方。他即刻抬起头检查水平线，发现机头又抬起来了，便赶忙纠正过来。

"我抬起脚来以后，你会发现机头会跟着气流向左或者向右偏。你如果不能确定，就要看表盘。飞机如果向左偏，指针就会移到右边，那你就要踩右边的踏板来调整。"

"好的。"

哈罗德并没有感到飞机有偏航的现象，但过了一会儿，他快速看了一下仪表，发现飞机左偏了。他踏下了右脚。可是指针并没有移动。他又加大了点力气。指针终于缓慢地回到了中间位置。可这时候，机头却沉下去了。他又拉动了操控杆。显示机身角度的指针表位置正常。

如果不是在1500英尺之上的高空，一切就简单多了。

保罗说："我们试试转弯吧。"

"哦，该死。"哈罗德咕哝着。

他看了看左边。远处有一架虎蛾在飞行，上面应该坐着他的同学，做着和他相同的事情。这让他感到放心了很多。"附近什么都没有。"他说。

"向左拉操控杆。"

飞机倾向左边，哈罗德再次感到自己要掉出飞机了，这让他一阵反胃。可紧跟着飞机就真的左转了，哈罗德一阵兴奋。他现在算是真正在驾驶飞机了。

"转弯的时候，机头会下沉。"保罗说。他话音未落，哈罗德就看到了飞机开始俯冲，他拉回了操控杆。

"查一下机身角度。"保罗说，"飞机现在在'侧滑'。"

哈罗德检查了一下仪表，发现指针偏向了右边。他踩下了右边的踏板。飞机缓慢地做出了反应。

虎蛾转了90度。哈罗德很想继续直行，这样他能感到安全一点儿。可是保罗好像知道他的心思似的——也许是因为每个学生在这时候都会这么想——他命令道："继续转弯，你做得很好。"

飞机倾斜的程度让哈罗德觉得很危险，但他还是把握住了方向，抬起机头，每过几秒就查看一下仪表。他用余光看到地面上有一辆巴士在徐徐前行，仿佛天空中没有任何特别的事发生，仿佛詹斯博格的学生绝不可能让飞机坠地、砸到车顶上一样。

他转了四分之三圈之后，保罗才发话："直行。"

哈罗德松了一口气，将操控杆拉向右边，机身随即正了过来。

"注意仪表。"

指针有些左偏。哈罗德踩下踏板。

"你看得到停机坪吗？"

一开始哈罗德并没有看到。视野中只有一块块的田地，中间夹杂着一些建筑。他不知道从上面看机场应该是什么样的。

保罗提示他道："有一片翠绿的田地，旁边是一长排白色的大楼。往螺旋桨的左边看。"

"我看到了。"

"往那边飞，让停机坪保持在我们的左前方。"

到目前为止，哈罗德都没想过飞行方向的问题。他想着只要能保持飞机的稳定就够了。而在返航的过程中，他必须要把刚刚学到的所有知识都融会贯通地运用起来。可这么多的步骤，他实在是顾不过来。

"你现在在爬升了。"保罗说，"回拉节流杆，下降到1000英尺的高度。"

哈罗德查了一下高度计，看到现在的高度已经达到了2000英尺。他上次查看的时候还是1500英尺。他拉回了节流杆，接着又将操控杆推向前方。

"机头下沉一些。"保罗说。

哈罗德感到飞机已经在俯冲了，但还是强迫自己推动了操控杆。

"很好。"保罗说。

当他们到达海拔1000英尺的时候，基地已经在他们脚下了。

"在那个湖的远角左转，让机身对准跑道。"保罗命令说。

哈罗德调整了一下平衡，然后检查了一下仪表。

当他与湖的边沿保持平行之后，他将操控杆拉向左边。那种要掉出去的感觉好像没那么糟糕了。

"查看仪表。"

他完全不记得了。他用踏板调整了机身的角度。

"把节流杆回拉一英寸左右。"

哈罗德拉回了节流杆，引擎的声音降低了。

"太多了。"

哈罗德放松了一些。

"机头向下。"

哈罗德前推操控杆。

"对。现在要对准跑道。"

哈罗德发现他已经偏离了方向，正朝着飞机棚的方向飞去。他利用方向舵微微调整了一下机头的方向，尽量与跑道保持平行。可就在这时，他发现飞机又升高了。

"现在交给我吧。"保罗说。

哈罗德以为保罗会告诉他怎么降落。显然他的技术还不行。他有些失望。

保罗关上了节流阀。引擎的声音一下子变小了，以至于哈罗德开始担心他们会一下子掉下去。但事实上，他们缓缓地降落到了地面上。触地之前的几秒钟，保罗拉回了操控杆。飞机仿佛在地面上悬浮了片刻。哈罗德感到脚下的踏板在不断移动。他意识到保罗是在使用方向舵——现在飞机离地面太近了，不能再使用副翼了。轮子触地的时候，飞机颠簸了一下，之后尾橇就落到了地面上。

飞机朝着停机的方向滑行。哈罗德非常开心。这比他想象的还令人兴奋。因为精神高度集中，此刻放松下来之后，他感到精疲力竭。他觉得自己并没有驾驶多长的时间，可他看了看手表之后才惊讶地发现，他们在天上居然飞了45分钟。那感觉就像五分钟一样短暂。

保罗关上了引擎，爬了出来。哈罗德摘下了护目镜和头盔，解开了安全带，爬出了驾驶舱。他从机翼跳到了地面上。

"干得不错，"保罗说，"你很有天分，应该说——和你哥哥一样。"

"对不起，我没能降落。"

"恐怕其他学生连试的机会都没有。我们去换衣服吧。"

哈罗德脱下飞行服后，保罗说："到我办公室来一趟吧。"哈罗德和他走到了一扇门前，上面写着"飞行训练员主管"。门的另一边是一个小办公室，里面有一个资料柜、一张办公桌，还有两张椅子。

"你能画得出你刚刚跟我说的那个机器吗？"保罗的口气听上去轻松，但僵直的身体却泄露了他的紧张心情。

哈罗德之前就预料到他可能会再谈起这个话题。"当然。"

"这件事太重要了，所以我不能跟你解释原因。"

"没关系。"

"坐下画吧。抽屉里有铅笔和纸。你慢慢画。越像越好。"

"没问题。"

"你觉得你需要多久？"

"一刻钟吧。当时天太黑了，我看不清楚细节，不过外轮廓我倒是记得很清楚。"

"我现在就离开，免得给你压力，大概15分钟后回来。"

保罗出去后，哈罗德开始动笔了。他回想起了那个周六的雨夜。那里有一堵水泥墙，大概有六英尺高。上面的铁丝网看上去就像是床垫里面的弹簧。底下旋转的基座被挡在水泥墙里面，电线从上面那个部分的后边通到一条管道里。

他先画下了那堵墙以及上面的那个部分。他记得在这个装置附近还有两个类似的装置，就也把它们画了下来。然后他又单独画出了围墙挡着的那部分基座的样子。他的画功并不好，但却可以把机器结构描绘准确，可能是兴趣使然吧。

15分钟后，保罗回来了。他马上研究了一下那张草图，然后说："太棒了，谢谢你。"

"不客气。"

他指着旁边那两个附属的机器问："这是什么？"

"我真不知道。我当时没法走过去看清楚。但我觉得应该画出来。"

"非常好。还有一个问题。这个网——我们假设它是天线——是平的吗？还是中间凹下去的？"

哈罗德仔细回忆了一下，却还是想不起来："对不起，我不确定。"

"没关系。"保罗打开档案柜。所有的文件都标着人名，可能是学校以前的学生。他选了一个写着"H.C.安徒生"的文件夹。安徒生不是什么罕见的名字，但汉斯·克里斯蒂安·安徒生是丹麦最著名的作家。哈罗德想这里边应该藏着一些秘密文件。保罗把那幅素描放了进去，然后把档案夹摆回了原处。

"咱们回去找你的同学吧。"他边说边打开门，"绘制德军基地的图片严格来讲是犯罪，所以这件事我们对谁都不要说——包括亚恩。"

哈罗德感到有些不快。他的哥哥居然与此事无关。就连亚恩最好的朋友都觉得他胆小。

哈罗德点了点头。"但有一个条件。"

"条件？什么？"

"你要坦白告诉我一件事。"

他耸了耸肩。"好吧，我尽量。"

"丹麦有抵抗行动，对吗？"

"是的。"保罗的表情很严肃。他顿了一下，又补充了一句，"现在你也加入了。"

8

蒂尔德·叶斯帕森身上散发的清新花香撩拨着彼得·弗莱明的嗅觉，那味道轻薄淡雅，让彼得很难辨认那是些什么花草的香味——这就仿佛是朦胧的尘封往事，让你追忆不起，捉摸不透。他幻想着当自己脱掉她的外套甚至是内衣时，她温暖的体肤将会散发出怎样的香气。

"你在想什么呢？"她问。

他真希望能够告诉她。她可能会假装震惊，但心里却一定会窃喜。他看得出女人什么时候需要听到这样的话，也知道他该怎样说：轻声慢语，带着一个不以为意的微笑，但口气却要透出真诚。

可这时他突然想起了自己的太太。这让他马上断了刚才的念头。对婚姻，他可谓极端地忠诚。别人可能认为他完全有理由打破对婚姻的誓言，但他对自己的要求却是极高的。

所以他回答说："我在想你那天当场擒住机场机械工的表现。非常出色。"

"我当时什么都没想，只是条件反射地伸了脚。"

"你很有天分。我从来不赞成女人做警察，而且事实上我现在依然有怀疑。但没有人能否认，你是一等一的警察。"

她耸了耸肩："我有时候也会怀疑自己。可能女人确实应该留在家里看孩子。但奥斯卡死后，"奥斯卡是她的亡夫，也是哥本哈根的警察，彼得的朋友，"我必须要出来工作，而警察是我唯一能做的。我父亲是海关官员，哥哥在宪兵队，弟弟在奥尔胡斯当警察。"

"蒂尔德，你知道你最令人欣赏的地方是什么吗？你从来不会以弱取胜，去依赖男人帮你做事。"

他的本意是想赞赏她，却没有得到预想的效果。她并没像他期待的那样开心。"我从来不会让人帮忙。"她清脆地说道。

"应该是个不错的人生原则。"

她的眼神有些令人捉摸不透。他突然想到她会不会担心自己再不能向别人求助了。无论如何，连男人也是需要互相协助的。

她接着问道："你为什么当警察？你父亲生意很成功啊——你不想有一天自己接管家族企业吗？"

他坚定地摇了摇头。"我上学的时候在假期会去酒店帮忙。我讨厌那些客人，讨厌他们的要求和抱怨——我的牛排太老，我的床垫不够平，我等咖啡等了20分钟……真受不了。"

服务生走了过来。彼得想着一会儿可能有机会接近蒂尔德，怕她闻到自己的口气，便没在自己点的丹麦三明治里加鲱鱼和洋葱，而只是要了奶酪和青瓜。他们把定量供应卡交给了服务生。

蒂尔德说："间谍的案子有进展吗？"

"没什么进展。那两个人什么都没说。他们被送到德国去

'深度审问'，这是盖世太保的说法。后来他们交代了一个名字——马蒂斯·赫兹，是一名军官。但那个人已经消失了。"

"死胡同。"

"是的。"这个说法让他想起了眼前的另一条"死胡同"，"你认识什么犹太人吗？"

她有些惊讶："一两个。但都不在警察局工作。怎么了？"

"我在列一张名单。"

"犹太人名单？"

"是的。"

"哪儿的？哥本哈根？"

"整个丹麦。"

"为什么？"

"没什么特别的。只是跟踪那些制造麻烦的人。"

"犹太人就是制造麻烦的人？"

"德国人显然这么想。"

"你知道他们为什么这么想——但我们难道也要这么想吗？"

他很是失望。他本来认为她能理解他对犹太人的想法。"但无论如何应该做好准备。我们已经列好了公会名单、共产党名单、外国人名单，还有丹麦纳粹党员名单。"

"你觉得这是一回事吗？"

"都只是信息而已。要找到五年内搬来丹麦的犹太移民很容易。他们穿得很奇怪，口音很重，而且大部分都住在集中的那几条街上。但有很多老犹太人在丹麦已经生活了几个世纪了。他们看上去和我们没什么区别，口音也一样。这些人大部分都吃烤猪肉，周六也会去上班。我们很难找到他们。所以我需要提前准备一份名单。"

"怎么列？你不能直接去问别人认不认识犹太人。"

"这是个问题。我让两个初级探员去查电话簿了，还有一些其他的名单，可以通过犹太姓氏查一下。"

"这不太可靠。有很多姓伊萨克森的人并不是犹太人。"

"还有很多犹太人都会叫简·克里斯蒂安森。我想去犹太会堂查一下。他们有可能有会员名单。"

令他惊讶的是，她露出了十分不赞同的表情，可口中却说："为什么不呢。"

"朱埃尔不会同意的。"

"我觉得他是对的。"

"真的吗？为什么？"

"彼得，你难道不明白吗？这个名单会带来什么后果？"

"这还不明显吗？"彼得不耐烦地说，"如果犹太组织要发起抵抗德国的行动，我们就知道怎么去找嫌疑人了。"

"那么如果德国人要把这些犹太人都关到德国的集中营里去呢？他们会用你的名单！"

"但是他们为什么要那么做呢？"

"因为纳粹憎恨犹太人。我们不是纳粹，我们只是警察。我们逮捕罪犯是因为他们犯了法，而不是因为我们恨他们。"

"我知道。"彼得生气地说。他没想到自己会受到这样的攻击。蒂尔德应该知道他的目的完全是为了维护法律，而不是打破它。"任何信息都有可能被误用。"

"所以何必去建这个见鬼的名单？"

她怎么会这么蠢？他一直将她看作是和他一起对抗违法者的同志，可现在却受到了她的反对，这让他感到很生气。"你错了！"他大喊道，然后努力将声音降低了一个八度，"如果我们不这样思考，也就不用建立什么安全部门了！"

　　蒂尔德摇了摇头。"听着，彼得，纳粹确实做了一些好事——我们都明白这一点。基本上来讲，他们是支持我们警察工作的。他们镇压了颠覆活动，维护了法律和秩序，降低了失业率，等等。但是在犹太人的问题上，他们根本就是疯狂的。"

　　"或许是吧，但他们现在是规则制定者。"

　　"你看看丹麦的犹太人吧——他们遵守法律，工作努力，让孩子受教育……如果把他们的名字和地址都列出来，就好像他们参与了什么阴谋行动一样，这太奇怪了。"

　　他靠在了椅子背上，带着斥责的口气问道："这么说，你是拒绝和我一起工作喽？"

　　这次换成她生气了。"你怎么能说出这样的话？我是一名专业的警察，而你是我的上司。你说什么我都会去做。你应该了解这一点。"

　　"你真是这么想的吗？"

　　"听着，就算你想列一张丹麦女巫的名单，我也会同样告诉你我不认为女巫是罪犯或是颠覆者——但无论如何，我还是会帮你列这个名单。"

　　他们的食物来了。二人马上陷入了诡异的沉默。几分钟之后，蒂尔德说："你家里怎么样了？"

　　彼得突然回忆起了自己和英格在车祸前的日子。每个周日，他们都会穿上自己最好的衣服，手牵手走去教堂——那时的他们是多么的健康而幸福啊。社会上有那么多地痞无赖，为什么遭受不幸的却偏偏是他们？为什么那辆跑车偏偏撞毁了他们的车子？

"英格还是老样子。"他说。

"没什么改善吗？"

"大脑一旦伤到了这个地步，就不可能修复了。再不可能有什么改善。"

"这对你来说一定很难。"

"好在我父亲够慷慨。如果只是靠警察局的薪水，根本就付不起护士的工资——那样的话英格就必须要进看护中心了。"

蒂尔德再次露出了一副难以捉摸的神情。仿佛在她看来，进看护中心并不是什么糟糕的选择。"那个开跑车的人呢？"

"费恩·荣克。审判昨天开始。应该会持续一两天。"

"终于开始了！你觉得结果会如何？"

"他已经认罪了。我想应该会判上五到十年。"

"这也不算多。"

"他毁了一个人的大脑。多久才算够呢？"

午饭后，他们回到了警局。蒂尔德挎住了彼得的手臂。这应该算是一种亲密的举动了。他觉得她是想告诉他虽然他们意见不合，但她依然喜欢他。快到那栋超现代的警察局大楼时，他对她说："我很遗憾你不赞成我列犹太人名单的想法。"

她停住了脚步，转向他说："你不是个坏人，彼得。"她的眼中仿佛噙着泪水，这令他有些吃惊，"你的责任感是你力量的源泉。但履行职责不是唯一的正道。"

"我不太懂你的意思。"

"我知道。"她转身一个人走进了大楼。

彼得边走边尝试用她的视角来看待这个问题。如果纳粹开始抓捕遵守法律的犹太人，那么确实是一种犯罪，如此一来他的名单就会对犯罪者提供帮助。但就像是枪或是车，不能因为罪犯使用了这个工具，就否认这种工具的价值。

他穿过中间的露天庭院时，刚好碰到了他的上司弗莱德里克·朱埃尔。"跟我来一下，"朱埃尔脆声说道，"布劳恩将军找我们。"他走在前面，一身戎装显示出军人的决断与高效，而彼得却知道那全都是表面功夫。

从警察局到城市广场的距离很近，德军在那边占了一栋楼——达格玛赫斯大楼。楼的四周围着铁丝网，房顶上还架着大炮和高射炮。彼得和朱埃尔被带到了布劳恩将军的办公室——房间位于大楼的一角，里面有一张复古的书桌和一张皮沙发，感觉十分舒适；墙上还挂了一张元首的小照片，桌上则是两个穿着校服的男孩的相片。彼得注意到，布劳恩即使是在办公室都佩着枪，仿佛在声明："这个办公室虽然温馨，但我依然会公事公办。"

布劳恩的表情很得意。"我们的人已经破解了你们获得的那份情报。"他的声音一如往常的低，好像是在耳语一般。

彼得很是开心。

"真不可思议。"朱埃尔低声说道。

"这种密码不难破译。"布劳恩继续说，"英国人一直都在用这种简单的密码，通常是基于一首诗或者是某篇散文里著名的段落。我们的解码员只要破解了其中的几个词，就可以找一位英语专家来填出其余的部分。我从来不知道学英国文学还有这样的好处。"说到这里，他笑了起来。

彼得有些着急地问："写了些什么？"

布劳恩打开了桌上的一个文件夹："情报来自一个自称是'守夜人'的组织。虽然他们说德语，但还是用了丹麦语的拼法。你们听说过这个组织吗？"

彼得很惊讶。"我马上去查一查文件，不过我很肯定我们之前并没有接触到这个组织。"他皱了皱眉，陷入了沉思，"生活中的'守夜人'通常是指警察或士兵，不是吗？"

朱埃尔生气地说："我决不认为丹麦警察局的警官会——"

"我并没有说他们是丹麦人，"彼得打断了他的话，"这些间谍也有可能是德国叛徒。"他耸了耸肩，"或者他们大概只是羡慕军队的地位。"他转向布劳恩问道，"将军，情报的内容是什么？"

"是关于德军在丹麦军事部署的细节性信息。你看看吧。"他递给他一张纸，"哥本哈根周围高炮连的位置；上个月港口出现的德国海军舰艇；奥尔胡斯、欧登塞和莫兰德的驻扎部队。"

"信息准确吗？"

布劳恩犹豫了一下。"并不是十分准确，但接近事实，不过还是有些偏差。"

彼得点了点头。"那么间谍应该不是拥有内部信息的德国人，否则他们可以从文件中得到精确的信息。应该是一些善于观察的丹麦人，他们知道怎样进行估测。"

布劳恩点了点头："推断得很有道理，但你能找到这些人吗？"

"我当然希望可以找到。"

布劳恩的关注点已经完全转移到了彼得的身上，仿佛朱埃尔根本就不存在一样，或者他只是一个小跟班，而并非是高级警官。"你认为有可能是那些出版非法刊物的人吗？"

彼得很高兴布劳恩认可了他的专业性，但同时也恼火朱埃尔依然占着他上司的位置。他摇了摇头："我们知道那些地下的编辑是谁，一直都在关注着他们的一举一动。如果他们有窥探德国军方部署的行为，我们一定会注意到的。不会的——我相信这应该是一个我们从没有接触过的新组织。"

"那么你怎么才能捉到他们呢？"

"有一个团体我们从来都没有全面地调查过——犹太人。"

彼得听到朱埃尔的呼吸声变重了。

布劳恩说："那你最好去查查他们。"

"在丹麦，想知道谁是犹太人并不容易。"

"那就去犹太会堂！"

"好主意，"彼得说，"他们应该会有会员名单。这可以作为切入点。"

朱埃尔目光凌厉地瞪了彼得一眼，但还是什么也没说。

布劳恩说："我在柏林的上司对丹麦警方在这次截获情报过程中的忠诚和效率感到非常高兴。不过，他们很希望派一队盖世太保来进行调查。我一直都在劝阻他们，向他们保证你们可以找到这个间谍组织，将叛徒绳之以法。"对一个只有一个肺的人来说，一口气说这么多话实非易事，将军喘了口气，顿了一顿，眼光从彼得转向朱埃尔，再从朱埃尔转回彼得，"为了你们自己，也为了丹麦人，你们最好能成功。"

朱埃尔和彼得马上站起身来，前者有些僵硬地回答说："我们必当竭尽全力。"

他们离开了。刚走出大楼，朱埃尔便用他碧蓝的眼睛紧紧地盯着彼得说道："你知道这件事和犹太会堂毫无干系，你这个蠢货。"

　　"这我不能确定。"

　　"你就是在拍纳粹的马屁，你这个恶心的混蛋。"

　　"我们为什么不能帮他们呢？现在，他们就代表法律。"

　　"你是觉得他们可以帮你青云直上。"

　　"那有什么不对呢？"彼得反击道，"哥本哈根的精英不看能力，只看出身——可德国人却公平多了。"

　　朱埃尔惊诧地望着他："这就是你的看法？"

　　"至少他们不会歧视那些没上过詹斯博格·斯科尔的人。"

　　"你认为他们没有提拔你是因为你的背景？白痴——你落选是因为你太极端！你不知道什么叫平衡！"他厌恶地说道，"如果你继续固执己见，一辈子也升不了职。现在就给我滚！"他转身走开了。

　　彼得的心中充满了怒火。朱埃尔以为自己是谁？难道有一个出名的祖先就可以高人一等吗？他不过个警察，和彼得没什么区别，他没权利这样和他说话。

　　但无论怎样，彼得还是赢家，他已经打败了朱埃尔。德方已经许可他调查犹太会堂了。

　　朱埃尔可能会一直因为这件事而记恨他。但有什么关系呢？现在掌权的是布劳恩，不是朱埃尔。与布劳恩为友、以朱埃尔为敌，总比以布劳恩为敌、与朱埃尔为友要强。

　　回到总部之后，彼得马上集合了自己的团队，选择了去机场执行任务的那几位警员：康拉德、德莱斯勒，还有埃勒加德。他对蒂尔德·叶斯帕森说："我希望你能跟我去，如果你不反对的话。"

"为什么我要反对？"她生气地说。

"我们中午吃饭时……"

"拜托！我很专业的。我告诉过你。"

"很好。"他说。

他们开车驶到了水晶大街上。那幢黄砖犹太会堂矗立在大街的一边，仿佛想用一个肩膀来对抗整个世界。彼得让埃勒加德守在大门前，防止有人想逃走。

一个戴着圆顶小帽的老人从旁边的犹太老人之家走了出来。"有什么事吗？"他礼貌地问。

"我们是警察。"彼得说，"你是谁？"

那人的脸上露出了恐惧的神情。彼得甚至有点同情他。"高尔姆·拉斯马森。我是今天的当值经理。"他的声音在发抖。

"你有会堂的钥匙吗？"

"有。"

"让我们进去。"

那个人从裤子口袋里掏出了一大把钥匙，用其中一把打开了大门。

恢宏的主厅占据了这栋建筑的大部分空间。这里装饰华丽，两边的埃及柱支撑着上面的楼座。"犹太人真有钱。"康拉德评论道。

彼得对拉斯马森说："给我看看你们的会员名单。"

"会员名单？您指什么？"

"你们肯定有参加聚会者的姓名和地址吧？"

"没有——只要是犹太人都可以来。"

彼得的直觉让他相信了这个人的话，但他还是要把这里搜查一个遍。"这儿有办公室吗？"

"没有，只有几间更衣室，还有让客人挂大衣的衣帽间。"

彼得朝德莱斯勒和康拉德点了点头。"去搜一下。"他从房子的中间走到讲台前。在窗帘后面，他发现了一个壁龛。"这里面是什么？"

"是《旧约》。"拉斯马森回答说。

里面有六个大卷轴，外面包了精美的天鹅绒布。这可是藏东西的好地方。"都打开。"他说，"放在地上，我好看看里面是不是真的没东西。"

"好的。马上。"

拉斯马森在打开那些卷轴时，彼得带着蒂尔德走到了一旁。他边留心着那个经理的举动，边对蒂尔德说："你还好吧？"

"我跟你说过了。"

"如果我们真的找到了什么，你会承认我是对的吗？"

她笑了。"如果我们什么也没找到，你会承认你错了吗？"

他点了点头，心里感到很高兴：她看来并没有生他的气。

拉斯马森把那些卷轴全部摊开，上面都是希伯来文。彼得并没有看到任何可疑的东西。他想他们可能确实没有会员登记，但更可能是在德国入侵那天就毁掉了所有的登记资料，以防后患。他感到很是失望。为了这次任务他已经做了这么多铺垫工作，甚至冒犯了顶头上司。如果结果真是一无所获，那一切就太不值得了。

德莱斯勒和康拉德从大楼的另一端回到了这里。德莱斯勒两手空空，而康拉德的手里则握了一份《事实》。

彼得接过报纸，对拉斯马森说："这是非法的。"

"对不起。"拉斯马森说道，他看上去仿佛马上就要哭出来了，"这是他们硬塞到我们信箱里的。"

就连印报纸的人都没有被抓，读报的人恐怕就更安全了——但拉斯马森并不知道这些，彼得准备进一步利用一下他的道德感："你应该会给其他犹太人写信吧？"

"当然，我会给犹太社区的一些杰出人物写信。但我们并没有名单。我们只是知道他们。"他挤出了一个笑容，"我猜您也知道。"

确实如此。彼得也听说过十几或几十个著名的犹太人：银行家、法官、大学教授、政治精英，还有一个画家。他们当然不会是他想找的人：这些人名气太大，不可能做间谍，更不可能站在码头数德国船而不被任何人发现。"你不会写信给什么普通犹太人吗？比如建议他们进行慈善活动，告诉他们你们在组织什么庆典、聚餐，或者是音乐会？"

"不会。"拉斯马森说，"我们只会在社区中心贴一个告示。"

"啊，"彼得满意地笑了，"社区中心。地点在哪儿？"

"克里斯蒂安堡附近，在康金斯大街。"

那里离这儿只有一英里。"德莱斯勒，"彼得说，"他15分钟内不能离开这儿，看着他，别让他通知任何人。"

他们开车直奔康金斯大街。这个犹太社区中心建在一栋18世纪的建筑中，楼中间有一个小院子，楼梯精美华丽，不过也年久失修了。中心的咖啡馆已经关了，地下室也没有人打乒乓球。负责人是一个穿着考究的年轻男人，脸上带着高傲的神色。他说他们没有任何名单，但几个警察还是把整个地方从上到下搜查了一遍。

那个男人叫英格玛尔·甘默尔。彼得总觉得这个人有点不对。是什么呢？他和拉斯马森不同，他完全不害怕彼得，可在彼得看来，拉斯马森恐惧而无辜，而这个人却刚好相反。

甘默尔坐在桌子后面，身上穿了一件马甲背心，还配了一块怀表。在整个搜查过程中，他显得十分冷静。他的衣服看上去就十分昂贵。为什么一个富有的男人要在这里当秘书？做这种低薪工作的通常是女孩子，或者是那些孩子已经长大成人的家庭妇女。

"我想这就是我们要找的，头儿，"康拉德递给彼得一个黑色的本子，"疑犯的名单。"

彼得打开那个本子，里面全是人名和地址，至少有几百个。"太好了，"他说，"干得不错。"但本能告诉他，这里有的远不止这个，"接着查，说不定还有些别的。"

他一页页地翻看着那个名册，想找出可疑的或者是熟悉的人名。可好像并没发现什么特别的地方。

甘默尔的夹克挂在了门后的一个挂钩上。彼得看到了上面的标签。这是在1938年谢瓦尔街的"安德森和谢博德"订制的西服。彼得的心中升起了妒意。他一直在哥本哈根最好的店铺买衣服，但却从来不可能负担得起英国的西装。西服胸前的口袋里放了一块丝质手帕，左兜里是厚厚的钱夹。右兜里有一张从奥胡斯回哥本哈根的火车票，上面打了一个整齐的圆洞。"你为什么要去奥胡斯？"

"去见朋友。"

彼得记起，之前被破解的信息里包含了德军在奥胡斯的部署。不过奥胡斯是仅次于哥本哈根的丹麦第二大城市，每天都有成百上千的人在这两个城市之间往来穿梭。

西服的内兜里有一本薄薄的日志。彼得打开了那个本子。

甘默尔满脸轻蔑。"您很享受自己的工作吧？"

彼得抬起头来笑了。他确实享受激怒那些自以为高人一等的富人。但他的回答却是："就像管道工一样，我总是看到一堆大粪。"说完便将目光移回到那本日志上。

甘默尔的字很有风格，就像是他的西装。日志中没什么特别：午餐，剧院，母亲的生日，打给约根说怀尔德的事。"谁是约根？"彼得问。

"我表弟，约根·朗普。我们换书看。"

"怀尔德呢？"

"桑顿·怀尔德。"

"他是……"

"美国作家。《圣路伊斯大桥》。您一定读过吧。"

他的意图非常鲜明：警察恐怕不会读外国著作。不过彼得并没有理会，翻到了日志的最后。正如他所想，上面列了一系列的人名和地址，有一些还有电话。他看了甘默尔一眼，后者洁净的脸颊好像泛起了一丝红晕。他仔细地读着名单。

彼得随便念了一个名字。"希尔德·比尔加戈——她是谁？"

"一个女性朋友。"甘默尔冷冷地回答。

彼得又选了一个。"波提尔·布鲁恩呢？"

甘默尔依然镇定："我们一起打网球。"

"弗莱德·埃斯基尔德森呢？"

"银行经理。"

其他的警察已经停止了搜索，一声都不敢出：他们感觉到了空气里的火药味。"保罗·柯克？"

"一个老朋友。"

"普利本·克劳森？"

"画商。"

甘默尔第一次泄露出了某种情绪。那是一种放松的神情，而非罪恶感。为什么？他是不是觉得自己逃脱了什么？这个画商克劳森有什么特别之处吗？还是他前面的名字才重要？难道他放松下来是因为彼得移到了克劳森？"保罗·柯克是你的老朋友？"

"我们是大学同学。"甘默尔的声音依然平静，但他的眼神中却又透露出了恐惧。

彼得看了看蒂尔德，她不易察觉地点了点头。显然她也注意到了甘默尔的变化。

保罗·柯克的旁边没有地址，而电话号码旁边还标了一个大写的N，而且非常小。"这个N是什么意思？"彼得说。

"纳斯提夫。这是他在纳斯提夫的电话。"

"那他其他的电话呢？"

"他没有其他电话。"

"那为什么要标？"

"事实上，我不记得了。"甘默尔有些气急败坏了。

这有可能是真的。但N更可能代表"守夜人"。

彼得问："这个人是干什么的？"

"飞行员。"

"在哪儿工作？"

"军队。"

"啊。"彼得本来就猜测过"守夜人"有可能有军队背景，因为他们对军队部署的细节观察得很准确，"在哪个基地？"

"瓦达尔。"

"你刚刚说是纳斯提夫。"

"这两个地方很近。"

"要20英里远。"

"在我印象里没什么区别。"

彼得沉思了一会儿，然后对康莱德说："把这个撒谎的混蛋抓起来。"

英格玛尔·甘默尔家的搜查结果令人很是失望。彼得并没有发现任何令他感兴趣的东西：没有密码簿，没有反动文学，没有武器。他很确定甘默尔就是这个间谍圈中的一员，但有可能只是一个小角色，只负责观察情况，然后向核心人员进行汇报。接着那些核心人员会将情报汇报给英国。但那个关键人物是谁呢？彼得希望那就是保罗·柯克。

在开往50英里以外的飞行学校之前，彼得花了一个小时的时间照顾他的太太英格。他一边一小口一小口地给英格喂苹果蜂蜜三明治，一边臆想着和蒂尔德在一起的家庭生活。他幻想着蒂尔德在夜晚外出前做准备的情景：用毛巾擦干刚刚洗好的头发，穿着内衣坐在梳妆台前磨指甲，对着镜子为自己戴上一条丝巾。他意识到自己是这样地渴望和一个生活能自理的女人生活在一起。

他必须要打消这种想法。他已经结婚了。妻子生病可不是私通的借口。蒂尔德是他的同事和朋友，再不可能有其他任何的关系。

他心烦意乱地打开了收音机，边听新闻边等着护士的到来。英国对北非发起了新一轮的进攻，坦克部队穿过埃及边境进入利比亚，希望能够解除德军对托卜鲁克城的围困。听上去这应该算是一场很大的行动，虽然丹麦的广播电台通常会预测德国的反坦克炮将大规模地粉碎英军的武装。

电话响了，彼得走过去拿起了听筒。

"我是交通组的阿兰·福斯伦，"福斯伦是处理那个醉驾司机费恩·荣克的案件的警官，"审判刚刚结束。"

"怎么样？"

"荣克被判了六个月。"

"六个月？"

"对不起——"

彼得的视线模糊了。他感到身子发软，便马上把手撑在了墙上。"他毁了我太太一生，却只判了六个月？"

"法官说他已经受到了很大的折磨，而且会追悔一生。"

"全都是狗屁！"

"我知道。"

"我以为起诉会要求重判。"

"我们确实要求了。可是荣克的律师很有说服力。他说那个孩子已经戒了酒，而且改骑自行车了。他现在在学建筑，可能会成为一名建筑师——"

"任何人都可以这么说。"

"我知道。"

"我不能接受！我完全不能接受！"

"我们毫无办法——"

"我倒要看看有没有办法。"

"彼得，别做傻事。"

彼得竭力控制着自己的情绪。"当然，我不会的。"

"你现在一个人吗？"

"我马上要去执行任务了。"

"那至少有人可以跟你说说话。"

"是的。谢谢你打过来，阿兰。"

"对不起，我们没能帮到你。"

"跟你没关系。律师狡猾，法官又蠢。我们司空见惯了。"彼得挂掉了电话。他强迫自己冷静下来，却依然怒火焚身。如果荣克现在逍遥法外，他恐怕会找到他把他杀掉——可那家伙现在却安全地躲在监狱里，而且只需要在那里待上几个月时间。他想过把那个律师抓起来暴揍一顿，但他也知道自己不会真的那样做。律师并没有做任何违法的事。

门铃将他从悲愤的情绪中解救了出来。他很快振作起来，打开了大门。护士和康拉德同时到了。康拉德会和他一起去瓦达尔。他把夹克披在了肩膀上，把英格交给了护士。

他们开了两辆车，都是典型的别克警车。彼得猜到军队会给他制造障碍，因此在去之前已经请示布劳恩将军安排一名德国军官在必要的时候为他解围。此刻这位施瓦兹少校正坐在车里与他们同行。

整个旅程用了大约一个半小时。施瓦兹的大雪茄让车里烟雾缭绕。彼得尽量让自己不去想审判荣克的事。一会儿的行动需要他保持冷静，不能因为自己的怒气而坏事。他压抑着胸中的怒火。可冷静只是假象，那怒火如同被盖在了一张毯子下面，从缝隙中散发出层层烟雾——就像是施瓦兹的雪茄，刺得彼得的眼睛发疼。

瓦达尔基地的草地旁立着几栋矮楼。这里的安保相当松散——因为这只是一间培训学校，基本上不可能有任何隐秘的东西——大门处只有一个守卫跟他们打了个招呼，连问都没问他们此行的目的。六架虎蛾排成了一行，就像是篱笆上站着的鸟雀。停机坪上还停着几架滑翔机和两架梅塞施密特Me-109。

彼得刚一下车，就看到了亚恩·奥鲁夫森，他少年时的玩伴。他穿着一身棕色的军装，正悠然自若地从停车场往外走。彼得心中的敌意油然而生。

彼得和亚恩自幼是朋友，直到12年前两家吵翻为止。当时，彼得的父亲阿克塞尔·弗莱明被指控逃税。阿克塞尔认为对他的起诉实在是不可理喻：每个人都在逃税，他只是报高了自己的成本压低利润而已。可最后他还是被判有罪，除了补回税款之外，还缴纳了大笔的罚金。

他一直和身边的朋友解释，自己只是利用了一种财务技巧而已，和诚信无关。然而奥鲁夫森牧师却不这么认为。

教会规定，任何犯罪的成员都必须要被公开点名或被逐出集会。如果他愿意，他依然可继续参加礼拜，但只能作为"旁听者"。当然，对于超速驾驶这样的不严重行为，并不需要履行这一纪律。阿克塞尔认为他所犯的罪行根本没那么严重，而奥鲁夫森牧师的看法却相反。

在阿克塞尔看来，奥鲁夫森给他带来的屈辱远远大于法院判决的罚金。牧师在大庭广众之下宣读了他的名字，还要求他离开自己的位置，坐在后面的旁听席上，直到礼拜结束；更可恶的是，牧师还用关于"恺撒的物当归还给恺撒"的布道把他的屈辱推至了巅峰。

彼得每次想起这件事，都会不禁感到浑身发抖。阿克塞尔一直骄傲地认为自己是一个成功的商人和社区领袖，对他来说，再没有比失去邻里的信任更严重的惩罚了。看到自己的父亲当众被那个自以为是的假正经牧师羞辱，彼得感到痛苦极了。他当时就发誓，如果奥鲁夫森家的人犯在他的手上，他决不会手软。

他想都没想过亚恩会参与到间谍团伙中。这样的报复该多么大快人心啊。

亚恩看到了他。"彼得！"他很惊讶，不过并没有任何恐惧的神色。

"你在这儿工作？"彼得问。

"如果有工可做的话。"亚恩和平常一样愉快而轻松。假如他真的隐藏了什么秘密，那么他绝对是个好演员。

"当然有，你是飞行员。"

"这儿是培训学校，但我们没什么学生。不过说正经的，你来这儿干吗？"亚恩发现彼得身后站着一个德国少校，"又有什么人乱扔垃圾了吗，还是有人夜里乱走了？"

彼得并没觉得亚恩的嘲弄有什么可笑。"常规调查。"他短促地回答说，"你们的指挥官在哪儿？"

亚恩指了指一栋矮楼。"基地总部。你可以找兰斯少校。"

彼得走进了那栋楼。兰斯是个极瘦的男人，留着小胡子，一脸不耐烦。彼得自我介绍后，告诉他："我们有问题想问你们这里的保罗·柯克上尉。"

那位空军少校看了看旁边的施瓦兹，问："有什么问题吗？"

彼得差点冲口而出"关你屁事"，不过他还是保持了冷静，礼貌地撒了一个谎："他涉嫌参与了盗窃案件。"

"如果军中有人被怀疑犯罪，我们希望可以自己进行调查。"

"当然。但是——"他抬起一只手向旁边的施瓦兹示意了一下，"我们的德国朋友希望由他们来调查，所以你们怎样希望恐怕没什么关系了。柯克现在在基地吗？"

"他正在飞行。"

彼得抬了抬眉毛。"我以为你们的飞机都在停机坪上。"

"原则上是，但也有例外。德国空军明天会有人来参观，他们希望试飞，所以我们今天可以进行测试，以确保飞机情况正常。柯克几分钟之后就会着陆了。"

"那我正好可以检查一下他的物品。他的床铺在哪儿？"

兰斯犹豫了一下，然后不太情愿地回答说："A宿舍，就在跑道另一端。"

"他有办公室吗，或者是柜子，或者任何可以放东西的地方？"

"他有个小办公室，从这里数第三个房间就是。"

"那我们就从那儿开始吧。蒂尔德，跟我来。康拉德，你去停机坪等柯克——我可不想让他跑了。德莱斯勒和埃勒加德，你们去检查他的宿舍。谢谢你，少校……"彼得发现那位少校看了看桌上的电话，便马上接着说，"不要打电话。如果你向任何人透露我们的行动，我一定会把你扔到监狱里去。那对军队来说恐怕不是什么光荣的事，你说呢？"

兰斯什么也没说。

彼得、蒂尔德和施瓦兹沿着走廊来到了一间标着"飞行总指导"的办公室。房间非常小，而且没有窗，里面只有一张办公桌和一个文件柜。彼得和蒂尔德开始搜索，而施瓦兹则又燃了一支雪茄。文件柜里放着学生的资料。彼得和蒂尔德把每张纸都仔细地阅读了一遍。房间里密不透风，蒂尔德的香水味消失在施瓦兹雪茄的烟雾里。

15分钟后，蒂尔德突然说道："太奇怪了。"

正在检查一个名叫科尔德·汉森的学生考试结果的彼得抬起头来——这学生没能通过导航测试。

蒂尔德递给他一张纸。彼得研究了一会儿，皱起了眉头。这是一幅素描画，上面画了一个彼得从来都没见过的奇怪装置：上面是带底座的巨大方形天线，旁边围了围墙。下面则是没有围墙遮挡的同一个装置，添加了更多的细节，看上去这个装置应该是可以旋转的。

蒂尔德走到他身后，问道："你觉得这是什么？"

她的靠近让他感到一阵紧张："我从来没见过这样的东西，不过我肯定这是机密文件。那份文件里还有其他什么东西吗？"

"没有了。"她把那个标着"H.C.安徒生"的文件夹给他看了看。

彼得咕哝了一声。汉斯·克里斯蒂安·安徒生——这本身就很可疑了。他把那张纸翻过来。纸的背面画了一个狭长形的岛屿，这个形状对彼得来说就和丹麦的地图一样熟悉。"这是桑德岛，我父亲就住在那儿！"他说。

再仔细一看，他看到题图上标出了德军的基地，还有海滩上的禁入区域。

"太棒了。"他轻声说。

蒂尔德的蓝眼睛里充满了兴奋。"我们抓到那个间谍了？"

"还没，"彼得说，"不过马上就要抓到了。"

他们走出大楼，后面跟着沉默的施瓦兹。太阳已经落山了，但在斯堪的纳维亚的漫长夏夜，他们依然可以看清周围的一切。

他们来到停机坪，站在了康拉德旁边。工作人员正要把停机坪上的飞机移走。其中一架被推到了飞机棚中，两名飞行员推着机翼，另一名则抬起了机尾。

康拉德指着正在降落的那架飞机说道："我猜那就是我们要找的人了。"

那还是一架虎蛾。在教科书式的降落过程后，飞机在风中着陆了。彼得确定，保罗·柯克无疑是一名间谍。文件柜里那份资料足以判处他绞刑了。但在此之前，彼得还有一大堆的问题要问。他只是个和英格玛尔·甘默尔一样的报告员吗？他是不是亲自去桑德岛上的基地，画出了这幅素描？还是说他是整个组织的联络员，将信息进行汇总之后递交给英国？如果柯克是核心联络员，那么到底是谁去桑德岛画的这幅画呢？会不会是亚恩·奥鲁夫森？有可能，但一个小时前碰到亚恩的时候，他的行为举止并不像是隐瞒了什么秘密。但无论如何，依然有必要对亚恩进行监控。

飞机着陆后开始在草坪上滑行。一辆别克警车飞快地从跑道另一端开过来。德莱斯勒急匆匆地跳出车门，手里拿着一个明黄色的东西。

彼得紧张地看了他一眼。他不希望保罗·柯克看出什么不妥。环顾四周，他发现他有些掉以轻心了。事实上他们这样子出现在跑道旁确实有些突兀：他自己穿着黑西装；施瓦兹穿着德国军装，还抽着雪茄；现在又有一个人急匆匆地开着警车赶了过来。他们看上去像是一个迎宾团队，这样的情境一定会引起柯克的怀疑。

德莱斯勒兴奋地挥动着手里的东西，那是一本书，外面包了明黄的书皮。"这是密码簿！"他说道。

这意味着柯克就是间谍圈里的关键人物。彼得看了看那架小飞机。飞机从他们身边滑过，驶向停机坪。"把它藏起来，你这个傻瓜。"他对德莱斯勒说，"他要是看到你手里拿的是什么，就知道我们要抓他了！"

他又转头看那架虎蛾。他可以看到柯克坐在露天的驾驶舱里，但因为他戴着眼罩、围巾和头盔，所以很难看到他的表情。

但下面发生的事，恐怕没有人会误解了。

飞机的引擎突然响起，节流阀打开。飞机转了一个圈，朝着彼得他们冲了过来。"他妈的，他要跑！"彼得喊道。

飞机加速了。

彼得掏出了手枪。

他想活捉柯克，审问他——但与其让他逃跑，他情愿杀死他。彼得双手握枪，正对朝他飞来的飞机。用手枪击落飞机几乎是不可能的事，但如果幸运的话，他可以射到飞行员。

虎蛾的机尾离地了，从这个角度，彼得可以看到柯克的头和肩膀。他对准那个头盔，扣动了扳机。飞机升空。彼得抬高了手枪，连发七枪。他失望地发现自己打得太高了，飞行员头顶的油箱上出现了一排小洞，油从那些洞里流了出来，滴到了驾驶舱里。但飞机并没有摇晃。

其他几个人迅速地趴在了地上。

看着那旋转着的螺旋桨离自己越来越近，彼得怒火中烧。他恨透了这些逃犯，不只是保罗·柯克，还有那个伤害了英格的司机费恩·荣克。他就算是死，也要把柯克拦下来。

他瞥见草地上施瓦兹少校刚刚抽剩下的雪茄还没有熄灭，突然灵机一动。

飞机的双翼眼看就要撞到他的身上了。他顺势俯身捡起那根闪着火光的雪茄，朝飞行员扔去。

他即刻闪向一旁，机翼从他头顶扫了过去。

他跌倒在地，翻了一个跟头，马上抬头看那架飞机。

虎蛾越升越高。子弹和雪茄好像没起到任何作用。彼得失败了。

柯克能逃跑吗？德军可以开着那两架梅塞施密特去追他，但那需要几分钟时间准备。到那个时候，虎蛾早就不见踪影了。柯克的油箱虽然被击中，但子弹并没有打到油箱最低处，剩下的油依然有可能帮助他飞去瑞典，毕竟只有20英里的路程。更何况天已经黑了。

柯克有机会逃生，彼得痛苦地想道。

可就在这时，飞机突然起了火，巨大的火苗从驾驶舱冒了出来。

飞行员的头部和肩部都烧着了。因为油箱破裂，他的衣服上一定沾满了汽油。大火很快就蔓延到了整个机身。

虎蛾继续上升了几秒钟，而就在这几秒钟内，飞行员的头已经被烧成了焦炭。柯克的身体应该是压到了操控杆：虎蛾开始俯冲，如同一支箭射向地面。机身已经皱得像是手风琴的风箱了。

人们鸦雀无声。那团火继续吞噬着机翼和机尾，纤维制成的机身在大火中灰飞烟灭，木头翼梁亦被烧灼殆尽，露出了里面的钢管，如同在烈火中牺牲的烈士的骨骸。

蒂尔德说："上帝，太可怕了——可怜人。"她浑身都在颤抖。

彼得揽住了她。"是啊，"他说，"最糟的是，我们什么也问不到了。"

第二部

9

大楼外竖着"丹麦民族歌曲及乡村舞蹈学会"的牌子，但这其实只是欺骗政府的幌子。楼梯下面挡了两层门帘，门帘另一边的地下室里，隐藏着一间爵士俱乐部。

那是一个又小又暗的房间。水泥地板上到处都是烟头和啤酒。屋子里有几张快要散架的桌子和木头椅子，但大部分的观众都站着。观众里真是什么人都有：水手、码头工、衣着光鲜的年轻人，甚至还有几个德国士兵。

在那个小得可怜的舞台上，一个年轻女人坐在钢琴前，对着一只麦克风低吟浅唱。那可能也算是爵士乐，但绝不是哈罗德喜欢的那种。他等着"孟菲斯的约翰尼·麦迪森"的演出——那是一个黑人乐手，不过他大部分时间都生活在哥本哈根，而且很有可能根本都没去过孟菲斯。

现在是凌晨二点钟。今天学校熄灯后，"三个臭皮匠"——哈罗德、麦兹和提克——就偷偷地溜出了宿舍楼，搭最后一班火车进了城。这很冒险——如果被逮到，麻烦就大了——但如果能见到"孟菲斯的约翰尼"，那一切都值了。

在喝了一杯白兰地后，哈罗德又喝了些生啤酒，这让他更亢奋了。

脑海深处，他依然记得那天和保罗·柯克的对话。他已经加入了抵抗行动，这听上去有些恐怖。他甚至都不敢细想这件事，它可是连麦兹和提克都不能知道的。他将会像间谍一样偷偷地传递军事信息。

那天，在保罗承认了丹麦存在秘密组织之后，哈罗德曾表示自己愿意尽一切能力助他们一臂之力。保罗承诺会让哈罗德当他们的观察员。他的工作就是收集占领政府的信息，并将信息交给保罗·柯克，最终传递给英国。哈罗德感到很骄傲，已经开始热切地期待自己的第一次任务。但同时，他也有些害怕，尽量不去想如果被抓到，他会有什么样的结局。

他依然因为卡伦的事儿而憎恨着保罗。每次想到这件事，他都会感到一阵醋意。不过为了抵抗工作，他只能压抑自己的私人情感。

刚想到自己没有女伴，他便注意到酒吧里来了一个女人：她坐在吧台的高脚凳上，一头卷卷的黑发，身上穿了一条红裙子——酒吧里烟雾弥漫，又或者是他的眼睛出了什么问题——但她好像真的是一个人。"嘿，看。"他对另外两个臭皮匠说。

"不错啊，如果你喜欢老女人的话。"

哈罗德使劲地盯着她，想再看清楚些。"为什么？她能有多大？"

"至少30岁。"

哈罗德耸了耸肩。"那也不算太老。不知道她想不想聊天。"

提克是三个人中唯一清醒的一个。"她会跟你聊天的。"

哈罗德不知道为什么提克在傻笑。他没理会他，直接走向吧台。他走近以后才发现，那女人很胖，圆圆的脸上化了浓妆。

"嗨，学生弟。"她的微笑倒是很友善。

"我发现你只有一个人。"

"只是现在。"

"我猜你可能想聊聊天。"

"这倒不是我来的目的。"

"啊——你喜欢听音乐。我也喜欢爵士，喜欢了很多年了。你觉得那个歌手怎么样？她不是美国人，但——"

"我讨厌音乐。"

哈罗德很是迷惑。"那为什么——"

"我在工作。"

她以为他应该可以明白了。但他显然更迷惑了。她继续朝他微笑着，但他已经意识到他们之间有点误会。"工作？"

"是啊。你以为我是什么？"

他希望能讨好她，所以他说："我觉得你像个公主。"

她笑了。

他问道："你叫什么？"

"贝特西。"

听上去不像是丹麦工人阶级女孩的名字。哈罗德想这应该是假名。

一个男人站在了哈罗德身边。那男人的样子吓了哈罗德一跳：他没刮胡子，牙齿不全，一只眼睛因为受伤而半睁着。他穿了一件脏兮兮的燕尾服，里面套了一件没领子的衬衫。虽然又瘦又小，可他依然有点可怕。"快点，宝贝儿，快做决定吧。"他对哈罗德说道。

贝特西告诉哈罗德："这是卢瑟。离这孩子远点，卢——他什么都没干。"

"他把客人都赶走了。"

哈罗德完全不知道眼前发生了什么。他显然比自己想象的还要醉。

卢瑟说："好啦——你到底要不要干她？"

哈罗德呆住了。"我都不认识她！"

贝特西实在忍不住大笑了起来。

"十块钱——你可以把钱给我。"卢瑟接着说。

哈罗德突然意识到了什么。他转向她大声问道："你是妓女吗？"

"好啦，不要叫。"她生气地责备道。

卢瑟一把揪住了哈罗德的领子。他的力气很大，哈罗德趔趄了一下。"我知道你们这些文化人，"卢瑟吐了一口唾沫，"你以为这很好玩。"

卢瑟的嘴里散发着难闻的口气。"别生气，"哈罗德说，"我只是想跟她聊聊天。"

酒保探头过来说道："别找事，卢。这小伙子没干什么。"

"是吗？我觉得他在笑我。"

哈罗德开始怀疑卢瑟身上会不会带着刀了。不过正在这个时候，酒吧经理对着麦克风宣布，下一个表演者就是约翰尼·麦迪森。台下一片掌声。

卢瑟一把推开了哈罗德。"在我割断你的喉咙之前，最好给我滚得远远的。"

哈罗德回到了自己的位子。他知道自己刚才很丢脸，但因为醉酒，他倒一点也不在乎了。"我做了件蠢事。"

"孟菲斯的约翰尼"走到了台上。哈罗德瞬间忘记了卢瑟。

约翰尼坐在了钢琴前。他的丹麦语非常正宗，一点口音都没有。"谢谢，我想先演奏一首由最伟大的黑人钢琴家克莱伦斯·佩恩托普·史密斯所作的曲子。"

台下再次掌声雷动，哈罗德用英语喊道："弹吧，约翰尼！"

可就在这时，门口附近一阵骚动。哈罗德并没有注意。约翰尼弹了四小节的前奏，却戛然而止，并对着麦克风说："嗨，希特勒，宝贝。"

一个德国军官走上了台。

哈罗德环顾四周，惊呆了。一队军警走进了俱乐部。不过他们逮捕的不是丹麦平民，而是黑人乐手。"低等种族不能演奏。这个俱乐部必须关掉。"

"不！"哈罗德生气地喊道，"你们不能这么做，你们这帮纳粹土包子！"

幸运的是，旁边声音太吵，没人听到他的话。

"咱们还是赶紧离开吧，省得你闯祸。"提克边说边拉住了哈罗德的胳膊。

哈罗德甩开胳膊。"不要！"他喊道，"让约翰尼弹下去！"

军官铐住了约翰尼，把他带走了。

哈罗德觉得自己的心都碎了。这是他第一次亲眼见到黑人钢琴家，可纳粹只让他弹了几个小节就把他带走了。"他们没权利这么做！"他喊道。

"当然没有。"提克边安慰他，边把他拉出了大门。

三个年轻人晃晃悠悠地走上了楼梯，回到了大街上。现在正处仲夏，短暂的夜晚已经过去了。天亮了。酒吧就在运河边上，宽阔的河面上倒映着破晓的日光。停泊着的船只还沉浸在梦幻里。海上吹来了清凉的微风。哈罗德深深地吸了一口气，感到了一阵眩晕。

"我们最好去火车站赶第一班车回去。"提克说。他们计划要在大家醒来之前回到床上装睡。

他们赶到了市中心。德国人在主干道的十字路口建了八角形水泥岗亭，大概四英尺高，中间是士兵站的位置。岗亭到士兵胸部。夜间这里没人把守。哈罗德还在为俱乐部里的事感到恼火，现在看到这些纳粹的标志物，他终于有了泄愤的机会，每路过一个岗亭，他都会踢上一脚。

麦兹说："他们说这些看守都穿着皮短裤，因为没人能看到他们的腿。"哈罗德和提克笑了起来。

他们经过了一间刚刚装修完的商店，外面堆着很多建筑橡胶。哈罗德无意间看到了一个油漆桶——他脑子里冒出了一个主意。他从那个垃圾堆中捡起了那个桶。

"你要干吗？"提克问。

桶里面剩的那点黑油漆还没凝固。哈罗德又在那些废品里找到了一片扁平形状的木头当刷子。

他丢下了满脸疑惑的提克和麦兹，径自走到了一个岗亭旁，蹲下身子，用那片木头在上面写了起来。他听到提克在警告他，却完全没理会。他认认真真地用黑油漆在那个岗亭上写下了：

纳粹

没穿
裤子

他向后退了一步，欣赏自己的作品。那些字母又大又清晰，远处都能看得到。今天早晨，将会有成千上万赶去上班的哥本哈根人可以看到这句话。

"你们觉得怎么样？"他问。可是当他回头看的时候，发现提克和麦兹已经不见了，取而代之的是两个穿着丹麦警服的警察。

"非常有趣。"其中一个警察说道，"你被捕了。"

之后的时间他是在警察局度过的，和他关在一起的有一个往裤子里尿尿的老头和一个朝着墙呕吐的年轻人。他觉得恶心极了，实在无法入睡。时间一分一秒地过去了，他感到头越来越疼，而且口渴得厉害。

但醉酒和肮脏还不是他最担心的。他怕的是关于抵抗行动的审问。如果他被交给盖世太保怎么办？他们如果拷打他怎么办？他不知道自己能忍受多少疼痛。他可能会背叛保罗·柯克。而这一切都是因为一个愚蠢的玩笑！他实在无法相信自己怎么可能这么幼稚。他感到惭愧极了。

早晨八点钟，一个穿着制服的警察端着三杯茶和一盘子涂了薄薄一层代黄油的面包走了进来。哈罗德没要面包——他没法在一个像厕所一样的地方吃东西——但还是把茶水一饮而尽。

没过多久，他就被带到了问讯室。几分钟之后，一个警官拿着一个文件夹和一张纸走了进来。"起立！"那个警官喊道，哈罗德"腾"地站了起来。

警官坐在桌子前，开始阅读那份报告。"你是詹斯博格的学生？"他问。

"是的，长官。"

"你不应该做这样的傻事，小伙子。"

"是的，长官。"

"你在哪儿喝的酒？"

"在一间爵士乐俱乐部。"

他抬起头来。"那间丹麦学会？"

"是。"

"德国鬼子去的时候你在吧？"

"是的。"他听到那警官对德国人的称呼，感到有些奇怪，这和他之前的态度有点不同。

"你经常喝酒吗？"

"不，长官，这是第一次。"

"然后你看到了那个岗亭，又恰巧看到了油漆？"

"非常抱歉。"

那个警察突然咧嘴一笑。"好了，不用觉得抱歉。我倒觉得挺有趣。'没穿裤子'！"他笑了。

哈罗德高兴极了。那个人本来好像充满了敌意，可他现在却说自己喜欢那个玩笑。"你们会怎么处理我？"

"不会怎么处理。我们是警察，又不是恶作剧巡逻队。"那个警察把报告撕成了两半，扔到了垃圾桶里。

哈罗德难以相信自己竟然这么幸运。他难道真的可以走了吗？"那……我现在该怎么办？"

"回学校去。"

"谢谢！"哈罗德开始思考自己有没有可能神不知鬼不觉地回到学校去。他可以在火车上编一个故事。或许没人会知道这件事。

警察站了起来。"不过给你一条建议，离酒精远一点。"

"我会的。"哈罗德信誓旦旦地保证说。他只要能从这里脱身，永远都不喝酒也不是问题。

警官打开了门，哈罗德即刻呆住了。

彼得·弗莱明出现在了门口。

哈罗德和彼得对视了很久。

那位警官问："有事吗，督察？"

彼得没理他，直接对哈罗德说："不错啊，不错啊，"他的声音中透着得意，好像自己的重要判断终于得到了证实，"刚刚看到逮捕记录的时候我还在想，醉酒的涂鸦大师哈罗德·奥鲁夫森，会是桑德岛上牧师的儿子哈罗德·奥鲁夫森吗？真想不到，他们居然是同一个人。"

哈罗德满心不悦。他本来还想着这件事能神不知鬼不觉地过去，可现在发现这个秘密的，却恰好是他家的仇人。

彼得转向那位警官，轻蔑地说："好了，这里就交给我吧。"

后者看上去非常生气："长官，局长已经决定了，不会对他定罪。"

"这可不一定。"

哈罗德简直要哭了。他本来都可以走了。这实在太不公平了。

那个警官犹豫了一下，正要开口争辩，彼得却马上厉声说："你可以走了。"

"是，长官。"他离开了。

彼得瞪着哈罗德，一言不发。良久之后，哈罗德忍不住了：

"你想怎么做？"

彼得笑了，说："我想带你回学校。"

别克车开进了詹斯博格·斯科尔的操场。开车的是一个穿着制服的警察，而哈罗德则像个罪犯似的坐在后座上。

太阳明晃晃地照在红砖楼和草坪上，哈罗德想到过去七年在这里度过的简单而安全的生活，心中感到无比的后悔。无论一会儿要发生些什么，这个熟悉亲切的地方对他而言都不可能再像以前一样了。

而眼前的一切在彼得·弗莱明看来却完全不同。他酸溜溜地对前面的司机说："这就是我们未来的领袖受教育的地方。"

"是啊，长官。"司机淡淡地回答说。

现在是吃早饭的时间。学生们都在外面吃东西，所以几乎整所学校的人都看到哈罗德从警车里走出来。

彼得让学校秘书看了他的警徽，之后便带着哈罗德来到了艾斯的办公室。

哈罗德的脑子里一片空白。看来彼得没准备把他送到盖世太保那里——那是他最怕的事。虽然他不想乐观得太早，但显然彼得并没有把他当作是丹麦抵抗行动中的一员；在彼得眼里，他只是一个干了坏事的学生。这是他人生中第一次宁愿被看作是小孩子，而不是成年人。

但就算是这样，彼得准备怎么办呢？

他们走进了那间办公室。艾斯像一根枯竹竿一样从桌子后面站了起来，眼镜后面的双眼充满了担忧。他尽量保持着平和，却还是紧张得发抖。"奥鲁夫森？怎么回事？"

彼得没给哈罗德解释的机会。他拿拇指朝哈罗德的方向指了指，用一种恼人的腔调问道："这是你们的学生吗？"

　　温和的艾斯一脸不安。"是的，奥鲁夫森是这儿的学生。"

　　"他昨晚因为羞辱德军装备而被捕了。"

　　哈罗德发现，彼得显然十分享受艾斯的狼狈。

　　艾斯吓坏了。"真是抱歉。"

　　"而且他还喝醉了。"

　　"哦，上帝啊。"

　　"警察局必须要做出处理。"

　　"我不知道我——"

　　"坦率地讲，我们并不希望因为这样的幼稚行为来起诉一个学生。"

　　"哦，那真是——"

　　"但无论如何，他必须要受到惩罚。"

　　"当然。"

　　"至少我们的德国朋友希望知道犯罪者得到了应有的处理。"

　　"当然，当然。"

　　哈罗德很为艾斯难过，但同时也盼着他不要太怯懦。然而到现在为止，他都一直在向这个蛮横的彼得让步。

　　彼得继续道："所以结果取决于你。"

　　"哦？怎么决定？"

　　"如果我们放了他，你们会开除他吗？"

　　哈罗德突然明白了彼得的目的。他希望让哈罗德的事搞得尽人皆知。他满脑子想的都是羞辱奥鲁夫森家。

詹斯博格的学生被捕绝对可以成为头条新闻。然而哈罗德的父母将受到的耻辱恐怕比艾斯还要更甚。父亲一定会气疯掉，而母亲恐怕恨不得要自杀了。

但哈罗德意识到，彼得对奥鲁夫森家的仇恨影响了他作为警察的判断力。哈罗德醉酒被捕这件事让他忽视了一个更大的罪行。他从来都没想过哈罗德对纳粹的憎恶已远远不是写两句标语那么简单。彼得的邪恶反而救了哈罗德一命。

艾斯第一次表示反抗："开除也太过——"

"总比被起诉或者蹲监狱强吧。"

"当然，确实是。"

哈罗德完全没有加入他们的辩论，因为他知道，再不可能有任何办法把这件事隐瞒下来了。他至少不用去见盖世太保，他这样安慰着自己。任何其他的惩罚和这个相比都算是微不足道了。

艾斯说："这学年基本上已经结束了，就算开除他，他也并不会错过什么课程。"

"这样也省得他逃避作业。"

"这其实也只是技术问题，他过不了几个星期就要离开学校了。"

"但这样德国人才会满意。"

"会吗？当然，这也很重要。"

"如果你能保证开除他，我就可以释放他。否则我就得把他带回警察局去。"

艾斯内疚地看了看哈罗德。"那么看来学校也没有别的选择了。"

"是的，先生。"

艾斯看着彼得。"那好吧。我们开除他。"

彼得满意地笑了。"我很高兴我们能这么理性地解决这个问题。"他站起身来，"小哈罗德，以后别惹事。"

哈罗德转开了头。

彼得和艾斯握了握手。"好，谢谢您，长官。"艾斯说道。

"很高兴我能帮到忙。"彼得走出了办公室。

哈罗德感到自己浑身的肌肉都放松了下来。事情终于解决了。家里一定会吵翻天，但最重要的是保罗·柯克和抵抗组织的事没有暴露。

艾斯说："发生了一件不幸的事，奥鲁夫森。"

"我知道我做错了——"

"不，不是这个。我想你认识麦兹·柯克的表哥吧？"

"保罗，我认识啊。"哈罗德的心又收紧了。难道艾斯发现哈罗德参与了抵抗行动？"保罗怎么了？"

"他坠机了。"

"上帝啊！我几天前还和他一起飞行！"

"是昨天晚上的事。"艾斯缓慢地说。

"然后呢？"

"很遗憾，保罗·柯克死了。"

10

"死了？"赫伯特·伍迪尖声叫了出来，"他怎么可能死了？"

"他们说他驾驶的虎蛾坠毁了。"赫米娅回答。她怒不可遏，心急如焚。

"真是个笨蛋。"伍迪冷酷地说，"一切都被他毁了。"

赫米娅满心厌恶地看着他。她真想给他一个耳光。

她和迪格比·霍尔一起来到了伍迪在布莱切利园的办公室。赫米娅曾给保罗·柯克传过一条信息，想让他帮忙找一个见过桑德岛上那个装置的人。"是詹斯·托克斯威格传来的消息，他是保罗的手下。"她竭力保持着冷静，"和往常一样，信息是通过斯德哥尔摩的英国使馆传过来的，但并没有加密——詹斯不懂密码。他说他们对外称保罗死于事故，但事实上当时警察去逮捕保罗，保罗试图逃跑，警方开枪射中了飞机。"

"可怜的人。"迪格比叹息道。

"消息是今天早晨到达的。"赫米娅接着说，"您找我的时候我本来也正要来找您，伍迪先生。"事实上她一直在哭。赫米娅不是一个爱哭的人，但保罗的死让她非常伤心——他是那么的年轻、英俊、精力旺盛。她也知道，自己对他的死有不可推卸的责任。是她让他为英国做间谍，而他的勇气直接导致了他的死亡。她想到了他的父母、他的表弟麦兹，她为他们感到万分悲痛。最重要的是，她希望能完成他未竟的工作，不能让杀死他的人获得最后的胜利。

"真的很遗憾，"迪格比揽住了赫米娅的肩膀，"很多人在战争中失去了生命，但如果死者是你熟悉的人，那感觉是不一样的。"

她点了点头。他的话很简单，但她依然感激他的理解。他是一个好人。她的心中突然充满了情感，可马上又想到了自己的未婚夫，这让她感到自责。她希望自己有一天能再见到亚恩。与他攀谈、和他拥抱可以让自己对他的爱变得更加坚定，让她能够抵抗住迪格比的诱惑。

"但我们该怎么办？"伍迪问。

赫米娅的思绪即刻回到了现实中。"根据詹斯的消息，'守夜人'决定暂时保持低调，至少眼前要潜伏一段时间，以观察丹麦警方可以调查到什么地步。所以这也就意味着我们失去了丹麦的信息来源。"

"也就是说我们像个没用的白痴。"伍迪说。

"这不是主要的问题，"迪格比干脆地说道，"纳粹找到了赢得战争的武器。我们以为自己在雷达方面比他们先进很多——现在我们了解了，他们也拥有这种设备，而且比我们的强得多！我不管你们怎么解释。问题是我们怎么才能了解更多。"

伍迪看上去怒不可遏，却一个字也没说。赫米娅问："其他情报机构的线人呢？"

"我们都在联络。现在还有一个线索：德国电文里出现了

Himmelbett这个词。"

伍迪说："Himmelbett？'天堂之床'？这是什么意思？"

"这是指有四根帷柱的床。"赫米娅告诉他。

"等于没说。"伍迪生气地说，好像这一切都是她的过错。

她问迪格比："还有其他什么内容吗？"

"没有了。好像是说那个雷达装置被设在一个'四柱床'系统中。我们不懂这是什么意思。"

赫米娅做了一个决定："我必须要去一趟丹麦。"

"胡扯。"伍迪说。

"我们已经没有线人了，所以必须有人过去一趟。"她说，"我对那里比任何MI6的人都要熟悉，所以我才被任命为丹麦分部的负责人。而且我的丹麦语和当地人无异。我必须要去。"

"我们不会派女人去做这样的事。"伍迪轻蔑地说。

迪格比说："我们会。"他望着赫米娅，"你今天晚上就去斯德哥尔摩，我会跟你一起去。"

"你为什么那样说？"一天以后，迪格比和赫米娅穿过了斯德哥尔摩著名的市政厅里面的金色大厅。

迪格比停下脚步，研究着墙上的马赛克。"我知道首相希望我参与这样的重要任务。"

"哦。"

"而且我希望能和你独处。除了搭船去中国之外，这应该是最好的机会了。"

"但你知道我要和我未婚夫联络。他是唯一能帮助我们的人。"

"是的。"

"而且我应该很快就会见到他。"

"这样更好。我总不能一直和一个身处几百英里之外的人竞争，你看不见他，听不见他的声音，所以才会永远保留着对他的忠诚和内疚。我情愿和一个有血有肉的男人竞争，起码他是个真人，是人就会犯错；他会发脾气，领子上会有头皮屑，还会挠屁股。"

"这不是比赛。"她有些恼怒地说，"我爱亚恩。我会嫁给他。"

"但你们还没结婚。"

赫米娅使劲地摇了摇头，恨不得马上逃离这场无意义的谈话。以前，她曾经享受于迪格比对她的兴趣——虽然这让她自责——但现在她不能分心。她有一个重要的会面。她和迪格比扮成游客，打发会面前的时间。

他们离开金色大厅，走到了铺着鹅卵石的小院子里。他们穿过了一个立着粉红色花岗岩柱子的走廊，发现马拉伦湖就在眼前。赫米娅假装转身欣赏那座300英尺的高塔，其实是想看看他们的跟踪者还在不在。

那是一个穿着灰西装、旧皮鞋的平庸男人。他几乎没怎么努力隐藏自己的行踪。在迪格比和赫米娅从英国使馆搭沃尔沃出发时，就有两个开着奔驰230的男人跟上了他们。他们在市政厅下车后，那个穿灰西服的男人也走了进来。

英国使馆随员告诉他们，有一组德国特工专门跟踪瑞士的英国公民。你可以甩掉他们，但那样做没有什么好处。甩掉"尾巴"意味着你有秘密。那些躲避监控的人会被逮捕，甚至会被判间谍罪。而且德国还会逼迫瑞典政府将这些人驱逐出境。

因此，赫米娅决定要在不知不觉中摆脱掉这个跟踪者。

赫米娅和迪格比根据之前就设定好的计划穿过花园，在楼的一角转弯去参观这座城市的创建者比耶·亚尔的纪念碑。那个镀金石棺被放置在一个四角有石柱的有盖墓穴中。"有点像'四柱床'。"赫米娅说。

纪念碑的另一边，一个酷似赫米娅的瑞典女人已经事先藏在了那里，与赫米娅一样，她也长了一头黑发。

赫米娅用问询的眼神望着那个女人，对方果断地点了点头。

赫米娅突然感到有些恐惧。直到现在她还并没有做任何违法的事。她来瑞典是完全合法的。但从现在开始，她站在了法律的对立面，这是她人生中的第一次。

"快。"那女人用英语说道。

赫米娅脱掉了身上的雨衣，摘下了红色的贝雷帽，给另一个女人穿戴好，再从兜里拿出了一条灰暗的棕色围巾，包在了头上，遮住了自己特征明显的头发，同时也可以把脸藏起来。

那个瑞典女人挽住了迪格比的手，两个人离开了纪念碑，回到了花园里。

赫米娅等了几秒钟，假装在研究纪念碑的铁艺栏杆，担心着刚刚的把戏会不会被那个跟踪者识破。不过最终什么都没有发生。

她从纪念碑后面绕了出来，想着"尾巴"可能会突然出现，但却一个人都没有。她把头上的围巾往上抬了抬，走回了花园里。

她看到迪格比和那个假赫米娅正向大门口走去。跟踪者还在跟着他们。计划成功了。

赫米娅也朝着那边走去，跟着那个"尾巴"。按照预先商量好的计划，迪格比和那个女人坐上了他们来时的那辆车。赫米娅目送着那辆沃尔沃离开。跟踪者马上坐上奔驰，紧跟了上去。他们会带着他回到使馆，而他则会向他的上司汇报这两个英国人确实只是游客而已。

现在，赫米娅自由了。

她穿过了市政厅大桥，直奔市中心的古斯塔夫·阿道夫广场。她脚步飞快，想尽快开始她的工作。

过去的24小时仿佛做梦一般。赫米娅只有几分钟时间收拾衣服，然后她和迪格比便被送到了位于苏格兰东部的敦提市。他们在午夜入住了一间酒店。今天黎明，他们被送到了兰查尔机场，由一名身着英国海外航空公司制服的皇家空军将他们送至斯德哥尔摩。他们在英国使馆用好了午餐，然后便开始实施他们在从布莱切利到敦提的路上制定的计划。

瑞典是中立国，所以可以从那里给丹麦的居民打电话或写信。赫米娅准备试着打给她的未婚夫亚恩。当然，丹麦会监听所有的电话，检查所有的信件，因此她必须要非常谨慎。她要用听上去没有任何特别之处的话让亚恩加入到抵抗行动中。

1939年她组建"守夜人"的时候，曾经故意把亚恩排斥在外。这并不是因为亚恩的信念与她不同——他也反对纳粹，只不过没有那么激烈——在他看来，纳粹只是一群穿着制服的小丑，妨碍了人们的快乐生活。问题在于，他是个粗枝大叶的人，永远都乐呵呵的。他太过于开放、友好，不适合机密性的工作。又或者她只是不希望让他冒险。不过在这件事情上，保罗也认为亚恩并不适合。但现在她已经无路可走了。亚恩还是原来的亚恩，但她再没有别的选择。

况且现在人们对"危险"的看法已经和战争爆发时不同了。成千上万的年轻人已经失去了生命。亚恩成为了一名军官，他应该为自己的国家冒险。

但无论如何，她只要一想到要让亚恩加入，心里就如同冰一样冷。

她回到了瓦萨盖坦大街.这里人潮涌动，道路两旁有几间酒店，中央车站和邮政局也坐落在附近。在瑞典，电话服务和邮政服务基本上都是分开的，这边有几间公共电话局。赫米娅打算去火车站附近的那间。

她可以在英国使馆打给他，但那很可能引起怀疑。但如果一个女人用带着丹麦腔的瑞典语在电话局给家人打电话，别人恐怕也就没什么可怀疑的了。

她和迪格比讨论过这个电话是否会被上面监听的问题。事实上德国军方安排了很多女兵监听丹麦的电话。当然，她们很难保证监听到每一通电话，但至少对国际通话以及军方的来电会特别关注。因此赫米娅和亚恩的电话很有可能会受到监听。她必须要尽量地暗示和使用双关语。当然这也不是不可能。他们是情侣，她应该可以不用明说就让他会意。

车站看上去像一座法国的城堡。恢宏的大堂里吊着华丽的水晶灯。她看到了电话局，前面排了一长队的人。

她走到那张办公桌前，告诉办事员她想打给亚恩·奥鲁夫森，并给了她飞行学校的电话。等待的时间显得格外漫长，赫米娅的心中充满了忧虑。她甚至不知道亚恩今天在不在瓦达尔。他可能在飞行，也有可能下午外出，或者正在放假。又或者他被调到了其他的基地，甚至可能已经离开了军队。

但无论他在哪儿，她都必须找到他。她可以向他的上司询问他身在何处。她也可以打给他在桑德岛的父母，另外她也知道他在哥本哈根的朋友的电话。她有整个下午的时间，身上的钱也足够支付电话费了。

突然打给他的感觉有些奇怪——他们毕竟已经有一年的时间没有联络过了。她既兴奋，又紧张。这次任务非常重要，但她依然非常想知道亚恩现在对她是什么感觉。也许他已经不爱她了。如果他的态度很冷漠怎么办？那样的话，她一定会觉得很难过。或者他已经遇到了别人？她不是也对迪格比的引诱动了心吗？男人不是更容易受到诱惑吗？

她记起和他滑雪的情景：骄阳下，两个人从雪坡上一跃而下，形影相携，笑声朗朗，甚至连冰冷的空气都充满了暖意。那些日子还有可能重来吗？

她被叫进了一间电话亭。

她拿起电话："喂？"

亚恩问："哪位？"

她都快记不得他的声音了。他的嗓音低沉却温暖，仿佛随时会大笑起来一般。他说的是文雅的丹麦语，用词准确果断，一听就是受过军方训练的，同时还戴着日德兰半岛的口音——那是童年生活所留下的痕迹。

她已经想好了自己第一句话说什么。她打算用彼此的昵称暗示亚恩：他们要小心说话。

但现在电话接通了，她却一个字也说不出了。

"喂？"他问，"有人吗？"

她紧张地咽了一下口水。"嗨，'牙刷'，我是你的'黑猫'啊。"亚恩留着硬硬的小胡子，每次接吻的时候都会扎到她，后来她就给他起了这个外号。而他叫她"黑猫"则是因为她乌黑的头发。

这次轮到他沉默了。

赫米娅接着说："你还好吗？"

"我还不错。"他终于开口了，"上帝啊，真的是你吗？"

"是的。"

"你好吗？"

"好。"突然间她再没办法忍受这样的闲扯了。她快速问："你还爱我吗？"

他并没有马上回答。这让她感到他可能已经变了。他不会直接这样告诉她，她想；他可能会含糊其辞说，这么久了，我们应该重新审视一下这份感情——

"我爱你。"他说。

"真的？"

"越来越爱。我想死你了。"

她闭上双眼，感到一阵眩晕。她靠在了墙上。

"我真高兴你还活着，"他说，"真高兴还能跟你说话。"

"我也爱你。"她说。

"发生了什么事？你怎么样？你现在在哪儿？"

她冷静了下来。"我现在离你不远。"

他感受到了她声音里的谨慎和犹豫，因此马上回应道："嗯，我明白。"

后面的话她早已有所准备。"你还记得那座城堡吗？"丹麦有很多城堡，但其中有一座对他们来说意义不凡。

"你说的是那片废墟吧？我怎么会不记得？"

"你能在那儿和我见面吗？"

"你怎么过去呢——没关系。你是认真的？"

"是的。"

"那地方很远。"

"这很重要。"

"只要能见到你，多远都可以。我只是在想怎么才能成行。但如果请不了假，我可以旷工。"

"别那样做。"她不想让军警发现他不见了，四处找他，"你下次休假是哪天？"

"周六。"

接线员在电话中告诉他们只剩下十秒钟时间了。

赫米娅飞快地说："我星期六过去——我希望可以。如果你去不了，我之后每天都会过去等你。"

"我也是。"

"小心点。我爱你。"

"我也爱你。"

电话断了。

赫米娅并没有放下听筒，相反，她把听筒紧紧地贴在了自己的耳朵上，仿佛这样就可以多留他一会儿。接线员问她是否想打其他的电话。她拒绝了，并放下了听筒。

赫米娅在办公桌前交了话费，然后走出了电话局，心中充满了兴奋。她站在火车站的大厅里，高高的穹顶下是熙熙攘攘的人群，赶路的旅客从她身边穿梭往返。他还爱着她。两天后她就会见到他了。有人撞了她一下，这将她的思绪拉回了现实中。她找了一间咖啡馆，坐进了一张椅子里。还有两天。

他们所说的那座荒废的城堡就是哈莫斯胡斯城堡——波罗的海博恩霍尔姆岛上的旅游胜地。1939年，他们曾在那座岛上过了一个星期新婚夫妇般的生活，还曾在那片废墟中做爱。亚恩可以从哥本哈根搭渡船过来，那大概需要七到八个小时的时间，又或者从凯斯楚普机场搭飞机过来，那样的话只需要一个小时。博恩霍尔姆岛距丹麦大陆大概有100英里，而离瑞典的南岸却只有20英里左右。赫米娅可以找一只渔船带着她过岸。

但让她担忧的不是自己的安全，而是亚恩可能会面临的危险。他将秘密地与一位英国情报组织的特工人员会面。而她则会要求他成为一名间谍。

如果他不幸被捕，后果便是死亡。

11

被捕的事情发生两天之后，哈罗德回家了。

艾斯允许他在学校留两天，完成了他最后的考试。这样他就可以毕业了——虽然不能参加一周后的毕业典礼。但重要的是，他大学的位置算是保住了。他将会跟随尼尔斯·玻尔学习物理——如果他能活到那一天的话。

就在这两天里，他从麦兹·柯克那里得知，保罗所经历的并不仅仅是一场简单的坠机事件。军队拒绝公开事故的细节，只是说他们正在调查，但其他的飞行员告诉柯克的家人，警察局的人当时也在事发现场，而且还开了枪。哈罗德确定保罗是因为抵抗行动而牺牲的——不过他当然没有告诉麦兹。

尽管如此，在回家的路上，他心中对父亲的恐惧还是超过了对警察局方面的担忧。对于哈罗德来说，从位于丹麦东边的詹斯博格回到西边的桑德岛，实在是一段再熟悉不过的旅程。他熟知一路上每个小镇的车站，每个弥漫着鱼腥味的轮渡码头，还有车站码头之间广袤无边的绿野。这一次的行程花了他整整一天时间——因为几乎每一辆火车都晚了点，不过对他来说，时间拖得再长些才好。

在路上，他一直在想象父亲发怒的情景。他心里琢磨着回家后怎样解释这次事故，但每一种说辞听上去都好像没什么说服力。他又编了一套道歉的话，可就连他自己都感觉不到自己的诚意。他想过是不是应该告诉父母保罗·柯克的事，让他们庆幸自己能够活着回家。可转念一想，这样利用一个英雄的牺牲，实在有点卑鄙。

桑德岛到了。他为了能晚一些到家，选择了步行。退潮了，海水离岸有一英里远。蓝色的海水推着白色的浪花轻拍在淡黄色的沙滩上。已经是黄昏了，太阳低低地挂在海面上。零零星星的游客正在沙丘间散步，几个十二、三岁的男孩子在开心地踢着足球。如果没有旁边那一个个竖着大炮、由戴着钢盔的士兵把守着的水泥堡垒，这本应是一个令人愉快的图景。

他离开了海滩，来到了那个新的军事基地旁，希望能尽量拖延回家的时间。他不知道保罗·柯克是否最终将他的那幅素描交给了英国那边。如果没有的话，恐怕那幅图已经被警察发现了。他们会不会想查出这幅图的作者呢？幸运的是画上面并没有留下他本人的任何痕迹。但不管怎么说，想起这件事依然很吓人。警察不知道他是罪犯，但已经发现了他的罪行。

他终于还是到家了。和教堂一样，奥鲁夫森的家沿袭了当地的建筑风格。红砖墙，茅草顶，仿佛一个人戴了一顶草帽挡雨。前门的门楣被刷上了黑、白、绿相间的条纹，这也是当地的一个传统。

哈罗德走进了后院，从厨房门的菱形玻璃中偷着往屋里看。房间里只有母亲一个人在。他观察了她一会儿，心里想着她像自己这个年纪时的样子。自从他记事起，母亲好像一直都很疲惫，但她年轻时应该是个美人。

根据父亲那边亲戚的说法，布鲁诺直到37岁都笃定要单身，兢兢业业地将所有时间都奉献给了自己的事业。可就在那时候，他遇到了小他十岁的伊丽莎白，便一下子坠入爱河了。当时的他居然会浪漫到戴一条彩色的领带去教堂，以至于教会的执事因为他着装不当而对他进行了训诫。

看着母亲弯着身子在水池前洗水壶的情境，哈罗德想象着她的一头白发变成黑色，栗色的眼眸闪着智慧与幽默的光芒，褶皱的皮肤变得平滑，倦怠的身躯重新充满了活力。那样的她一定性感而迷人，才可能把父亲从纯粹的圣徒变回为爱痴迷的血肉之躯。真难以想象啊。

他走进家门，放下了手中的箱子，吻了吻母亲的脸颊。

"你爸爸出门了。"她说。

"他去哪儿了？"

"奥夫·波尔金病了。"奥夫是一个老渔民,一直都是教会里的虔诚分子。

哈罗德舒了一口气。这件事能拖多晚就拖多晚。

母亲看上去严肃而悲伤。她的表情让他感到心疼。他说:"真抱歉让您难过了,妈妈。"

"你父亲更难过,"她回答道,"阿克塞尔·弗莱明召开了执事会议,就为了讨论这件事。"

哈罗德点了点头。他料到弗莱明家肯定会竭尽全力把这件事闹大。

"你为什么要那么做呢?"母亲的语气很平和。

他不知道怎样回答才好。

晚餐时间到了,她为他准备了三明治。"乔基姆叔叔有消息吗?"

"没有。我们的信都是一去不返。"

哈罗德一想到莫妮卡表妹,自己的一切麻烦就都变得轻于鸿毛了。她现在的生活不仅一贫如洗,还不断地受到纳粹的迫害,就连自己的父亲是生是死都不知道。哈罗德小时候,乔基姆叔叔一家的拜访可谓一年中最开心的时刻。那两个星期时间里,这寺院般冷清的家中顿时充满了欢声笑语。牧师对妹妹一家一直有一种特殊的情感,就连对自己的孩子都没有展示过。他们无论做了什么错事,比如在周日买冰激凌吃——如果哈罗德或是亚恩这么做,是一定会受到处罚的——他都只是温柔地一笑置之。对于哈罗德来说,德语曾经意味着欢乐、恶作剧和坑笑。叮现在,乔基姆叔叔一家恐怕再也不会笑了。

他打开了收音机,想听一听关于战争的新闻。情况很糟。英国军队进攻北非失利，而且败得很惨，一半的坦克不是因为机械故障陷在了沙漠中，就是被德国的反坦克炮手击毁。轴心国在北非的势力完全没有被动摇。抛却立场不谈，丹麦电台和BBC描述的事实基本一致。

午夜，有轰炸机从这里经过。哈罗德来到院子里，看到它们朝东边飞去了。这意味着它们应该是英国的飞机。英国目前也只剩下轰炸机了。

他回到屋里，母亲说："你爸爸今晚可能不会回来了，你还是去睡吧。"

他很久都没能入睡，自问为什么会这么害怕。他已经长大了，父亲打不动他了。父亲的脾气虽然暴烈，但嘴上说说又能有多厉害呢？哈罗德的性格坚强，不会轻易被吓倒，事实上他恰恰是那种愿意挑战权威、享受反叛感觉的人。

短暂的夜晚结束了，黎明的光从窗帘的缝隙中透了过来。他这时才刚刚睡着。用了整夜时间他才明白，他害怕的并非是对自己的伤害，而是父亲可能要承受的痛苦。

没过一个小时，他就醒了。

门开了，晨光照了进来。牧师站在了他的床边，穿戴整齐，双手叉腰，下巴前探。"你怎么能干这样的事？"他大喊道。

哈罗德坐了起来，睡眼惺忪地望着父亲：高大，秃顶，一身黑衣，用那双让整个教会都望而生畏的蓝眼睛冷峻地盯着他。

"你脑子里想的是什么？"父亲气疯了，"你着了什么魔？"

哈罗德不想像个孩子一样躲在床上。他掀开被子站了起来。因为天气暖，他只穿了内裤。

"穿好衣服，小子，"父亲说，"你这样跟一丝不挂有什么区别？"

这种无理的责难激怒了哈罗德："您要是觉得我的穿着侮辱了您，就应该先敲门。"

"敲门？我在自己家里用不着敲门！"

这种感觉再熟悉不过了。牧师对任何问题都有自己的说法。"很好。"哈罗德闷闷地说。

"你究竟着了什么魔？你怎么可能做出这么丢脸的事？不仅丢自己的脸，还丢家人的脸，丢学校的脸，丢教会的脸。"

哈罗德穿好裤子，转向了父亲。

"怎么样？"牧师怒气冲冲地问，"你准备回答我的问题吗？"

"对不起。我以为你只是在反问。"哈罗德充满讥讽的语气把自己都吓了一跳。

父亲的火气更大了。"别跟我自作聪明——我也是詹斯博格毕业的。"

"我没有自作聪明。我只是想知道您是不是真正想听我的解释。"

牧师举起一只手想要打他。那样反而可以轻松些，哈罗德想道。无论他被动挨打，还是起来反击，暴力都是一种解决问题的方式。

可父亲不会让事情那么容易地过去。他放下了手。"好吧，我在听。你想说什么？"

哈罗德平静了心情，努力地思考着。在火车上他已经准备了各种各样的说辞，其中有一些还是很有说服力的，可现在他却什么都想不起来了。"我很抱歉我不应该在岗亭上涂鸦，因为那是毫无意义而且非常幼稚的行为。"

"算你还明白！"

有一秒钟的时间，哈罗德想告诉父亲关于抵抗行动的事，但很快他就决定不应该引起不必要的麻烦。而且，现在保罗已经死了，抵抗行动可能已经不复存在了。

他决定就事论事。"我很抱歉我让学校蒙羞了，因为艾斯是个好人。我很抱歉喝醉，因为那让我第二天早晨感到非常难受。但我最抱歉的是让妈妈难过。"

"那你想没想过你父亲？"

哈罗德摇了摇头。"您生气是因为阿克塞尔·弗莱明知道了一切，让您丢面子了。您担心的是您的尊严，不是我。"

"尊严？"他的父亲怒吼道，"这跟尊严有什么关系？我一直希望把你培养成正派、清醒、虔诚的人，你太让我失望了。"

哈罗德也火了。"这件事并没有那么丢脸。很多人都会喝醉——"

"我的儿子不会！"

"——至少可以醉一次。"

"但你被抓起来了。"

"那是因为我运气不好。"

"是因为你的行为不端——"

"我并没有受到指控——警官都觉得我很有趣。他说'我们又不是恶作剧巡逻队'。如果不是彼得·弗莱明威胁艾斯，我根本不会被开除。"

"你还敢给自己开脱！我们家的任何人都没有进过监狱。你让我们全家人都蒙羞。"牧师的表情突然变了。这是他第一次流露出了悲伤的情绪，"就算没有人知道这件事，对我来说这也已经够可怕够可悲的了。"

哈罗德感到父亲的话是发自内心的。这让他马上失去了刚刚的坚定。确实，眼前这个老人的骄傲受到了打击，但那并非是全部。他真心实意地期待自己的儿子在精神上能够如他所愿地成长。哈罗德对自己刚刚的态度感到后悔。

但他的父亲并没有给他和解的机会。"现在的问题是你之后该怎么办。"

哈罗德不太理解他的意思。"我并没有少上几天的课。"他说，"我可以在家里预习大学的课程。"

"不行，"父亲说，"不可能让你这么轻易就过关。"

哈罗德有一种不祥的预感。"您什么意思？您想要怎么样？"

"你不能去上大学。"

"您说什么？我当然要去。"哈罗德突然感到非常恐惧。

"我不会让你去哥本哈根喝酒听爵士乐。你太幼稚，根本没办法抵御城市的诱惑。你要留在这儿，我必须对你的灵魂成长负责。"

"但你不能打给学校说，'不要教这个男孩'，我已经被录取了。"

"他们并没有给你钱，不是吗？"

哈罗德惊呆了。"祖父给我留了教育经费。"

"但钱是由我保管的。而我绝对不会把钱给你花在夜总会上。"

"那不是你的钱——你没权利那么做。"

"我当然有，我是你老子！"

哈罗德哑口无言了。他做梦都没想到父亲出这么一招。除了这个，什么都伤不到他。但他还是在做最后的挣扎："但您一直都告诉我，教育有多重要。"

"重要不过信仰。"

"但……"

父亲看到了他的震惊，态度也缓和了一点。"一小时前奥夫·波尔金死了。他没受过什么教育，就连自己的名字都不会写。他一生都在别人的船上工作，连给他老婆买一块地毯的钱都没有。但他养育了三个虔诚的孩子，每周都会把十分之一的薪水捐给教会。这才是上帝眼中的好人。"

哈罗德认识奥夫，也很喜欢他，对他的死感到非常难过。"他是个简单的人。"

"简单没有错。"

"如果所有人都和奥夫一样，我们现在还在船上打鱼。"

"也许吧。但你在做其他事之前还是要先以他为榜样。"

"什么意思？"

"穿好衣服。穿你的校服，找件干净的衬衫。一会儿去工作。"他说完便走了出去。

就算没有父亲的支持，哈罗德也可以去上大学。但那样他就得找一份工作维生，而且他很有可能没法支付那些付费的私人课程——在很多人看来，仅仅去听免费课程是不够的。这样的话他还能达到自己的目标吗？他并不满足于只是顺利毕业。他想成为一个伟大的物理学家，成为尼尔斯·玻尔的传人。如果没有足够的钱去买书可怎么办？

他需要时间去思考。而在思考的期间，他将不得不按照父亲的吩咐去做。

他走下楼梯，食不知味地喝了母亲煮的粥。

父亲为马套好了马鞍——"上校"是一匹阉过的爱尔兰马，身体强壮，可以驮得动他们两个人。牧师上了马，哈罗德骑在了后面。

他们从岛的一端走到了另一端，到码头后，他们边让马喝水，边等渡船。牧师依然没有告诉哈罗德他们去向何方。

船停好后，船主向牧师抬帽示意，后者说："奥夫·波尔金今天凌晨去了天国。"

"我想也是。"船主说。

"他是个好人。"

"愿他的灵魂得到安息。"

"阿门。"

他们乘船到了大陆，直奔市镇广场。商铺都还没开门，但牧师来到了一间男士服装店门前，敲了敲门。店主叫奥托·赛尔，是桑德教会的一位长老。看样子他知道他们要来。

父子二人走进屋。哈罗德环顾四周，到处都是盛着不同颜色毛线的玻璃盒子。架子上还有各类的材料，毛织品，印花棉布，还有一些丝绸。架子下面有几个抽屉，上面贴着整齐的标签：丝带——白色，丝带——彩色，松紧带，扣子——衬衫，扣子——牛角，别针，毛衣针。

房间里混杂着樟脑和熏衣草的味道，闻上去仿佛是一个老太太的房间。那味道激起了哈罗德童年的记忆，一切都变得生动起来。

他仿佛变回了那个小男孩，看着母亲为父亲的牧师袍选布料。

这商店很破旧，可能是因为战时不景气的缘故。高处的架子都是空的，他童年时那些五彩斑斓的毛线不见了踪影。

但他们今天为什么要来这儿呢？

父亲马上回答了这个问题。"赛尔弟兄同意给你一份工作。"他说，"你就在这里帮手吧，帮忙照顾客人，能做些什么就做些什么。"

他呆呆地看着父亲，哑口无言。

"赛尔先生身体不好，不能再工作了。他的女儿刚刚结婚，马上要搬去欧登塞。所以他需要人帮忙。"牧师继续说道，好像是要解释一下这件事。

赛尔身材矮小，留着小胡子。哈罗德从小就认识他。这个人高傲自大，卑鄙自私，而且还狡猾奸诈。他摇了摇短粗的手指头："努力用心工作，听我的话，你会学到东西的，小哈罗德。"

哈罗德全然不知所措。

这两天，他一直都在揣测父亲会怎样惩罚他。但眼前发生的事完全超出了他的想象。这简直就是终身监禁。

父亲和赛尔握了握手，向他道了谢，然后对哈罗德说："你中午就在这里吃饭，下班后马上回家。晚上见。"他等了一会儿，却没等到哈罗德的任何反应，便离开了。

"好啦，"赛尔说，"开门前要扫一下地。扫帚在橱柜里。从后面开始往前面扫，把土扫到门外去。"

哈罗德开始工作了。看到他一只手拿扫帚，赛尔不高兴了："要用两只手，小子！"

哈罗德乖乖地服从了。

九点钟，赛尔把门上的牌子翻到了"正在营业"的那一面。"我要让你去服务某个客人的时候，我会说'过去'，你就走到前面，"他说，"对客人说，'早晨好，我能帮您做些什么？'我先给你演示两次。"

哈罗德看着赛尔把一板六根一套的针卖给了一个老妇人，那老太一个一个硬币地数着钱，仿佛手上拿的是金币一般。下一个客人是个穿着得体的40岁女人，她买了两码线。接下来轮到哈罗德接待了。第三个客人是个薄嘴唇的女人，哈罗德好像在哪儿见过她。她想买一团白色的棉线。

"左边，最上面的抽屉。"赛尔生气地说。

哈罗德找到了棉线。线轴上用铅笔标了价钱。他收了款，找了零。

那女人开口了："哈罗德·奥鲁夫森，你这几天可是名人啊。"

哈罗德的脸红了。他没想到这件事传得这么远。难道整座城都知道他的事了吗？他可不想向这些爱传八卦的家伙做出什么解释，一句话也没说。

赛尔说："小哈罗德在这里会受到更好的影响，金森太太。"

"我想这应该对他有所帮助。"

他们显然很享受于对他的羞辱，哈罗德想道。他问："还有其他需要吗？"

"哦，没有了，谢谢。"金森夫人虽这么说，却完全没有想离开的意思，"你不去上大学了？"

哈罗德转开头问道："赛尔先生，请问厕所在哪儿？"

"走到后面上楼梯。"

他离开时听到赛尔先生抱歉地说："他可能觉得尴尬。"

"毫无疑问。"那女人回答道。

哈罗德爬上楼梯，来到了商店上面的公寓。赛尔太太正在厨房里，她穿了一件粉红色的棉居家服，在水池边洗碗。"我只准备了一点鲱鱼，"她说，"希望你的胃口不会太大。"

哈罗德直奔洗手间。再回到楼下时，金森太太已经离开了。他心里顿时轻松了许多。赛尔说："人们好奇是正常的——你必须保持礼貌，不管他们说什么。"

"我的生活和金森太太无关。"他生气地回答道。

"但她是客人，客人永远都是对的。"

整个早晨过得慢极了。赛尔查库存，写订单，计算账务，接电话，而哈罗德则一直要在那里等待客人的光临，随时准备好服务下一个走进大门的人。这意味着他有很多时间都无事可做。难道他的一生就要浪费在向家庭主妇卖线团上吗？这简直不可想象。

上午，赛尔太太给他和赛尔先生端来了茶水。他当时就决定，他决不可能把整个夏天耗在这个铺子里。

午饭的时候，他已经知道，就连今天他都挨不过去了。

赛尔先生摆上了"休息"的牌子。哈罗德说："我想出去走走。"

赛尔愣住了："但是赛尔太太已经准备好午饭了。"

"她告诉我食物不多。"哈罗德打开了门。

"你只有一个小时，"赛尔在他身后喊道，"不要迟到。"

哈罗德走下山，搭上了船。

他回到桑德岛，直接朝着家的方向走去。眼前的沙丘，几英里的沙地，还有无边无尽的大海，让他的胸中涌起了一种莫名的情感。这里的一切是那么的熟悉，仿佛在镜子里看到的自己的面孔，然而此刻，这个熟悉的地方却让他感到一阵心痛。他几乎要哭出来了。良久，他才意识到为什么。

他今天就会离开这里。

原因很清楚。他没必要去做这份别人强加给他的工作——但在违抗了父亲的命令之后，他不可能再住在家里了。他必须离开。

他边在沙滩上漫步边想道，违抗父亲的命令如今仿佛没有那么可怕了。那种恐怖的气氛已经消失了。这变化是何时发生的呢？哈罗德猜测，应该是牧师决定不给他祖父留下的钱时。这是一次致命的"背叛"，不可能不伤及他们的父子关系。此刻，哈罗德意识到他再不会相信父亲真心重视他的利益了。他只能靠自己。

得出这个结论就好像总结出《圣经》是绝对正确的一样无谓。他本来就有责任自己照顾自己啊。现在想来，他之前怎么会这样轻信地把命运交给他人来掌控呢？

回到家后，他发现马不在小围场里。父亲可能去波尔金家筹备葬礼事宜了。他从厨房门走了进去。母亲正在桌前削土豆皮。她看到他后吓了一跳。他吻了吻母亲的脸颊，却什么都没有解释。

他直接回到自己的房间，收拾好行李，和之前去上学没什么区别。母亲来到他的房间，看了他一会儿，用毛巾擦了擦手。他看到了她布满皱纹的悲伤面孔，马上扭开了头。过了一会儿，母亲开口了："你准备去哪儿？"

"我也不知道。"

他想到了哥哥亚恩。他走进牧师的书房，拿起电话听筒，打给了飞行学校。几分钟后，亚恩接了电话。哈罗德告诉了他这边发生的事。

"老头子做过头了。"亚恩评论道,"他要是给你找份难差事,比如在罐头厂收拾鱼,你估计还会做一阵子,证明自己是男子汉。"

"我估计我会。"

"但你一辈子也不可能在一个商店里面工作。我们的老爸有时候就像个傻瓜。你现在想去哪儿?"

哈罗德直到此刻也没有认真想过这个问题。可突然间,他头脑中滑过一个念头。"科斯坦村,"他说,"达克维茨家。不过别告诉爸爸。我不想他追过去。"

"老达克维茨可能会告诉他。"

确实如此,哈罗德想。提克的父亲恐怕对他这个弹爵士乐、在岗亭上涂鸦的出走少年没什么同情心。但他可以住到那间废弃了的修道院里去,那儿本来也是夏天里短工们的宿舍。"我会住在那间老修道院里。提克他爸爸不会知道我在。"

"那你吃什么?"

"我可以在农场上找个活儿干。他们夏天的时候会雇学生干活。"

"提克还在学习吧?"

"他妹妹会帮我。"

"我知道她,卡伦。她和保罗约过几次会。"

"只有几次?"

"是啊。怎么了?你对她有兴趣?"

"她可看不上我。"

"我看也是。"

"保罗……到底是怎么回事?"

"是彼得·弗莱明。"

"彼得？"麦兹·柯克都不知道其中的细节。

"他带着一车的警察来这里找保罗。保罗想开着虎蛾逃跑，彼得开了枪。飞机坠毁了。"

"上帝！你看到了吗？"

"没有，但我的一个飞行员看到了。"

"连麦兹都不知道实情。也就是说彼得·弗莱明杀了保罗。太可怕了。"

"别乱说话。别给自己惹麻烦。他们只说是一场事故。"

"好。"哈罗德注意到亚恩并没有提到警察找保罗的原因。而亚恩也一定意识到了哈罗德没有问为什么。

"到科斯坦村后告诉我一声。有事给我打电话。"

"谢谢。"

"祝你好运，老弟。"

哈罗德放下了电话。他的父亲走了进来。"你在干什么？"

哈罗德站起身来。"您要是想收电话费，可以找赛尔要我的工资。"

"我不要钱，我想知道你为什么没在店里工作。"

"做裁缝不是我的命运。"

"你不知道你的命运是什么。"

"也许吧。"哈罗德走出了书房。

他走进工作棚，点燃了摩托车的锅炉，边等着蒸汽冒出来，边向旁边的挎斗里加了些泥炭。他不知道开到科斯坦庄园需要多少燃料，因此他把所有的泥煤都带上了。他回到房子里，拿上了箱子。

牧师在厨房里截住了他。"你要去哪儿？"

"我不想说。"

"我禁止你离开。"

"您没法再禁止什么了，爸爸。"哈罗德静静地说，"您不愿意继续支持我。您竭尽全力毁掉我受教育的机会。恐怕您已经失去了约束我的权利。"

牧师呆住了。"你必须告诉我你想去哪儿。"

"不。"

"为什么？"

"如果您知道我去哪儿，就会干涉我的计划。"

牧师显然受到了伤害。哈罗德突然感到后悔而心痛。他并没想要报复，而看到父亲的痛苦亦不可能让他感到一丝一毫的满意，但他害怕懊悔会让他失去前行的力量，再度陷入被人摆布的境地。因此他扭开了头，毅然走出了家门。

他将行李箱绑在后座上，把车开出了工作棚。

他的母亲跑出院子，把一大包东西塞到了他手里。"都是吃的。"她哭了。

他把食物放进了旁边的挎斗里。

她抱住了他。"你父亲是爱你的，哈罗德。你懂吗？"

"是的，妈妈，我想我懂。"

她吻了吻他。"告诉我你的消息。打电话，或者寄张卡片。"

"好。"

"发誓。"

"我发誓。"

她放开了他。他离开了。

12

彼得·弗莱明在帮他的妻子脱衣服。

她被动地站在镜子前，除了身体温热之外，完全就是一尊苍白而美丽的雕像。他摘掉了她的手表和项链，耐心地解开衣服的扣子和搭钩。在经过了这么久的练习之后，他已经算得上是专家了。衣服的一边有一些污渍，他有些不高兴地皱了皱眉，她很可能碰到了什么黏糊糊的东西，然后又抹在了自己的裤子上。她平常不是这样的。他帮她把裙子从头顶上脱下来。

直到今天，英格依然保持着他们第一次赤裸相见时的美丽。但那时的她一直在笑，风趣幽默，表情中流露着期待与享受。而此刻，她的脸上只是一片空白。

他把她的衣服挂进衣橱，然后再帮她摘掉文胸。她的双乳浑圆而丰满，乳头颜色很浅，浅到甚至难以分辨。他费力地咽了一下唾沫，尽量不去看它们。他让她坐在梳妆台前，脱去了她的鞋子，帮她把长袜褪到脚踝处脱掉，再解去吊袜带。接着，他让她站起来，脱掉了她的内裤。她两腿间的那片浅黄色绒毛撩起了他的欲望。他感到一阵羞耻。

他知道自己随时都可以和她做爱。她会被动地躺在那里，毫无反应地任他摆布。但他不能让自己做这种事。他曾经试过一次，就在她从医院回来后不久，那时的他认为这样做有可能会帮她恢复意识，但没开始多久他便感到厌恶之极，马上就停止了。现在欲望又来了，他虽知道听之任之并不会带来多少解脱，但压抑住它依然需要很大的定力。

他生气地把她的内衣扔进了洗衣篮，打开抽屉拿出了一件他母亲送给她的小碎花白色睡衣。整个过程中，她都一动不动地站在那里。她看上去是那样无辜，对她有欲望就像是对一个孩子有欲望一样罪恶。他把那件睡衣套在她的头上，把她的胳膊穿到袖子里，再将衣服抻平。他从镜子里看她。小碎花的款式非常适合她。她看上去很美。他好像看到她在浅浅地微笑，但他知道这只是幻觉。

他带她上过洗手间之后，就安置她上床入睡了。之后他边脱衣服，边从镜子里审视自己的身体。他的腹部有一条长长的疤痕，那是年轻时处理一场夜间闹事案件留下的纪念。他的身材已远不似那时一般健硕，但依然算得上是标准。他不知道多久以后才能有一个女人用热情的双手抚摸他的身体。

他换上了睡衣，却一点也不觉得困，便决定回客厅再抽一支烟。他看了看英格。她睁着双眼躺在那里。如果她有什么动静，他在客厅也能听到。他基本上可以理解她的需求。她会一下子站起来，呆呆地等在那里，仿佛没想清楚下一步要做些什么；而他就只能猜，她可能想喝水，上厕所，要一条披肩，或者一些更复杂的事。有时候她会在房间里无目标地乱走，然后突然停在某处，可能在窗边，又或者愣愣地盯着那扇紧闭的房门，再或者停在房子的正中央。

他离开卧室，穿过了那条短走廊，来到了客厅，把两扇门都敞开。他找到了香烟，突然又想喝酒了。他从橱柜里拿出了之前剩下的半瓶酒，给自己斟了一杯，然后便吸一口香烟抿一口酒，思考这一周以来发生的事。

事情本来开始得很顺利，可结果却糟透了。他抓到了两个间谍，英格玛尔·甘默尔和保罗·柯克。他们和他平时那些目标很不同：他们不是想吓唬罢工破坏者的联盟领袖，也不是给苏联传密信、告诉他们日德兰半岛已做好革命准备的共产党。不，甘默尔和柯克是真正的间谍，而蒂尔德·叶斯帕森在柯克的办公室找到的那幅素描还包含了重要的军事情报。

彼得的事业在走上坡路。现在有些同事对他很冷漠，不喜欢他对德国占领者的积极态度，但他们一点都不重要。布劳恩将军之前说过，他认为彼得应该成为这个部门的领导者。他并没有说过打算怎么安排弗莱德里克·朱埃尔。但他的意思很清楚，只要彼得能够顺利完成这次任务，就一定能升职。

可遗憾的是，保罗·柯克死了。如果他活着，就有可能会交代出他的同伙是谁，他从哪里接受命令，以及他如何将情报传往英国。甘默尔还活着，并且已经被交给了盖世太保进行"深度讯问"，却并没有说出任何信息。也有可能他真的什么也不知道。

为了进一步的调查，彼得一如既往地用尽了自己所有的力量。他问过保罗的上司兰斯少校、保罗的父母，还有他的表弟麦兹，但均一无所获。另外，彼得还安排了探员跟踪保罗的女朋友卡伦·达克维茨，可看来她也只是芭蕾学校的一个勤奋的学生。当然，彼得还监视着保罗最好的朋友业恩·奥鲁大森。亚恩是最可疑的目标，因为对他来说，画一张桑德岛上德国基地的草图是轻而易举的事。但亚恩整个一周都在努力地工作。今晚他会搭火车去哥本哈根，但这也没什么特别之处。

原本爆炸性的发现，就这样走进了死胡同。

这一周的最大战绩就是让亚恩的弟弟哈罗德在众人前丢了脸。不过彼得很确定哈罗德并没有参与间谍活动。一个冒着生命危险工作的间谍绝不会傻到往德国岗亭上涂鸦。

彼得正在盘算接下来应该去调查谁，却突然听到了敲门声。

他看了一下壁炉台上的钟表。已经十点半了，虽然不算太晚，却很少有人会在这个时间突然造访。这个钟点穿睡衣开门应该不算失礼。他打开了门，外面站着的居然是蒂尔德·叶斯帕森。一顶天蓝色的贝雷帽盖在了她美丽的卷发上。

"事情有进展，"她说道，"我想我们应该谈谈。"

"当然，请进。不好意思，我穿得太随便了。"

她看了看他睡衣上的图案，咧嘴笑了。"大象，"她走进了客厅，"这我可猜不到。"

他感到很尴尬。虽然天气热，但刚刚还是应该披一件睡袍。

蒂尔德坐了下来。"英格呢？"

"在床上。想喝点什么吗？"

"谢谢。"

他拿了一只干净的杯子，倒了一杯酒。

她跷起了腿。她的膝盖浑圆，小腿也肉嘟嘟的，和英格瘦削的双腿很不同。她说："亚恩·奥鲁夫森买了一张明天去博恩霍尔姆的船票。"

彼得举着杯子的手僵在了半空。"博恩霍尔姆。"他轻声重复道。这个丹麦的度假胜地临近瑞典的海岸线。这难道就是他在等待的重要转折点吗？

她拿出一支香烟。他帮她点燃。她吐着烟圈说："当然，他有可能只是想去度个假……"

"有可能。不然的话他就是想逃到瑞典去。"

"这正是我担心的。"

彼得喝了一口酒，满意地打了个嗝。"谁在看着他？"

"德莱斯勒。他15分钟前接的班。我直接就过来了。"

彼得提醒自己不能太乐观。一切好像太顺利了。不能让美好的愿望误导了自己。"奥鲁夫森为什么想逃走？"

"他可能被保罗·柯克的事吓怕了。"

"他可不像是害怕。直到今天他都在正常上班，而且看上去高兴得很。"

"他可能已经发现自己被跟踪了。"

彼得点了点头。"他们通常都能发现，或迟或早。"

"又或者他是去博恩霍尔姆进行情报工作，可能是英国人命令他去的。"

彼得露出了怀疑的表情。"博恩霍尔姆上有什么？"

蒂尔德耸了耸肩。"这可能也是他们想知道的问题。或者他是去接头。你要知道，他如果可以从博恩霍尔姆去瑞典，那么从那边过来也很容易。"

"非常好。"蒂尔德的思路很清晰，她总是会估测到所有的可能性。他望着她充满智慧的面孔和那双清澈的蓝眼睛，还有她正在说话的双唇。

她好像并没有注意到他在观察她。"柯克的死可能打破了他们常规的沟通路线。这可能是他们的一次紧急行动。"

"我不是很确信——但只有一个方法能够确认。"

"继续跟踪奥鲁夫森？"

"对。让德莱斯勒搭同一艘船跟着他。"

"奥鲁夫森有一辆自行车。让德莱斯勒也找一辆？"

"好。再订两张明天去博恩霍尔姆的机票。我们两个要提前一步到那里。"

蒂尔德熄灭了手中的香烟，站起身来。"好的。"

彼得不想让她离开。他腹中的酒温尚存。此时的他感到很放松，正享受着和一个迷人的女人攀谈。可他却想不到借口留下她。

他跟着她走到走廊。她说："我们机场见。"

"好。"他把手放在了门把手上，却没有打开，"蒂尔德……"

她看着他，表情淡然："嗯？"

"谢谢。你做得很好。"

她摸了摸他的脸。"晚安。"她说，却并没有走开。

他望着她，看到她的嘴角露出了一丝笑意，但他不能确定这是在暗示他，还是在嘲笑他。他弯下身子，突然吻住了她。

她激烈地回吻他，让他感到十分吃惊。她揽住了他的头，将舌头伸进了他的嘴里。在短暂的错愕之后，他开始回应了，抓住了她柔软的双乳，紧紧地捏在手中。她喉咙中发出了呻吟，下身贴紧了他的身体。

好像有什么东西走进了他的余光。他即刻停止了接吻，转过头去。

英格站在卧室门口，如同鬼魂一般。她的表情依然是一片空白，眼睛直勾勾地看着他们。彼得倒抽了一口气。

蒂尔德逃出了他的怀抱。他转头想说些什么，却一个字也说不出来。她打开门，瞬间便消失在了夜幕中。

门"砰"的一声关上了。

哥本哈根到博恩霍尔姆的航线是由丹麦航空公司负责的。飞机早晨九点出发，行程大概需要一个小时。博恩霍尔姆的机场离博恩霍尔姆的中心伦讷大概有一英里的距离。当地的警察局局长接待了彼得和蒂尔德，借给了他们一辆车——那样子仿佛是交给了他们一件皇家珠宝。

他们开到了城里。整座城如同在睡梦中一般，马的数量远远多过车子。木框架的房屋都被漆成了深色：黑芥、赤褐、森绿、铁锈红。两个德国士兵站在中央广场上，边抽烟边和路人说着话。广场旁有一条鹅卵石路直通港口。码头停着一艘海军鱼雷艇，岸边有几个小男孩正聚在一起朝着那艘鱼雷艇指指点点。彼得找到了渡船码头的位置：就在城里最大的建筑物——红砖的海关大楼对面。

为了熟悉这里的街道位置，彼得和蒂尔德开着车在城里兜了一圈。下午的时候，他们又回到了港口，等候亚恩的那班渡轮。整个一天，两个人都没有提及前一天晚上的那个吻，但彼得却一直会关注到她的身体：她独特的香水味，她警觉而犀利的眼睛，还有她曾急切地吻过他的嘴巴。可与此同时，他怎么也忘不掉英格站在卧室门口的样子，她那张面无表情的苍白脸孔比任何言语的斥责都更可怕。

船驶入了港口。蒂尔德说："希望我们是对的，希望亚恩是间谍。"

"你对这工作还是热情未减？"

她的回应很尖锐："你为什么这么说？"

"我们之前讨论过关于犹太人的事。"

"哦。"她耸了耸肩，"你对了，不是吗？你已经证明了。我们搜查了犹太会堂，然后找到了甘默尔。"

"但我想柯克的死对你来说可能太可怕了……"

"我丈夫死了，"她干脆地说，"我不在乎看到罪犯死。"

她比他想的还要坚强。他隐藏了心中的喜悦。"所以你会留在警察局？"

"我不知道我还能去哪儿。而且，我有可能成为第一个当督察的女人。"

彼得不认为有这个可能性。那意味着男人要听命于女人，这实在不太现实。但他没有说出来。"布劳恩口头许诺我，如果我们瓦解了这个间谍圈，就给我升职。"

"什么职位？"

"机密组的头儿。朱埃尔的位子。"如果30岁就能坐到这个位置，那么日后成为哥本哈根警察局局长也就不是什么难事了，他想道。想到自己可以在纳粹的支持下严惩罪行，他的心跳都加快了。

蒂尔德开心地笑了。她伸手握住了他的胳膊，说："那我们最好能赶快抓住他们。"

船靠岸了。乘客开始陆续下船。他们仔细地观察着每一个人。"你小时候就认识亚恩——你觉得他像是做间谍的人吗？"

"恐怕不是。"彼得若有所思地说，"他太大大咧咧了。"

"哦。"蒂尔德闷闷地说。

"事实上，他唯一可疑的地方，就是他有个英国未婚妻。"

她的眼睛亮了。"那么他的嫌疑岂不是很大？"

"我不知道他们是否还在一起。德国人一来，他未婚妻就回英国了。但无论如何，只要有可能，就值得一查。"

100多个乘客走下了船，有些步行，有几个开着车，更多人骑着自行车。整个岛从一端到另一端只有20英里长，因此自行车是最方便的交通工具。

"在那儿。"蒂尔德朝一边指了指。

彼得看到了亚恩·奥鲁夫森。他穿着军装，推着一辆自行车。"可是德莱斯勒在哪儿？"

"往后数第五个。"

"哦，我看见了。"彼得戴上了太阳镜，向下拉了拉帽子，然后发动了引擎。亚恩沿着石子路向市中心骑去。德莱斯勒在后面跟着他。彼得和蒂尔德缓缓地跟在后面。

亚恩出了城，一直向北骑。彼得开始感到有点不对劲了。路上没有几辆车。他只能保持着和自行车一样的速度。没多久，为了不引起注意，他不得不先停下来，几分钟后再加速赶上，直到看到德莱斯勒，又再停下来。两个骑着挎斗摩托的德国人超过了他们。彼得真希望他当时借的是摩托车而不是汽车。

出了城几英里之后，其他人都消失了。"这样不对。"蒂尔德有些紧张地说，"他肯定会发现我们。"

彼得点了点头。她是对的。不过一个新的想法在他脑海中闪过。"到那时候，可以看看他怎么反应。"

她有些不解，但他没有解释。

他加了速。转弯之后，他看到德莱斯勒低着头骑进了路旁的一片森林，而几百码之外，亚恩正坐在墙头上抽烟。彼得没办法，只能开了过去。他开了一英里之后，掉头开上了一条农庄小路。

"他是想看看我们的动向吗？还是只是想休息一会儿？"

彼得耸了耸肩。

几分钟后，亚恩骑了过去，后面跟着德莱斯勒。彼得重新回到了那条路上。

天色渐渐暗了下来。又开了三英里之后，他们来到了一个十字路口。德莱斯勒停在那里，一脸困惑。

亚恩已经不见了踪影。

德莱斯勒走到车窗旁，表情急躁。"对不起，头儿。他一下子超过了我。我追不上他，不知道他往哪边拐了。"

蒂尔德说："可恶。他肯定是有预谋的。他显然很熟悉这边的路。"

"对不起。"德莱斯勒再次道歉。

蒂尔德静静地说："你的升职泡汤了。我的也是。"

"别这么悲观。"彼得说，"这是好消息。"

蒂尔德瞪大了眼睛。"你什么意思？"

"如果一个无辜的人知道自己被跟踪了，他会怎么做？他会停下来，转身问：'你是谁？为什么要跟着我？'只有有问题的人才会甩掉跟踪者。你们不懂吗？这意味着我们是对的，亚恩·奥鲁夫森是间谍。"

"但我们跟丢了。"

"哦，没关系。我们会找到他的。"

他们在海边找了一间酒店过夜。酒店很简陋，每层只有一个浴室。午夜的时候，彼得在睡衣外面套了一件浴袍，敲响了蒂尔德的房门。"请进。"她说。

他走进了她的房间。她正坐在那张单人床上，身上穿了一件淡蓝色的丝绸睡衣，手里捧了一本美国小说《飘》。他说："你没有问是谁在敲门。"

"我知道是你。"

警察的观察力让他注意到她涂了口红，头发也认真梳理过，空气里弥漫着香水的味道。她像在等待约会。他吻住了她的嘴唇。她捧住了他的头。几秒钟后，他朝后看了看，以确定房门锁好了。

"她不在那儿。"蒂尔德说。

"谁？"

"英格。"

他再次吻她。可过了一会儿，他突然意识到自己的下身并没有反应。他停了下来，坐在了床边。

"我也一样。"蒂尔德说。

"什么？"

"我一直会想到奥斯卡。"

"可他已经死了。"

"英格也可能会死。"

他皱起了眉头。

她说："对不起，但这是事实。我会想到我的丈夫，而你也会想到你的妻子。但他们都不在乎。"

"可昨天不一样，在我那儿。"

"我们当时没时间思考。"

这真奇怪，他想。年轻的时候，他在女人方面一直放浪形骸，可以让很多女人为他着迷，也可以让她们获得满足。他难道老了吗？

他脱下浴袍，钻进被子里，躺在她旁边。她身体温热，睡衣下的身体丰满而柔软。她关上了灯。他再吻他，却找不回昨晚的激情了。

他们肩并肩地躺在那里。"没关系，"她说，"你得忘掉过去。否则太苦了。"

他轻轻地吻了吻她，然后便回到了自己的房间。

13

哈罗德的生活全毁了。他所有的计划都已化为乌有，再没有任何未来可言了，但是，他不想抱怨自己的命运，只是期待着与卡伦·达克维茨的重遇。他回想着她洁白的皮肤，亮红的头发，她如同舞蹈般的步伐——再没有什么比再见到她更重要了。

丹麦是一个美丽的小国家，但每小时20英里的速度让这里看上去如同一片永无尽头的沙漠。哈罗德的这辆泥炭摩托车花了一天半的时间才从桑德岛开到了科斯坦庄园。

车子不仅速度慢，还经常出问题，这进一步拖延了哈罗德的行程。离家大约30英里的时候，轮胎被扎了。后来开到连接日德兰半岛和菲英岛的大桥上时，车子的链条断了。光轮摩托车原本有一套轴传动装置，但很难与蒸汽发动机相连，所以哈罗德就用旧割草机上的铁链和链齿轮代替了原来的配件。他现在不得不推着车子走上几英里的路，找一间修理站换链条。到菲英岛时，最后一班去西兰岛的船已经开走了。他停下车，吃光了母亲给他带的食物——三片厚厚的火腿和一块蛋糕——然后在码头上度过了整个夜晚。第二天早晨，再重新打火之后，车子的安全阀又漏了。他最终用口香糖和橡皮膏堵住了泄漏的地方。

周六下午，哈罗德终于到达了科斯坦村。他虽然急不可待地想见卡伦，却并没有直接去城堡。他开过了那间废弃的修道院和城堡的大门，穿过村庄，途经教堂、小旅馆和火车站，最后来到了他和提克曾去过的那片农场。他很有信心可以在这里找到一份工作。现在正好是农忙时节，而他既年轻又强壮。

在一片整齐的田间，有一栋很大的村舍。哈罗德停好了车子，看到旁边两个小姑娘正盯着他看——他猜这有可能是他们上次见过的那个白头发农民尼尔森的孙女。

他绕到房子后面，看到尼尔森穿着一件满身泥污的灯芯绒裤和一件无领上衣，靠在篱笆上抽着烟斗。"晚上好，尼尔森先生。"他说。

"你好，年轻人。"尼尔森带着戒备的语气说，"有什么事吗？"

"我叫哈罗德·奥鲁夫森。我需要找份工作。约瑟夫·达克维茨告诉我你们在夏天会雇人。"

"今年不雇，小伙子。"

哈罗德很不开心。他根本没想到会被拒绝。"我干活很卖力的——"

"我相信你。你很结实。但是我们不雇人。"

"为什么?"

尼尔森扬了扬眉毛。"这本来不关你的事,伙计,我年轻的时候也跟你一样鲁莽。事实是现在光景不如以前了,德国人自己定价来收购我的东西。所以我们没那么多钱雇工人了。"

"只要给我饭吃就行。"哈罗德绝望地请求道。他不想回桑德岛。

尼尔森目光锐利地盯着他。"你好像惹了什么事吧?但我不能那样做。工会会找我麻烦。"

看来没希望了。哈罗德拼命地思考着其他的可能性。他可以在哥本哈根找份工作,但他住在哪儿呢?他不能去找哥哥亚恩,军队不允许外人留宿。

尼尔森看到他失望的神情,说道:"对不起,小伙子。"他把烟斗在篱笆上敲了敲,"来吧,我送送你。"

这个农民可能怕哈罗德因为走投无路而偷他的东西,哈罗德想。他们走到房子的前院。

"这是什么玩意儿?"尼尔森看到了哈罗德的车子,锅炉正在"嘟嘟"地冒着蒸汽。

"只是辆普通的摩托车,只不过我把燃料换成了泥炭。"

"你骑了多远?"

"我从莫兰德来的。"

"上帝啊!它好像随时都能爆炸。"

哈罗德有点不高兴了。"它很安全,"他骄傲地说,"我很懂发动机。事实上我几个礼拜前还修好过您的拖拉机。"哈罗德想了一下尼尔森会不会因为感激而雇佣他,不过他很快就告诉自己不要这么傻。感激不能当钱用。"那辆拖拉机漏油了。"

尼尔森皱了皱眉。

哈罗德往锅炉里加了一把泥炭。"我当时在科斯坦庄园过周末。我和约瑟夫碰到了你的工人弗莱德里克正在给拖拉机打火儿。"

"我记起来了。你就是那个小伙子？"

"是啊。"他骑上了摩托车。

"等等。说不定我可以雇你。"

哈罗德看着他，不敢让自己抱太大期望。

"我招不起工人，但机械工又是另一回事了。你所有的机器都通吗？"

这可不是谦虚的时候，哈罗德想道。"只要有发动机的，我都能修。"

"我有六七部机器都因为没有配件坏在那里不能用。你能修吗？"

"能。"

尼尔森看了看他的摩托车。"你能改装这个车，就应该能修好我的条播机。"

"没什么不能的。"

"好吧，"那农民做出了决定，"让你试一下。"

"谢谢您，尼尔森先生。"

"明天是星期日。你周一六点来吧。我们农民都起得早。"

"没问题。"

"别迟到。"

哈罗德打开了调节器，让蒸汽冒进汽缸，在尼尔森改变主意之前赶紧离开了。

开到没人的地方后，哈罗德开心地大叫了一声。他有工作了——这可比在服装店伺候客人有意思多了——而且是他自己找到的工作。他再一次感到信心满满了。虽然眼下无依无靠，但他年轻、强壮而聪明。一切都会好起来的。

太阳开始落山了。暮色中一个穿着警察服的人突然出现在他的眼前，要他下车。他吓了一跳，猛地刹住了车子，差点撞到那个人，锅炉里冒出了一大团蒸汽。他认识这个警察，他叫波尔·汉森，是个本地纳粹。

"这是什么东西？"汉森指着那辆摩托车问。

"是光轮摩托车，改装成蒸汽机车了。"哈罗德告诉他说。

"看上去有点危险啊。"

哈罗德对这种多事佬没什么耐心，不过还是强忍着性子耐心地回答道："长官，我保证它很安全。您这是工作问话，还是只是好奇？"

"别怕，小子。我见过你吧？"

哈罗德告诉自己一定不能再和警察对立了。他已经在牢里待过一夜了。"我叫哈罗德·奥鲁夫森。"

"你是城堡里那家犹太人的朋友。"

哈罗德恼了。"我是谁的朋友不关你的事。"

"哦！不关我事吗？"汉森露出一副心满意足的样子，好像这正是他想要的结果，"我记住你了，年轻人，"他一脸邪恶地说，"我会盯着你的。现在走吧。"

哈罗德离开了。他有点后悔自己没管住自己的脾气。现在好了，就因为对方的几句话，他就和这个警察成了敌人。什么时候他才能学会远离麻烦呢?

离科斯坦庄园的大门只有四五百米了。哈罗德转到了通向修道院后门的那条林间小路上。房子里的人应该不会发现他。他希望周六晚上没人在园子里工作。

他把摩托车停在了那座废弃教堂的西边,然后穿过回廊,从旁门走进了教堂。教堂里一片昏暗。一开始,他只能借着玻璃透过来的微弱的光看到房间里那些东西的轮廓。在眼睛适应了一会儿之后,他辨认出了那辆盖着帆布的劳斯莱斯,那几个装着玩具的盒子,还有那架折着翅膀的大黄蜂。估计自上次他们来之后,再没有人进来过这里。

他打开了大门,把车子开了进来,然后又关上了门。

熄了火之后,他允许自己小小地骄傲了一下。他开着这辆简易摩托车横穿了整个丹麦,得到了一份工作,还找到了栖身之所。除非他太倒霉,否则父亲是不会找到他的;而且如果家里有什么重要的事,他哥哥随时都会告诉他。最棒的是,在这里他很容易就可以见到卡伦·达克维茨。他记得她喜欢在饭后到阳台上去吸烟。他决定一会儿就去找她。这确实有点冒险——达克维茨先生可能会发现他——但他今天的运气应该不会那么差。

教堂一角,在工作台和工具架的旁边有一个水池,上面是一个冷水龙头。哈罗德两天都没有洗过澡了。虽然没有香皂,他还是脱下衬衫,彻头彻尾地清洗了一遍。之后又洗了衬衫,把它挂在了一个钉子上,再从书包里拿出了一件新的穿上。

教堂和城堡之间有一条大概半英里长的窄道,但走那条路太容易被人发现,所以哈罗德还是选择从森林里穿了过去。他经过马厩,穿过菜园,藏在一棵雪松后面仔细观察着那栋大宅的背面。他认出了客厅的法式窗户和外面的露台。根据他的记忆，客厅旁边应该是餐厅。窗帘还没有放下来，屋里的电灯没开，只是闪动着微弱的烛光。

他猜达克维茨一家应该正在吃晚餐。提克这周在学校——詹斯博格的学生每两周可以回一次家——所以如果他们没有邀请任何客人的话，应该只有卡伦和她的父母在用餐。他决定走近些看看。

他穿过草坪，悄悄地走到了餐厅的窗外。他听到BBC在报道维希法国部队将大马士革留给了英国、英联邦及自由法国的军队。能听到些英国的胜利消息固然让人欣慰，但在叙利亚的胜利恐怕很难对他的表妹莫妮卡一家的生活提供什么实质性的帮助。他偷偷地向窗里看，晚餐已经结束了，一个女佣正在收拾餐桌。

突然间，一个声音在他身后响了起来："你在干什么？"

他顿时转过身去。

卡伦走到露台近他的这一端，白皙的皮肤在暮色中泛着光亮。她穿了一条蓝绿色的真丝长裙，舞者的步子让她看上去仿佛是在风中飘过，如同一个幽灵。

"嘘！小声点！"

光线太暗，她没有认出他。"小声点？"她生气地说，带着挑衅的语调一下子打破了刚刚鬼魂般的感觉，"我发现有人在自己家房子外面偷看，凭什么要小声点？"她的身后传来了一声狗叫。

哈罗德不知道卡伦是真的生气了，还是在开玩笑。"我不想让你父亲发现我在这儿！"他压低声音，焦急地解释道。

"你该担心的是警察，不是我父亲。"

那只叫"托尔"的老塞特狗认出了哈罗德，跑过来友好地舔了舔他的手。

"我是哈罗德·奥鲁夫森。我两周前刚刚来过。"

"哦——那个弹爵士的男生！你躲在我们的露台旁边干什么？你是想回来抢劫的吗？"

达克维茨先生走到了窗边，探出头来。"卡伦？"他说，"有人来了？"

哈罗德屏住了呼吸。如果卡伦此刻出卖了他，一切就都完蛋了。

片刻之后，她回答说："没事的，爸爸，只是一个朋友。"

达克维茨朝哈罗德这边看了一眼，但好像并没有认出他来。他咕哝了一声，便回到了屋里。

"谢谢。"哈罗德吁了一口长气。

卡伦坐在了一堵矮墙上，燃起了一支烟。"这倒没什么，但你要告诉我你怎么会在这里。"在那条蓝绿色长裙的映衬下，她的双眸仿佛闪耀着火光。

他坐在了她的对面。"我和我父亲吵架了，所以只能离家出走。"

"可你为什么来这里呢？"

他来这里的原因起码有一半是因为卡伦，但他不想对她承认。"我在那个叫尼尔森的农民那儿得到了一份工作，帮他修拖拉机和机器。"

"你胆子不小嘛。你住在哪儿呢？"

"嗯……那间旧修道院里。"

"真冒失。"

"我知道。"

"你应该带了毯子或者行李什么的吧？"

"事实上，没有。"

"晚上会很冷。"

"我应该能忍过去。"

"嗯。"她静静地吸了一会儿烟，等待着花园渐渐地陷入夜幕中。哈罗德已经被对面这个女孩迷得如痴如醉了：清晰的轮廓，大大的嘴巴，有些歪的鼻子，钢丝一般蓬乱的头发，这一切混合在一起，竟是那样令人不能自已。他欣赏着她吸着香烟的饱满的双唇。良久之后，她把剩下的那截烟扔到了一个花盆里，对他说："好吧，祝你好运。"然后便回到了房子里，关上了身后的法式长窗。

她离开得真突然，哈罗德想道。他一下子泄了气，在原地呆坐了一分钟。他本以为可以整晚都跟她聊天，没想到才五分钟的时间，他就已经让她厌倦了。他记得上次来这里的时候，她在短短的一个晚上之内就让他的情绪上天入地，时而感到自己极受欢迎，时而又无比落寞。她可能只是在玩游戏。又或者她还不清楚自己对他的感觉。无论怎样，只要她对他有点意思，他就已经很开心了，哪怕这种好感虚无缥缈。

他走回了修道院。温度已经降下来了。卡伦说得对——夜里一定会很冷。教堂的石头地板看起来冷冰冰的。他真后悔没从家里带一条毯子出来。

哈罗德四处望了望，想找个地方当床。窗外的星光从窗口照进来，为漆黑的教堂增加了一丝光亮。教堂东边的墙壁是弧形的，过去应该曾摆放过圣餐台。墙的一边有一个宽宽的壁架，上面盖着华盖。哈罗德猜想以前这里可能放着一些神圣而重要的东西——圣物、镶着宝石的圣杯、圣母像。但此刻，对哈罗德来说，这只是一张床。他躺了下来。

透过一扇没有玻璃的窗，哈罗德望着外面的绰绰树影和湛蓝色夜空中的星星。他想到了卡伦。他幻想着她姿势优美地轻抚他的头发，亲吻他的嘴唇，用胳膊紧紧地拥抱着她。这些场景与他幻想和布丽吉特·克劳森——那个他在复活节时约会过的莫兰德女孩——亲热时的场面完全不同。他想象中的布丽吉特不是摘掉文胸，就是在床上翻滚，又或者是狂热地扯掉他的衬衫。可卡伦的形象却温柔了很多，更多的是爱而不是欲望，虽然她眼底永远藏着有关性的火花。

这里太冷了。他站起身来。或者他可以到飞机里去睡。他在黑暗中摸索着，终于找到了飞机的门把手。但开门的时候，他听到了有什么东西飞快地跑开的声音。他记起了有老鼠在这里筑了窝。他虽然不怕这些小动物，却还是不太能接受和它们同床共枕。

哈罗德又想到了那辆劳斯莱斯。他可以在后座上蜷上一夜。那儿的空间应该比大黄蜂的大。把车上面的帆布拿掉恐怕要费点事，不过还是值得的。不知道车子有没有上锁。

他在那张帆布上面摸索着，想找找哪里有可以解开的绳子。可就在这时，他听到门外传来了脚步声。他定在了那里。过了一会儿，一簇手电筒的光从窗前滑过。达克维茨家晚上难道还有夜巡吗？

他打开通向走廊的门往外看，那束光越来越近了。他贴着墙，屏住呼吸，然后听到有人叫他的名字："哈罗德？"

他的心中一下子充满了喜悦。"卡伦。"

"你在哪儿？"

"在教堂里。"

光柱打在了他的身上。她马上将手电筒照向上空，教堂里稍稍亮了一点。他看到她怀里抱着东西："我给你拿了一条毯子。"

他笑了。能御寒固然是好事，但她的关心才更让他感到开心。"我正打算要在那辆车里睡呢。"

"你太高了。"

他铺开毯子的时候，发现里面还裹着别的东西。

"我觉得你可能会饿。"她解释道。

接着她手电筒的光，他看到了一条长面包、一小篮草莓，还有一根香肠。另外还有一个瓶子，拧开瓶盖后，他闻到了浓浓的咖啡香。

这时他才意识到自己其实饿极了，马上大吃起来，不过还是尽量不让自己像只饿狼一样。就在这时，他听到了一声猫叫。一只黑白相间的瘦瘦的小猫走到了电筒前面。他第一次来这个教堂参观的时候就见过它。他扔了一片香肠在它面前，那小家伙低头闻了闻，用爪子把食物翻了个遍，然后开始优雅地吃了起来。"它叫什么？"他问卡伦。

"它应该没有名字，它是只流浪猫。"

它脑袋后面有一撮金字塔形状的小绒毛。"我想叫它佩恩托普，"哈罗德说，"那是我最喜欢的钢琴家。"

"好名字。"

他把食物吃了个精光。"太美味了，谢谢。"

"我应该再多拿些过来。你上一顿饭是什么时候？"

"昨天。"

"你怎么过来的？"

"骑摩托。"他指着自己停车的方向回答说，"但速度太慢了，因为烧的是泥炭。我花了两天时间才从桑德岛骑到这里。"

"你是个意志力很强的人，哈罗德·奥鲁夫森。"

"是吗？"

"是的。事实上，我从来没遇到过像你这样的人。"

他思考了一下，感到这应该算是个正面的评价。"事实上，我也从来没遇到过和你一样的人。"

"哦，别逗了。这世界上有一大堆想当芭蕾舞演员的大小姐，可有几个人能骑着一辆烧泥炭的摩托车横穿丹麦呢？"

他开心地笑了。之后，两个人都沉默了一会儿。"保罗的事我很难过。"哈罗德先开了口，"你一定非常难受。"

"太可怕了。我哭了一整天。"

"你们很要好吧？"

"事实上我们只约会过三次。我谈不上爱他，但这件事还是很难以接受。"她的眼睛湿润了。她吸了吸鼻子，忍住了泪水。

哈罗德听到她并不爱保罗，心里有些抑制不住的喜悦，却又为自己的自私感到羞耻。"真让人难受。"他觉得自己虚伪极了。

"我祖母去世的时候我觉得很伤心，但保罗的事更可怕。奶奶当时年龄大了，而且一身的病，可保罗精力充沛，幽默风趣，还那么英俊。"

"你听说事情的经过了吗？"他试探性地问道。

"没有——军队对这件事一直很神秘，"她的声音里有些怒气，"他们只是说他的飞机坠毁了，具体细节要保密。"

"也许他们想隐瞒什么。"

"比如什么？"她敏锐地问道。

哈罗德意识到如果告诉她事实，就必然得让她知道自己和抵抗行动的关系。"可能不想让外界知道自己有问题吧？"他临时编了个理由，"可能他们的飞机有什么故障？"

"他们不可能用军事机密这样的理由掩盖这种事。"

"他们当然能，谁会知道呢？"

"我不相信我们的军人会这么糟糕。"她的口气很严厉。

哈罗德意识到他又让她生气了，就像他第一次来这里时一样——而且是同样的原因，嘲笑她的轻信。"我希望你是对的。"他马上弥补道。这是假话：他肯定她是错的。但他不希望和她争吵。

"谢谢你的食物和毯子——你真是个慈悲天使。"

"我通常可不是这样。"她的口气缓和了一些。

"可能明天还能见到你。"

"也许吧。晚安。"

"晚安。"

然后她便离开了。

14

赫米娅整晚都没有睡好。她梦到自己正在和一个丹麦警察谈话。谈话的气氛是友好的，但她却一直担心自己的身份会被发现。过了一会儿，她突然意识到他们说的是英语。那个男人从头到尾都装作什么都没有发生，可她却浑身颤抖，等着对方拘捕自己。

醒来时，她发现自己正躺在博恩霍尔姆岛上一间出租公寓的小床上。她十分庆幸刚刚和警察的对话只是一场梦——但事实上，她即将面临的危险绝不比那个梦境中的少。她身在被占领区，携带着伪造护照文件，伪装成是一个正在度假的公司秘书。如果她的身份被发现，毋庸置疑，她会因间谍罪被处死。

在斯德哥尔摩，她和迪格比再一次用替身欺骗了跟踪他们的德国人，还在去南部海岸的火车上甩掉了他们一次。在小渔村卡尔斯比，他们找到了一个渔民，愿意送她到20英里以外的博恩霍尔姆。她和迪格比道了别——没人会相信他是丹麦人，所以他不可能入境——便登上了船。他会先回伦敦向丘吉尔汇报他们的进展，然后再马上赶回卡尔斯比的码头等她回来——如果她能回来的话。

昨天，渔民把她和她的自行车都放在了那片人烟稀少的沙滩上。那个人说四天后会在同一个时间到同一个地点来接她。为了让他不反悔，赫米娅承诺回程时会给他双倍的费用。

她骑车绕着哈莫斯胡斯兜着圈——她和亚恩约好在这座城堡的废墟处见面，可等了一天，亚恩都没来。

她告诉自己不要大惊小怪。亚恩昨天还要上班。她猜想他应该是没赶上昨晚的船。那么他只能搭周六早晨的船，也就不可能在天黑前到达哈莫斯胡斯。这样的话，他恐怕要找个地方过夜，等到第二天早晨再来赴约。

她心情好的时候会这样猜想。但在内心深处，她很怕他会被逮捕。她想不清楚他被捕的理由，也没法说服自己他没有犯罪就没理由会出事。这只会让她进一步胡乱地猜测他会不会遭到了朋友的背叛，或者在日记里写了他们的约定，又或者去和牧师做了忏悔。

那天晚些时候，她放弃了等亚恩的念头，骑车去了最近的一个村落。在夏天，会有很多岛上的居民为旅客提供床铺和早餐。她毫不费力地找到了一个住处，一下子倒在了床上，又惊又饿地睡着了，随后便做了一夜的梦。

起床之后，她边穿衣服边回忆着自己和亚恩之前在这个岛上度假的情景。他们当时是以奥鲁夫森先生和太太的名义登记的。那是她感到最贴近他的时刻。他喜欢赌博，所以经常在他们的性爱中加一些赌博的小把戏："如果红色的船先进港口，你明天一天都不许穿内裤；如果蓝色的船先到，今晚你就可以在上面。"你想怎么样都可以，我的爱人，只要你能来。

她决定先吃完早餐，再骑车去哈莫斯胡斯。她可能要等上一整天，可不能饿晕过去。她穿了一件在斯德哥尔摩新买的廉价衣服——英国服装可能会引起别人的怀疑——然后走下楼去。

在走进餐厅的时候，她感到一阵紧张。她已经有一年时间不怎么讲丹麦语了。在昨天下船之后，她也只是说过简单的几个词而已。可现在她却不得不和别人闲谈了。

餐厅里唯一的客人是一个温和而友善的中年男人。"早晨好，我叫斯万·弗洛姆。"

赫米娅强迫自己放松下来。"阿涅斯·瑞克斯。"她报出了自己护照上的假名，"天气不错啊。"这没什么可怕的，她安慰着自己。她的口音里带着生活在大都市的中产阶级的腔调，如果她不说，丹麦人从来没听出过她是英国人。她给自己盛了一碗麦片粥，在上面浇了一些凉牛奶，然后便开始用餐。包围着她的那种紧张气氛让她觉得吞咽起来都有障碍。

斯万笑着对她说："英国的风格啊。"

她看着他，呆住了。他怎么可能这么快就识破了她。"您什么意思？"

"您喝粥的方式。"

他单用一个杯子盛了牛奶，吃几口粥，喝一口奶。这是丹麦人的习惯，她本来是非常熟悉的。她心里责怪自己不小心，嘴上只能试着掩盖。"我喜欢这样吃，"她尽量显得随意，"这样粥可以凉得快些。"

"看来您很赶时间啊。您从哪儿来？"

"哥本哈根。"

"我也是。"

再谈下去就要说到彼此的住处了，赫米娅实在不希望再继续这段对话，说得越多越容易出错。最安全的方式是她主动问他问题。据她所知，男人都喜欢讲自己的经历。"您来这里度假？"

"很不幸，不是的。我是测量员，给政府打工的。不过工作已经完成了，我明天才回家。所以今天可以开车到处看看，搭晚上的夜班船。"

"您有车？"

"我工作需要车。"

房东端来了培根和黑面包。她离开房间后，斯万说："您要是一个人的话，我愿意开着车带您去逛逛。"

"我订婚了。"赫米娅语气坚定。

他有些可怜兮兮地笑了笑。"您的未婚夫真幸运啊。不过我还是很愿意陪您玩。"

"您别介意，但我还是想一个人走一走。"

"我理解。请别介意我的冒昧。"

她露出了一个最热情的微笑。"正相反，我感到很荣幸。"

他给自己倒了一杯代用咖啡，好像还想在这里逗留一会儿。赫米娅感到放松了许多。目前为止她并没有引起任何怀疑。

又有一个客人走了进来。那人和赫米娅差不多年纪，穿着一身整洁的西装。他一脸严肃地向他们弯腰打了招呼，用带着德国腔的丹麦语说："早晨好。我是赫尔穆特·缪勒。"

赫米娅的心跳加快了。"早晨好，我叫阿涅斯·瑞克斯。"

穆勒一脸期待地望着斯万，而后者却突然站起身来，对这位新来者视而不见，径直走了出去。

穆勒坐下来，脸上带着受伤的表情。"谢谢您的礼貌。"他对赫米娅说。

赫米娅尽量表现得自然。她把两只手握在一起，以防止自己发抖。"您是哪里人，穆勒先生？"

"我是吕贝克人。"

她思考了一下，一个态度友好的丹麦老百姓会怎样和一个德国人闲聊。"你的丹麦语很不错。"

"我小时候经常和家里人一起来博恩霍尔姆度假。"

他完全没有怀疑她。她决定问一些深层次的问题。"告诉我，是不是有很多人拒绝和您说话？"

"倒是很少有人像我们刚刚那位游客朋友一样粗鲁。现在看来，德国人和丹麦人必须得生活在一起。大部分丹麦人都很友善。"他用好奇的目光望着她，"可您应该了解这些情况啊——除非您刚刚从外国回来。"

她意识到自己又犯了一个错误。"不，不是的，"她急促地否认，"我从哥本哈根过来，就像您说的，在我们那里德国人和丹麦人可以和平相处，我只是想知道这里的情况有没有什么不同。"

"没有什么区别。"

她意识到一切谈话都有可能带来危险。她站起身来："我吃好了，希望您用餐愉快。"

"谢谢。"

"也希望您在我们的国家度过美好的一天。"

"您也是。"

她离开了餐厅，脑子里在反思着自己是不是太过于热情了。过度的友善和过度的敌意一样容易引起怀疑。不过他倒是没有表现出不信任的样子。

她正准备骑车出发，却发现斯万正在往车子上放行李。那是一辆沃尔沃PV444，这款车在丹麦非常常见。她看到车子的后座上放了他的设备——三脚架、经纬仪和其他的一些工具，有些放在皮箱子里，有的裹着毯子，以防碰撞损伤。"真不好意思，我刚刚太粗鲁了。"他说，"我不想在您面前这样。"

"没关系。"她看得出，他还在生气，"您显然对德国人很有意见。"

"我来自军人家庭。我实在很难接受我们这么轻易就投降了。我坚信我们应该反击，现在应该还在反击！"他一脸沮丧地说，"我不应该说这些，让您感到不舒服了。"

她握了握他的胳膊。"您真的不需要道歉。"

"谢谢。"

她骑车离开了。

丘吉尔正在首相别墅的门球草坪上徘徊。他应该是在思考着自己的演说，迪格比了解他的一举一动。本来这个周末，美国大使约翰·怀南特、外交部长安东尼·艾登以及他们的太太应该来这里拜访首相，但却不见踪影。迪格比感觉到可能出事了，但没人能告诉他。丘吉尔的私人秘书科尔维尔只是向他指了指正在草坪上踱步的首相。迪格比穿过草地朝丘吉尔走去。

首相抬起了头。"啊，霍尔。"他停下了脚步，"希特勒入侵苏联了。"

"上帝！"迪格比·霍尔惊叹道。他想坐下来，却没有椅子可坐。"上帝！"他又重复了一遍。就在昨日，希特勒和斯大林还是盟友，甚至签订了1939年的纳粹-苏维埃盟约。而今天他们却开战了。"什么时候的事？"

"今天早晨。"丘吉尔严肃地说，"迪尔将军刚刚向我汇报了详细的消息。"帝国总参谋长约翰·迪尔在军队中拥有着最高的地位。"情报部门估计入侵军队大概有300万人。"

"300万？"

"阵线拉了2000英里。北部兵力直奔列宁格勒，中部攻击莫斯科，南部兵力正向乌克兰进军。"

迪格比呆住了。"哦，上帝。一切都结束了吗，长官？"

丘吉尔吸了一口手中的雪茄。"或许吧。大部分人都不认为苏联会赢。他们的兵力调动很慢。希特勒用空军和坦克配合夹击，几星期就能把他们夷为平地。"

迪格比从来没有见过首相如此沮丧。面对坏消息时，丘吉尔往往会表现出更大的斗志，会坚决地以牙还牙，以眼还眼。但今天，他看上去憔悴极了。"还有希望吗？"迪格比问。

"有。如果红军能撑过夏天，结果可能会不一样。苏联的冬天打败了拿破仑，同样也可能打败希特勒。之后的三四个月很关键。"

"您准备怎么应对？"

"我今晚九点要上BBC。"

"您要怎么说？"

"说我们将竭尽全力帮助苏联和苏联的人民。"

迪格比抬了抬眉毛。"这对一个反共人士来说可不容易。"

"亲爱的霍尔，希特勒要是入侵地狱，我也会在下议院宣布支持魔鬼的。"

迪格比笑了，心里想着今晚的演说是不是应该把这句话引进去。"但我们能帮些什么呢？"

"斯大林希望我能增兵轰炸部队。他希望这样能迫使希特勒调飞机回去保卫德国本土，也就等于削弱了入侵苏联的兵力。这样的话，苏联可能还有一些机会。"

"您的意思呢？"

"我别无选择。我已经下令轰炸部队下次月圆时发起进攻。这应该是开战后最大规模的空军行动，恐怕也是有史以来最大规模的空军行动。会有超过500架轰炸机参加行动，占了我们整个军力的一半。"

迪格比马上想到了自己的弟弟，不知道他会不会参加这次行动。"但如果他们再遭受我们之前那样的损失……"

"我们就完了。这就是为什么我叫你来。我要你打听的事有答案了吗？"

"我昨天和一个特工人员一起去了丹麦。她本人或她的手下会去拍摄桑德岛上的雷达装备。这就是问题的答案。"

"最好可以。轰炸行动应该是在16天后进行。你认为什么时候能得到照片？"

"一周之内。"

"很好。"丘吉尔要结束对话了。

"谢谢您，首相。"迪格比转身离开了。

"别让我失望。"丘吉尔说。

哈莫斯胡斯位于博恩霍尔姆的北边一角。城堡耸立在一座山上，与海对面的瑞典遥遥相望，也曾经防御过邻国的入侵。赫米娅骑着车在坡地上兜着圈，担心今天还会像昨天一样无功而返。阳光很足，她骑车骑得浑身发热。

城堡是一栋砖石建筑。现在只剩下了一些墙壁的部分，残缺的形状依稀呈现着往日的居住者生活的影子：巨大的壁炉已没了顶棚，直接暴露在晴空之下；石墙围着的地窖一片清冷，曾经的苹果和淡酒没了影踪；残破的楼梯断在了半空中；窄窄的窗户前，也不见了彼时眺望大海的孩童。

赫米娅到得太早，那里还一个人都没有。就昨天的经验来看，她恐怕要独自在这里耗上一个小时的光景。不过如果亚恩今天也能早到呢？她一边想，一边推着车穿过拱门，漫步在长了青草的石板地上。

德军入侵以前，她和亚恩曾经是哥本哈根的一对惹人艳羡的情侣，是无数军官和美人中最引人注目的一对，终日参加派对、野餐、舞会，甚至是体育比赛、出海、骑马，开着车子沿着海滩飞驰。而如今那些日子结束了，她在亚恩的眼中还会和往日一样吗？在电话里，他说他依然爱她——但事实上他们已经一年没见过面了。他会觉得她变了吗？会依然倾心于她头发的味道和亲吻她的感觉吗？她开始感到紧张了起来。

昨天一整天，她都在观赏那片废墟。眼前这景致已经让她感到厌倦了。她走到海边，把车子停靠在一堵矮墙的边上，静静地凝望着眼前的海面。

一个熟悉的声音说道："嗨，赫米娅。"

她转过身去，看到亚恩正向她走来，张着双臂，脸上带着笑容。他一直躲在一座高塔的后面。她刚刚的紧张感一下子消失得无影无踪了。她跑过去，扑到他的怀里，紧紧地抱住了他。

"怎么了？"他问，"怎么哭了？"

她意识到自己在哭，她的胸腔在颤抖，泪水从脸颊上不住地淌了下来。"我太高兴了。"她说。

他吻了吻她的面颊。她用双手捧住了他的脸，用手指尖感受着他的轮廓，好让自己确信这一切都是真的，而非她幻想出的重聚。她用脸紧贴着他的脖子，嗅着他身上混合了军队的肥皂、润发油和飞机机油的味道。她在梦中可闻不见这样的气味。

她的心被情感胀满了。但很快，兴奋和喜悦就转变成了另一种感觉。温柔的吻变得迫切而急促，而轻柔的抚摸也充满了欲望。她的膝盖失去了力量。她瘫倒在草地上，把他拉到了自己的身上。她热吻他的颈项，吮吸着他的嘴唇，轻咬着他的耳垂。他变硬的下体顶住了她的大腿。她急切地解开了他裤子上的扣子，拉开了前面的拉链。他飞快地脱去了衬衫，把手伸进了她的内裤。有一瞬间，她为自己的润湿而尴尬，但很快便被全心的喜悦代替了。她性急地脱去了内裤，扔到了一边，然后又把他拉回到了自己的身上。她知道每一个早到的游客都会看到他们，但她不在乎。她知道欲望退去之后，她会为自己疯狂的冒险举动而后悔，但她此刻无法控制。他插入她的身体时，她兴奋地呻吟着，四肢紧紧地盘在他的身上，让他的身体紧紧地贴着她的，将他的脸埋在自己的肩头，如饥似渴地感受着与他身体的碰触。她感受着体内属于他的那个部分，如同天空中细碎的星斗，逐渐变大，直到最后爆炸开来，让她飘飘欲仙。

他们静静地躺了一会儿。她享受着他压在自己身上的重量，享受着自己透不过气的感觉，也享受着他在自己身体里柔软了下去。有片阴影遮在了他们头上——一片云从太阳下面滑过，可这却提醒了她，城堡已经开门了。随时有人会过来参观。"旁边有人吗？"她轻声问道。

他抬头四周张望了一圈。"没有。"

"我们最好在游客到这里之前穿好衣服。"

"好。"

他刚要坐起来,她却又抱住了他。"再吻我一下。"

他温柔地吻了她,然后便站起身来。

她找到了自己的内裤,迅速地穿好,站起身来,拂去身上沾着的草。她回复了神智,刚刚的迫不及待消失了,她的每一块肌肉都感到满足而疲倦。这感觉让她想起了很久以前每个周日的清晨,他们会在做爱后躺在床上听教堂的钟声。

她靠在一堵墙上,望着大海。亚恩揽住了她的肩。这样的情境下,她很难让思绪转回到战争、隐瞒或是机密上。

"我在为英国情报机构做事。"她飞快地说。

他点了点头。"这正是我所害怕的。"

"害怕?为什么?"

"这意味着你来这里的风险就更大了。"

她很高兴听到他的第一个想法就是担心她的安危。他真的爱她。可她却给他带来了麻烦。"现在你也在冒险,因为你和我在一起。"

"你最好解释一下。"

她坐在了那堵墙上,整理了一下思路。她没办法削减故事中的任何内容。她不可能只告诉他故事的某个部分,那不会让他信服。所以她只能和盘托出。此时此刻,她是在要求他拿生命去冒险,他必须知道事情的全部。

她向他讲了"守夜人"的事情,讲了凯斯楚普机场的逮捕,英国轰炸行动的损失,桑德岛上的雷达装置,所谓的"四柱床"系统,还有保罗·柯克的参与和牺牲。听着她的讲述,他的表情变了。眼中的欢愉消失殆尽，永远挂在脸上的笑容被焦虑取代。她不知道他愿不愿意接受这个危险的任务。

如果他是个懦夫，他当然不会选择到军队去开那些木头和纤维造的飞机，但另一方面，当飞行员又恰恰符合了他的性格。而在他的人生字典里，乐趣通常是先于工作而行的。这也是她爱他的原因：她太严肃，而他可以让她享受生活。哪个才是真正的亚恩——一个快乐主义者，还是一个军人？直到现在，她还没办法下定论。

"我来是想让你代替保罗的位置，做他本来该做的事，去桑德岛，潜入到那个基地里，把雷达装置拍下来。"

亚恩点了点头，一脸严肃。

"我们需要照片，清楚的照片。"她从自行车后座的挂包里拿出了一部德国徕卡Ⅲa型35毫米照相机。她本来想给他一部美乐时，会更容易隐藏，但最后还是选择了这部成像更精准的徕卡。"这可能是你遇到过的最重要的工作。我们了解了他们的雷达装置后，就可以决定怎样攻克他们，这可以挽救成千上万空军的生命。"

"我明白。"

"但如果你被抓住的话，就会因为间谍罪而被处决——枪毙或者绞刑。"她把相机递到了他的面前。

她甚至希望他拒绝这个任务——她想都不敢去想他一旦接受这个任务之后所要面临的危险。但如果他拒绝，她又怎么可能会再尊重他呢？

他没有去接那部相机。"保罗是'守夜人'的领导者？"

她点了点头。

"我猜你大部分朋友都是其中的成员吧？"

"你知道得越少越好——"

"每个人都参与了，除了我之外。"

她点了点头。她害怕的事情要发生了。

"你觉得我是个懦夫。"

"你不像是一个——"

"因为我喜欢去派对，因为我开玩笑，因为我和女孩子调情，所以你就觉得我没胆量做情报工作。"

她茫然地点了点头。

"如果是这样的话，我必须证明你是错的。"他接过了相机。

她不知道应该快乐还是应该悲伤。"谢谢，"她强忍着泪水说道，"你要小心，好吗？"

"我会的，但有一个问题，我来博恩霍尔姆的时候一直有人跟着我。"

"见鬼！"她从没有想过会发生这种事，"你确定？"

"我在飞行学校看到一男一女一直在跟踪我，后来她跟着我上了去哥本哈根的火车，那个男的上了船。下船后，他一直骑着自行车跟着我，还有一辆汽车。我在伦讷的时候把他们甩掉了。"

"他们肯定怀疑你和保罗是一伙的。"

"讽刺的是，我并不是。"

"你觉得他们是谁？"

"丹麦警察，应该是德国人让他们这么做的。"

"你甩掉他们之后，他们就确定你是间谍了。他们肯定会找你。"

"他们不可能找遍博恩霍尔姆的每一座房子吧？"

"不会，但他们会叫人盯着码头和机场。"

"我倒没想到。那我怎么回哥本哈根呢？"

赫米娅注意到，他还没有转到间谍的思维方式。"我们无论如何也要偷偷把你送上船。"

"然后我去哪儿？我不能回飞行学校了——那是他们第一个要搜查的地方。"

"你只能留在詹斯·托克斯威格那里。"

亚恩的脸一沉。"他也是'守夜人'之一……"

"是的，他的地址是——"

"我知道他的地址。"亚恩生气地说，"他在成为'守夜人'之前也是我的朋友。"

"保罗的事情之后，他可能会有些戒备。"

"他不会拒绝我的。"

赫米娅假装没注意到亚恩的怒气。"那我们就假设你可以乘今晚的船回去，到桑德岛需要多长时间？"

"首先我要先和我弟弟哈罗德联络一下。他们建基地的时候，他曾经在那儿干过活，可以给我一个图纸。然后你得给我一天时间到日德兰半岛，到那里的火车总是晚点。我可能在周二晚上到，然后在周三去基地，周四回哥本哈根。可到那个时候我怎么联络你？"

"下周五来这里找我。如果警察还守着码头，你就想个办法变一下装。我会在这儿等你。我们到时候可以搭带我来的那艘渔船去瑞典。然后我们会帮你办好假护照，送你去英国。"

他严肃地点了点头。

她说："如果一切顺利，我们在一周后就又可以在一起了。"

他笑了。"这期待好像太高了。"

他确实爱她，她现在可以确定了，虽然他依然介意自己被排斥在了"守夜人"之外。然而，即使到了现在，她依然不知道他是否真的有胆量完成这份工作。但毋庸置疑，她会得到最终的答案。

他们在谈话的时候，已经有游客来这里参观了。有几个人正在绕着那堆废墟漫步，时而向酒窖里面窥望，时而摸一摸那些古老的石壁。"我们走吧，"赫米娅说，"你是骑车来的吗？"

"就在塔楼后面。"

亚恩把车子推了过来。两个人一起离开了城堡。为了不被注意，亚恩特意戴了太阳眼镜和鸭舌帽。这样的装扮虽然很难混过码头的检查，但在路上还是有希望帮他逃脱跟踪者的。

赫米娅边骑车便考虑着逃离的问题。她能帮他装扮得隐秘一点吗？她现在手上没有假发或者其他的衣服，只有自己用的唇膏和粉底。他必须看起来完全不一样。这需要专业化妆师的帮助。在哥本哈根很容易找到这样的人，但在这里却很难。

在山脚下，她碰到了和她同住一间旅馆的斯万·弗洛姆。他刚刚从那辆沃尔沃里钻出来。她不希望他看到亚恩，想不知不觉地从他身边骑过去，可却运气不佳。他迎面看到了她，招了招手，站在路边等她下车。如果这时候骑过去，恐怕既粗鲁又会引起怀疑。

"又见面啦，"他说，"这应该就是你的未婚夫了吧？"

斯万并不会带来危险，她在心里安慰着自己。她现在所做的事没什么可疑的，而且斯万也是个反德人士。"这是奥鲁夫森·亚恩，"她故意颠倒了亚恩的名字，"奥鲁夫森，这是斯万·弗洛姆。我们昨天住的是同一间旅馆。"

两个男人握了握手。亚恩友好地问："您在这里多久了？"

"一周了。我今晚离开。"

赫米娅突然有了一个主意。"斯万，"她说，"今天早晨你跟我说想反抗德国人。"

"我说得太多了，我应该更谨慎一点。"

"如果我给你一个机会帮助英国人，你愿意冒险吗？"

他盯着她。"你？"他说，"你怎么……你的意思是……你是——"

"你会愿意吗？"她再逼问道。

"这不是开玩笑吧？"

"你必须相信我。愿意还是不愿意？"

"愿意。"他说，"你想让我做些什么？"

"可以藏一个人在你的后座上吗？"

"当然。我可以用设备把他挡住。不会很舒服，不过还是有空间坐的。"

"你愿意把他带到船上吗？"

斯万看了看他的车，又望了望亚恩。"你？"

亚恩点了点头。

斯万笑了。"去他的，当然愿意。"他说。

15

　　哈罗德在尼尔森农场的第一天比他想象的还要成功。老尼尔森有一个小工作间，里面堆了一大堆等着哈罗德修理的工具。他给水泵安装了一个蒸汽机引犁，在履带上焊了合叶，又找到了农舍每晚都断电的根源。中午，他和农场的雇农们一起吃了一顿丰盛的午餐：鲱鱼配土豆。

　　晚上，他和尼尔森最小的儿子卡尔在村庄的小酒馆里一起待了一会儿——不过，想到自己一周前醉酒后所做的傻事，他只喝了两小杯啤酒。所有人都在谈论希特勒入侵苏联的事。这消息真是糟透了。德国空军宣布在闪电行动中摧毁了1800架苏联飞机。除了一个当地的共产党，酒馆里的每个人都认为莫斯科撑不到这个冬天，而就连这个共产党也是一脸焦虑。

　　哈罗德提早离开了酒馆，因为卡伦有可能会在晚饭后去找他。在回修道院的路上，他感到疲倦却开心。走进那座残破的建筑时，哈罗德惊讶地发现他的哥哥亚恩正站在教堂里等他。"大黄蜂蛾式双翼机，"亚恩说，"绅士的空中坐骑。"

　　"它已经坏掉了。"哈罗德说。

　　"算不上。起落架有点变形而已。"

　　"你觉得原因是什么？"

"因为着陆不当。大黄蜂的尾部容易失控，因为主轮太过靠前，轴管很难承受来自两侧的压力，所以如果你突然转弯，它们就会变形。"

哈罗德发现，亚恩看上去糟透了。他没穿军装，身上那件旧夹克和褪了色的条绒裤很不合身；他还刮掉了小胡子，一顶油乎乎的鸭舌帽盖住了一头卷发。他拿着一部徕卡35毫米相机，脸上无忧无虑的笑容消失了，取而代之的是一种紧张而忧虑的神情。"你怎么了？"哈罗德担心地问。

"我有麻烦了。你有吃的吗？"

"什么也没有。我们可以去酒馆吃——"

"我不能让别人看到我。我被通缉了。"亚恩艰难地笑了笑，却掩饰不了脸上的愁云，"丹麦的每个警察手上都有我的资料，整个哥本哈根到处都贴着我的头像。一个警察跟了我整条街，我刚刚把他甩掉。"

"你是参加了抵抗行动吗？"

亚恩犹豫了一下，然后耸了耸肩："是的。"

哈罗德感到一阵激动。他坐在那张所谓的床上，亚恩坐在了他身边。佩恩托普突然出现了，用小脑袋在哈罗德的腿上蹭痒痒。"三周前我在家里问你的时候，你就已经参加了？"

"不，当时没有。他们一开始一直把我排除在外。显然他们觉得我不适合情报工作。事实上他们是对的。但现在他们走投无路了，所以就想到了我。我现在需要到桑德岛的军事基地去拍一部机器。"

哈罗德点了点头。"我曾经给保罗画过那部机器的素描。"

"你都比我知道得早。"亚恩不开心地说，"好吧，好吧。"

"保罗让我不要告诉你。"

"显然每个人都觉得我是个懦夫。"

"我可以再画一遍……不过只能是凭记忆画。"

亚恩摇了摇头。"他们需要准确的相片。我是想问你知不知道有什么方法能溜进去。"

哈罗德感到这件事实在是令人兴奋,但亚恩显然还没有一个周密的计划。"基地外面有一段围网被树遮起来了,可以从那儿进去——但是警察都在找你,你怎么去桑德呢?"

"我已经变了装。"

"可差距不太大。你拿的是谁的护照?"

"我自己的——我怎么可能有别人的呢?"

"所以如果警察拦住你要看你的证件,他们只需要几秒钟就能确认你就是他们要找的人。"

"确实如此。"

哈罗德摇了摇头。"这太疯狂了。"

"但必须要冒这个险。这机器能让德国人在几英里之外就探测到轰炸机——这样的话他们完全有时间进行防御部署。"

"他们用的肯定是雷达波。"哈罗德兴奋地说。

"英国人也有一套类似的系统,但德国人的显然更精良。他们在一次任务里击落了英军一半的飞机。RAF现在急着要知道德军是怎么做到的。我显然值得冒这个险。"

"但不能无谓地牺牲。如果你被抓住,就不可能把情报传给英国了。"

"我必须要试试。"

哈罗德深深地吸了一口气。"为什么不让我去？"

"我知道你会这么说。"

"我又没有被通缉。我熟悉地形。我已经进去过一次——有天晚上我想抄近路回家，就从基地里穿了过去。我比你更懂无线电，所以我知道应该拍些什么。"哈罗德的逻辑显然很有说服力。

"如果你被抓住，就会被当作间谍处决。"

"你也一样——而且你很可能会被抓住，我却很可能不会。"

"警察去搜查保罗的东西时可能已经发现了你的素描。如果这样的话，德国人应该知道有人在关注桑德岛的军事基地，就会加强那里的警备。那儿恐怕没有之前那样容易混进去了。"

"可我依然比你有机会进去。"

"我不能让你冒险。如果你被抓了怎么办——我怎么对妈妈讲？"

"你可以告诉她我为了自由牺牲了。我和你一样有权利冒这个险。快把那个相机给我。"

亚恩还没回答，卡伦就走了进来。

她脚步很轻，突然出现在了教堂里。亚恩没时间躲藏，只是条件反射地站起身来，呆呆地停在了那里。

"你是谁？"卡伦依然保持着一贯的直接，"哦，嗨，亚恩。你刮了胡子——我猜是因为哥本哈根的那些通缉令吧？你怎么会犯法？"她坐在那辆盖着帆布的劳斯莱斯上，跷起一条腿，看上去像是一个时尚模特。

亚恩犹豫了："我不能告诉你。"

卡伦飞速地思考着，快得令人吃惊地猜到了真相："上帝，你参加了抵抗行动！保罗也是吗？这就是他死的原因？"

亚恩点了点头。"那不是简单的坠机。他当时希望逃脱警察的追捕。他们打死了他。"

"可怜的保罗。"她转过头去，"所以你在完成他留下的任务，但警察现在开始抓你了。必须有人保护你——估计是詹斯·托克斯威格。他是保罗除了你之外最好的朋友。"

亚恩耸了耸肩，点头默认了。

"但你只要出现就会被抓，所以……"她看着哈罗德，降低了声音，"所以你也参加了，哈罗德。"

让哈罗德惊讶的是，她看上去忧心忡忡，仿佛替他感到害怕。他很高兴她居然真的关心他。

他看着亚恩："怎么样？我参加了吗？"

亚恩叹了口气，将照相机递给了他。

哈罗德在第二天晚上抵达了莫兰德。他把摩托车停在了码头的停车场，怕它在桑德岛上引起注意。他没东西可以盖住它，也没有锁，不过普通的盗贼恐怕也不知道怎么发动这辆车。

还来得及搭今天的最后一班渡船过海。夜幕渐渐降临了，天上的星星与远处海面上轮船的灯光连成了一片。一个醉汉正沿着码头晃晃悠悠地徘徊，无礼地打量着哈罗德。"啊，小奥鲁夫森。"说完便坐在了一个起锚机上，点燃了手中的烟斗。

船靠岸了。乘客下了船。哈罗德有些惊讶地看到一个丹麦警察和一个德国兵站在了舷梯前。那个醉汉登船时，他们查了他的身份证。哈罗德的心跳加快了。他犹豫了，感到很害怕，不知道是否应该登船。他们会不会真的像亚恩所预料的，在看到他的素描之后加强了警备？又或者他们只是在找亚恩？他们会知道哈罗德是那个通缉犯的弟弟吗？奥鲁夫森是个很普遍的姓氏——但他们很可能已经了解了亚恩一家的情况。他的包里放着一部昂贵的相机。那虽然是很流行的德国货，但依然会引起怀疑。

他努力冷静下来，思考了一下自己的选择。他还有其他的方法可以回桑德岛。虽然他恐怕很难在海里游上两英里，但至少可以借或偷一艘渔船。可是无论如何，如果有人发现他拖着一艘船登上桑德岛，一定会问他是怎么回事。他最好还是假装无辜。

他决定登船。

警察问："你为什么要去桑德岛？"

看来现在什么人都能问这样的问题了。哈罗德压抑住了心中的怒气："我住在那里，和我的父母。"

警察看了看他："我好像没见过你。我在这里已经四天了。"

"我一直在学校。"

"周二好像不是个回家的日子啊。"

"学期结束了。"

警察咕哝了一声，好像对他的回答颇为满意。他检查了哈罗德证件上的地址，让那个德国兵看了看。后者点了点头，放哈罗德上了船。

他走到船的另一端，望着大海，等着自己的心跳放慢。他很高兴自己能够通过检查，但又因为在自己的国家都还要受到警察的盘问而感到愤怒。从逻辑上讲，因为这种事生气好像很傻，但哈罗德还是很难放平心态。

午夜，船离开了码头。

天空中没有月亮。在星光下，桑德岛就像是地平线的一个小波浪。哈罗德没想到自己这么快就会回来。事实上，周五离开的时候，他甚至以为自己永远都不会再回来了。现在他成了一个间谍，包里放着一部相机，要去拍摄德军基地里的秘密武器。他恍惚记起自己曾经是那么兴奋于成为抵抗行动的一分子。但事实上，这绝不是一件好玩的事。相反，他害怕极了。

船停靠在了那个他再熟悉不过的码头。看到路对面打他记事起就没有变过的邮局和商店，他的恐惧更深了。18年来，他一直过着平安而稳定的生活。可现在，他再不可能感到安全了。

他走到沙滩上，开始向南走去。潮湿的沙滩在星光的照射下变成了银色。他听到沙丘中传来女孩子的嬉笑声，心里泛起一阵妒意。他什么时候才能让卡伦这样笑呢？

他到达军事基地的时候，天已经蒙蒙亮了。他看到了基地外面的围网。基地里的树和灌木如同沙丘上的一块块黑补丁。如果他看得见，那么守卫也一定可以。他跪了下来，匍匐着前行。

一分钟后，他就看到了围网里有两个士兵在肩并肩地来回巡逻，旁边还跟着一只军犬，心里不禁对自己的谨慎感到一阵庆幸。

他们确实加强了警备。之前他们从没有两个人一起巡逻过，更没有带着狗。

他平趴在了地上。那两个人好像并没有很警惕。他们慢悠悠地走着，不像是巡逻的样子。拉着狗的那个人指手画脚地说着什么；另一个则悠闲地抽着烟。他们越走越近了，哈罗德甚至可以听到他们谈话的声音。和所有的丹麦学生一样，他在学校学过德语。那个人正炫耀他和一个叫玛格丽塔的女人的故事。

哈罗德离围网只有50码的距离。他们走到离他最近的地方时，那只狗在空气中嗅了嗅。它可能可以闻到哈罗德的气味，但并不知道他在哪里。那只狗疑惑地叫了两声。那个牵狗的士兵显然没有这条狗那样训练有素，他让狗闭嘴，然后继续向他的同伴讲玛格丽塔的事。哈罗德一动不动地趴在那里。狗又叫了起来，其中一个士兵打开了手电筒，哈罗德把脸埋在了沙子里。手电的光柱在地上绕了一个圈，便移向了前面。

士兵说道："然后她说没关系，但在射之前必须要拔出来。"他们继续向前走去，那只狗也安静了下来。

他们走远之后，哈罗德继续向被树木遮掩的那段围网的方向爬去。他担心士兵会不会已经把那些树砍掉了，但还好它们还在。他俯身穿过灌木丛，来到了围网前，这才站起身来。

他犹豫了。现在后悔还来得及。他还没有犯法。他可以回到科斯坦村，继续他的新工作，在酒馆里打发时间，晚上做做关于卡伦的美梦。他可以像其他丹麦人一样认为战争或者政治与他全然无关。但哪怕是想一想这种观点，他都感到由衷地厌恶。他想象着自己向亚恩、卡伦、乔基姆叔叔或是莫妮卡表妹解释时的情形，心里顿时惭愧不堪。

围网还是之前的样子，六英尺高的铁丝网上面竖着两排钢尖。哈罗德把书包转到了身后，以免碍事，然后爬上了围网，小心翼翼地跨过钢尖，跳到了基地里面。

他终于犯罪了。他带着一部相机进入了德军基地。如果被他们抓到，他必死无疑。

他尽可能地放轻步伐，贴着周围的树丛快步前行，每走几步就环顾一下四周，看看附近有没有危险。他经过了那座瞭望塔，不安地想到如果德国兵打开探照灯，那么他就是瓮中之鳖。他仔细地听了听，周围除了海浪有规律的节奏之外，再没有其他的声音了。几分钟之后，他走下了一个缓缓的沙坡，进入了一片针叶林，这些树木给他提供了很好的遮蔽所。他有些奇怪那些士兵为什么不把这些树砍掉，这样可以有利于加强安全防护，可转念一想，他们一定是想用树木来挡住那部无线电设备。

没多久，他就到达了目的地。这一次他的目标明确了。而且他可以清楚地看到设备外围环形的围墙和中间竖着的方形电网。那个大天线在中间缓缓地转着，仿佛一只机械之眼在扫视黑黢黢的夜空，并发出了和上次一样的电力马达的声音。之前看到这个装置两边有一些隐约的东西，现在在星光下他也看清楚了，基本上就是中间那个旋转着的大家伙的微缩版本。

也就是说这里有三部设备。可是为什么呢？难道这就是德国的雷达强于英国的原因？再走近一点观察那两个小设备，他猜测它们在建筑结构上可能有所不同。不过这需要在日光下才能确定，现在看来它们应该既可以改变倾斜的角度，又可以旋转。可为什么呢？他必须要把这三个装置的照片拍得清楚些。

第一次来的时候，他是因为听到了一个守卫在旁边咳嗽才吓得跃到环形围墙里面的。可这次他有充足的时间来思考。他认为应该有更方便的通路可以走到墙里面去。建这座墙的目的一定是希望保护里面的设备不受到突发情况的损害，但工程师必须能进去对设备进行维护。他绕着围墙转了一圈，借着幽暗的光线仔细观察，终于找到了一扇木门。门没有锁，他走了进去，再轻轻地关上了门。

他感到安全了些。至少现在外面的人都看不到他了。除非有紧急情况发生，工程师一般不会在夜里来进行设备维护。如果有人真的要进来，他也有时间翻墙离开。

他仰着头观察着那张巨网。它肯定可以接收到飞机反射回来的无线电射线，他猜想着。基座连着的线路会将信号传输到哈罗德去年参与建造的新大楼里。那里的检测仪应该会显示出敌军靠近的信息，而负责监控的工作人员会马上提醒德国空军。

在朦胧的夜光下，在机器发出的低沉的嗡嗡声中，闻着电路发出的味道，哈罗德感到自己正置身于战争机器的心脏部位。双方的科学家和工程师的斗力绝不亚于战场上枪炮和坦克的角逐。而他已经无法避免地成为了其中的一部分。

他听到了飞机的声音。今天没有月亮，应该不会有轰炸机。可能是德国的飞机，或者是迷了路的平民飞机。他想知道这部装置是否已经在一个小时前就已经发现了它，或者这两部小机器是不是已经瞄准了它。他决定出去看一看。

其中一个小机器正指着大海——那恰恰是飞机飞过来的方向，而另一个则指向内陆。两个装置的倾斜角度都和之前不同了，他想道。随着飞机的声音越来越响，指向大海的设备更倾斜了一些。它应该是在跟踪那架飞机；另一个小装置则一直在移动，仿佛正在探测一个它不能确定的信号。

飞机飞过桑德岛，朝内陆方向飞去。天线的底盘继续跟踪着它，直到它的轰隆声完全消失。哈罗德回到了围墙内侧，思考着刚刚自己看到的情景。

天色开始由黑变灰。每年的这个时候，凌晨三点钟天就开始亮了。再过一个小时，太阳就要升起来了。

他从书包里拿出了那部相机。亚恩已经教过他如何使用了。他蹑手蹑脚地在围墙内徘徊，想找一个最好的角度，以便拍摄下这个装置的每一个细节。

他和亚恩已经商量好会在四点三刻进行拍摄。那时虽然已经日出了，但阳光还不会照到这里来。对于拍照来说，不需要直射的阳光——这部相机的胶卷感光度很高，足以记录下目标物的细节。

随着时间缓缓流过，哈罗德紧张地思考着怎样逃走。他在夜里溜进来，却没时间等到明晚再溜走。可以肯定，就算没有任何异常情况发生，工程师在白天也至少会过来一次，进行常规检查。所以哈罗德必须在完成拍摄之后马上离开——可那时候天已经完全亮了。逃走会比溜进来危险得多。

他思考着离开的路。南边就是他父母家所在的方向，围网离这里大概只有几百码的距离，但一路上基本上都是沙丘，没什么植物可以掩护他。往北走的话，植被会多些，路程虽然长，却安全得多。

他想象着如果有德国兵拿枪指着他怎么办。他会压住内心的恐惧，冷静而骄傲地面对吗？还是会突然变成一个胆小鬼，吓得尿裤子，祈求对方的宽恕？

他努力地保持着冷静，耐心地等待。天色更亮了。手表上的秒针缓缓地绕着圈。旁边静得鸦雀无声。士兵一般都会很早上岗，但他希望在六点前他们不会有太多的活动——那时他应该已经离开了。

终于到时间了。天空中万里无云，天色晴好。他可以看到这部机器的每一个铆钉和零件。他小心翼翼地对好焦，拍下了设备转动的基座、线路，还有电网。他掏出自己从修道院的工具箱里拿来的码尺，把它放在设备的某处来显示大小——这是他自己的主意。

然后他就要到围墙外面去了。

他有些犹豫。在这里他感到自己很安全。但必须要出去才能拍得到那两个小一些的装置。

他打开门。周围依然是静悄悄的。开始涨潮了。基地沐浴在泛着海水湿气的晨色中。四周空无一人。这正是人们酣睡的时间，就连狗都安静了。

他仔细地拍下了那两个四周围着矮墙的小设备。他猜想着它们到底有什么具体的功能：其中一个机器刚刚追踪了一架视野范围内的飞机，可这一整套设备的最终目的是为了在飞机进入视野范围之前侦测到它们；另一个小装置估计是为了在多于一架飞机接近时进行探测的。

他边拍照，边思考。这三个设备是怎样协调工作以提高德军杀伤率的呢？或许中间的大装置会提前预警有飞机接近，而其中一个小装置则会追踪这架飞机在德国领空的位置。但如果是这样的话，另一个小装置又是做什么的呢？

他突然意识到空中还会有一架飞机——等待敌方轰炸机的接近。难道第二个小装置是为了追踪德国空军自己的飞机？这听上去有点奇怪，但当他向后退了几步，将三个装置全部收到镜头内的时候，发现这是完全有可能的。如果德国空军的指挥官能了解到自己的战斗机和对方轰炸机的位置，就可以在双方相遇之前用雷达指挥战斗机飞行的方向。

他开始逐渐明白德国空军的策略了。那个大的装置会发出敌军轰炸行动的警告，以便德军的战斗机可以提前升空。然后其中一个小的装置探测敌方轰炸机的位置，另一个探测自己的战斗机，以让指挥官精确地告知飞行员轰炸机的位置。这种情况之下，击落英国空军完全就是瓮中捉鳖。

而这个想法让哈罗德突然意识到自己有多么危险——站在日光下，深处于德国基地的中心地带，拍摄着德军的秘密武器。恐惧犹如毒药一样流进了他的血管。他想冷静下来，按照计划再拍几张，从不同角度展示一下整个设备，但他太害怕了。而且到目前为止，他已经拍了超过20张照片。这应该够了，他告诉自己。

他把相机放进了包里，准备尽快离开。他忘了刚刚向北走的计划，慌张地向路更近的南边走去。从这里都可以看到南边的围栏，只需要经过之前不小心撞到的船库便可。今天，他会从对着海的那边绕过去，而这栋房子还恰好可以遮挡他几步路的距离。

可他接近的时候，有条狗叫了起来。

他慌忙四周看了一下，却并没有看到任何的士兵或是狗。他想到狗应该在船库里面。德国兵应该是把这栋废弃了的房子当作军犬舍了。又有一条狗叫了起来。

哈罗德拔腿就跑。

刹那间，所有的狗都狂吠了起来，而且叫声越来越大。哈罗德跑到那座建筑前，转身向海的方向跑去，尽量让那座船库遮住自己，不被对面大楼里的士兵看到。他吓得越跑越快，好像每秒钟都可能有子弹射中他一样。

他跑到围网前，不知道是不是已经有人发现了自己。他像猴子一样爬上去，轻巧地翻过上面的钢尖，落在了基地外面。地面已经被埋在了浅浅的海水中。他朝围网里面看了看。穿过影影绰绰的树林和灌木，他可以看到远处的几栋楼，但并没有看到德国兵的影子。他急忙转身离开了。他在水中走了一段距离——这样狗就很难嗅到他的味道了，然后才回到沙滩上，留下了一些浅浅的脚印，不过他知道，这些脚印过不了一两分钟就会被海水冲掉。在沙丘间，他也没有留下任何的痕迹。

几分钟后，他来到了一条土路上。他回头看了看，并没有发现任何人。他喘着粗气，朝着家的方向跑去。经过教堂，他来到了厨房门前。

房门是开着的。他的父母通常会很早起来。

他跑进屋去。母亲正穿着一件晨衣，站在炉灶前。看到他之后，她惊讶地叫出了声，手中陶制的茶壶一下子摔在地上碎掉了，里面的水飞溅了出来。哈罗德捡起了茶壶的碎片，说道："对不起，吓到您了。"

"哈罗德！"

他抱住母亲，吻了吻她的面颊："父亲在吗？"

"在教堂。昨晚没时间整理。他得去把座椅摆放好。"

"昨晚怎么了？"周一晚上不应该有什么活动啊。

"执事们要讨论你的事。他们下周日要做公告。"

"弗莱明家终于有报复的机会了。"这件曾经让哈罗德焦虑不已的事在此刻完全无足重轻了。

估计基地的守卫应该已经查明狗叫的原因了。如果他们仔细的话，他们会询问附近的住家，搜查所有的牛棚谷仓，寻找他这个逃犯。"妈妈，"他说，"如果有德国兵过来，您能告诉他们我昨晚一直在家睡觉吗？"

"发生了什么事？"她恐惧地问。

"我迟些跟您解释。"他现在就应该躲到床上去，这样看上去才更真实，"告诉他们我还在睡觉，可以吗？"

"好的。"

他离开厨房，直奔卧室。他把书包挂在了椅子上，拿出照相机，放进了抽屉里。他本来想把相机藏起来，但已经没时间了，而且如果他们在隐蔽的地方发现一部相机，就足以认定他就是那个逃犯了。他马上脱掉衣服，换好睡衣，躺在了床上。

他听到厨房里传来父亲的声音。他爬下床，站到楼梯顶仔细地听。

"他回来干吗？"牧师问。

母亲回答说："躲德国兵。"

"看在上帝的分上，这孩子又干了些什么？"

"我不知道，但——"

一阵急促的敲门声打断了母亲的话。门外传来了一个德国人的声音。"早晨好，我们在找一个人。您有没有看到任何陌生人出现在附近？"

"没有。一个人也没看到。"母亲的声音紧张极了，那个德国兵肯定感到了有什么不妥——不过他也可能已经习惯别人畏惧他了。

"您呢，先生？"

父亲肯定地说："没有。"

"家里还有别人吗？"

母亲回答道："我儿子。他还在睡觉。"

"我得搜查一下您的房子。"那人听上去很礼貌，但语气却是命令，而非征求对方的同意。

"我给您带路吧。"牧师说。

哈罗德回到床上，心脏飞快地跳动着。他听到了军靴踏在地板上的声音，门开了又关的声音。那靴子踏上了木楼梯。他们先进了他父母的房间，然后是亚恩的卧房，最后走到了他的门前。

他听到门把手被扭开了。

他闭上眼睛，假装睡觉，竭尽全力让呼吸显得缓慢而平和。

德国人低声说："这是您的儿子？"

"是的。"

一阵沉默。

"他整晚都在这儿？"

哈罗德屏住了呼吸。他从来没见过自己的父亲说谎。

然后他听到："是的。整晚。"

他惊呆了。父亲居然为他说了谎。那个心肠冷硬又自以为是的固执的老独裁者居然打破了自己的做人守则。他变成了一个普通人。哈罗德感到泪水涌进了眼眶。

那军靴退出了他的房间，走下楼梯。哈罗德听到他告别离开了。他下了床，走到楼梯旁。

"你可以下来了，"父亲说，"他走了。"

他走下楼。父亲一脸凝重。"谢谢您，爸爸。"

"我犯罪了。"父亲说。哈罗德以为他要发火，可那张苍老的面孔却突然柔和了下来："无论如何，我相信上帝是仁慈的。"

哈罗德意识到这几分钟时间里父亲所经历的悲痛，但他不知道怎样让父亲知道自己理解了他。他能想到的只有握手。他伸出了右手。

父亲握住了他的手，把哈罗德拉到跟前，用左手握住了他的肩膀。他闭上眼睛，压抑着自己的情感。他再度开口时，以往牧师的腔调已经消失得无影无踪了，那声音轻得如同耳语。"我以为他们会杀了你，"他说，"我的儿子，我以为他们会杀了你。"

16

亚恩·奥鲁夫森从彼得·弗莱明的指缝间溜走了。

彼得一边给英格煮鸡蛋，一边生气地思考着这件事。亚恩在博恩霍尔姆甩掉跟踪者之后，彼得曾经毫不担心地断言他们会很快抓到亚恩。显然他有些太过自信了。他本以为亚恩不会狡猾得可以逃离那座岛——但他错了。他不知道亚恩是怎么做到的，但毫无疑问他返回了哥本哈根，因为有警察在市中心发现了他。那个警察跟了他一段，但亚恩再次躲过了跟踪——消失得无影无踪了。

间谍活动依然在进行中。彼得的上司弗莱德里克·朱埃尔讽刺他道："奥鲁夫森显然会隐身术。"

布劳恩的责备就更尖锐了。"杀死保罗·柯克是个重大失误，我们没办法瓦解他们的间谍圈了。"给彼得升职的事化作了泡影，"我应该通知盖世太保。"

太不公平了。彼得生气地想。是他发现了这个间谍圈子，发现了飞机轮挡里的情报，逮捕了机械工，搜查了犹太会堂，逮捕了英格玛尔·甘默尔，又到飞行学校杀死了保罗·柯克，暴露了亚恩·奥鲁夫森的身份。而朱埃尔这种什么都没做的人却可以完全忽视他的战功，夺走他应该得到的奖赏。

但他还没有彻底失败。"我能找到亚恩·奥鲁夫森。"他向布劳恩将军承诺道。后者本来想反对，但彼得却没给他时间："给我24小时。如果他明晚之前还没被捕，您就通知盖世太保。"

布劳恩同意了。

亚恩没有回营地，也没回父母家。所以他必然和某个间谍躲在一起。他们现在应该藏起来了。目前为止，和这些间谍关联最密切的人应该就是卡伦·达克维茨了。她曾经是保罗的女朋友，她的哥哥是保罗表弟的同学。彼得确定她本人应该不是间谍，所以她不会藏起来。但她可能会帮他找到亚恩。

这个线索比较渺茫，但这也是他唯一的机会了。

他在鸡蛋上撒了盐，又放了一点点黄油，然后把托盘端到了卧室里。他帮英格坐起身，喂了她一勺鸡蛋。她好像不太爱吃。他自己尝了尝，觉得味道还不错，就又喂了她一勺。可没嚼两下，她就像个小孩子一样，把刚刚吃进去的鸡蛋吐了出来。稀溜溜的蛋黄从她的下巴上流了下来，滴在了睡衣上。

彼得绝望地望着她。在过去的一两周内，这样的事已经发生了好几次。这意味着事情在恶化。"英格以前决不会这样做。"他自语道。

他放下托盘，离开了她，走到电话前。他拨通了父亲在桑德岛的酒店的号码。父亲通常都会很早开始工作。电话通了。"您是对的，应该把英格送到看护中心去了。"

彼得凝视着眼前的皇家剧院。这是一座建于19世纪的黄色石结构建筑物。它的外墙上雕刻了立柱、壁柱、枕梁、花环、帷幔、里拉琴、面具、美人鱼和天使。房顶上有大瓶与高灯架，还有长了翅膀和人类乳房的四足精灵。"这也太夸张了。"他说，

"就算是剧院也不至于这样。"

蒂尔德·叶斯帕森笑了。

他们正坐在英格兰酒店的露台上。从这里看过去，正好可以看到哥本哈根最大的国王新广场的全貌。剧院里，芭蕾学校的学生们正在观看《林中仙子》的彩排。彼得和蒂尔德正在等着卡伦·达克维茨出来。

蒂尔德假装在读今天的报纸。头版的大标题写着："大火中的列宁格勒"。即使是纳粹都不敢相信在苏联的战争会这么顺利，称这场战争"超乎想象"。

彼得想通过聊天来释放一下自己的紧张情绪。到目前为止，他的计划可谓完全失败了。他们监视了卡伦一整天的时间，但她除了上学之外没有任何特别的行为。但无谓的焦虑会消磨斗志，而且会令人犯错。所以他必须要放松。"你觉得建筑师是不是故意把剧院设计得恢宏吓人，以阻止普通人进去看演出？"

"你觉得自己是普通人吗？"

"当然。"剧院的大门口守护着两尊坐着的绿色雕像，比真人还要大，"那两个人是谁？"

"霍尔伯格和欧伦施莱厄。"

他知道这两个名字。他们都是著名的丹麦剧作家。"我不喜欢戏剧——太多独白了。我喜欢看电影，能让你发笑。巴斯特·基顿、劳莱和哈代。你看过这些人在一个白屋子里，然后有个家伙肩上扛了一块大木板吗？"他咯咯地笑了起来，"我当时差点笑趴在地上。"

她困惑地望着他："这回你把我吓到了。我从来都不觉得你会喜欢看闹剧。"

"那在你心里我是个什么样的人？"

"喜欢西部电影，用武器捍卫正义。"

"其实你说得对，我也喜欢那些东西。你呢？你喜欢来剧院吗？哥本哈根喜欢文化理论，但那些东西从来都没走进过这里。"

"我喜欢歌剧——你呢？"

"嗯……音乐还不错，情节太愚蠢。"

她笑了。"我从来没这么想过。不过你说得对。芭蕾呢？"

"我不懂。而且着装太奇怪了。说实话，看到男人穿紧身裤，我觉得挺尴尬的。"

她又笑了。"哦，彼得，你太滑稽了，不过我还是很喜欢你。"

他没想讲笑话，不过得到蒂尔德的赞美还是让他很开心。他瞥了一眼手中的相片。这是他从保罗·柯克的卧房拿的。相片里保罗骑着自行车，卡伦坐在前面的大梁上。两个人都穿着短裤。卡伦的双腿修长。他们看上去是一对开心的情侣，精力旺盛而笑容可掬。有一瞬间，彼得为保罗的死感到很难过。他提醒自己，保罗选择了当间谍这条路，他是咎由自取。

拿这张照片的目的是为了能辨认出卡伦。她很迷人，笑容明艳，留了一头蓬松的卷发。她和蒂尔德属于两个截然相反的类型。蒂尔德矮小丰润，五官精巧。有些男人可能认为蒂尔德太过冷漠，因为她会毅然决然地拒绝他们的暗示——但只有我才了解她，彼得想。

他们再没有谈起过在博恩霍尔姆的那一次失败的尝试。彼得对那天的事感到很尴尬。他不想道歉——那样只会让事情更糟。

但一个计划在他的脑海中正在渐渐成形，一个极其戏剧性的计划——他甚至连想都不敢想。

"她出来了。"蒂尔德说。

彼得抬头望向对面的广场，有一群年轻人从剧院里走了出来。他马上看到了卡伦。她戴着草帽，穿了一件芥黄色的夏装，轻盈的裙裾在她的膝头舞动。手里的黑白照片没有展现出她雪白的皮肤和火红的头发，更显示不出他从这里都可以感受到的活力。她走路的姿势仿佛正在登台，而不是从剧院里走出来。

她穿过广场，走上了斯托格步行街。

彼得和蒂尔德站起身来。

"等一等。"彼得说。

"怎么了？"

"你今天晚上能来我家吗？"

"有什么事吗？"

"是的，但我现在先不想说。"

"好吧。"

"谢谢。"彼得没再多说，马上跑去跟上了卡伦。蒂尔德则是按照计划跟在他后面。

斯托格是一条窄窄的步行街，挤满了行人和公交车，而且还经常会有私家车不守规矩地停在路两旁。在彼得看来，把罚款增加一倍，问题就迎刃而解了。他把卡伦的草帽当作目标，心里期待她不要直接回家。

在步行街的尽头就是市政厅广场。学生们在这儿分开了。卡伦和另一个女孩边说边笑地一起走了。彼得跟紧了一点。她们经过了提华里花园，然后停了下来，好像是要分开，可却谈兴未尽。午后的阳光照着她们美丽而无忧无虑的脸庞。彼得不耐烦地想：这两个女孩子都已经一起待了一整天，到底还有什么事没说完。

最后，卡伦的朋友向火车站走去，而卡伦选择了相反的方向。彼得的心里顿时燃起了希望。她会不会要和那些间谍见面呢？可令他失望的是，她走去了城郊火车的韦斯特港站，从那儿她可以直接回科斯坦村。

这不太妙。他只有几个小时的时间了。显然她不会直接把他带到那些间谍那儿去。他必须要主动出击了。

他在车站的入口处截住了她。"不好意思，"他说，"我必须要和你说几句话。"

她直视着他，却没有停下步伐。"有事吗？"她冷漠却又礼貌地问他。

"能占用你一分钟时间吗？"

她走进入口，走下楼梯直奔站台。"我在听。"

他装出一副很紧张的样子。"我其实冒了很大的风险和你说话。"

这句话起作用了。她停在了站台上，紧张地环顾了一下四周。"怎么了？"

他注意到她有一双极美的眼睛，那对眸子深处简直绿得让人迷醉。"和亚恩·奥鲁夫森有关。"他看到她眼睛里的恐惧，心里感到十分满意。他的本能把他引向了正确的方向。她知道内情。

"他怎么了？"她努力地保持着平静。

"你不是他的朋友吗？"

"不，我见过他——我曾经和他的朋友约会过。但我不认识他。你为什么要来问我？"

"你知道他在哪儿吗？"

"不知道。"她的语气很肯定。而且在他看来，她讲的好像是真话。这让他感到很失望。

但他还没准备放弃。"你能帮我给他捎个口信吗？"

她犹豫了。彼得又一次来了希望。他想她应该是在犹豫是否要继续撒谎。"或许我可以。"她想了一会儿之后回答道，"但不一定。什么口信？"

"我是警察。"

她吓得往后退了一步。

"别害怕，我和你们是一头的。"他看得出她不知道是否应该相信他，"我不是机密组的，我在交通组工作。但他们的办公室就在我的办公室隔壁。有时候我能听到他们在做什么。"

"你听到什么了？"

"亚恩很危险。他们已经知道他藏身的地点了。"

"上帝。"

彼得发现她根本没问机密组是什么，或者讯问亚恩犯了什么罪，而且在听说他藏起来之后她一点也没有表示出吃惊。所以她必然了解亚恩的事，他感到自己大获全胜了。

事实上，他已经可以逮捕她了。但他想了一个更好的主意。他假装焦虑地说："他们今晚要去逮捕他。"

"哦，不！"

"如果你知道怎么找到他，看在上帝的分上，请你尽量在一小时之内通知他。"

"可是我没办法——"

"我不能再和你多说了。我得走了。对不起。请尽你所能。"他即刻转身离开了。

他在楼梯的顶端和蒂尔德擦肩而过，后者假装正在看火车时刻表。她没有看他，但他知道她看到他了。之后就轮到她跟着卡伦了。

马路对面，一个穿着皮围裙的男人正在从一架马车上卸啤酒。彼得躲到了车后。他摘下软毡帽，把帽子塞进衣服里，换上了一顶鸭舌帽。根据他的经验，这个简单的变化就会让他看上去截然不同。除非十分审慎地观察，否则普通的行人一定会把他当作是另一个人。

站在马车后面，他盯着城郊车站的入口。没过几分钟，卡伦就走了出来。

蒂尔德跟上了她。

彼得跟着蒂尔德。他们在街角转了一个弯，沿着提华里花园和火车站之间的那条路一直往前走。卡伦走进了邮局——那是一栋用红砖和灰石建成的旧式建筑。蒂尔德跟了进去。

她要打电话，彼得高兴地想道。他走到员工入口，亮出了自己的警徽，对他最先看到的那个年轻女人说："把你们的值班经理叫来，快。"

没过多久，一个衣着考究的驼背男人出现了："能帮您做点什么？"

"一个穿着黄裙子的女孩刚进到大厅里去了，"彼得告诉他说，"我不希望她看见我，但我要知道她想干什么。"

经理看上去很激动。这恐怕是这间邮局里发生过的最令人兴奋的事了，彼得想。"上帝啊，"那男人说，"您跟我来。"

他沿着走廊快步走到了一扇门前，然后把门打开。彼得看到那间屋子里有一张长桌，桌前摆着一排小凳子。"我想我看到她了。"经理说，"红色卷发，戴了顶草帽？"

"是的。"

"我怎么也想不到她会是罪犯。"

"她在干什么？"

"查电话簿。这么漂亮的人——"

"如果她打电话，我要监听。"

经理犹豫了。

没有搜查令，彼得是无权监听私人通话的——但他希望这个经理并不知道这个。"这件事非常重要。"他说。

"我不知道我能不能——"

"别担心。有什么问题我来负责。"

"她把电话簿放下了。"

彼得不能放过监听卡伦和亚恩通话的机会。如果必要的话，他会拿着枪要挟这个电话局的办事员，他决定了："我必须要听。"

"我们有我们的规定。"

"但是——"

"啊！"经理说，"她放下了电话簿，但没有去柜台。"他一脸释然，"她要走了！"

彼得生气地骂了一句，马上朝着出口跑去。

他推开大门，回到街上，看到卡伦正在过马路。蒂尔德出现了，跟上了卡伦。他跟在了蒂尔德后面。

他虽失望，却并没有灰心。卡伦知道谁可以联络到亚恩。她想从电话簿里找那个人的电话。可她为什么不直接打给他呢？也许她害怕他们的谈话会被警察或是德国人监听到——显然她是对的。

但如果她想要的不是电话号码，那她一定是在找那个人的地址。如果彼得够幸运的话，她现在就应该会直奔那个地址。

他和卡伦保持着距离，却没有让蒂尔德走出自己的视线。跟着蒂尔德总让他感到十分愉快。他终于有理由可以一直观赏着她浑圆的臀部了。她知道他在盯着她看吗？她是故意在扭动双臀吗？他猜不透。谁又能看得懂女人的心思呢？

他们穿过了克里斯蒂安堡的小岛，沿着海边向前走。他们的右手边是海港，而左手边则是政府岛的古老建筑。城中的空气温暖而清新，波罗的海的海风带着一股咸咸的味道扑面而来。海峡中停着货船、渔船、渡船以及丹麦和德国海军的轮船。两个年轻的海员满面堆笑地想和蒂尔德搭讪。她口气严厉地吓退了他们。两个人灰溜溜地离开了。

卡伦走到了阿美琳堡附近，然后开始向内陆走去。彼得跟着蒂尔德穿过了那个由四栋洛可可风格的建筑围成的广场——那是王室生活的地方。他们走到了尼博德区，那里挤满了最初为海员们建造的廉价居所。

他们走上了圣保罗大街。彼得看到远处的卡伦边走边研究旁边的一排红顶黄房子，显然是在找门牌号。他感到自己离目标已经很近了。

卡伦停下了脚步，前前后后观察了一下，好像在确认自己没有被跟踪。这已经太晚了，但她本就是个外行。她从来没见过蒂尔德，而且也绝不可能认出彼得。

她敲了敲门。

彼得走到了蒂尔德身旁。那扇门开了。他看不到开门的是谁。卡伦说了些什么，然后就走了进去，关上了门。房门上写着53号。

蒂尔德问："你觉得亚恩就在这儿吗？"

"不是他就是他的同伙。"

"你想怎么办？"

"等。"他观察了一下这条街。街对面有一个小商店。"去那边吧。"他们穿过马路，朝窗户里看。彼得点燃了一根烟。

蒂尔德说："商店里应该有电话。我们要打给局里吗？我们最好带武器进去。很难说里面有多少间谍。"

彼得考虑过增援的问题。"再等等。"他说，"我们还不确定里面是什么情况。先静观其变吧。"

蒂尔德点了点头。她摘下了那顶天蓝色的贝雷帽，用一条样式很普通的围巾裹住了头。彼得看着她把头发压在了那条围巾底下。这样，卡伦出来后就不可能注意到她了。

蒂尔德从彼得的手上拿过那根香烟，深深地吸了一口，然后又把烟递了回去。这应该算得上是亲密的举动了，他感到她好像吻了他一般。他的脸红了，转开头去望着53号的那扇门。

门开了，卡伦走了出来。

"看。"他说，蒂尔德跟着他的目光看了过去。

门关上了。卡伦一个人离开了。

"可恶。"彼得说。

"我们现在怎么办？"蒂尔德问。

彼得的脑子在飞速转动着。假设亚恩就在这栋小黄屋里。那么彼得需要向本部申请增援，然后闯进去逮捕他和他的同伙。但如果亚恩藏在别的地方，那么卡伦可能正在赶往那里——那样的话，彼得就必须盯住她。

又或者她可能寻找亚恩失败，只得回家。

他做出了决定。"我们分头行动。"他告诉蒂尔德，"你跟着卡伦。我打给总部，搜查这栋房子。"

"好。"蒂尔德马上跟着卡伦离开了。

彼得走进了那间铺子。那是一个综合商店，蔬菜、面包、香皂、火柴，什么都有。架子上有一些罐装食物，地上还有成捆的木柴和大包的土豆。这地方虽脏，生意却很兴旺。他向那个穿着脏围裙的白头发妇女亮出了警徽，问道："这里有电话吗？"

"是收费的。"

他在口袋里摸索着零钱。"在哪儿？"他不耐烦地问。

她冲着后面的帘子抬了抬下巴。"帘子后边。"

他在柜台上扔下了几个铜板，穿过帘子来到了一个小房间里，顿时闻到了一股猫臭味。他拿起听筒，打给了警察局。康拉德接了电话。"我想我可能找到亚恩的藏身地点了。圣保罗街53号。马上和德莱斯勒、埃勒加德一起开车过来。"

"马上。"康拉德说。

彼得挂掉了电话。他说了不到一分钟时间。如果有人这时候离开了那栋房子，那么也一定还在这条街上。他左右看了看。有一个穿了一件圆领衫的老人正在遛一条腿脚不太利落的狗，无论是人还是狗都慢悠悠地蹒跚着；还有一匹小马驹拉着一辆平板车，车上放了张破了洞的皮沙发；一群男孩子正在踢球，那个所谓的"足球"其实是一个已经被打秃了的网球。完全没有亚恩的影子。彼得穿过马路。

他想象了一下奥鲁夫森的长子被捕将多么的令人得意。这会是多美妙的一次报复啊。先是小儿子被学校开除，然后亚恩的间谍身份又被戳穿，奥鲁夫森牧师的领导地位无疑要被颠覆了。两个儿子都犯了这么大的错，他又有什么颜面再去传教呢？他必须辞职。

彼得的父亲一定很高兴。

53号的门开了。亚恩走了出来。彼得下意识地把手伸到夹克下面，握住了枪。

彼得兴奋极了。亚恩刮掉了胡子，还戴了一顶工人帽，但彼得和他是自幼的玩伴，所以马上就认出了他。

不过彼得很快冷静了下来。当警员独自逮捕罪犯的时候，经常会出现一些意外状况。如果对方发现只有一个警察，通常会更倾向于选择逃跑。而且他穿的是便衣，如果他们动起手来，路人不知道他是警察，可能反而会帮助他的对手。

彼得和亚恩在12年前，也就是两家决裂的时候曾经打过一次架。彼得身材高大魁梧，而亚恩则因为经常运动而练得了一身结实的肌肉。那次两个人没能分出输赢，旁人强行把他们分开了。可今天彼得身上有枪。不过亚恩很可能也有。

亚恩关上了门，直接向彼得的方向走过来。

走到彼得身边时，亚恩有意避开了他的眼睛，走到路的内侧，贴着房子的外墙，一副逃犯的样子。彼得走在靠近路缘的一边，暗暗地观察着亚恩的脸。

他们相距大概十码的时候，亚恩偷偷瞥了彼得一眼。彼得直视他的眼睛，想看看他表情的变化。亚恩先是有些困惑，而后便认出了彼得，脸上顿时充满了吃惊、恐惧和惊慌。

他僵住了。

"你被捕了。"彼得说。

亚恩的情绪平复了一些。曾经那个无忧无虑的笑容又浮现在了他的脸上。"姜饼彼得。"他叫出了彼得童年时的名字。

彼得看出亚恩想逃跑，马上掏出了枪。"趴在地上，手背后。"

亚恩脸上的担心多于恐惧。彼得突然意识到他怕的并不是枪，而是别的什么东西。

亚恩挑衅地问："准备好开枪了吗？"

"如果必要的话。"彼得说，并举起枪以示威胁。但事实上，他发疯地希望能生擒亚恩。保罗·柯克的死让他们的侦破工作走进了死胡同。他想审问他，而不是杀了他。

亚恩露出了一个让人不解的笑容，然后转身就跑。

彼得端平手枪，想瞄准亚恩的腿。但他知道用手枪射击不可能那么精准，他有可能打到亚恩的任何部位，或者根本就打不到他。但亚恩越跑越远，彼得抓到他的机会也越来越小了。

彼得扣动了扳机。

亚恩继续向前跑。

彼得又开了一枪。直到连发了四枪之后，亚恩的一条腿突然弯了下去，整个人重重地栽在了地上。

"哦，上帝，可不能再死了。"彼得说。

他跑过去，始终用枪对着亚恩。

对方一动不动地躺在了地上。

彼得跪在了他身旁。

亚恩睁开了眼睛。他的脸因为疼痛而变得苍白。"你这头蠢猪，你应该杀了我。"他说。

当晚，蒂尔德来到了彼得的公寓。她穿了一件他从没见过的粉红色上衣，袖口处绣着小花。粉红色很适合她，显出了她的女性气质，彼得想道。天气很暖和，蒂尔德并没有穿内衣。

他领她走进了客厅。夕阳从窗户直射进来，玄妙的光晕把客厅映得昏黄，为每件家具及墙上的照片都镀上了金边。英格坐在壁炉旁的一张椅子里，用那种一如既往的空洞神情望着房间中的某处。

彼得将蒂尔德拉到怀里，吻住了她。她先是惊讶地僵在了那里，然后开始回吻他。他用力地抚摸着她的肩膀和臀部。

她停下来仰头望着他的脸。他看得到她眼中的欲火。但她依然有所顾虑地看了看英格："这样行吗？"

他抚了抚她的头发。"嘘。"他又如饥似渴地吻住了她。两个人越来越热烈。他边吻着她边解开了她衬衫的纽扣，露出了她的双乳，疯狂地感受着她的肌肤。

她再次停了下来，急促地喘息着，胸前的双峰随着她的呼吸上下起伏。"她怎么办？"她问，"英格怎么办？"

彼得看了看他的妻子。那双眼睛里没有任何的情感。"这里没有人，"他告诉蒂尔德，"一个人也没有。"

她深深地看着他，脸上浮起了一个复杂的表情，有同情，有理解，有好奇，还有欲望。"好吧，"她说，"好吧。"

他把头埋进了她的双乳。

第三部

17

詹斯博格所在的村落浸在了一片暮霭中。村民睡得很早。街上几乎已经空无一人，房子里的灯也都熄了。哈罗德感到这里好像刚刚发生了什么糟糕的事，而他却是唯一不知情的人。

他把摩托车停在了火车站外面。看来他的车并没有他想象中那么值得怀疑，因为就在他旁边还停着一辆欧宝奥林匹亚篷式轿车，后面的车顶上面有一个大木箱子，装着车子的燃料。

他停好车之后，便在黑暗中向学校走去。

在成功避开了桑德岛的德国兵之后，他回到床上睡到了中午。母亲叫醒了他，为他做好了猪肉和土豆，让他大大地饱餐了一顿，又在他的钱包里塞了很多钱，不停地问他住在哪里。母亲的深情和父亲的帮助让哈罗德的心一下子软了下来。他告诉她他目前住在科斯坦庄园，但还是没有说他住在废弃的教堂里，怕她担心他吃不好睡不安稳。还是让她认为自己住在那幢大宅的客房里更好一些。

然后他再次开始了由西向东横穿丹麦的行程。第二天晚上，他回到了自己曾经的学校。

他决定在去哥本哈根詹斯·托克斯威格那里找亚恩之前先把相片洗出来。他得确定照片清晰可用。相机有时候会出问题，而且拍照的人也可能犯错误。他不希望亚恩拿着一卷白胶卷冒险去英国。学校有自己的暗房，也有冲照片需要的东西。提克·达克维茨是摄影社的秘书，而且有暗房的钥匙。

　　哈罗德没有走正门，而是从旁边农场的马厩进的学校。已经十点钟了。低年级的学生已经睡觉了，中年级的该准备上床了。只有高年级的可能还醒着，不过大部分也应该已经回宿舍了。明天是结业日，他们可能正在收拾行李准备回家。

　　穿过那些熟悉的楼群时，哈罗德尽量不让自己显得鬼鬼祟祟，而是坦坦荡荡地走在大路上。如果他能表现得自然而自信，路过的学生也只会以为他是一个要回宿舍的高年级学生。他惊讶地体会到时隔仅仅十来天，自己的身份已经发生了翻天覆地的改变。

　　在去往提克和麦兹所住的"红房子"的路上，他一个人也没遇到。楼梯上可没有地方让他躲藏，如果谁看到了他，一定会马上认出他来。但还算幸运。楼梯上依然空无一人。他快速走过舍监摩勒先生的房间，悄悄地打开了提克的房门，走了进去。

　　提克正坐在他的箱子上，努力地拉上箱子的拉链。"你！"他说，"我的上帝！"

　　哈罗德坐在他旁边，帮他合上了箱子。"想回家了吧？"

　　"没那么幸运。"提克说，"我要去奥尔胡斯了，到我们家在那里的分行实习。这是和你一起去爵士吧的惩罚。"

　　"哦。"哈罗德本指望可以在科斯坦村能有个伴，现在看来也不用告诉他自己住在那里了。

　　"你怎么回来了？"提克绑好行李箱后问。

　　"我需要你帮忙。"

　　提克笑了。"什么忙？"

哈罗德把口袋里的胶卷拿了出来。"我想把这个洗出来。"

"为什么不到外面店里去洗？"

"因为我会被抓到。"

提克的笑容消失了，取而代之的是一脸凝重的神情。"你加入了反抗纳粹的组织？"

"差不多。"

"你很危险。"

"是的。"

有人在敲门。

哈罗德一下子藏到了床下。

"谁？"提克问。

哈罗德听到门打开了。摩勒先生说："熄灯了，达克维茨。"

"是，先生。"

"晚安。"

"晚安，先生。"

门关上了。哈罗德从床底下钻了出来。他们听着摩勒先生的脚步渐行渐远，和每个房间的学生们都道了晚安，然后便回到了自己的房间，关上了房门。他们知道如果没有什么意外的话，天亮前他应该不会再出来了。

哈罗德小声对提克说："你有暗房的钥匙吗？"

"有，但我们得想办法进实验室。"科学楼每晚都会锁门。

"我们可以从后面的窗户爬进去。"

"如果他们看到玻璃破了，就知道有人进去过了。"

"你操什么心啊？明天你就走了！"

"好吧。"

他们脱掉了鞋子，踮着脚走到了走廊上，静静地走下楼梯，出了大门后再把鞋子穿好。

已经过了11点了。天完全黑了。在这个时间，一般不会有人在外面了，所以他们主要得避开那些窗户。幸运的是月亮没出来。他们快步离开了"红房子"，穿过草坪。经过教堂时，哈罗德回头看了一眼，看到一间高年级的宿舍还亮着灯。一个人影走到了窗前，停了下来。几秒钟后，哈罗德和提克拐到了教堂的后面。

"恐怕有人看到我们了。"哈罗德低语，"'红房子'有盏灯亮了。"

"教职员宿舍都朝着另一面。如果有人看到我们，也肯定是学生。不用担心。"

哈罗德希望他说的是对的。

他们绕过图书馆，来到了科学楼的后面。这栋楼虽然是新建的，但为了与周围环境取得一致，建筑的风格还是旧式的：红砖外墙，六格玻璃窗。

哈罗德脱下一只鞋，在一块玻璃上敲了一下。玻璃好像很坚固。"踢球的时候，这些玻璃好像很容易就碎了。"他嘟囔了一句，把手伸进了鞋子里，在那块玻璃上猛敲了一下。玻璃"哗"的一声碎了。两个男孩被这声音吓住了，呆呆地站在那儿，可一切又恢复了平静，什么都没有发生。附近的楼里没有人——教堂、图书馆、健身房——哈罗德的心跳渐渐平息了下来。

他用鞋子将窗框上夹着的碎玻璃敲掉，那些玻璃掉在了屋里面实验室的长凳上。他把胳膊从窗口伸了进去，手上已然套着鞋，把碎玻璃从凳子上掸下去，然后爬进了实验室。

提克也跟了进来。各种酸和氨水的味道一下子冲进了哈罗德的鼻孔里。他什么也看不见，不过这个房间对他来说实在太熟悉了，他毫不费力地就找到了门的位置。他们穿过走廊，来到了暗房。

两个人走进暗房后，提克把门从里面锁好，打开了灯。这里没有光可以照进来，也没有光可以照出去。

提克捋起袖子开始工作。他在一个托盘里倒好温水，然后又忙着鼓弄那排瓶瓶罐罐。接下来，他边测水温，边往托盘中加热水，直到满意为止。哈罗德懂得洗相片的原理，可自己却从来没有洗过，所以他必须得完全依靠他的朋友了。

如果出问题了怎么办——比如快门坏了、胶卷不清楚，或者照片是模糊的？那么整件事就白干了。他还敢再来一次吗？那样的话他必须再回到桑德岛，爬过围网，等到天亮重拍照片，然后在光天化日之下逃走。他不确定自己还有重新来过的决心。

一切就绪后，提克定好了时间，关了灯。哈罗德耐心地坐在黑暗中，看着提克冲洗影像——如果真的能冲洗出图像来的话。提克解释说，他先把照片放在连苯三酚里，连苯三酚和银盐反应可以成像。他们坐在那里，等着闹钟响。然后提克又用乙酸冲洗照片以终止反应，最后用硫化硫酸钠定影。

"应该可以了。"他说。

哈罗德屏住了呼吸。

提克打开了灯。哈罗德先是感到眼前一片白光，什么也看不到。眼睛恢复正常之后，他凝视着提克手上那条长长的胶片。这是哈罗德冒着生命危险换来的。提克把它拿到灯光下。一开始哈罗德什么也看不出来，心里顿时绝望地想到可能要再去拍一次了。可后来他突然记起来应该反过来看，白的地方是黑的，黑的地方是白的；这回他终于看清楚了。他看到了那个四方形的庞然大物，那个四周前就勾起了他强烈好奇心的新设备。

他成功了。

他认出了这些小方格里的所有图像：旋转的底座，一大堆连接线，可以转向不同角度的大网，两个小机器，还有最后那张他心惊肉跳地拍下的囊括了三部机器的整体照片。"拍到了！"他带着胜利的口气叫道，"太棒了！"

提克一脸苍白。"这是什么？"他的声音中充满了恐惧。

"德国人发明的一些飞机探测设备。"

"还不如不问你。你知道如果别人发现了这件事，会把咱们怎么办么？"

"照片是我拍的。"

"但是是我洗的。上帝啊，我会被绞死的。"

"我之前跟你说了。"

"我知道，但我没想到是这样。"

"对不起。"

提克卷起胶卷，把它放回了那个圆柱形的盒子里。"拿着。"他说，"我要回去睡觉了，就当这件事没发生过。"

哈罗德把胶卷盒放进了裤兜里。

可就在这时，他们听到了有人在说话。

提克呻吟了一声。

哈罗德一动不动地仔细听。一开始他听不到那人在说什么，只能肯定这声音是从楼里面发出来的，而不是来自外面。后来他清楚地听到了艾斯的声音："好像没有人啊。"

接下来是一个学生的声音。"他们肯定来这里了，先生。"

哈罗德对着提克皱了皱眉："是谁？"

提克悄声说："听上去像沃尔德马·博尔。"

"当然是他。"哈罗德咕哝了一句。博尔是学校里的小纳粹。刚刚肯定是他从窗户看到了他们。真倒霉——如果是任何其他学生，恐怕都不会声张。

又有一个声音响起了。"看，有扇窗子碎了。"是摩勒先生。"他们应该是从这里进去的——无论他们是谁。"

"其中肯定有哈罗德·奥鲁夫森，先生。"波尔说道，声音里带着一丝得意。

哈罗德对提克说："我们先离开暗房吧。至少不让他们怀疑我们在冲胶卷。"他关上灯，转动钥匙，打开了门。

外面灯火通明。艾斯就站在门外。

"见鬼。"哈罗德说。

艾斯穿了一件圆领衫，他显然已经要睡了。他望着哈罗德："真的是你，奥鲁夫森。"

"是的，先生。"

博尔和摩勒先生出现在了艾斯身后。

"你不是这里的学生了，你知道吗？"艾斯继续道，"我有责任报警，让他们以入室抢劫罪逮捕你。"

哈罗德被吓住了。如果警察要搜他的身，他就完蛋了。

"达克维茨也在——我应该猜得到。"艾斯看着哈罗德背后的提克说道，"你们两个在这儿干什么？"

哈罗德必须要说服艾斯不去报警——但他不能在博尔面前解释这件事。他说："先生，我能单独和您谈谈吗？"

艾斯犹豫了。

哈罗德想，如果艾斯拒绝了他的请求，依然选择报警，那么他也不会轻易就范。他会尽全力逃跑。但能跑多远呢？"求您了，先生。"他说，"给我个解释的机会。"

"好吧，"艾斯有些无奈地说，"博尔，你回宿舍吧。还有你，达克维茨。摩勒先生，麻烦你送他们回去。"

艾斯走进化学实验室，坐在一张凳子上，掏出了烟斗。"好啦，奥鲁夫森，"他说，"这次又是怎么回事？"

哈罗德思索着自己应该怎么说。他想不到一个合理的谎言来解释这一切，可是他更怕事实可能比任何谎言都难让对方信服。思量再三，他还是直接拿出了口袋里的那卷胶卷，把它递给了艾斯。

艾斯从那个圆柱形的盒子里取出了胶卷，把它举到了灯光下。"这看上去好像什么先进的无线电装置，"他说，"这是军用的吗？"

"是的，先生。"

"你知道这是做什么的吗？"

"我想是通过无线电探测飞机的。"

"他们用的就是这个。德国空军一直声称自己像是打苍蝇一样击落英国皇家空军的轰炸机。这就是原因。"

"我认为他们既可以监测敌方轰炸机，也可以监测自己的战斗机，这样可以确保准确地指挥自己的飞机攻击敌人。"

艾斯摘下了眼镜。"上帝，你知道这件事有多重要吗？"

"我知道。"

"英国人如果想帮助苏联，唯一的方法就是派轰炸机进行轰炸，强迫希特勒调兵力回德国防守。"

艾斯曾经是个军人，军事思维是他的本能。哈罗德说："我不太明白您想说什么。"

"如果德国人能够轻而易举地击败英国空军，那么轰炸或是不轰炸根本没什么区别。但如果英军发现了德国的方法，他们就可以找到应对的办法来。"艾斯环顾四周，"这边应该有日历吧？"

　　哈罗德不明白他用日历做什么，但他知道哪里有。"在物理办公室。"

　　"去拿过来吧。"艾斯坐在实验室的长凳上，点上了烟斗。哈罗德则走到旁边的房间，在书架上找到了日历，拿了过来。艾斯往后翻了一页。"下次月圆是在7月18号。我打赌他们会在那天晚上发起轰炸。还有12天了。你能在那之前把胶卷送到英国去吗？"

　　"有人会去送。"

　　"那就只能祝他好运了。奥鲁夫森，你知道自己有多危险吗？"

　　"是的。"

　　"间谍面对的可是死刑。"

　　"我知道。"

　　"你一直都很勇敢。我支持你。"他把胶卷递给了他，"你需要什么吗？食物，钱，汽油？"

　　"不用了，谢谢您。"

　　艾斯站起身来。"我送你出去。"

　　他们走到楼门口。夜里的风吹干了哈罗德额头上的汗水。他们肩并肩地沿着主路走到学校的大门前。"我还没想好怎么跟摩勒说。"艾斯说道。

　　"我能提个建议吗？"

"当然。"

"您可以说我们在洗色情照片。"

"好主意。他们都会相信的。"

他们走出了大门。艾斯握住了哈罗德的手。"看在上帝的分上，小心点，孩子。"

"我会的。"

"祝你好运。"

"再见。"

哈罗德朝着村子的方向走去。

他转弯的时候，回了一下头，艾斯依然站在门口望着他。哈罗德挥了挥手，艾斯也挥了挥手。哈罗德离开了。

他爬到灌木下面睡到了天亮，然后便开着车奔向哥本哈根。

清晨在郊区骑车让他感到很舒服。之前的经历可谓惊心动魄，但最终他还是完成了自己的承诺。过不了多久，他就可以把这卷胶卷交给亚恩。亚恩肯定会对他另眼相看。到那时哈罗德的工作也就完成了，接下来就只需等亚恩把胶卷送去英国了。

见过亚恩之后，他准备回科斯坦村。他得求尼尔森让他继续在那里工作。他只干了一天就消失了整整一周。尼尔森一定气坏了——不过他可能依然需要哈罗德帮手，所以也只能原谅他。

在科斯坦村工作意味着他能一直见到卡伦。对此他期盼不已。她可能对他并没有男女之情，而且可能永远也不会有，但她好像还是挺喜欢他的。而在他看来，能和她聊聊天已经很好了。亲吻她恐怕有点太不切实际。

尼博德区到了。亚恩之前给了他詹斯·托克斯威格的地址。

圣保罗是一条很窄的街道，两边都是排屋。房子前面没有花园；门口直对着大街。哈罗德把自行车停在了53号门前，敲了敲门。

开门的是一个穿着制服的警察。

哈罗德呆了片刻。亚恩呢？他一定被捕了——

"什么事，小子？"那个警察不耐烦地问。那是个中年人，小胡子已经发白了，袖子上有代表警衔的条纹。

哈罗德突然来了主意。他假装着急地喊："医生在哪儿？他得赶紧来。她要生了。"

警察笑了。失了魂的准爸爸可是戏剧中的长青角色。"这儿可没有什么医生，小子。"

"肯定是这儿啊！"

"冷静，孩子。没医生的时候女人也会生孩子。告诉我你要找什么地址。"

"费雪街53号的索尔森医生。他一定在这儿工作！"

"房号对了，可不是这条街。费雪街是南边那条街。"

"哦，上帝。搞错街了。"哈罗德转身骑上车。"谢谢您！"他喊道，然后便飞速打火准备离开。

"应该的。"警察说。

哈罗德开到街的尽头，转弯离开了警察的视线。

聪明，他想道，可现在我该怎么办呢？

18

周五，赫米娅整个上午都在那座城堡的废墟里，等亚恩给她送那卷胶卷。

那胶卷比五天前她向他布置任务时更重要了。在短短的几天内，世界已经变了样。纳粹对征服苏联已是信心满满。他们攻下了布雷斯特要塞。他们强劲的空军已经逼得苏联红军无还击之力了。

迪格比向她转达了他和丘吉尔的谈话内容。轰炸机司令部将会在下次作战任务中投入所有可以投入的飞机，竭尽全力将德国空军从苏联战场引回本土，为苏军赢得反击的机会。距离此次任务就只有11天的时间了。

迪格比想到了弟弟巴特。他已经恢复了健康，重返军营了。毋庸置疑，他会参加这次任务。

这几乎是一次自杀式的进攻，轰炸机司令部将会受到致命的打击。除非他们可以在几天内找到攻克德军雷达设备的方法。而这件事成功与否全靠亚恩了。

赫米娅说服那个瑞典渔民再一次将她送过了岸——虽然他警告她这可是最后一次，因为他感到这样有规律地来来往往太危险了。黎明时分，她搬着自行车涉水穿过浅滩，把车子放到了哈莫斯胡斯城堡下的海滩上。她骑到了山上的城堡旁，如中世纪的女王一般，站在废墟中，凝望着这个被心中充满怨恨的纳粹摧毁的世界，他们令她厌恶至极。

整整一天，她每隔半个多小时就会换一换地方，或者到树林里走走，又或者骑到海滩上，以免让其他人看出她在这里等人。她心里焦虑难耐，却又因为身体的疲惫而不住地打着哈欠。

为了舒缓紧绷的神经，她回想着他们上次见面的情景。那是多么的甜蜜啊。她诧异于自己居然可以在光天化日之下和亚恩做爱，但却丝毫不感到后悔。她一生都会牢记那个瞬间。

她本以为他会搭夜班船过来。从伦讷港到哈莫斯胡斯堡只有15英里的路程。亚恩如果骑车只需要一个小时，就算是步行也只要三小时。但整个上午他都没有出现。

这让她有些焦虑了。但她还是告诉自己不要太紧张。上次不也是这样吗？他没赶上夜班的船，第二天早晨才过海。她想他有可能晚上才能到达。

上一次等他也是让她坐立不安，第二天早晨突然出现在她面前。可她现在完全失去了耐心。在确定他不可能搭夜班船过来之后，她决定骑车去伦讷港。

从那条冷清的乡村小路骑到镇上有些拥挤的大街后，她感到越来越紧张了。她告诉自己事实上这里才更安全——在村里，人们会觉得她更加可疑；而在镇上，她反而可以隐藏在人群里——但情况却恰恰相反。她看到了人们眼中的怀疑，不仅仅是警察和士兵，还有那些站在门口的店主，牵着马的供应商，在长椅上抽烟的老人，以及喝着茶的码头工人。她假装在镇子里逛了一会儿，尽量避免和别人有眼神的接触，然后走进了港口边的一间餐馆，吃了一份三明治。船靠岸后，她站在了其他几个接船的人旁边。她仔细地看着每一个下船的乘客的脸，希望能看到化了装的亚恩。

几分钟后，乘客们都下了船。返回的乘客开始上船了。亚恩没有搭上这班船。

她思索了一下接下来应该怎么办。有一百种理由可以解释他为什么没有出现：事情可小可大。他会不会因为害怕而放弃了这个任务？她为自己有这样的想法而感到愧疚，可事实上她一直不太相信亚恩是做英雄的料。当然，他也可能已经死了。但火车延误这类的原因可能性要更大些。不幸的是，他没办法通知她。

但她可以联络他。

她让他躲在了詹斯·托克斯威格在哥本哈根尼博德区的住所。詹斯家里有电话。赫米娅知道号码。

她犹豫了。如果警察在监听詹斯的电话，无论为了什么原因，那么他们就能追踪到来电的地点。他们会知道……什么呢？知道博恩霍尔姆有问题。那不是什么好事，却也不会带来致命的伤害。另一个方案是找个地方过夜，等着亚恩坐下一班船过来。可她再没耐心等下去了。

她回到了刚才那家旅店，拿起了电话。

接线员在帮她接通电话的时候，她后悔自己没有想清楚在电话中说些什么。直接找亚恩？如果有人监听，这就会泄露亚恩的藏身地点。不，她必须要打暗语，就像她在斯德哥尔摩打电话时一样。詹斯应该会接电话。他应该听得出她的声音，她想。如果他没听出，她可以说："嗨，我是你在布莱德街的朋友，你还记得我吗？"布莱德街是英国使馆的所在地，她曾经在那里工作。这样他应该就明白了——虽然这也可能会引起警探的怀疑。

她还没想清楚，对方就已经接起了电话，一个男性的声音说："你好？"

那显然不是亚恩。有可能是詹斯，可她已经有一年多的时间没有听过他说话了。

她说："你好。"

"哪位？"那声音要比詹斯老。詹斯才29岁。

"请找一下詹斯·托克斯威格。"

"你是哪位？"

这到底是谁？詹斯一个人住。可能他父亲来了？但她不能告诉他自己的真名。"是希尔德。"

"哪个希尔德？"

"他知道的。"

"能告诉我你的姓吗？"

这不是什么好兆头。她决定吓吓他。"听着，不管你是谁，我没心思和你玩游戏。赶紧叫詹斯来接电话，懂了吗？"

完全没有用。"你必须告诉我你姓什么。"

她意识到对方并没有在玩游戏。"你是谁？"

那男人停顿了一会儿，然后回答说："我是哥本哈根警察局的埃基尔警官。"

"詹斯出事了吗？"

"你的全名是什么？"

赫米娅挂掉了电话。

她既惊讶又恐惧。事情已经不能再糟了。亚恩应该躲在詹斯的房子里。现在警察控制了那栋房子，这意味着他们已经发现亚恩藏在那里。他们很可能已经逮捕了詹斯，甚至还有亚恩。赫米娅强忍着眼泪。她还能再见到她的爱人吗?

她走出旅店,望着海港对面100英里之外的哥本哈根,太阳正从那里缓缓落下。亚恩很可能就被关在那边的监狱里。

她不能两手空空地乘船回瑞典。那不仅会让迪格比·霍尔失望,让温斯顿·丘吉尔失望,更会让成千上万的英国空军失望。

渡船的笛声如同一个悲痛的巨人在哀嚎。赫米娅跳上自行车,愤怒地骑向码头。她身上有一整套的假资料,可以帮她通过检查。她必须要去哥本哈根。她要弄清楚亚恩到底怎么样了。她要拿到那卷胶卷,如果他成功地拍到了照片的话。等这一切结束之后,她再考虑怎么从丹麦回英国吧。

渡船再次悲鸣了一声,然后便慢悠悠地驶离了码头。

19

黄昏中,哈罗德沿着哥本哈根的海旁前行。肮脏的海水白天看上去一片油污,可到了这个时候却反射出了夕阳晶亮的光辉,层层海浪把红红黄黄的天空扯成了碎片,如画笔刷出的一抹抹油彩。

他在一排戴姆勒-奔驰卡车旁边停了下来。一辆挪威货船正在把船上的木材卸到卡车上。两个德国兵看守着货物。他口袋里的胶卷仿佛顿时变成了火炭,灼烧着他的大腿。他把手伸进口袋里,告诉自己不要慌张。没人会怀疑他做了什么违法的事——而且车子放在这边也很安全。他把车停在了卡车旁。

上一次来这里的时候，他刚好喝醉了酒。现在他拼命回忆那间爵士酒吧在哪儿。他沿着路旁的库房和酒馆一路向前。昏黄而浪漫的夕阳居然让那些肮脏的建筑也泛起了光彩。他终于看到了那块写着"丹麦民族歌曲及乡村舞蹈学会"的牌子。他走下楼梯，推开了地窖的门。这里已经开始营业了。

现在是晚上七点钟，对于这种俱乐部来讲还太早，有一半椅子都还空着。舞台上弹钢琴的人还没到。哈罗德直奔酒吧，观察着每个人的脸。令他失望的是，这里没有一个熟人。

酒保在头上裹了一块布，就像是一个吉卜赛人。他有些警惕地冲哈罗德点了点头，大概是因为哈罗德看起来不像是这里的客人。

"你今天看到贝特西了吗？"

酒保放松了下来，他应该是把哈罗德当成普通的嫖客了。"她就在附近。"

哈罗德坐在了一张高脚凳上。"那我等她。"

"特鲁德就在那边。"酒保好心地告诉他说。

他顺着他指的方向望去，一个金发女人正在喝酒，酒杯上沾着她的唇印。他摇了摇头。"我只想见贝特西。"

"这事确实要看个人的口味。"酒保充满理解地点了点头。

哈罗德压抑住了自己的笑容。再没有什么比男女之事更看个人口味的了。"确实如此。"他说。难道酒馆的对话都这么蠢吗？

"边喝点什么边等她吧？"

"啤酒吧，谢谢。"

"烈酒呢？"

"不用了。"想到白兰地烈性酒的味道他都会反胃。

他一边喝酒一边回想着自己这一天的经历。一整天的时间，他都心急如焚。警察的出现意味着亚恩几乎板上钉钉是被捕了。而如果真有什么奇迹，他真的逃脱了警察的追捕，那么他肯定会藏在哈罗德在科斯坦庄园的住处——那座废弃的教堂里。所以哈罗德直接开回了教堂，但那里却空无一人。

哈罗德呆呆地在教堂的地板上坐了几个小时，为哥哥的命运感到悲痛，同时也在思索着自己之后该做些什么。

如果他想要继续完成亚恩未能完成的工作，那么它就要在接下来的11天内把胶卷交到伦敦去。亚恩肯定已经制订好了计划，但哈罗德对这些一无所知，而且也没有任何途径能知道。所以他必须要自己想个办法出来。

他首先想到把胶卷放到信封里寄到斯德哥尔摩的英国使馆去。但恐怕寄到那里的任何邮件都必须要经过检查。

他不认识任何经常性地合法来往于丹麦和瑞典之间的人。当然他可以直接到哥本哈根的码头区，或者到埃尔西诺的登船专列车站，找一个乘客求他把信封带过去。但这样做的风险恐怕和邮寄一样大。

在一天的冥思苦想之后，他决定还是亲自来做这件事。

他没办法堂而皇之地去英国。他连合法的护照都没有。他必须要找一条地下的途径。每天都有丹麦的船只往返于丹麦和瑞典之间。一定有方法可以溜上一艘船，到那边再偷偷地溜下去。他没法在船上找工作——水手需要特殊的身份证件。但码头总会有一些非法行为在偷偷摸摸地进行着：走私、偷窃、卖淫、毒品。所以他要和这些罪犯打一打交道，看看有谁愿意帮他偷渡到瑞典去。

下午，天气渐渐转凉了，教堂的石板地变得冰冷。他骑上摩托车，回到了那间爵士乐吧，希望能碰到那个他唯一认识的"罪犯"。

没用多长时间，他就等到了贝特西。当时他也只喝了半杯酒。她和一个男人一起从后面的楼梯上走了下来，哈罗德猜她应该是刚刚为他"服务"过。那个客人看上去满面苍白，皮肤有点问题，头发极短，左面的鼻孔里还起了一个大疱。他大概也只有17岁，可能是个水手。他很快地穿过房间，走出了大门，看上去一脸鬼祟。

哈罗德看到贝特西来到了吧台，打了个响指。"嗨，学生弟。"她开心地说。

"嗨，公主。"

她卖弄风情地晃了晃头，甩了甩头上黑色的发卷。"改主意啦？想试试？"

想到她刚刚和那个水手做完爱，哈罗德感到有些恶心，不过他还是幽默地回答："那你恐怕得先嫁给我。"

她笑了："很荣幸。你有什么事吧？你绝对不是想喝兑了水的啤酒。"

"事实上，我想和你的卢瑟说句话。"

"卢？"她一脸不认同，"你想让他干什么？"

"需要他帮我做件事。"

"什么事？"

"我不能告诉你——"

"别傻了。你有麻烦？"

"不算是。"

她的目光朝门那边望过去。"哦，糟了。"

他也随着她的目光看了过去。卢瑟走了进来。他穿了一件肮脏的丝制运动衫，里面是一件背心。和他一起的是一个年近30的男人，已经醉得晃晃悠悠了。卢瑟抓着那个男人的胳膊，把他交给了贝特西。那男人色迷迷地望着她。

贝特西对卢瑟说："你要他多少钱？"

"十块。"

"说谎。"

卢瑟给了她一张五块的纸币。"给你一半。"

她耸了耸肩，把钱塞进了口袋里，拉着那个男人上楼了。

哈罗德插话道："想喝杯酒吗，卢？"

"白兰地。"他的态度还是一如既往的糟糕，"你又想干吗？"

"你在码头认识很多人吧？"

"别拍我马屁，小子。"卢瑟打断了他，"你想要什么？想干小男孩？便宜烟？白粉？"

酒保帮他倒了一杯白兰地。卢瑟一饮而尽。哈罗德付了钱，等着酒保走开。过了一会儿，他压低了声音说："我想去瑞典。"

卢瑟眯起了眼睛："为什么？"

"有关系吗？"

"恐怕有。"

"我在斯德哥尔摩有个女朋友。我们想要结婚。"哈罗德开始即兴编故事了，"我可以在她爸爸的工厂找个工作。他是做皮货的，钱包、手包——"

"去跟政府申请出国。"

"我申请过了。他们拒绝了。"

"为什么？"

"他们不说。"

卢瑟思考了一下。过了一会儿，他说："好吧。"

"你能让我上船吗？"

"没有什么是不可能的。你身上有多少钱？"

哈罗德回想起刚刚贝特西对卢瑟的不信任。"现在一分都没有，"他说，"但我能弄得到。怎么样？你能帮我安排吗？"

"我倒是认识个人。"

"太棒了！今晚？"

"先给我十块钱。"

"为什么？"

"我要去找那个人。你以为我是图书馆吗，提供免费服务？"

"我告诉你了，我没有钱。"

卢瑟笑了，露出了他黑乎乎的牙齿。"你刚刚给了酒保20块付酒钱，他找了你十块。给我吧。"

哈罗德不想向恶棍屈服，但恐怕他此刻没什么其他选择了。他把那十块钱递给了他。

"在这儿等着。"卢瑟说完就出去了。

哈罗德慢慢地抿着啤酒，以消耗时间。他不知道亚恩现在如何了。他很可能正在警察局里接受审问。或许彼得·弗莱明正在审问他。亚恩会交代吗？一开始肯定不会，哈罗德对此很肯定。亚恩决不会一下子就屈服。但他能坚持到底吗？哈罗德感到自己并不完全了解他的哥哥。如果他们要屈打成招呢？他能坚持多久才会最后招供？

楼梯后面突然一阵骚动。刚刚的那个醉鬼客人从楼梯上摔了下来。贝特西跟在他后面，把他拽了起来，然后把他送到了门口。

她又带着另一个客人回来了。那是个看上去还算得体的中年人，穿了一身廉价却熨烫平整的灰西装。他的样子仿佛劳碌一生，却从来没有升过职。他们穿过房间往楼梯那边走去。贝特西冲着哈罗德这边喊："卢呢？"

"帮我去找个人了。"

贝特西丢下那个银行职员来到吧台边："别跟卢做生意——他是个混蛋。"

"我没得选择。"

"那听我一句。"她压低了嗓门，"别相信他的话。"她像个老师一样摇了摇食指，"看在上帝的分上，小心一点。"然后便和那个穿着旧西服的男人走上楼去。

一开始，哈罗德有点生气她居然还是把他当个孩子。可他马上告诉自己，她是对的——他这一招实在有些不顾后果了。他永远都不应该和卢瑟这样的人打交道。在他面前，哈罗德没法保护自己。

别信任他。这是贝特西给他的警告。无论如何，他已经给了卢瑟十块钱，都到这个份上，他应该不会再骗他了吧？哈罗德仿佛被围困在了这个没有后门的酒吧里。或者他应该离开，从远处观望门口的动向。对眼前难以预测的情况来说，这样做可能会更安全些。

他咽下了最后一口啤酒，朝酒保挥了挥手，走出了酒吧。

在暮霭中，他沿着码头向前走，旁边有一艘谷船泊在了岸边，拴船的绳子比他的手臂还粗。他坐在那部起锚机上，冲着酒吧的方向望去。从这里他可以清晰地看到酒吧的入口，应该也认得出卢瑟。卢瑟看得见他吗？他猜想应该不能，这个地方恰好能被谷船的影子遮住。不错。这样我在暗他在明。如果卢瑟回来了，而一切没什么问题，哈罗德就可以回到酒吧去。但如果有什么不对劲，他就可以马上离开。哈罗德定下心来等卢瑟。

十分钟后，一辆警车开了过来。

车速非常快，也没有开警笛。哈罗德站起身来。他第一个想法是逃跑，但那可能反而会引来注意。他强迫自己冷静下来，又坐回了原处。

警察停在了爵士吧的门口。

两个人从车里钻了出来。司机穿了一身警服，而另一个人则穿了一套浅色的西装。哈罗德透过昏暗的光线认出了那张脸——那人正是彼得·弗莱明。

哈罗德正要离开，却看到有一个熟悉的身影沿着那条鹅卵石路跑了过来。他停到警车前，靠在墙上，像是在等着看热闹。

他应该是把哈罗德想要逃跑的事告诉了警察。估计他已经从警察局那边拿到了好处。贝特西真是聪明——真幸运，哈罗德听了她的建议。

几分钟后，警察从俱乐部走了出来。彼得·弗莱明正在向卢瑟问话。哈罗德听得出两个人都在发火，但因为距离远，他听不清他们具体的谈话内容。不过彼得应该是在责问卢瑟，而后者则摊着两只手，一副毫无办法的愁苦样。

警察开车离开了，卢瑟也走进了酒吧。

哈罗德快步离开了。这次真是险得很。他找到了摩托车，借着夕阳的最后一抹余晖逃离了这个是非地。今晚，他又要在科斯坦村的教堂度过了。

可接下来怎么办呢？

第二天晚上，哈罗德向卡伦讲述了这一整天的经历。

他们坐在那座教堂的门槛上，看着外面的夜色愈渐深沉，周围的一切变成了夜光中的鬼魅。她像个学生一样跷着腿，把丝绸睡衣的裙裾堆在了膝盖上。哈罗德帮她点好了香烟，感到他跟她的距离越来越近。

他告诉了她自己潜入桑德岛上的德军基地、之后又在家里躲过了德国兵搜查的经过。"你真勇敢！"她惊叹道。他很开心能获得她的赞赏。在向她讲述自己的父亲宁愿说谎来保护他时，哈罗德庆幸天色够暗，可以帮他掩藏住眼睛里的泪光。

他告诉了卡伦艾斯关于英军会在满月时发动轰炸行动的猜测，还有他要在那时之前把胶卷送到英国去的原因。

当他提到警察出现在詹斯·托克斯威格的家时，她打断了他。"有人来警告过我。"她说。

"什么意思？"

"一个陌生人在车站拦住我，问我知不知道亚恩在哪里。那个人也是警察，是交通组的，但他说很同情亚恩。他碰巧听到了一些事，所以想让我们知道。"

"你通知亚恩了吗？"

"是啊！我知道他在詹斯那里，所以我在电话簿里找到了詹斯的地址，直接去那里找亚恩，告诉了他这件事。"

哈罗德觉得事有蹊跷。"亚恩怎么说？"

"他让我先走，说会马上跟上我——但显然他没来得及离开。”

“又或者警告你是他们的计策。”哈罗德说。

“你什么意思？”她尖锐地问。

“可能那个警察是在撒谎。他可能只是假装同情。他可能跟着你去了詹斯的地方，在你离开后就逮捕了亚恩。”

“根本不可能——警察才不会做这种事！”

哈罗德意识到他又碰触了卡伦正直和美好的信仰。不是她太轻信，就是他太多疑——他不知道事实究竟如何。这让他想起了她的父亲不相信纳粹会伤害丹麦犹太人。他希望他们是对的。“那个人什么样？”

“高大，英俊，红头发，穿着高档西装。”

“燕麦色？”

“是啊。”

他对了。“那是彼得·弗莱明。”哈罗德并不怪卡伦，她以为自己在救亚恩，她也是这个诡计的受害者，“与其说彼得是个警察，倒不如说他是个间谍。他家也在桑德岛，我们两家认识。”

“我不相信！”她生气地说，“你太能想象了。”

他不想和她争。想到哥哥被捕，他的心像针刺似的疼。亚恩不应该参与到任何的阴谋里。他的性格太过耿直。哈罗德满心悲痛，他不知道自己这一生是否还能见到哥哥了。

当然，生命危在旦夕的绝不止亚恩一个。“亚恩没办法把胶卷送去英国了。”

“你打算怎么办？”

“不知道。我想自己送过去，但还没找到办法。”他又把爵士酒吧、贝特西和卢瑟的事跟她讲了一遍，"也许我不能去瑞典也是好事。如果被抓到，估计也会进监狱。"瑞典政府和希特勒政府签订了协议，会逮捕非法偷渡的丹麦人。"我不介意冒险，但起码要有些胜算才值得。"

"一定有办法——亚恩本来准备怎么过去呢？"

"不知道——他没有告诉我。"

"这太蠢了。"

"或者是，他可能认为越少人知道，他就越安全。"

"但总要有人知道。"

"保罗之前肯定有方法和英国联络——但这些事情当然是保密的。"

他们沉默了一会儿。哈罗德感到有些绝望。难道他冒着生命的危险去拍照，结果却是一场空吗？

"你这两天听到什么新闻了吗？"他真想念自己的收音机。

"芬兰和苏联宣战了，还有匈牙利。"

"肯定又是横尸遍野。"哈罗德难过地说。

"真不想就这么坐在这儿，看着纳粹毁掉全世界。我们要能干点什么就好了。"

哈罗德握住了裤兜里的胶卷盒。"如果我能在十天内到伦敦，事情就会不一样了。"

卡伦看了一眼眼前的那架大黄蜂。"真遗憾，这飞机不能飞。"

哈罗德看了看它坏掉的起落架和破了的帆布机身。"我可能可以修好她。但我只上过一课，没法开。"

卡伦若有所思。"是的，"她缓缓地说，"但我可以。"

20

亚恩·奥鲁夫森在严刑逼供面前居然毫不退缩。

彼得·弗莱明在逮捕他的当日就审问了他，第二天又再来过，但他一直假装无辜，什么都没有招。彼得非常失望。他本以为这个玩世不恭的公子哥可能会像酒瓶子一样不攻自破。

詹斯·托克斯威格也是如此。

他想到逮捕卡伦·达克维茨，但心里却很确定她对整件事一无所知。还不如先让她在外面自由地活动，说不定能对他有用。至少她已经帮他抓住了亚恩。

亚恩是第一嫌疑人。他是整个事情的中心人物：他认识保罗·柯克；他了解桑德岛；他的未婚妻是英国人；他去过博恩霍尔姆——那是离瑞典最近的地方之一；此外，他还故意地甩掉了跟踪他的警察。

亚恩和詹斯的落网让彼得重新获得了布劳恩将军的信任。现在布劳恩又提高了要求：他想知道整个间谍圈是怎样工作的，还有些什么成员，他们如何和英国沟通。彼得已经逮捕了六个间谍，但他们之中还没有一个人提供任何的信息。要想让案件水落石出，必须要撬开一个人的嘴巴。彼得准备从亚恩下手。

他仔细地计划了第三次审问。

周日凌晨四点钟，两个穿着制服的警察来到了亚恩的牢房。他们用手电筒照着亚恩的眼睛，大叫着把他从床上拉起来，穿过走廊，将他带到了审讯室。

彼得坐在一张破桌子后面的椅子上，手里夹了支香烟。亚恩穿了一身囚衣，脸色苍白，眼睛里带着恐惧。他左侧的整条小腿都绑着绷带，不过依然可以站直——彼得的子弹穿过了他的肌肉，却没有伤到骨头。

"你的朋友保罗·柯克是个间谍。"彼得说。

"我一无所知。"亚恩说。

"你去博恩霍尔姆干什么？"

"度假。"

"一个无辜的人何必要甩掉警察？"

"他可能不喜欢被那些鬼鬼祟祟的人跟踪。"彼得本以为突然的惊醒和审问会让他变得慌乱或迟钝，但显然他的精神要好过彼得的预期，"但事实上，我并没有注意到他们。如果真的像你所说，我甩掉了警察的跟踪，那我也是无意的。可能你的人能力太低了。"

"胡说八道。你是故意甩掉他们的。我非常清楚。因为我也是跟踪你的人之一。"

亚恩耸了耸肩。"那我倒真的不惊讶，彼得。你小的时候就不太聪明。我们上的是同一所学校，你没忘吧？事实上我们曾经是最好的朋友。"

"直到他们把你送去了詹斯博格。从那以后你就开始无视法律了。"

"不。应该是直到我们两家闹翻。"

"因为你父亲不通人情。"

"我以为是因为你父亲偷税漏税。"

这可不是彼得想要的。他马上转了话题。"你到博恩霍尔姆去见谁？"

"谁也没见。"

"你到那里待了好几天，难道从来没有和人说过话？"

"我找了个姑娘。"

之前亚恩从来没提过这件事。彼得觉得他在说谎。这可能是个突破口。"她叫什么？"

"安妮卡。"

"姓什么？"

"我没问。"

"你回哥本哈根之后，就躲了起来。"

"躲？我只是去朋友家了。"

"詹斯·托克斯威格——另一个间谍。"

"他可没跟我这么说。"他充满讥讽地加了一句，"这些间谍还挺神秘嘛。"

监狱里的生活并没有削弱亚恩的意志，这让彼得着实恼火。他一直坚持着自己最初的供词，那些话虽然很可疑，却又不是完全没有可能性。彼得开始担心亚恩永远也不会开口了。他安慰自己说，战斗才刚刚开始。他继续逼问："也就是说，你完全不知道警察在找你了？"

"不知道。"

"就连警察在提华里花园追捕你，你都不知道？"

"那肯定是别人，从来没有警察追捕过我。"

彼得尖刻地问："哥本哈根成百上千张的海报你也没看到？"

"那我肯定是错过了。"

"那为什么要变装？"

"我变装了吗？"

"你刮了胡子。"

"有人告诉我，我像希特勒。"

"谁？"

"我在博恩霍尔姆找的那个女孩，安妮。"

"你刚刚说安妮卡。"

"安妮是昵称。"

蒂尔德·叶斯帕森端着一个托盘走了进来。吐司的香味让彼得感到饥肠辘辘了。他想亚恩恐怕也有同感。蒂尔德倒了一杯茶。她对亚恩微笑着说道："你想来点吗？"

他点了点头。

彼得说："不行。"

蒂尔德耸了耸肩。

这是计划好的。蒂尔德假装和善，以便让亚恩对她放松戒备。

蒂尔德又搬来了一张椅子，坐下来开始喝茶。彼得吃了几片黄油吐司，让亚恩站在那里看着他们。

彼得吃完后，继续刚才的审问。"我在保罗·柯克的办公室找到了一张桑德岛军事基地的素描。"

"我很吃惊。"亚恩说。

"如果他没死，估计会把这张图交给英国。"

"他可以解释，但却被一个傻瓜给杀了。"

"那是你画的吗？"

"当然不是。"

"你的家就在桑德岛，你父亲在那里当牧师。"

"那也是你的家。你父亲在那儿开酒店，好让纳粹开怀畅饮。"

彼得没有接他的话。"我在圣保罗大街遇到你的时候，你拔腿就跑。为什么？"

"你拿了枪。如果不是那样，我估计会打爆你那个恶心的脑袋，就像12前在邮局那次一样。"

"那次是我把你打趴在地上的。"

"但我站起来了。"亚恩朝蒂尔德笑了笑，"我们两家这些年一直有仇。所以他才把我抓来。"

彼得没理他。"四天前，军队基地有警报。有人惊到了守卫的军犬。哨兵看到有人朝着你父亲的教堂那边跑了。"彼得一直在观察亚恩的表情，可直到现在，亚恩都没有表现出任何的惊讶，"那个人是你吗？"

"不是。"

这次他说的应该是实话。他继续道："士兵搜查了你父母的家。"彼得看到亚恩的眼睛里闪过了一丝恐惧，"他们问你父母有没有看到陌生人。当时有个年轻人正在睡觉，牧师说那是他的儿子。那个人是你吗？"

"不是。圣灵降临节后我就没回过家。"

这也是真话。

"两天前，你弟弟哈罗德回到了詹斯博格。"

"拜你所赐，他退了学。"

"他退学是因为给学校抹了黑。"

"因为在墙上涂鸦？"亚恩再次转向蒂尔德，"警察局的警官本来打算释放我弟弟——可彼得却坚持让学校赶他走。这下你知道他有多恨我们家了？"

彼得说："他打破了化学实验室的玻璃，想去冲胶卷。"

亚恩的眼睛睁大了。显然这对他来说是个新闻。他终于慌了。

"幸运的是，另一个学生发现了他。那个学生的父亲恰好是一个忠诚守法的好公民，他把事情的整个过程告诉了我。"

"是个纳粹吧？"

"那是你的胶卷吗，亚恩？"

"不是。"

"校长说那是色情照片，已经被他没收销毁了。他在说谎，是不是？"

"我不知道。"

"我想那应该是桑德岛上军事基地的照片。"

"是吗？"

"那是你的照片，是不是？"

"不是。"

彼得觉得亚恩开始害怕了，准备乘胜追击。"第二天早晨，一个年轻人去了詹斯·托克斯威格家。我们的警官开的门——那是个中年警官，不算是我们警局的中坚力量。那男孩假装找错了地址，说是要找医生。我们的警察居然相信了他。但显然他是在说谎。那就是你弟弟，是不是？"

"我很确定那不是。"亚恩虽然这样说，却已经表现出了恐惧。

"哈罗德是去给你送照片的。"

"不是。"

"那天晚上，有一个自称叫希尔德的女人从博恩霍尔姆打电话给詹斯·托克斯威格的住所。你说的那个女孩是叫希尔德吗？"

"不是，叫安妮。"

"那希尔德是谁？"

"没听说过。"

"也许是个假名。会是你的未婚妻赫米娅·芒特吗？"

"她在英国。"

"那你就错了。我已经和瑞典移民局通过话了。"事实上很难和对方沟通，但彼得还是得到了自己想要的信息，"赫米娅·芒特在十天前已经到达了斯德哥尔摩，至今还没有离开。"

亚恩想假装惊讶，但他实在是演技不足。"我不知道这件事，"他说，但语气却有些过分温和了，"我已经有一年时间没有她的消息了。"

如果他说的是真的，那么听到她去瑞典——甚至有可能已经回到丹麦——的消息，他应该感到非常惊讶才对。他绝对是在撒谎。彼得继续道："同一晚——也就是前天晚上——一个绰号叫'学生弟'的人到海边的一间爵士吧，让一个叫卢瑟·格雷格的人帮他逃到瑞典去。"

亚恩的恐惧加深了。

彼得说："那是哈罗德，是不是？"

亚恩什么都没说。

彼得靠在了椅背上。亚恩已经动摇了，但无论如何，他依然还在采取防卫的态度。对彼得的每个问题，他都有办法应对。更糟糕的是，他还很聪明地把这件事归结到彼得对他一家的仇恨上，声称彼得是因为私人恩怨才逮捕了他。弗莱德里克·朱埃尔恐怕会轻信他的话。

蒂尔德没经过彼得同意，就给亚恩倒了一杯茶。彼得什么也没说，这也是他们计划好的一部分。亚恩哆哆嗦嗦地接过茶杯，将茶水一饮而尽。

蒂尔德语调和缓地说："亚恩，你绝对参加了这个间谍圈。这已经不是你一个人的事了，还牵涉了你的父母，未婚妻，还有弟弟。如果任其发展，你弟弟会被作为间谍绞死——而这都将是你的错。"

亚恩两只手握着杯子，什么都没说，脸上混合着震惊和恐惧。彼得猜他应该已经动摇了。

"我们可以和你做个交易。"蒂尔德说，"你交代一切，我们就免去你和你弟弟的死刑。这不是我随口说的，布劳恩将军几分钟后就会过来，他会保证让你活命。但首先你要告诉我哈罗德在哪儿。如果你不说，那么不仅是你，还有你弟弟也会死。"

亚恩的样子看上去既怀疑，又害怕。双方都沉默了良久。最后亚恩好像做出了决定。他把杯子放在了那个托盘上。他看着蒂尔德，然后又转向彼得。"下地狱去吧。"他静静地说。

彼得愤怒地站了起来。"下地狱的人是你！"他大喊着踢倒了椅子，"你知道自己在干什么吗？"

蒂尔德站起身来，静静地离开了。

"如果你不跟我们说，那么就得去见盖世太保。"彼得继续生气地喊道，"他们可不会像我们这样客气。他们会往你的指甲里钉钉子，拿火柴烧你的脚心，电你的嘴唇，再往你身上泼冷水，会把你扒光，用锤子捶你。他们会把你的脚踝和膝盖全都敲碎，让你这辈子不能再走路，然后再打你，折磨你，让你生不如死。你会求他们让你死，但他们不会同意的——直到你交代为止。你会交代的。记住。每个人都会交代的。"

亚恩一脸苍白，静幽幽地说："我知道。"

他恐惧背后的镇定和顺从让彼得有些困惑。这是什么意思？

门开了。布劳恩将军走了进来。现在是六点钟。彼得一直在等他出现：这也是他计划的一部分。一身军装、佩戴着武器的布劳恩让人感到了作为军人的冷硬与效率。和往常一样，他受伤的肺让他的声音听上去低如耳语："是要把这个人送去德国吗？"

亚恩突然采取了行动。

彼得本来正看着布劳恩的方向，余光却瞥见亚恩向茶盘那边伸手过去。重重的茶壶一下子从彼得身旁飞过，茶水撒了一脸。彼得急忙擦去脸上的茶水，而亚恩则猛然扑向了布劳恩。他虽然有腿伤，可还是把将军扑倒在了地上。彼得想阻拦，但为时已晚。布劳恩躺在地上喘着气，亚恩敏捷地解开了他的枪套，拔出了枪。

他双手握着枪指向彼得。

彼得定在了那里。那是一支九毫米的鲁格尔，弹膛里应该有八发子弹——但布劳恩上子弹了吗，还是只是为了恫吓？

亚恩向后挪到了墙边。

门依然开着，蒂尔德走了进来，叫道："怎么——"

"别动！"亚恩叫道。

彼得快速自问亚恩对武器有多熟悉。他身在军队，但空军应该不会有太多练习射击的机会。

就像是在回应他的问题，亚恩关上了手枪左边的保险，而且故意让他们看到。

蒂尔德背后站着那两个带亚恩过来的警察。

四个警察都没有带枪。警察局规定他们不能带武器到监狱区域。这样规定正是为了防止出现现在的状况。但布劳恩从没想过自己应该服从任何规定，而且也没有人敢命令他交出武器。

现在亚恩可以随心所欲了。

彼得说："你知道，你逃不掉的。这是丹麦最大的警察局。你可以制服我们，但外面有几十个佩带武器的警察在等着你。你没法制服他们。"

"我知道。"亚恩说。

他的语气里又出现了刚刚的顺从。

蒂尔德说："难道你想要杀害无辜的丹麦警察吗？"

"我不会的。"

事情开始渐渐清晰起来。彼得想起了在拘捕亚恩时他所说的话："你这头蠢猪，你应该杀了我。"这刚好与亚恩被抓后表现出的大义凛然的态度相吻合。他害怕背叛自己的朋友——或许还有他的弟弟。

突然间，彼得意识到之后要发生什么了。亚恩明白，能获得安全的唯一途径就是死去。但彼得希望他能在盖世太保那里交代出自己的秘密。他不能让他死。

他不顾亚恩手里的枪，直接向他扑过去。

亚恩并没有开枪。他把枪口对准了自己下巴下面柔软的皮肤。

彼得扑到了亚恩身上。

枪响了。

彼得想抢过那把枪，可是太晚了。一股混了脑浆的鲜血从亚恩的头顶迸射而出，溅在了亚恩身后的墙上。彼得和亚恩一起倒在了地上，脸上也溅上了血点。他滚到一旁，站了起来。

亚恩的脸没有一点变化。伤口都被挡在了后面。他的唇边依然带着那个充满了讽刺的笑容。几秒钟后，他倒向了一旁，脑后的伤口在墙上留下了一团猩红。他的身体重重地倒在了地上。

彼得用衣袖擦了擦脸。

布劳恩将军站起身来，依然重重地喘着粗气。

蒂尔德弯腰捡起了手枪。

三个人一起定定地看着那具尸体。

"勇敢的人。"布劳恩将军说。

21

哈罗德醒来的时候，他朦胧地觉得之前发生了一些非常美好的事，却突然记不起来是什么事了。他躺在教堂后殿的壁架上，身上搭着卡伦送来的毯子，胸膛上坐着黑猫佩恩托普，等着自己的记忆渐渐恢复。对他来说，那件事很美好，却也有很大风险。然而因为事情太令人兴奋，他已经顾不得那么多了。

他的脑筋一下子清晰了：卡伦同意和他一起驾驶大黄蜂去英国。

他猛地坐了起来，佩恩托普瞬间"喵"地尖叫了一声，一下子跳到了地板上。

他们两个可能被抓到，被关押，甚至被处死。可让他高兴的是，他可以和卡伦独处很长的时间。他并没有期待什么浪漫故事。他知道自己和她相距甚远。但无论如何他就是难以克制对她的好感。就算知道自己永远都不可能和她接吻，能够独处也已经让他激动不已了。而且不仅仅是飞行的那段时间——当然那是最棒的部分——他们在此之前还要花上几天来维修那架飞机。

整个计划的成败都取决于他是否能修好那架大黄蜂。昨天晚上，因为只有一把手电，他没法很仔细地查看飞机的状况。此刻的阳光充足，他终于可以彻底了解一下任务的艰巨程度了。

他用房间一角的那个水龙头洗了个澡，穿好衣服，开始工作。

首先，他注意到飞机的起落架连着一条长长的粗绳子。这是干什么用的呢？他想了一下，终于想到这应该是在关掉引擎后移动飞机用的。由于机翼折起来了，所以很难找一个合适的位置去推动飞机，用这条绳子就可以将飞机拽到指定位置了。

就在这时候，卡伦来了。

她很随意地穿着短裤和拖鞋，展现出一双结实的长腿，刚刚洗过的卷发像铜丝一样半遮着那张小脸。哈罗德想，天使应该就是这个样子吧。如果她真的在这次行动中牺牲了，那岂不是太可惜了！

不过现在想到牺牲还为时过早，哈罗德自我安慰地想道。他连飞机都还没开始修呢。而且如今飞机的状况已经清晰地展现在了他的眼前——这任务实在有些令人望而却步。

和哈罗德一样，卡伦也变得悲观了起来。昨晚她还对这次冒险充满了期待，可现在却感到前景黯淡了。"我一直想着修飞机的事，"她说，"我不太确定我们真的能修好它，而且只有十天的时间——不，现在只剩下九天了。"

但哈罗德是那种越挫越勇的人。"那倒不一定。"

"你又露出那个表情了。"她望着他说道。

"哪个表情？"

"你一听到自己不爱听的话，就会做出那个表情。"

"我没有。"他不高兴地说。

她笑了。"咬着牙，撇着嘴，还皱着眉头。"

他笑了，心里因为她对自己的关注而感到高兴。

"现在好一点了。"

他开始像个工程师一样研究起那架大黄蜂来。他第一次看到它时，本以为它没有翅膀，可后来才想到他们为了放置方便而把机翼折起来了。哈罗德看了看连接机翼和机身的合叶。"我想我能把机翼重新归位。"他说。

"那很简单。我的老师托马斯每次停飞机的时候都会把机翼折起来。归位只需要几分钟时间。"她用手摸了摸一边的机翼，"但外面的布太旧了。"

机翼的木框架外面覆盖了一层布，上面涂了颜色。在机翼的顶端，哈罗德可以看到机翼和翼肋连接处的粗线。布上面的漆已经现出了很多裂纹，有些地方的布已经破了。"只是表面破损，"哈罗德说，"要紧吗？"

"要紧。这些破损会影响到机翼上方的气流。"

"所以我们得把它们缝好。我更担心的是起落架。"

飞机好像是经历过什么事故，有可能就是亚恩说的降落不当。哈罗德蹲下身子仔细地查看着飞机的起落装置。那个实心钢短轴有两个齿尖，嵌入到一个V形的支杆中。V形支杆是由椭圆形钢管制成，V形部分最细的部位——也就是在钢齿尖的附近——都变了形，看上去好像碰一下就会断。旁边还有一根支杆看上去完好无损，哈罗德觉得那应该是减震器。但无论如何，整个起落架显然是无法支撑飞机降落的。

"是我弄的。"卡伦说。

"你降落时出问题了？"

"我在侧风中降落，被吹到了旁道外。结果翼尖碰到了地上。"

这听上去真恐怖。"你吓坏了吧？"

"没有，我只是觉得自己很蠢，但汤姆①说这对大黄蜂来说并不奇怪。他还承认说自己也曾经干过一次。"

哈罗德点了点头。亚恩猜得没错。可她提起自己飞行老师汤姆时的样子让他感到有些妒意。"为什么没有修？"

"我们这里没有维修设备。"她指了指旁边的那个工作台和工具箱，"汤姆只能简单地修理一下，他对引擎什么的很在行，但这里又不是金属工具店，而且我们也没有焊接的工具。后来爸爸心脏出了问题，虽然病好了，却不能考飞行驾照，所以也就没兴趣学飞行了。结果飞机就一直放到了现在。"

听上去情况不太妙，哈罗德想道。如果没有工具，他怎么去修理这些金属件呢？他走到机尾附近，检查了机翼曾经触地的部分。"好像损坏得不太厉害，"他说，"很快就可以修好。"

---

① 托马斯的昵称。

"这不好说，"她好像没那么乐观，"里面的木头可能撞坏了，但我们看不到。如果机翼有问题，飞机会坠毁的。"

哈罗德开始研究横尾翼。尾翼的后半部分连着合叶，可以上下移动。他记起来了，这就是那个"升降舵"。直立舵则是左右移动的。他看到了控制它们的电线，可每条电线都被剪掉了一段。"这些线呢？"

"我记得是被拿去修什么机器了。"

"这下麻烦可大了。"

"不过也只在末尾减掉了十英寸——是从机身下面的接入面板附近剪的。"

"没有区别，这加起来已经40英寸了——现在没人能买到这些东西。所以他们那时候才会想到从飞机上拆零件。"哈罗德也开始灰心了，但他还是故意提起兴致说，"好吧，让我们再看看其他地方。"他走到了机头，发现机身右边上有两个挂钩。他拿开挂钩，打开了引擎罩。罩子是一层薄薄的金属片，应该是铝制的。他开始研究引擎。

"是同轴四缸引擎。"卡伦说。

"是的，但好像是反的。"

"正好和汽车相反。飞机的轴在上面，是为了升高螺旋桨。"

哈罗德对她的专业知识感到十分惊讶。他从来没见过一个女孩子知道机轴是什么。"汤姆人怎么样？"他假装闲谈，掩盖着心里的怀疑。

"他是个好老师，很耐心，很愿意鼓励学生。"

"你和他之间有过什么吗？"

"拜托！我当时才14岁！"

"我打赌你暗恋过他。"

她有些不高兴了。"在你看来，女生学机械就是因为暗恋老师吧？"

哈罗德确实是那样想的，不过他还是马上否认："不是，当然不是，我只是注意到你一谈起他就一副很欣赏的样子。反正不关我的事。引擎是风冷式的。"他转换了话题。引擎里面没有冷却器，但汽缸上有风扇。

"所有飞机引擎都是风冷式的吧，可以减重。"

他走到了另一边，打开了右面的引擎罩。所有的燃油管都紧密相连，从外面看并没有任何损毁。他拧开了油箱盖，查看量油计。油箱里还有一点油。"油量还够，"他说，"咱们看看能不能打着火。"

"两个人就好办多了。你可以坐在驾驶舱里，我来摇螺旋桨。"

卡伦打开舱门，突然大叫了一声，倒在了哈罗德怀里。这是他第一次碰到她的身体，心中顿时升起一阵狂喜。她好像完全没注意到他们两个抱在了一起。他对自己的窃喜感到有些内疚。他很快扶着她站稳了身子。"你没事吧？"他说，"怎么回事？"

"老鼠。"

他再次打开门，两只老鼠从他的裤脚旁蹿到了地上，跑开了。卡伦不悦地咕哝了一声。

飞机的一张椅子上的布料破了洞。哈罗德猜，老鼠应该是在这些填充物里筑了窝。"很简单。"他用嘴发出"啧啧"的声音，佩恩托普旋即出现了，等着吃东西。哈罗德把那只猫抱起来，放进了驾驶舱里。

佩恩托普像通了电一般。它从驾驶室的一端跳到另一端。哈罗德好像看到有只老鼠拖着尾巴钻到了左边座位的洞里。佩恩托普马上跃到了那个座位上，然后又跳上了后面的行李架，却没能抓住那只老鼠。它没有放弃，在那个洞附近使劲地嗅着。最后它找到了一只刚出生的小老鼠，开始优雅地吃了起来。

哈罗德在行李架上看到了两本书。他把它们拿了出来。那是两本操作指南，一本是关于大黄蜂的；另一本是关于这部吉卜赛少校发动机①的。他非常高兴，把书拿给卡伦看。

"可那些老鼠怎么办？"她说，"我讨厌它们。"

"佩恩托普正在赶它们呢。以后我就不关舱门了，它随时可以过来捉老鼠。有它在，它们就不会来了。"哈罗德翻开了那本大黄蜂的操作指南。

"它现在在干吗？"

"佩恩托普？在吃小老鼠呢。你看这个示意图，真是太棒了！"

"哈罗德！"她喊道，"这太可怕了！快让它别吃了！"

他愣住了。"怎么了？"

"这太恶心了！"

"这很自然啊。"

"我不管它自然不自然。"

"那怎么办呢？"哈罗德不耐烦地说，"我们必须要把老鼠窝清理掉。我可以用手把它们拿出来，扔到垃圾桶里，但是佩恩

① 吉卜赛少校发动机（Gipsy Major），德·哈维兰公司制造的一种飞机发动机，多用于虎蛾双翼机、大黄蜂蛾式双翼机等机型。

托普还是会把它们吃掉，除非被外面的鸟先发现。"

"但太残忍了。"

"那是老鼠，看在上帝的分上！"

"你怎么不明白呢？你难道看不出我讨厌这样的事吗？"

"我明白。但我觉得这很傻——"

"哦，你这个没脑子的机械工，只知道道理，不通人情。"

这次轮到他受伤了。"不是这样的。"

"就是这样。"她站起来就走了。

哈罗德待在了那里。"这是怎么回事？"他大声喊道。她难道真的把他想得这样冷漠吗？这太不公平了。

他站在一个箱子上，朝窗户外面看。他看到卡伦沿着大路朝城堡的方向走去。可突然间她好像改了主意，转身走进了树林。哈罗德本想跟着她，后来还是作罢了。

第一天合作，他们两个人就吵了一架。这样下去，他们能一起飞去英国吗？

他回到飞机旁，决定先试着发动引擎。就算卡伦退出了，他也可以再找一个人开飞机。

操作指南里写着启动的方法。

放好轮挡，拉好手刹。

他找不到轮挡在哪儿，只能把两个废品箱挡在了机轮前面。接着，他又把左边门里的手刹拉好，再仔细检查了一下是否拉到了位。佩恩托普正坐在椅子上，舔着自己的爪子，一副慵懒的表情。"那位女士觉得你恶心。"哈罗德告诉它。那只猫一脸轻蔑地跳出了机舱。

打开油箱（开关在机舱内）。

他朝机舱里面望了望。那里空间很小，他不用钻进去，就可以够得到所有的开关。燃油表的一部分被挡在了两个座椅背的中间。它的旁边有个小槽，里面有个可以拨动的开关，哈罗德把它从"关"拨到了"开"。

拉动发动机泵任一侧的操作杆来给化油器注油。汽化器打油泵会向飞机供油。

左面的引擎罩还开着。他看到了两个燃油泵，每个燃油泵上面都伸出来一根小杆。

很难辨别哪个是汽化器打油泵，但他猜应该是那个上面带一个拉环、拉出后可以自己收回去的装置。他连续拉了几次。很难说他的做法是否正确，油箱里可能根本就没什么油了。

卡伦的离开让他感到十分沮丧。为什么他每次都会惹到她？事实上他恨不得表现出最大的热情和友善，只要她高兴，怎么样都可以。但他却不知道她想要的是什么。为什么女孩子不能像引擎那样简单呢？

把节流阀关闭，或放在接近"关"的位置。

他讨厌表意不明确的操作指南。到底是要把节流阀完全关掉呢，还是留一点空呢？他找到了节流杆，就在左舱门前面一点点的位置。回想着自己两周前驾驶虎蛾时的情景，他想起保罗·柯克应该是把节流杆放在离"关"一英寸左右的位置。大黄蜂应该也是类似。不过这架飞机的节流阀旁边有1–10的刻度标志，之前的虎蛾可没有。哈罗德凭着猜测把节流阀放在了"1"挡。

将按钮打开。

哈罗德看到仪表盘上有一对按钮，简单地标着"开"和"关"。哈罗德猜这应该就是控制磁动机的按键了。他将它们打开。

转动螺旋桨。

哈罗德站在机头，拉住了螺旋桨的一个扇叶，把它拉了下来。螺旋桨非常沉，他用了很大的力气才把它拉动。可它只是"咔啦"地响了一声，然后便停止了。

他再次用力转了一次，这次它好像变得轻了些。

第三次，他用尽了全身力气推动扇叶，希望引擎能启动。

但什么都没有发生。

他再试。螺旋桨松动了很多，每转半圈都"咔啦"一声，可引擎却丝毫没有动静。

卡伦走了进来。"发动不了吗？"她说。

他惊讶地望着她。他没想到今天还能再见到她，心情顿时敞亮了起来，不过还是让自己的语调保持平静："现在下结论还太早——我刚刚开始。"

她露出了后悔的样子。"对不起，我刚刚耍脾气了。"

这真不像她。在哈罗德看来，她应该是个不会道歉的骄傲女孩。"没关系。"他说。

"我一想到猫吃小老鼠的样子就受不了。保罗都已经牺牲了，可我还只顾着小老鼠的事，这太傻了。"

这正是哈罗德的想法。但他并没有那样说。"反正佩恩托普已经走了。"

"引擎发动不了倒不奇怪，"她把话题转到了实际问题上，他在尴尬的时候也会这么做，"这飞机至少三年没有开过了。"

"可能是燃料的问题。经过了几个冬天，水可能冻住了，但油会浮在表面。我们先要把水排掉。"他低下头看书上的指示。

"安全起见，我们要先关上开关。"卡伦说，"让我来吧。"

哈罗德在指南里看到，机身下面应该有一个面板，放油塞应该就在里面。他从工具箱里拿出一个改锥，平躺在地上，移到飞机下面，打开了那个面板。卡伦躺在了他身边，接着他拧下来的钉子。她身上很香，混合着皮肤和香波的味道。

面板卸下来之后，卡伦把可调扳手递给了他。那个放油塞的位置设计得有点歪。这种错误让哈罗德很想能掌握大权，督促那些懒惰的设计师好好工作。他把手从面板的洞口伸进去以后，就看不到那个放油塞了，所以只能摸索着操作。

他缓缓地转动着那个塞子，打开之后，一股冰冷的液体一下子流到了他的手上，他猛地抽出手，手指却不小心撞在了那个洞的边沿上。他疼得扔掉了塞子。

那个塞子顺着机身轱辘开了。燃料从那个洞口流了出来。他和卡伦赶紧躲开身子。他们毫无办法地看着燃油流到了教堂的地上。

哈罗德诅咒着德·哈维兰公司和设计这架飞机的粗心的英国工程师。"现在完全没油了。"他烦恼地想。

"我们可以从那辆劳斯莱斯里弄点油出来。"卡伦建议道。

"那不是飞机用的油。"

"大黄蜂用的是汽车油。"

"是吗？我都不知道。"哈罗德的眼睛亮了，"好。看看我们能不能再把那个放油塞拿出来。"他想那个塞子应该会停在某条横梁的附近。他把胳膊伸了进去，可却伸不到那么远。卡伦从工作台那边拿来了一个钢丝刷，把它伸进去够到了那个塞子。哈罗德把塞子归回了原位。

接下来，他们就要从那辆车里把汽油弄出来了。哈罗德找到了一个漏斗和一个干净的桶。卡伦则用一个大钳子剪了一段橡胶水管。他们掀开了劳斯莱斯上面盖的罩子。卡伦打开了油箱盖，把橡胶管伸了进去。

哈罗德问："我来吧？"

"不用，"她说，"该我来了。"

他想她希望能证明自己可以应付那些粗陋肮脏的工作，尤其是在老鼠事件之后，所以他没有坚持，站在了一旁。

卡伦把水管的另一头放进了嘴里，吸了一下。油上来之后，她即刻把管子放在了桶里，同时表情痛苦地吐了一口。哈罗德看着她脸上的表情，令人惊讶的是，她皱着眉撇着嘴的样子居然还是那么漂亮。她看到他在观察她，马上问："你在看什么？"

他笑了。"当然是在看你——你吐口水的时候真好看。"他突然意识到自己说漏了嘴，本以为她会反驳，没想到她只是笑了笑。

当然，他的赞美对她来说也算不上什么新闻。但他的语气里充满了感情，女孩子应该能听得出来，而且你越是不愿意她们发现，她们就越容易发现。但相反，她好像很开心——甚至有些高兴他喜欢她似的。

他感到自己仿佛跨过了一座大桥。

桶差不多满了。胶皮管子里的油渐渐流干，车子的油箱已经被他们抽空了。可根据哈罗德的估测，桶里的油差不多只有一加仑。当然，要测试引擎肯定是没问题的，可他实在想不到到哪里去弄到足够他们穿越北海的油。

哈罗德把桶拎到了那架大黄蜂旁边。他拔出了燃油盖。盖子上有个钩子，把它固定在接管嘴旁。卡伦拿来了漏斗，哈罗德通过漏斗把桶里的油倒进了油箱里。

"我不知道我们还能到哪儿去找汽油。"卡伦说，"显然，买是不可能的。"

"我们还需要多少？"

"油箱可以装35加仑。但是还有一个问题。理想的情况下，大黄蜂能飞600英里。"

"也就是这里到英国的距离。"

"但如果情况没有那么完美——例如我们顶风飞行，这不是不可能……"

"我们有可能会掉到海里。"

"没错。"

"一样一样解决吧。"哈罗德说，"我们连引擎还没发动呢。"

卡伦很熟悉操作的步骤。"我来给化油器注油。"她说。

哈罗德打开供油按钮。

卡伦负责打开启动装置。看到汽油滴到地面后，她喊道："打开磁动机。"

哈罗德打开了磁动机，检查节流阀是否处于微微打开的位置。

卡伦抓住螺旋桨的一个扇叶，把它拉了下来。又是"咔啦"一声。"听到了吗？"她问。

"听到了。"

"这是脉冲启动器的声音。有这个声音，你就知道它在工作了。"她又转了两下。最后，她使足了力气，把一个扇叶往前下一拉，然后马上往后退了一步。

引擎发出了一声巨大的响声，那声音在整个教堂回荡着。可很快地，那机器又安静了下来。

哈罗德欢呼了一声。

卡伦说："你高兴什么？"

"点着火了！所以应该问题不大。"

"但还是没启动。"

"会启动的。再试一次。"

她再次转动了螺旋桨，但结果还是一样。唯一的改变是卡伦因为刚刚的运动而变得双颊通红。

试了三次之后，哈罗德关上了磁动机。"燃油在流，"他说，"我想问题应该在打火装置上。我们需要一些工具。"

"这儿有个工具包。"卡伦走到机舱里，掀起一个座位的坐垫，下面有一个挺大的柜桶。她从里面拿出了一个皮背带的帆布包。

哈罗德打开那个包，从里面拿出了一个圆柱头的扳手，那个圆柱头下面有个可以旋转的机关，这样可以方便在边边角角的地方使用。"这是通用的火花塞扳手，"他说，"德·哈维兰机长还是做了点好事。"

引擎的右边有四个火花塞。哈罗德拿出一个检查了一下。上面沾了汽油。卡伦从短裤的口袋里掏出了一块手帕，把那个塞子擦干净。她从工具包里拿出一个间隙测量规，测了一下空隙的大小。之后，哈罗德把火花塞放了回去。接着，他们又检查了剩下的那三个火花塞。

"那边还有四个。"卡伦说。

虽然飞机的引擎只有四个缸，但还是有两个磁动机，一个控制一套火花塞——哈罗德猜，这是出于安全的考虑。左边的火花塞是在两个冷却挡板的后面，比较难够到，要先拆掉挡板，才能把火花塞拿下来。

检查完所有的塞子之后，哈罗德拿掉了触断器上面的胶木帽，检查了那些接点。最后，他又拿开了磁动机上面的分电器盖，用卡伦的手绢把磁动机擦拭了一遍——那块手绢已经变成了一块脏抹布了。

"表面上的东西都查过了，"他说，"如果再启动不了，我们就有麻烦了。"

卡伦发动了引擎，转了三下螺旋桨。哈罗德打开机舱门，打开了磁动机的开关。卡伦最后转了一下螺旋桨，然后快速退了一步。

引擎开始运转了，先是叫了一声，然后闷闷的仿佛犹豫了起来。哈罗德站在舱门旁，把头伸进机舱，把节流阀推到了前面。引擎一下子启动了。

看到眼前转动的螺旋桨，哈罗德欢呼了起来。可在引擎的轰鸣声中，他根本听不到自己的声音。引擎的巨响在教堂里震耳欲聋地回荡着。他看到佩恩托普一下子跳出了窗子。

卡伦来到他身边。她的头发被螺旋桨吹得蓬乱。哈罗德忘形地抱住了她。"我们成功了！"他喊道。更让他兴奋的是，她也抱住了他，说了句什么。他摇了摇头，表示听不到她说话。她笑着凑到他耳边。他感到她的嘴唇碰到了自己的脸颊。他真想亲吻她。"我们应该把它关掉，别让别人听见。"她喊道。

哈罗德记起这可不是一场游戏。修理这架飞机是为了去执行一个危险的任务。他把头伸到了机舱里，把节流阀拉了回来，关上了磁动机。引擎停止了工作。

噪音停止之后，教堂里本应该会安静下来，可却并非如此。

外面传来了一阵奇怪的声音。一开始,哈罗德以为那是自己耳朵里回荡着的轰鸣声,但过了几秒钟他意识到这是别的声音。令他感到不可置信的是,那声音像是士兵行进的脚步声。

卡伦等着他,一脸的慌乱与恐惧。

他们跑到窗户旁。哈罗德跃上了那个大箱子,拉住卡伦的手,帮她也站到了箱子上。他们肩并肩地向外望去。

30来个穿着德国军装的士兵正在那条车行道上踏着正步行进。

哈罗德第一反应就是他们是来抓他的,但却发现他们的样子好像不是在找人。队伍后面有一架马车,拉车的四匹马显得甚是疲惫,车上装的好像是扎营装备。他们走过修道院,继续前行。

"这是怎么回事?"他说。

"他们千万不能进来!"卡伦说。

两个人同时回头扫视了一下教堂。主要的出入口在西面,那是两扇巨大的木门。大黄蜂当时应该就是折着机翼从那里被推进来的。哈罗德之前也是从那里骑车进来的。门里边有一把陈旧的大锁和一把巨大的钥匙,再加上一根木头门闩。

还有另外一个出口,通向修道院的回廊。哈罗德通常都会走这扇门。这扇门也有一把锁,但哈罗德从来都没有见过锁的钥匙。门上没有门闩。

"我们可以用钉子把那道小门封死,然后像佩恩托普一样从窗户进出。"卡伦说。

"我们有锤子和钉子,但还需要一块木头。"

在这样一间堆满了杂物的房间里,找块木头本应不是什么难事。但令哈罗德失望的是,他却什么都没找到。最后,他卸下了工作台上方的墙壁上钉着的那个架子,把它紧紧地固定在了那道门上。

"几个男人不用费什么力气就可以把它推开，"他说，"不过至少没人能随随便便就走进来，发现我们的秘密。"

"但他们也可能从窗户往里看。"卡伦说，"只需要踩个东西就行了。"

"我们先把螺旋桨盖起来吧。"哈罗德拿起劳斯莱斯上面盖的那块帆布，两个人一起将那块布遮在了大黄蜂的机鼻上。那块布很大，几乎可以盖住了机舱。

他们往后站了站。"虽然盖上了机鼻，收了翅膀，可还是能看出来这是一架飞机。"

"对你来说是的，但对那些第一次从窗户往里偷看的人来说，这里不过是一间杂物房。"

"除非对方是个空军。"

"外面那些人不会是德国空军吧？"

"不知道，"她说，"我最好出去看看。"

22

　　赫米娅在丹麦生活的时间比在英国还要长，可突然间，这里感觉就像一个完全陌生的国度。哥本哈根的大街上充满了敌对的空气，她感到自己是个彻彻底底的外人。她像逃难者一样走到了街的尽头——曾几何时，她和父亲手牵着手在这里散步，那时的她是多么纯真而快活啊！让她心惊肉跳的不仅仅是那些检查站、德军的制服或是灰绿色的奔驰车，还有丹麦本国的警察。

　　她在这里有朋友，但她却没有联络他们。她怕让更多的人陷入危险之中。保罗死了，詹斯应该已经被捕了，她不知道亚恩现在身在何处。她心里痛苦极了。

　　她坐了一整夜的船，浑身上下感到疲倦而僵硬，而内心又对亚恩的处境感到焦虑万分。虽然她知道距离满月之夜的时间在一分一秒地流逝，但她依然强迫自己要谨慎行事。

　　詹斯·托克斯威格住在圣保罗大街那排平房里。那些房子都只有一层，入户门就在大街上，没有花园。53号是空的。除了来开门的门房，再没其他人。昨天赫米娅打电话来的时候，这里还有至少一个警察在看守。现在估计已经撤掉了警力。

　　赫米娅观察了一下左右四邻。隔壁是一栋残破的房子，里面住着一对年轻夫妇和他们的孩子。这对夫妇看上去是那种只管自家事、无心顾及旁人生活的人。但另一边的住宅却刚被粉刷一新，里面的那个老妇人经常会从窗口往外望。

在观察了三个小时之后，赫米娅走到那栋新一些的房子门口，敲响了门。

那个穿着围裙的60来岁的胖女人打开了门。她看了看赫米娅手中的箱子，"我不会买上门推销的东西。"她带着个傲慢的笑容说道，仿佛她的拒绝显示了自己高人一等的地位。

赫米娅也笑着对她说："我听说53号正在出租？"

那个邻居的态度马上变了。"哦？"她颇感兴趣地问，"你想找地方住？"

"是的。"正如赫米娅猜测的，那女人是个好事之人，"我要结婚了。"

那女人的目光马上转移到赫米娅的左手上，赫米娅给她看了看自己的订婚戒指。"很漂亮。我必须要说，在发生了这样的事情之后，能有家好邻居住在隔壁真是种安慰。"

"发生了什么事情？"

她压低了嗓门。"那儿之前是共产党间谍的窝点。"

"不是吧，真的吗？"

那女人双臂交叉着抱在胸前。"上星期三，警察把他们抓起来了。所有人。"

赫米娅内心一阵恐惧，但还是竭力掩盖了自己的情绪，继续假装和她闲扯。"上帝！有几个？"

"具体我也不知道。房了的租户是托克斯威格先生，他怎么看也不像是坏人。不过他对长辈好像不太尊重。最近有个空军也住在这里，长得很帅，但不太说话。不过那房子出出进进的人有好几个，大概都是军人。"

"他们周三被抓起来了？"

"就在人行道上，施密特先生的狗尿尿的那根灯柱那里，有人开枪了。"

赫米娅吸了口气，用手捂住了嘴巴。"哦，不！"

那个老太太点了点头，看来对赫米娅的反应感到满意，完全没怀疑过自己谈到的人正是赫米娅的爱人。"一个便衣警察给了共产党一枪。"她又毫无必要地补充了一句，"用一把手枪。"

赫米娅几乎说不出话来了，她实在不敢面对自己将要知道的事实。她用尽力气挤出了三个字："打的谁？"

"我自己并没有看见。"那个女人遗憾地说，"我到费雪街上我姐姐的家里去了，去借毛衣图样，想织件毛背心，但我肯定不是托克斯威格先生。因为埃里克森太太看见了，她说她不认识那个人。"

"他死了吗？"

"不，没有。埃里克森太太说他好像被打伤了腿。总之救护车把他抬上担架的时候，他一直在叫。"

赫米娅确定被打伤的是亚恩。她仿佛自己被打了一枪一样，感到呼吸困难，头晕目眩。她现在必须要躲开这个有滋有味地讲述着他人悲剧的多事女人。"我得走了，"她说，"这太可怕了。"她转身要离开。

"无论如何，我估计这地方很快会被租出去，用不了多长时间。"那女人在她背后说道。

赫米娅头也没回。

她漫无目地走着，直到看到一间咖啡馆才走了进去，找了个地方坐下来，准备整理一下自己的思绪。一杯代用茶落肚，她感到自己冷静多了。她必须要弄清楚亚恩发生了什么事，如今身在何处。但无论如何，她得先找个地方过夜。

她在海边找了一间廉价旅馆。那个地方虽脏，不过门锁倒很安全。午夜的时候，门外有人问她想不想喝一杯。她从床上爬起来，搬了一把椅子挡在了门前。

她几乎整晚没睡，想着在圣保罗大街上那个被枪击的人是不是亚恩。如果是，他的伤势严重吗？如果不是，他被捕了吗，还是依然在逃？她可以去问谁呢？她可以联络亚恩的父母，但估计他们也不会知道，而且会被她的问题吓坏的。她认识很多他的朋友，但和他比较熟的人不是死了，就是被捕，或者是躲起来了。

凌晨的时候，她想到最可能知道亚恩是否已经被捕的人应该就是他的上司。

天刚蒙蒙亮，她便直奔火车站，搭上了一辆开往瓦达尔的火车。

火车像蜗牛一样缓缓南行，在每个村庄都要停一次。她想到了迪格比。现在他应该已经回到了瑞典，在卡尔斯比的码头焦急地等待她和亚恩带着胶卷去和他会合。他将等到孤身回去的渔民，告诉他赫米娅没有回去。迪格比没办法知道她是被捕了，还是只是迟到。他会因为她的不知去向而心急如焚，正如她对亚恩一样。

飞行学校一片荒凉。无论是天上还是地上都不见飞机的影子。有几部机器正在修整，在一块停机坪上，教官正在向培训员讲解引擎的内部结构。她被直接带到了总部的大楼里。

她用的是真名。这里有些人认识她。她说想见这里的指挥官，还加了一句："我是亚恩·奥鲁夫森的朋友。"

她知道自己在冒险。她见过兰斯少校，记得他高高瘦瘦，留了胡髭，但不知道他的政治倾向。如果他碰巧支持纳粹，她就惨了。他可能会直接打给警察局，汇报一个英国女人向他询问问题。但他喜欢亚恩，就像很多其他人一样，她希望看在亚恩的分上，他不会背叛她。无论如何，她都要冒一冒险。她必须要知道究竟发生了什么事。

她很快就被带到了兰斯的办公室。兰斯认出了她。"上帝——你是亚恩的未婚妻！"他说，"我以为你回英国了。"他马上关上了她身后的门——这是一个好兆头，她想，如果他希望能跟她私密地对话，那就意味着他不会报告警察，至少不会马上报告。

她决定不解释自己怎么来的丹麦。还是让他自己去揣测吧。"我想知道亚恩在哪儿，"她说，"恐怕他出事了。"

"比这还要糟，"兰斯说，"你最好先坐下来。"

赫米娅没有动。"为什么？"她喊道，"为什么要坐下？发生了什么事？"

"他上周三被捕了。"

"然后呢？"

"他想逃跑，他们击中了他的腿。"

"所以就是他了。"

"什么？"

"一个邻居告诉我有人被打伤了。他现在怎么样了？"

"请坐下吧，亲爱的赫米娅。"

赫米娅坐了下来。"很糟，是不是？"

"是的。"兰斯犹豫了一下，然后用一种低沉的声音缓缓地说，"非常抱歉，亚恩已经死了。"

她突然间痛哭了起来。事实上她心里早已经想到了这种可能性，但她实在不敢想象失去他这个事实。现在，她亲耳听到了确凿的信息，感到自己仿佛被一辆火车轰然碾过。"不，"她说，"这不是真的。"

"他死在了警察局。"

"什么？"她强迫自己听兰斯解释。

"他是在警察局死的。"

她脑海中闪过一个更加恐怖的情景。"他们折磨他了？"

"我想没有。事实上他为了避免之后受到刑讯，所以自杀了。"

"哦，上帝！"

"我想，为了保护他的同伴，他牺牲了自己。"

兰斯的脸变得模糊了。赫米娅意识到眼泪不住地从她的眼中涌出来，划过脸颊。她想找一块手绢，兰斯把自己的手绢递给了她。她擦了擦脸，眼泪却依然流个不停。

兰斯说："我也是刚刚听说。我必须要打给亚恩的父母，告诉他们这件事。"

赫米娅和奥鲁夫森夫妇很熟。她觉得牧师很难相处：他和人们打交道的方式好像只有去控制对方，但赫米娅却是很难服从于谁的人。他爱自己的儿子，但表达爱的方式却是给他们立下无数的规矩。而奥鲁大森太太留给赫米娅印象最深的就是她的那双手，永远都泡在水里，不是洗衣服，就是洗菜，要么就是擦地板。回忆让赫米娅暂时忘记了失去亚恩的痛苦。她突然间对亚恩的父母感到万分的同情。他们一定会痛不欲生。"你一定感到很为难。"她对兰斯说。

"是啊。亚恩是他们的长子啊。"

这让她想到了他们的另一个儿子，哈罗德。他皮肤白皙，而亚恩则黝黑健壮。不仅如此，两兄弟在性格上也很不同：哈罗德更严肃，更学术，没有亚恩那种随性的魅力，却有他自己的吸引人之处。亚恩说他会和哈罗德商量潜入桑德岛德军基地的事。哈罗德对这件事知道多少？他有没有参与进来呢？

她尽力去思考这些实际面临的问题，可却感到脑子里空荡荡的。她或者会继续活下去，却再不可能是原来的那个完整的她了。"警察还跟你说什么了？"她问兰斯。

"官方的消息是亚恩在接受讯问的时候死了，'没有任何其他人与此事有关'，这就是对'自杀'的委婉说法。但一个警察局的朋友告诉我说，亚恩这么做是因为怕被送去盖世太保那里。"

"他们发现他身上有什么东西吗？"

"你指什么？"

"比如照片？"

兰斯的表情僵住了。"我的朋友没有这么说，而且我们哪怕只是讨论这件事都很危险。芒特小姐，我很喜欢亚恩，为了他我愿意帮助你，但请记住我是一名军官，曾发誓向国王效忠，而他对我的命令是要与占领国合作。所以无论我个人的情感如何，我不可能容忍间谍活动——如果我认为有人参与了这样的活动，我有义务向上级汇报。"

赫米娅点了点头。他的意思已经非常清楚了。"我感谢您的直率，指挥官。"她站起身来，擦了擦脸。她记起手绢是他的：
"我会洗干净还给你。"

"别这么客气。"他绕过桌子走到她身边，把手搭在了她的肩上，"我真的非常遗憾。"

"谢谢。"她说完便离开了。

刚离开那栋大楼，她的眼泪再一次流了出来。兰斯的手绢已经湿透了。她从来没想到自己会有这么多眼泪。就这样，她泪眼蒙眬地走回了火车站。

想到之后的安排，她空荡荡的心冷静了下来。让保罗和亚恩为之献身的那个任务还没有完成。她必须要在满月之前拿到桑德岛上雷达设备的照片。但现在她又多了一个动机：复仇。完成这个任务，就是对那个害死亚恩的人最大的报复。她再也不在乎自己的安全了。此刻，她可以去冒任何的险。她可以昂首挺胸地走在哥本哈根的大街上，谁要想阻止她，她就要谁好看。

但她究竟该做些什么呢？

亚恩的弟弟可能是关键人物。哈罗德很可能知道亚恩在被抓到之前是不是回过桑德岛。他甚至可能知道亚恩被抓的时候手上是否有那些照片。而且，她应该知道到哪里去找哈罗德。

她踏上了回哥本哈根的列车。车开得太慢了，到站时她已经不可能再继续赶路了，只得随便找个地方过夜。她又找了一间门锁结实的旅馆，哭泣着入眠。第二天早晨，她搭上了第一班前往位于郊区的詹斯博格的火车。

她在火车站买了一份报纸，头条新闻就是《到莫斯科还有一半路程》，纳粹的进展真是神速。一个星期的时间，他们就拿下了明斯克，马上就要到达位于苏联境内200英里处的斯摩棱斯克了。

离月圆之夜只有八天时间了。

她告诉学校秘书，她是亚恩·奥鲁夫森的未婚妻。秘书马上把她带去了艾斯的办公室。那个曾经教导过亚恩和哈罗德的人看上去好像是一头长颈鹿，眼睛顺着自己长长的鼻子俯视着这个低处的世界。"你是亚恩的未婚妻？"他高兴地说，"很高兴认识你。"

他显然还不知道刚刚发生的悲剧。赫米娅直入正题："您听说那个消息了吗？"

"什么消息？我不知道……"

"亚恩死了。"

"哦，上帝！"艾斯跌在了椅子上。

"我以为您知道。"

"不。发生了什么事。"

"是昨天的事，在哥本哈根警察局。他在受审时为了避免被送去盖世太保那里，自杀了。"

"太不幸了。"

"那也就是说哈罗德也还不知道？"

"我不清楚。哈罗德已经离开这里很久了。"

她很惊讶。"为什么？"

"他退学了。"

"我以为他是个模范学生！"

"是的。但他犯了错。"

赫米娅没时间和他讨论学生的表现问题。"他现在在哪儿？"

"应该是在家吧？"艾斯皱了皱眉，"为什么要问这个？"

"我想和他谈谈。"

艾斯陷入了沉思。"关于什么事呢？"

赫米娅犹豫了。小心起见，她不应该和艾斯透露任何信息，但他刚刚问的问题让赫米娅感到他好像知道些什么。"亚恩在被捕的时候身上带着我的一些东西。"

艾斯想要假装随意，但双手却因为紧张而抓住了桌子的边沿。"我能问问是什么吗？"

她又一次犹豫了。"是一些照片。"

"啊。"

"您听说过吗？"

"是的。"

赫米娅不知道艾斯是否信任她。从他的角度来看，她很有可能是假装亚恩未婚妻的侦探。"亚恩因为这些照片而死，"她说，"他本想把这些照片拿给我。"

艾斯点了点头，好像做出了决定。"哈罗德被学校开除之后，有一天晚上，他溜进了学校的暗房。"

赫米娅欣慰地叹了口气。哈罗德冲出了胶卷。"您看到那些照片了么？"

"是的。我告诉其他人那是一些年轻女人的性感照，但那不是事实。那是一个军事基地的照片。"

赫米娅简直欣喜若狂。他们拍到了照片。任务有了新的进展。但胶卷现在在哪里呢？哈罗德把它们给亚恩了吗？如果给了，警察应该已经拿到了，那么亚恩的牺牲等于白费了。"哈罗德哪天来的？"

"上周四。"

"亚恩是周三被捕的。"

"那么也就是说，照片还在哈罗德手里。"

"是的。"赫米娅的精神又重新振作了起来。亚恩没有白白牺牲。那卷重要的胶卷现在就在某个地方等着她。她站起身来。"谢谢您！"

"你要回桑德？"

"是的，去找哈罗德。"

"祝你好运。"艾斯说。

23

德军有几百万匹马。大部分部门都有自己的兽医班，负责治疗受伤的马匹，寻找饲料，追回逃跑的马。科斯坦庄园的兵舍就是给这些兽医班的士兵建的。

这对哈罗德来说简直是最大的不幸了。军官们住在城堡里，另外100多个士兵则安顿在了那座废弃的修道院里。与哈罗德藏身的教堂相连的回廊，现在变成了给马治病的地方。

部队最终被说服放弃使用那座教堂。为此，卡伦求了父亲很久，请他和军队协商，说她不希望德军毁掉她藏在城堡里的儿时宝物。达克维茨先生告诉克莱斯上尉，教堂里因为堆放了很多杂物，已经没剩下多少地方了。克莱斯从窗户往里看了一下——卡伦事先提醒让哈罗德避开——最终同意不进入教堂。作为补偿，他要求达克维茨先生在城堡里为他们的军官提供三个房间。交易就这样达成了。

德国人算是礼貌友善——但好奇心却很旺盛。这样一来，哈罗德不仅要继续修理大黄蜂，而且还要小心避开德国兵的注意。

他正在拆卸起落架Y形臂上的螺母。他计划把损坏的部位拆下来，偷偷地送到尼尔森的工作棚去。如果尼尔森同意，他就可以在那边修理。反正缓冲器和依然完好的第三条支腿可以支撑住飞机。

车轮制动器很可能也坏了，但哈罗德倒不担心这个。只有滑行的时候才需要用到它们，而且卡伦告诉过他，她不需要用它们也可以操控。

他边工作边时时观察着窗外的情况。教堂东边基本上被一颗栗树遮了个严严实实。附近好像并没有人。哈罗德把那根支杆扔到了窗外，然后自己也跳了出去。

躲在树后面，他看到了城堡前的那片广阔的草地。德国兵在那里搭了四个帐篷。他们还在那儿停了各种车辆：吉普、运马货车，还有油槽车。那边有几个人在走动，从一个帐篷走去了另一个。不过现在是下午时间，大部分人都出去执行任务了：在这里和火车站之间运送马匹，向农民买干草，或者到哥本哈根及其他城市去治疗病马。

他捡起那根支杆，快速走进了森林。

转弯的时候，他看到了克莱斯上尉。

那人高大魁梧，一副斗志昂扬的样子。他抱着双臂，双腿分开，正在和一个中士说话。两个人都转过身来望着哈罗德。

哈罗德恐惧极了。难道他这么容易就被抓住了？他停下脚步，想转身逃跑，可马上又想到，那样等于是认了罪。他犹豫了一下，然后继续往前走。他意识到自己手里正拿着飞机的一个零配件，这已经是犯罪了。他这等于是被抓了个现行，唯一能做的也只有撒谎了。他假装随意地拎着那根支杆，仿佛拿了一个网球拍或是一本书一样。

克莱斯用德语问："你是谁？"

他咽了一口吐沫，竭力保持冷静。"哈罗德·奥鲁夫森。"

"你拿的是什么？"哈罗德几乎可以听到自己的心跳。他拼命思考着应该怎样回答："是……"他紧张得满脸通红，却一下子来了灵感，"是我家割草机上面的零件。"可他突然想到，没受过教育的丹麦农村男孩的德语应该不会讲得这么流利，不知道克莱斯会不会注意到这一点。

克莱斯说："机器怎么了？"

"嗯，被石头咯变形了。"

克莱斯拿过他手上的那根支架。哈罗德希望他不知道这是什么。他是跟马打交道的人，没理由见过飞机起落架上的零件。哈罗德屏住呼吸，等着克莱斯的决定。最后，那个人把那支架还给了他。"好吧，你去吧。"

哈罗德走进了森林。

在确定没人能看到他之后，他停下脚步，靠在了一棵树上。太可怕了。他很想呕吐，却还是抑制住了。

过了一会儿，他振作起了精神。这样的事情可能还会再发生。他必须要做好心理准备。

他继续往前走。天气虽暖和却并不晴朗，天空上堆满了云彩，因为整个国家都靠近大海，丹麦的夏天通常都是如此。他走到了农场附近，心里猜测着自己干了一天就离开之后，尼尔森会有多恼火。

他看到的尼尔森正恼火地盯着一架发动机冒烟的拖拉机。

尼尔森充满敌意地瞪了他一眼："你来干什么，逃兵？"

这可不太妙。"真对不起，我没解释就离开了，"哈罗德说，"我家里有急事要我回去，我实在来不及去通知您。"

尼尔森没问他具体是什么事。"我可不会付钱给那些不靠谱的工人。"

哈罗德感到好像有点希望了。如果他担心的是钱，那他完全可以不付。"我不用您付给我钱。"

尼尔森只是咕哝了一声，但看得出他的表情变得和缓了。"那你想要什么？"

哈罗德犹豫了一下。这有些困难。他不能告诉尼尔森太多东西。"希望您帮一个忙。"他说。

"什么忙？"

哈罗德把那根支杆递给了他。"我想借您的工棚用一下，修修我摩托车的零件。"

尼尔森看着他："上帝，你这小子可真有种！"

我知道，哈罗德想。"这真的很重要。"他请求道，"就当是付我的那一天的工钱了。"

"倒也不是不可能，"尼尔森犹豫了一下，很不情愿出手相助，不过他的吝啬倒是帮了哈罗德的忙，"好吧。"

哈罗德暗自欣喜。

尼尔森又加了一句："不过你得先帮我修好这辆拖拉机。"

哈罗德在心里骂了一句。时间这么紧急，他实在不想浪费一小时的时间帮他修这辆见鬼的拖拉机。不过那倒不是件难事，不过是散热器冒烟了而已。"好吧。"他说。

尼尔森走开了。

拖拉机的烟很快冒完了。哈罗德走上前去仔细地检查了它的发动机。他马上看到里面连着水管的胶管坏掉了，冷却系统里的水从那里漏了出来。找一根替代的胶管基本不太可能，但原本的这一根还有一点富裕的部分。他把管子拔下来，剪掉裂了的部分，然后又把它装回了原位。他从农场的厨房里接了一桶热水，倒进了散热器里——在热着的发动机里加冷水会损坏发动机。最后，他发动了拖拉机，以确保软管和水管之间的连接严密，一切正常。

他需要一些薄钢板加固那根支杆上比较脆弱的部分。不过他已经知道到哪儿去找钢板了。墙上有四个金属架。他把最上面的架子上的东西都拿了下来，然后分别放在了那三个低一点的架子上。然后，他把那个空架子卸了下来，用尼尔森的金属剪把架子凸出的边沿剪掉，然后把架子剪成了四条。

这就是夹板了。

他用夹钳把这四条钢板夹弯，然后把它们焊在那根椭圆形支杆凹陷下去的部分上。

他往后站了站，观察着自己的工作成果。"不好看，但很有用。"他自言自语道。

在通过树林去城堡的路上，他能听到军营那边吵吵闹闹的声音：士兵们互相招呼的声音；引擎的嗡鸣；马匹的嘶叫。现在是傍晚时分，士兵们应该已经干完活回来了。他不知道回教堂的路上会不会再遇到什么麻烦。

他从后门走进了修道院。在教堂的北边，一个年轻的士兵正靠在墙上抽烟。哈罗德朝他点了点头，那士兵用丹麦语对他说："你好，我是里奥。"

哈罗德试着笑了笑。"我是哈罗德。很高兴认识你。"

"来一支吗？"

"不了，谢谢，我今天有事。"

哈罗德走到了教堂的一侧。他找到了一个大木桩，把它搬到了窗户下面，站到木桩上往教堂里看了看。他先把那根支杆扔到窗户另一侧那个他们用来垫脚爬出来的大箱子上。支杆在箱子上弹了一下，最后还是掉在了地上。然后他便爬了进去。

一个声音响了起来："嘿！"

他的心跳停止了，同时看到卡伦正站在机尾那边，身子被飞机挡在了后面——她正在修理机尾边沿损坏的部分。哈罗德捡起了支杆，把它拿给卡伦看。

刚刚那个声音用德语说道："我以为这里是空的。"

哈罗德转过身去。那个年轻的士兵——里奥——正在往窗户里面看。哈罗德呆呆地看着他，心里想自己真是倒霉。"这儿是个储藏室。"他说。

里奥也翻了进来。哈罗德朝机尾那边看了看，卡伦消失了。里奥环顾四周，虽然好奇，却并没有产生什么怀疑。

大黄蜂从螺旋桨到驾驶舱都被盖住了，机翼也收了起来，但机身还露在外面，而且从教堂另一端都可以看得出飞机的机尾。里奥是个善于观察的人吗？

幸运的是，这个士兵对那辆劳斯莱斯更感兴趣。"车不错啊，"他说，"是你的吗？"

"很不幸，不是。"哈罗德说，"那辆摩托是我的。"他拿起大黄蜂的那根支杆，"我想修一下我的挎斗。"

"啊！"里奥完全没有怀疑，"我很想帮忙，但是我对机器的事一窍不通。我只懂马。"

"很正常。"他们年龄相仿。哈罗德对这个远离家乡的年轻人顿时产生了一些同情。但他心里依然盼着里奥在看到太多细节之前赶紧离开这里。

外面响起了尖锐的哨声。"晚饭时间到了。"里奥说。

感谢上帝。哈罗德默念道。

"认识你真好，哈罗德。希望还能见面。"

"我也是。"

里奥踩着箱子翻出了窗户。

"上帝啊。"哈罗德终于大喘了口气。

卡伦从飞机后面出现了，仿佛浑身都在发抖。"真糟糕。"

"不过他没有怀疑，只是想聊天而已。"

"上帝保佑别再让我们见到这些友善的德国人了。"她笑着说。

"阿门。"他喜欢看到她笑。他看到她正在修一个裂口。他走到了她身边。她穿了一条旧灯芯绒裤和一件男人的衬衫，袖子挽到了手肘。"我在破了的地方粘了布块，我会在这些地方上漆，以确保密封。"

"你到哪里找的这些材料的？胶水、油漆什么的。"

"剧场里啊。我向那些建筑工抛了抛媚眼。"

"恭喜你。"对她来说，让男人帮忙实在不是什么难事，他有点嫉妒那些建筑工了，"你一整天时间都在剧场里忙些什么啊？"

"我正在练《林中仙子》呢。"

"你会登台表演吗？"

"不会。我们有两套班子呢，除非他们全都病了才可能。"

"真遗憾。我很想看你演出。"

"如果奇迹发生，我一定送你票。"她把注意力又转回到了机翼上，"我们要确定它没有内伤。"

"那就得检查这层布料下面的木结构。"

"是啊。"

"我们现在反正有工具来补布料了，所以我们可以把它剪开一个口来检查里面的状况。"

她看上去有些犹豫。"那好吧……"

外面的这种材料恐怕不是用刀子就能轻易划开的。他在工具架上找到了一把锋利的凿子。"划哪里？"

"接近支杆的地方。"

他选择了一个位置，用凿子在那里戳了一个洞。有了这个开口之后，再想剪一个开口就容易多了。哈罗德在这层布上划了一个L形的口子，把裂开的布折到了后面。

卡伦用手电筒指着那个洞，仔细地观察着内部的结构。她认认真真地检查了一圈，然后又缩回脑袋，把手臂伸了进去。她好像抓住了什么东西，使劲地摇了摇。"我猜我们够幸运，"她说，"什么也没松动。"

她向后退了一步，哈罗德走到了她刚刚的位置，把手伸进了那个洞，握住了一根支杆上下推拉了一下，机翼移动了，但看上去没有什么不妥。

卡伦很高兴。"很有效率，"她说，"如果我明天能完成飞机表面的修补，你可以把支杆装好，那机身的工作就完成了。剩下的就只有电线的问题。不过我们还有八天呢。"

"没那么乐观。"哈罗德说，"我们至少要在轰炸任务开始的24小时前到达英格兰，这样我们给他们的信息才可能起到作用。这样就只剩七天了。如果要在那个时候到，我们就要在前一天晚上离开，飞上一夜的时间。也就是说，我们其实只有六天的时间。"

"那我们今天就必须要把飞机表面修补好。"她看了看表，"我晚上得回去吃饭，不过我会尽快赶回来的。"

她把胶水放在了一边，走到水槽前，用她从城堡里拿来的肥皂把手洗干净。哈罗德看着她，很舍不得她走。他真希望分分秒秒都能和她在一起。人们恐怕就是因为有这种感觉才会去结婚吧？他想娶卡伦吗？这真是个傻问题。他当然想。这简直毋庸置疑。他甚至想象过在他们两个人一起生活了十多年之后，会不会厌倦对方。但这是不可能的。卡伦永远不会让人感到厌倦。

她用毛巾把手擦干。"你在想什么？"

他的脸红了。"想未来会怎样。"

她直直地望着他的眼睛。有一瞬间他甚至感到她看进了自己的心里，然后她转开了目光。"飞越北海，"她说，"连续飞行600英里。我们必须要确定这个老风筝一切完好。"

她走到窗前，刚想爬上了那个大箱子，又转头对他说："别看，这动作太不淑女了。"

"我不会看的，我发誓。"他笑着说。

她爬了上去。他没有信守诺言，一直望着她的背影。她消失了。

他将注意力转回到这架大黄蜂上。把支杆装回去费不了多长时间。他在工作台上找到了之前卸下来的螺丝，跪在机轮前，把支杆放到原先的位置，然后再装上螺丝。机轮抬高了。

他刚刚结束手上的工作，卡伦就回来了，比他想象中快了很多。

他笑了，很高兴她能提早回来，可却发现她的脸色很不好。"怎么了？"

"你妈妈打电话了。"

哈罗德很生气。"糟糕！我真不应该告诉她我住在哪里。她跟谁说的话？"

"我父亲。他告诉她你不在我们家。她好像相信了。"

"感谢上帝。"他很庆幸没告诉母亲自己住在这座旧教堂里，"她有事吗？"

"坏消息。"

"什么？"

"是关于亚恩的。"

哈罗德内疚地意识到，在过去这几天里，他几乎忘记了她的哥哥还在监狱里受苦。"发生什么事了？"

"亚恩……死了。"

一开始，哈罗德好象完全没有听明白。"死了？"他重复了一遍，这个词听上去那么陌生，"怎么可能？"

"警察说他是自杀的。"

"自杀？"哈罗德感到整个世界都在坍塌，教堂的墙壁，院子里的树木，科斯坦庄园的城堡，都在狂风中倒了下来。"他为什么那么做？"

"为了避免被送去盖世太保那里。这是亚恩的上司告诉她的。"

"盖世太保……"哈罗德即刻明白了亚恩的心思，"他怕自己禁不住拷问。"

卡伦点了点头。"是的。"

"如果他交代了事情的经过，就等于是背叛我。"

她沉默不语，没有赞同，也没有反驳。

"他自杀是为了保护我。"突然间，哈罗德感到急需卡伦的认同。他握住了她的肩膀。"我是对的，是不是？"他喊道，"肯定是这样！他是为了我！说话啊，看在上帝的分上！"

她终于开了口。"我想你是对的。"她悄声说。

哈罗德的愤怒很快便转化为深切的悲痛。他完全失去了控制，泪水涌出了他的眼眶，他的身体在不停地颤抖着。"哦，上帝，"他用手抹着脸上的泪水，"哦，上帝，这太可怕了。"

卡伦搂住了他。他的眼泪浸湿了她的头发，流到了她的脖子上。

"可怜的亚恩，"哈罗德哽咽着说道，"可怜的亚恩。"

"我很抱歉，"卡伦低语，"亲爱的哈罗德，我真的很抱歉。"

24

哥本哈根警察局本部的正中央是一个露天小花园。花园四周围着两排古典廊柱。对彼得·弗莱明来说，这样的设计刚好象征了秩序和规矩让真理之光照射到人类的邪恶。他有时会猜想建筑设计师是否也体会到了这样的含义，又或者他只是为了视觉上的美感。

他和蒂尔德·叶斯帕森站在拱廊下，靠在柱子上抽着烟。蒂尔德穿了一件无袖的连衣裙，展现出了她光滑的手臂，小臂上还长着浅浅的汗毛。"盖世太保已经拷问过詹斯·托克斯威格了。"他告诉她说。

"怎么样？"

"没有结果。"他感到一阵恼火，马上摇了摇肩膀，仿佛可以甩掉心中的挫败感，"他当然说出了他知道的一切。他是'守夜人'之一，负责向保罗·柯克传递信息。而且他同意让在逃的亚恩住在他那里。他还告诉他们整个事情的组织者就是亚恩的未婚妻——赫米娅·芒特。她为英国的MI6工作。"

"有意思——但这对我们没有用。"

"完全正确。不幸的是，詹斯并不知道谁去了桑德的基地，他也没听说过哈罗德去洗的那卷胶卷。"

蒂尔德抽了一口烟。彼得看着她的嘴。她的样子仿佛是在吻那支香烟。她深深地吸了口气，然后从鼻孔吐了出来。"亚恩自杀是为了保护什么人，"她说，"我猜胶卷就在那个人手上。"

"要么就是在他弟弟哈罗德手上；要么就是通过哈罗德传给了其他什么人。无论怎样，我们都要找到他。"

"他在哪儿？"

"在桑德岛的家里吧。那是他唯一的住处。"他看了看表，"我搭一小时后的火车过去。"

"为什么不打电话？"

"我可不想给他机会逃跑。"

蒂尔德看上去有些不安。"你怎么和他的父母说？他们会不会因为亚恩的事责怪你？"

"他们不知道亚恩自杀的时候我在场。他们甚至不知道是我抓的他。"

"希望不会。"她有些半信半疑。

"无所谓。我才不在乎他们怎么想。"彼得有些不耐烦地说，"布劳恩将军听说有人到桑德岛拍照片之后大发雷霆。上帝才知道德国人在那里干了些什么，但肯定是绝对的机密。如果胶卷离开丹麦，我真不知道他会把我怎么样。"

"但你是发现这个间谍圈的人啊！"

"我现在真希望我没有。"他扔掉了烟头，用脚在上面碾了一下，"我希望你能和我一起去桑德岛。"

她用那双蓝眼睛打量着他。"当然，如果你需要帮忙的话。"

"我希望你能见见我父母。"

"我住在哪儿？"

"莫兰德有一间小酒店，又干净又安静。我猜你会喜欢。"他的父亲有一间酒店，但那里离家太近了。如果蒂尔德住在那儿，整个桑德岛的人都会知道她的行踪。

彼得和蒂尔德再没提起过上次在他家的事。事情已经过去六天了，他实在不知道应该说些什么。他当时很希望那样做，在英格面前和蒂尔德做爱，而蒂尔德也默许了。她好像了解他的想法，也能体会到他的激情。可事毕之后，她却有些烦躁。他把她送回了家，只是吻了吻她，道了晚安。

他们没有再做过。一次就足以证明他想证明的一切了。第二天晚上，他去了蒂尔德家，但她的儿子醒了，要水喝又要她陪。彼得只能早早离开。如今去桑德岛又给了彼得一次和她独处的机会。

但她好像很犹豫。她问了一个实际的问题："英格怎么办？"

"我会把她送到24小时看护所去。我去博恩霍尔姆的时候就是这样做的。"

"哦。"

她望着花园的方向，陷入了沉思。他看着她的侧影：小小的鼻子，弯弯的唇线，坚毅的下巴。他记得占有她时的愉悦。她一定也不会忘记。"你不想和我一块儿过夜吗？"

她转过头来，笑了。"我当然想，"她说，"我现在就去收拾行李。"

第二天早晨，彼得在莫兰德的奥斯特港酒店的床上醒来。这是一间不错的酒店。不过酒店主厄兰德·博坦先生和那位被称为博坦太太的女人其实并没有结婚。厄兰德的太太住在哥本哈根，她一直都不同意和他离婚。除了彼得·弗莱明以外，没有其他人知道这件事。当然，彼得也是在调查一件谋杀案时碰巧知道的。案件的被害人碰巧也姓博坦，但和厄兰德并没有任何关系。彼得特意告诉厄兰德，他知道真正的博坦太太是谁，不过不会告诉别人。彼得了解这样的秘密可以让厄兰德完全听命于他。厄兰德决不会告诉任何人彼得和蒂尔德之间的事。

但他们最终也没能一起过夜。火车晚点了，他们到达的时候已经是午夜了。去桑德岛的最后一班船早就已离开。两个人既疲惫又恼火，最后他们各订了一间单人间，睡了几个小时。此刻，他们必须出发去赶第一班船了。

他飞快地穿好衣服，敲响了蒂尔德的门。她戴了一顶草帽，对着壁炉上面的镜子整理了一下。他吻了吻她的脖子，不想弄花她脸上的妆。

他们走到码头。一个当地警察和一名德国兵查看了他们的证件。这个检查岗是新设的。彼得想这应该是因为德国人在发现间谍对桑德岛的关注之后加强了安保措施。这对彼得倒是有些用处。他向他们亮了亮警徽，让他们记录接下来几天去桑德岛的每个旅客的名字，看看有谁去参加亚恩的葬礼，可能会带来什么意外的惊喜。

在海峡对岸，酒店的马车正等着他们。彼得告诉车夫直接带他们到牧师家。

太阳升起来了，照进了家家户户的窗户。昨天下了一夜的雨，沙丘上的草都湿漉漉的，泛着金色的光芒。一阵清风吹过海面。小岛仿佛为迎接蒂尔德的到来而穿上了最美的衣衫。"真是个漂亮的地方。"她说。他很高兴她喜欢这里。他介绍着他们途经的每一个地方：他的酒店，他父母家——也是岛上最大的宅子，还有被间谍盯上的德军基地。

牧师家快到了。彼得看到那间小教堂的门大开着，里面传来了钢琴声。"可能是哈罗德。"他的声音里充满了兴奋。难道真的这么容易吗？他咳嗽了一声，让自己的声音显得更加深沉冷静。"我们去看看吧？"

他们走下那辆轻便马车。司机说："我什么时候回来接您，弗莱明先生？"

"请在这儿等一会儿吧。"彼得说。

"可我还有其他客人——"

"让你等你就等着！"

车夫咕哝了一声。

彼得说："如果我们出来的时候你不在，你就别想干这行了。"车夫很不开心，却一声也不敢出了。

彼得和蒂尔德走进了教堂。房间尽头，一个高大的身影正坐在钢琴前。他背对着门口。但彼得认得出他宽阔的肩膀和隆起的后脑。这是布鲁诺·奥鲁夫森，哈罗德的父亲。

彼得失望地眨了眨眼睛。他急不可待地希望抓到哈罗德。他必须要克制自己的情绪。

牧师正在弹着一首忧伤的曲子。彼得看了一眼蒂尔德，看到她的眼睛里充满了悲伤。"别被他骗了，"他低语，"这个老暴君心比铁还硬。"

曲子结束了。奥鲁夫森又开始弹下一首。彼得没耐心再听下去了。"牧师！"他大声叫道。

牧师没有马上停止弹奏。完成了一段之后，他停了下来，让乐声在空旷的房间里回荡了一会儿，直到声音完全消退之后，他转过身来，平静地说："小彼得。"

彼得有些吃惊：牧师突然老了。他的脸上爬满了疲倦的皱纹，蓝眼睛失去了之前凌厉的光芒。他回了回神，说道："我是来找哈罗德的。"

"我也从没想过你是来吊唁的。"牧师冷冷地说。

"他在吗？"

"这是公事吗？"

"为什么这么问？难道哈罗德参与了什么犯罪行为？"

"当然没有。"

"很高兴你能这么说。他在家吗？"

"不。他不在桑德岛。我不知道他去哪儿了。"

彼得看了看蒂尔德。这真让人失望——但从另一个方面想，这也证实了哈罗德确实有问题。否则他为什么失踪呢？"你知道他可能去哪儿吗？"

"走开。"

还是那么傲慢——但这次他可没那么容易应付了，彼得得意地想道。"你的大儿子因为间谍罪而自杀了。"他残忍地说。

牧师仿佛被彼得推了一把，向后退了一步。

彼得听到蒂尔德倒抽了一口气，意识到他的残酷可能吓到她了。但他必须要继续。"你的小儿子可能也参与到了类似的行动中。你没有任何立场在警察面前表现得这么傲慢。"

牧师一直以来充满了冷傲的面孔此刻看上去脆弱极了。"我告诉你了，我不知道哈罗德在哪儿，"他阴沉地说，"你还有别的问题吗？"

"你在隐瞒些什么？"

牧师叹了口气。"你是我教区的教徒。如果你需要信仰方面的指引，我不会赶你走。但我不会跟你谈任何其他方面的事。你是个冷酷而残忍的人，可以说是一文不值。现在从我眼前滚开。"

"你不能把人赶出教堂——这里不属于你。"

"如果你想祷告，欢迎你；否则就走开。"

彼得犹豫了。他不想被轰出去，但他知道自己已经失败了。他拉着蒂尔德的胳膊，离开了这里。"我告诉过你他很可怕。"他说。

蒂尔德在发抖。"我想他很痛苦。"

"这我不怀疑。但他说的是实话吗？"

"显然哈罗德躲起来了——也就是说，他非常可能拿着那卷胶卷。"

"所以我们必须要找到他。"彼得回想着刚刚和牧师的对话，"我不能确定他父亲是不是真的不知道他在哪儿。"

"你见过牧师撒谎吗？"

"没有——但关乎他的儿子，他可能会撒谎。"

蒂尔德不屑地耸了耸肩。"无论如何，我们都不可能再从他那儿得到任何信息了。"

"我同意。但我们的思路是对的——这是最重要的。我们去试试问问哈罗德的母亲吧。她至少有点人情味。"

他们去了哈罗德家。彼得带着蒂尔德走到了房子后面。他敲了敲厨房门，没等回答就走了进去——岛上的人们对此习以为常。

莉斯贝思·奥鲁夫森正呆坐在厨房的桌子旁。彼得从来没见过她无所事事的样子：她永远都在做饭或是打扫房间。就算是在教堂里，她也一直是忙碌的：摆放椅子，派发或收回赞美诗的歌谱，冬天的时候生火炉。而此刻她却愣愣地看着自己的双手——那双手因为家务变得十分粗糙，如同渔民的手一般。

"奥鲁夫森太太？"

她转向他。她的眼睛通红，面容憔悴。她终于认出了他。"你好，彼得。"她面无表情地说。

他决定缓和一下态度。"我很遗憾亚恩的事。"

她微微地点了点头。

"这是我朋友蒂尔德。我们一起工作。"

"很高兴认识您。"

他坐在了桌旁，也示意蒂尔德坐下来。或许简单实际的问题可以让奥鲁夫森太太醒过神来。"葬礼是在什么时候？"

她想了一会儿，然后回答说："明天。"

不错。

"我和牧师谈过了。"彼得说，"我们在教堂见到他了。"

"他难过极了。不过他不想表现出来。"

"我理解。哈罗德一定也很难过。"

她很快地瞥了他一眼，然后又垂下眼帘，继续盯着自己的双手。那个注视非常短暂，但彼得却看到了恐惧和诡计。她低声说："我们已经很久没有和哈罗德通过话了。"

"为什么？"

"我们不知道他在哪儿。"

彼得不知道她是不是在撒谎，但他确定她在隐瞒着什么。牧师和他的妻子，这对永远扮演着道德上至高者的夫妇，居然向警察局隐瞒事实，这让彼得感到恼怒。他提高了声音："你最好和我们合作。"

蒂尔德握住了他的手臂，想让他冷静一下，用眼神表示她可以替他问话。他点了点头，表示赞同。她说："奥鲁夫森太太，很抱歉，我们必须告诉您哈罗德也参加了亚恩的非法行动。"

奥鲁夫森太太一脸惊恐。

蒂尔德继续道："这条路他走得越久，被捕的时候他的境况就越糟。"

那个老太太摇了摇头，眼神忧虑，却一言不发。

"如果您能帮我们找到他，就等于是帮了他最大的忙。"

"我不知道他在哪儿。"她重复了一遍，但她的语气却没有那么坚定了。

彼得感到了她在动摇。他站起来，探着身子，把脸正对着她的。"我看着亚恩死的。"他恶狠狠地说。

奥鲁夫森太太的眼睛瞪大了。

"我看着你的儿子用枪顶着嗓子，扣动了扳机。"他继续道。

蒂尔德说："彼得，不要——"

他没理她。"我看到他的血和脑浆溅到了墙上。"

奥鲁夫森太太因为吃惊和悲痛而无法克制地大哭了起来。

她就要崩溃了。彼得感到十分满意。他趁热打铁："你的长子是个间谍，他罪有应得。他们是自作自受，《圣经》也是这么说的。你难道希望你的小儿子也走上这条路吗？"

"不，"她哑声说，"不。"

"那就告诉我他在哪儿！"

厨房门"嘭"地打开了。牧师大步走了进来。"你这个垃坂！"他厉声说。

彼得站起身，愣了一下，却依然一脸强势。"我有资格问——"

"滚出我的家。"

蒂尔德说："我们走吧，彼得。"

"我想知道——"

"现在就走！"牧师喊道，"滚出去！"

彼得退缩了。他知道他不应该让自己屈服。他代表着警察局，有权利问这些问题。但牧师的出现真的吓到了他，虽然口袋里有枪，他却不由自主地走向了门口。

蒂尔德打开门，走了出去。

"我还会回来的。"彼得站在门口无力地加了一句。

牧师用力关上了门。

彼得转过身去。"伪君子，"他说，"一对伪君子。"

马车正等在外面。"去我父亲家。"彼得说，然后两人上了车。

一路上，他尝试着忘掉刚刚自己受到的屈辱，集中精力思考之后的计划。"哈罗德一定是躲在哪儿了。"他说。

"显然。"蒂尔德短促地回答说。彼得想，她应该是对刚刚的那一幕感到很不舒服。

"他不在学校，也不在家。除了汉堡的表亲之外，他好像也没有别的亲戚。"

"我们可以张贴他的照片。"

"可是很难找到他的照片。牧师不喜欢照相这件事——他觉得这是虚荣的表现。你在厨房没看到什么照片吧？"

"那学校的照片呢？"

"詹斯博格没有这个传统。亚恩唯一的照片是在他们军队的档案里找到的。我怀疑哈罗德可能根本就没有照片。"

"那怎么办？"

"他很可能住在朋友家，你说呢？"

"有道理。"

她一眼都没有看他。他叹了口气。她在生他的气。随便吧。"你要做的是，"他用命令的口气说，"打给警察局，让康拉德去詹斯博格·斯科尔。要一份哈罗德同班同学的通讯地址，然后找人去挨家挨户地找，四周打听一下。"

"他们可能遍布丹麦的每个角落。恐怕要花上一个月的时间才能每家都走遍。我们有多少时间？"

"没什么时间了。我不知道哈罗德需要多久才能找到方法把胶卷交到英国，但他是个狡猾的家伙。如果必要，就让各地的警察局协助吧。"

"好。"

"如果他没有和朋友在一起，就一定和另一个间谍待在一起。我们明天去葬礼看一看谁会出现。我们要检查每一个吊唁者。无论如何都会有一个人知道哈罗德在哪儿。"

马车来到了阿克塞尔·弗莱明家的大门口。"我想回酒店，可以吗？"

他的父母正等着他们去吃午饭，但彼得知道蒂尔德完全没情绪去应酬他们了。"好吧。"他拍了拍车夫的肩膀，"去码头吧。"

他们沉默了一会儿。快到码头的时候，彼得说："你回酒店做什么呢？"

"事实上我想回哥本哈根。"

这让他感到很生气。马车停了。他直接问道："你这是怎么回事？"

"我不喜欢你刚刚的表现。"

"我们必须要这么做！"

"我不确定。"

"这是我们的职责，我们必须要问出我想知道的信息。"

"职责不是一切。"

他记起那次在争论犹太人的问题时，她就这么说过。"这只是文字游戏。职责就是你必须要做的事。不能有例外。就是因为有例外，世界才会大乱。"

船靠岸了，蒂尔德走下马车。"这只是生活，彼得。仅此而已。"

"就因为这样，才会有犯罪存在！难道你不愿意生活在一个人尽其职的地方吗？想象一下吧！身穿制服的人们让一切井井有条，没有偷懒，没有迟到，没有折中。如果所有的罪犯都能得到惩罚，警察的任务就少多了。"

"这就是你想要的？"

"是的——如果我能成为警察局局长，而且纳粹还在统治丹麦，事情就可以变成这样！这有什么不对吗？"

她点了点头，但没有回答他的问题。"再见，彼得。"她说。

她离开时，他在后面大喊道："有什么问题吗？"但她却头也没回地登上了船。

第四部

25

哈罗德知道警察正在找他.

他母亲又打电话到科斯坦庄园来了，表面上是告诉卡伦亚恩葬礼的时间，却不经意地提起警察来找哈罗德的事。"但我不知道他在哪儿，没法告诉他们。"她说。这是一个警告。哈罗德非常敬佩母亲居然有勇气来传递这个信息，而且能够猜到卡伦会把这个信息告诉哈罗德。

但虽然如此，他还是去了飞行学校。

卡伦拿来了几件她父亲的旧衣服。哈罗德就不用穿他那套校服了。他穿了一件质地精良的美国运动夹克，戴了一顶鸭舌帽，还戴了墨镜。上火车的时候，他就像是一个富家的公子哥，而不是一个逃亡中的间谍。尽管如此，哈罗德依然紧张极了。车厢仿佛是铁笼，而自己则是笼中的困兽。如果警察上来抓人，他完全无处可逃。

哥本哈根到了，他从位于郊区的韦斯特港站步行到了不远处的主线车站，路上一个警察都没遇到。几分钟后，他又搭上了另一辆火车。

一路上，他一直在想着他的哥哥。每个人都认为亚恩不适合抵抗行动：他太玩世不恭，太粗枝大叶，也可能还不够勇敢，但结果他却是一个大英雄。想到这里，哈罗德的眼泪从墨镜后面流了下来。

飞行学院的指挥官兰斯少校让他想起了詹斯博格的校长艾斯。两个人都高高瘦瘦，鼻梁很长。由于样貌上的熟悉感，哈罗德很难向兰斯撒谎。"我来……呃……拿哥哥的遗物，"他说，"个人物品。如果可以的话。"

兰斯好像完全没注意到他的尴尬。"当然。"他说，"亚恩的同事亨德里克·让兹已经把东西都收拾好了。有一个箱子和一个粗呢包。"

"谢谢。"哈罗德不想要亚恩的遗物。他只是需要一个借口来这里。他想要的其实是50英尺钢丝绳来代替大黄蜂上被剪掉的电线。这是他能想到的唯一一个可以拿到那种东西的地方了。

真正来到这里之后，他发现事情远比他想象中艰难得多，不由得心里一阵发慌。但如果没有电线，大黄蜂不可能起飞。他想到哥哥所作出的牺牲，渐渐冷静了下来。一定要保持理性，这样才可能想到办法。

"我本来想把那些东西寄去你父母那里。"兰斯说。

"我去寄就行了。"哈罗德不知道自己能不能瞒过兰斯少校。

"我犹豫是因为想到可能应该把它们交给亚恩的未婚妻。"

"赫米娅？"哈罗德惊讶地说，"您想把东西寄去英国？"

"她现在在英国吗？她三天前刚来过这里。"

哈罗德惊呆了。"她来干什么？"

"我以为她拿到了丹麦的居民身份，一直在这里生活。否则她等于是非法入境，那样我就必须要通知警察局了；但显然如果她真的是非法入境的话，她就不会来这里了。她应该知道，我作为一个军官，必须要向警察局汇报任何非法的行为，是不是？"他看着哈罗德，又加了一句，"你明白我的意思吧？"

"我想是的。"哈罗德意识到兰斯正在暗示他。兰斯怀疑他和赫米娅也加入了亚恩所参与的抵抗行动，所以他警告哈罗德不要告诉他任何相关的事。他显然是同情他们的，但却不愿意违抗法律。他站起身来，"您说得非常清楚——谢谢！"

"我找人带你去亚恩住的地方。"

"不用了——我找得到路。"哈罗德两周前刚去过亚恩的房间。当时他是来试驾虎蛾的。

兰斯握住了他的手。"亚恩的事我很难过。"

"谢谢。"

哈罗德离开了总部大楼，从一条小路走向基地的矮楼那边。他走得很慢，仔细观察着那些停机棚里面的情况。整个区域都安静得很。如果飞机都不能飞，要一个空军基地又干什么呢？

他感到心灰意冷。这里肯定有电线。他必须要找到它们，但这可不是件容易的事。

在一个停机棚里，他看到了一架被"肢解"的虎蛾，机翼被卸了下来，机身立在支架上，引擎放在工作台上。他的希望又升了起来。他走进大门。一个穿着工服的机械师正坐在一个油桶上，端着一个大马克杯喝着茶。"真壮观，"哈罗德对他说，"我从没看过这家伙被拆开的样子。"

"不得不拆啊，"那个男人回答道，"零件都老化了，要是在空中出问题可就糟了。飞机上的零件必须都完好无损。否则你会摔下来。"

哈罗德突然清醒地意识到：他正打算开着一架经年都没有被

检查过的飞机飞越北海。"所以什么都要换？"

"所有能动的地方。"

哈罗德希望这个人能给他他想要的东西。"那您肯定有很多富余的配件吧？"

"是啊。"

"每架飞机应该有100英尺的电线吧？"

"虎蛾需要159英尺100个单位重量的电线。"

这正是我要的，哈罗德兴奋地想。但他却不知道该不该要，如果对方并不同情他的处境怎么办？他真希望有什么地方摆满了这些飞机的配件，可以由着他去挑拣。"你们平时把配件放在哪儿啊？"

"储藏室啊。这是军队，什么都要各归各位。"

哈罗德不高兴地咕哝了一声。要是能直接在地上捡到电线就好了……可做美梦是没用的。"储藏室在哪儿啊？"

"旁边那栋楼。"机械师皱了皱眉，"问这个干吗？"

"只是好奇。"哈罗德感到自己已经问得太多了。他应该在引起对方怀疑之前赶紧离开。他挥了挥手，转身走了出去，"很高兴认识您。"

他走到了旁边那栋楼旁，走了进去。一个中士坐在一张桌子前，边抽烟边看报纸。哈罗德看到报纸上有一张苏军投降的照片，标题写着《斯大林接手苏联国防部》。

哈罗德观察了一下桌子两旁的金属架。他现在就像是一个走进糖果店的孩子，这里有他想要的一切，从洗涤器到发动机。他甚至可以用这些零件组装一部飞机出来。

这里有一块地方专门放各种类型的金属线，每一种金属线都整整齐齐地绕在一个圆柱形的木线轴上。

哈罗德高兴极了。他现在已经知道放线的地方了，只需要想一个办法拿到它就行。

那个中士发现了他。"有事吗？"

能贿赂一下这个人吗？哈罗德犹豫了。他离开的时候，卡伦给他的口袋里塞了些钱，但他连怎么开口贿赂别人都不知道。就算这个库房看守足够腐败，如果他的说法不合适，可能也会激怒对方。他后悔之前没好好想清楚，但眼前已经没退路了。"我能问您一个问题吗？"他说，"这些零件——我的意思是说——平民可以购买或者——"

"不能。"那个中士快速回答道。

"假如我不在乎——您知道——不在乎价格——"

"绝对不行。"

哈罗德不知道还能再说些什么了。"如果我冒犯了您……"

"别再说了。"

至少这个人没报警。哈罗德转身离开了。

他走的时候注意到，那道木门上面有三道锁，很难偷偷溜进去。或许他不是第一个想要到军队里来找零件的平民吧。

他感到很沮丧，只能到军官居住的那栋楼去拿亚恩的东西。正像兰斯所说的，他的物品已经装好了箱子，整整齐齐地摆在了床头。整个房间已是空空如也了。

哥哥的整个人生都被装进了这两件行李里。这儿再没有了他的一丁点儿痕迹。这个想法又让泪水涌进了哈罗德的眼眶。当然，重要的是这个人在别人的记忆中留下了怎样的印象。亚恩将永远地留在哈罗德的记忆里——教他吹口哨，让母亲笑得像个小姑娘，对着镜子梳头发。他记起上次见到哥哥的情景——坐在科斯坦村那座教堂的石头地上，疲惫，恐惧，却充满了坚定的决心。他再一次意识到纪念亚恩的唯一方式就是完成他未竟的事业。

一个下士从门口伸进头来，问道："你是亚恩·奥鲁夫森的家人吗？"

"我是他弟弟。我叫哈罗德。"

"我是本内迪克特·维塞尔，叫我本就行了。"这个男人三十几岁，脸上带着一个友善的笑容，露出了沾着烟渍的牙齿，"我一直希望能见到亚恩的家人。"他从口袋里拿出了一些钱，"我还欠亚恩40块钱呢。"

"为什么？"

那个下士看上去有些鬼祟。"哎，我告诉你你可别说出去。我们赌马来着，亚恩赢了。"

哈罗德拿过钱，不知道该怎么办。"谢谢你。"

"没问题吧？"

哈罗德不明白他问的是什么。"当然。"

"好的。"本的表情有些狡诈。

哈罗德突然意识到他应该不只欠亚恩这40块。但他现在可不想跟他争这个。"我会交给我母亲的。"

"我真的很难过，小兄弟。你哥哥是个好人。"

那个下士显然不是个守规矩的人。他看上去就像那种有很多秘密让别人"别说出去"的家伙。以他的年龄，应该能拿到一定的军衔，但他的级别显然很低。或者他把精力都花在那些非法的小动作上了。他估计会卖色情书刊或偷来的香烟。说不定这个人可以解决哈罗德的问题。"本，"他说，"我能问你件事吗？"

"什么事都行。"本从口袋里拿出了一个烟草盒，开始卷烟。

"如果一个人为了私人的原因想要一些虎蛾用的电线，你知道有什么方法能拿到吗？"

本眯起了眼睛看着他。"不知道。"他说。

"如果花上几百块去买呢？"

本点燃了一支烟。"这和亚恩被捕的事有关，对吧？"

"是的。"

他摇了摇头。"不行，兄弟，这事可不能干。对不起。"

"没关系，"哈罗德提起精神说，虽然他心里已经失望透了，"你知道亨德里克·让兹在哪儿吗？"

"从这里过去第二个房间。如果他不在，你也可以去餐厅找找。"

哈罗德发现亨德里克正坐在一张小桌前读一本关于气象学的书。飞行员必须要了解天气，这样才能保证安全飞行，预知是否有暴风雨要来。"我是哈罗德·奥鲁夫森。"

亨德里克和他握了握手。"亚恩的事真是太遗憾了。"

"谢谢你帮忙收拾他的遗物。"

"我很愿意帮忙做点事。"

亨德里克赞同亚恩的行为吗？哈罗德需要在提要求前得到一点提示。他说："亚恩做了他认为对的事。"

亨德里克马上表现出了警戒的神情。"这个我一无所知，"他说，"对我来说他是个好同事、好朋友。"

哈罗德很失望。亨德里克显然不会帮他去偷电线。他下一步该怎么办呢？

"谢谢你，"他说，"再见。"

他回到亚恩的房间，拿起那两件行李。此刻他已经完全茫然了。他不能就这样离开——但怎么才能拿到那些金属线呢？他已经试过所有方法了。

可能还有什么别的地方有这些东西？但他实在想不到。而且他们的时间不多了。离月圆还剩下六天。这意味着他们只有四天时间搞定飞机。

他离开了那栋楼，拎着提包向大门走去。他只能先回科斯坦村——可目的是什么呢？没有电线，大黄蜂没法飞。他不知道怎样告诉卡伦自己失败了。

他经过库房时，听到有人叫自己。"哈罗德！"

库房旁边停了一辆卡车，本躲在卡车的一边。哈罗德快步走过去。

"拿着，"本把一大捆金属线递给了他，"50英尺，还有点富余。"

哈罗德高兴极了。"谢谢！"

"快接着吧，看在上帝的分上，太沉了。"

哈罗德接过那捆线，转身要走。

"别！"本说，"你不能就这么拿着线走出去！放到包里！"

哈罗德打开亚恩的箱子。里面装得满满的。

"把军装给我吧，快点。"

哈罗德拿出亚恩的军装，把线放了进去。"这个我来负责，别担心。快走吧！"

哈罗德合上箱子，想从口袋里拿钱出来。"我跟你说过要给你200——"

"留着吧，"本说，"祝你好运，小伙子。"

"谢谢！"

"快走吧！我可不想再看见你了。"

"好。"哈罗德说完马上离开了。

第二天凌晨，哈罗德站在城堡外。现在是三点半。他手里拎着一个四加仑容量的空油桶。大黄蜂的油箱可以装35加仑的油，也就是说只需要九桶就够了。他没法合法地弄到汽油，只有从德国人那儿偷了。

其他的一切都已经准备就绪了。只需要几个小时，这架大黄蜂就可以起飞了。可油箱却是空的。

厨房门悄悄地打开了，卡伦走了进来，身后跟着托尔。哈罗德看到这只红塞特狗就想笑——它长得实在是太像达克维茨先生了。卡伦停在门口，机警地环顾了一下四周，就像是一只猫看到家里出现了陌生人时一样。

她穿了一件绿毛衣，还有那条被哈罗德称为园艺裤的旧条绒裤，肥大的衣服遮住了她优美的身材，但她依然美极了。她曾经叫我"亲爱的"，哈罗德回忆着，她曾经叫我"亲爱的"。

她开心地笑着。"早晨好！"

她的声音有点太大了。他把食指放在嘴唇上，示意她压低声音。安全起见，他们最好不要出声。已经没什么可讨论的了：昨晚他们已经制定好了计划——坐在教堂的地板上，边吃着卡伦从科斯坦庄园的厨房拿来的巧克力蛋糕。

哈罗德带着卡伦走到了森林里。接近军营的时候，他们警惕地从灌木丛中往外看。不出他们所料，有一个士兵在外面站岗，疲倦地打着哈欠。这个时间，大家都应该在睡觉。哈罗德很高兴他的分析没有错。

兽医的燃料来自于一辆小油罐车，为了安全起见，那辆油罐车停在了离营地100码的地方。这种做法对哈罗德反而有些好处。他之前已经观察过了，那个油罐车有一个手压泵，而且也没有锁。

油罐车停在通向城堡大门的那条大道上，以便所有车辆过去加油。油管在朝向大路的一边，而车子正好挡在了加油的人和营地中间。

一切都和他预期的一模一样，但哈罗德却犹豫了。从军车里偷油简直是一种疯狂的行为。但现在再想这些反而更危险。恐惧会令人瘫痪。行动才是解药。他下定了决心，把卡伦和狗留在了身后，穿过湿漉漉的草地走到了那辆油罐车前。

他从搭钩上拿下加油管，放进了桶里，然后握住了手压杆。在压下那根杆子的时候，那油箱里发出了水流声，汽油"哗啦哗啦"地流进了桶里。这声音听上去非常吵，但100码外的营地应该听不到。

他紧张地回头望了望卡伦。她正隔着树丛往外看。如果有什么人走过来，她会马上通知哈罗德。

油桶很快就满了。他拧紧了龙头，把油桶拎了起来。好沉。他把油嘴挂了起来，然后马上走回了树丛。他露出了胜利的笑容。他刚刚从德国人那里偷了四加仑的汽油，而且居然没被发现。计划成功了。

他让卡伦留在原地，自己拎着油桶回到了修道院。出来之前他打开了教堂的大门，这样可以方便他进出。在这个紧急关头，总不能拎着油桶爬窗户。他走进教堂，放下了油桶，打开控制面板。他的手因为拎着那个油桶太久，已经麻了，不过还是顺利地拧开了油箱盖，把油倒了进去，然后马上再把盖子拧好，不能让汽油的味道跑出来。

他第二次去接油的时候，那个哨兵开始巡逻了。

哈罗德没看到那个人，却听到卡伦在吹哨。他看到卡伦从树林里走了出来，后面跟着托尔。哈罗德松开手压杆，趴在地上，从油罐车的下面往对面看，看到那个士兵的脚正往这边走过来。

他们料想到会有类似的事发生，已经做好了准备。他趴在那儿，看着卡伦穿过了草坪。她在离这里50码的地方揽住了那个士兵。托尔友好地闻着那个男人的胯下。卡伦拿出一根烟。那个士兵会愿意和一个美女抽烟聊天吗？或者他是个守规矩的人，会让她例行公事到别的地方去遛狗，然后继续巡逻？哈罗德屏住了呼吸，看到那个士兵接过了香烟。

士兵个子很小，其貌不扬。哈罗德听不到他们的对话，但知道卡伦大概会说她睡不着，觉得寂寞，想找人聊聊天。"你不觉得他会怀疑吗？"他们昨晚讨论的时候卡伦曾问过他。哈罗德向她保证，和她调情的乐趣一定会让对方失去理智。哈罗德并没有自己表现出来的那样确定，但显然眼前这个哨兵的表现和他预期的没什么出入。

他看到卡伦朝不远处的一个树桩指了指，然后带着士兵往那边走去。她找准位置坐下来，这样如果那个哨兵想坐在她旁边，就必然得背对着油罐车了。哈罗德知道，她现在会开始抱怨，本地的男孩子都太无趣，她希望能和有见识的成熟男人聊天。她拍了拍旁边的位置，让那个人坐下。不用想也知道，他坐了下来。

哈罗德继续加油。

装满后，他回到树林里。八加仑了！

从教堂回来后，卡伦和那个哨兵还坐在原地。再加油的时候，他计算了一下时间。装满一桶油大概需要一分钟，回教堂需要两分钟，把油倒进飞机油箱需要一分钟，返回又是两分钟。整个一趟需要六分钟，九桶油就需要54分钟。再算上到后面因为疲惫而慢下来，那么就需要将近一个小时时间。

那个哨兵会聊那么久吗？那家伙好像也没什么别的事做。士兵们五点半起床，离现在还有一个多小时的时间。他们会在六点开始工作。只要英国不会在这个小时入侵丹麦，他应该没什么理由离开眼前的美女。但他是个军人，要守军规，或者他觉得自己有义务巡逻也说不定。

哈罗德能做的只有鼓足信心，加快速度。

他把第三桶油拎回了教堂。12加仑了，他乐观地想。可以飞上200英里路——离英国还有三分之二的距离了。

他继续来回穿梭。根据在机舱里找到的那本说明书，DH.87B型大黄蜂蛾式双翼机在满油的状态下应该可以飞632英里，当然这是在没有风的情况下做出的计算。据他推算，从这里到英国海岸大概有600英里。这基本上与安全边际相距甚远。如果当天顶风飞行的话，他们就会坠到海里。他决定在机舱里备上一箱油。这可以增加七英里的飞行里程——但前提是他可以在飞行过程中加油。

他用右手压泵，左手提桶。在将第四桶油倒到飞机中后，他的两只胳膊感到酸极了。回来接第五桶时，他看到那个哨兵站起身来，好像要离开的样子，可卡伦依然和他说话。那个男人说了句什么，她笑了起来，然后开玩笑地拍了拍他的肩膀。这完全是一个故意的动作，但哈罗德却依然感到一阵嫉妒。她还从来没有这样拍过他的肩膀呢。

但她叫过他"亲爱的"。

已经六桶了。仿佛他们已经开了三分之二的路程。

每每感到害怕时，哈罗德都会想一想亚恩。他很难接受亚恩已死这个事实。他一直在想，哥哥是否会赞同他现在做的事。当哈罗德跟他讲述自己的计划时，他又会说些什么？他会开心、怀疑，或感叹？亚恩依旧存在于哈罗德生命中。

哈罗德从心底不相信父亲的原教旨主义。天堂和地狱在他看来只是一种迷信而已。但现在，他看到逝者确实会以某种方式活在那些爱着他们的人心中，这仿佛就是来世。每次他感到脆弱或失去信心时，他就会想到亚恩为执行任务所作出的牺牲，对哥哥的忠诚心成了他的力量之源——虽然哥哥已经不在了。

提着第七桶油回教堂的时候，他被发现了。

他走到教堂门前，一个穿着内衣的士兵出现在了修道院里。哈罗德定住了，手中的油桶如同一杆冒着烟的枪。那个士兵半睡半醒地站在那儿，打着哈欠走到树丛边上尿尿。哈罗德认出了他，那是里奥，他们三天前刚刚见过，当时他表现得非常友好。

里奥看到了他，愣了一下，然后露出了愧疚的神色。"不好意思。"他咕哝了一句。

哈罗德想起往树丛里小便是违反规定的。他们在修道院后面建了一个公共厕所，但路太远了。里奥肯定是懒得走过去，才来这里方便。哈罗德假装镇定地笑了笑。"没关系。"他用德语回答说，听得出自己的声音在颤抖。

里奥却好像没听出来什么不妥。他抻了抻衣服，皱起了眉头。"桶里装的什么？"

"水，给摩托车用的。"

"哦。"里奥打了个哈欠，又指了指树丛，"我们不应该……"

"我不会说的。"

里奥点了点头，走开了。

哈罗德走进了教堂。他站在那里，闭上了眼睛，渐渐让自己冷静下来，然后才把油倒进了飞机的油箱。

再回到油罐车时，他发现自己的计划开始失效了。卡伦离开了那根树桩，回到了树林里。她和那个哨兵友好地挥挥手，他们的谈话很愉快，但那人显然还是觉得自己应该履行职责。不过，他并没有往这边来，而是向帐篷那边走去。哈罗德感到这里还是安全的，便继续灌油。

他回到树林的时候，卡伦走过来低语："他要去厨房生火。"

哈罗德点了点头，快步向教堂走去。他将第八桶油倒进油箱，然后又转身去接第九桶。他没看到哨兵的影子，卡伦竖着拇指示意他可以继续。哈罗德接完油，又回到教堂。根据他的计算，装满油箱后还会有些剩余。但他需要再装一桶放在机舱里备用。他提着桶又走回油罐车旁。

卡伦在树林里拦住了他，向油罐车的方向指了指。那个哨兵正站在那里。哈罗德懊恼地发现，他刚刚忘记把油嘴挂回挂钩上了，而且油管也乱七八糟地堆在那里。那个哨兵皱着眉头，把油嘴放回了原位。他在那里站了一会儿，掏出香烟和火柴，然后走到一边，点燃了香烟。

卡伦悄声说："油还不够吗？"

"我还需要一桶。"

那个哨兵正背对着油罐车。哈罗德决定冒一次险。他快步穿过草地。可糟糕的是，油罐车并不能完全遮住他。尽管如此，他还是拿下油嘴，压下了手压泵，心里很清楚，只要那个士兵转过头来，就会发现他。油桶满了，他跑进树林的一刹那听到了后面有人喊了一声。

他假装没听见，继续头也不回地快步离开。

那个哨兵又喊了一声。哈罗德听到了靴子的声音。

卡伦出现了。"快躲起来！"她低语，"我把他引开。"

哈罗德钻进了一片灌木林，躺在地上，被上面的灌木遮了起来。托尔想跟着他，以为这是个游戏。哈罗德恶狠狠地做了一个表情，那只狗掉头走开了，一副很受伤的样子。

哈罗德听到那个哨兵问："那个人去哪儿了？"

"你说克里斯蒂安？"卡伦说。

"谁？"

"我们的园丁。你生气的时候更帅了，鲁迪。"

"先别说这个，他在干吗？"

"他要用那个桶里的东西给树治病，那些药可以杀死树干上的蘑菇。"

她太有想象力了，哈罗德想。但她显然是忘了"杀菌剂"用德语怎么说了。

"这么早？"鲁迪怀疑地说。

"他告诉我说治疗最好在天气凉的时候进行。"

"我看他到油罐车的那边去了。"

"油罐车？克里斯蒂安要汽油干吗？他又没有车。我觉得他应该是想抄近路吧？"

"嗯。"鲁迪还是很不安，"我没看到这些树有什么问题啊。"

"你看。"哈罗德听到他们走了几步，"看到这种像个大脓包一样的东西吗？如果不治的话，树就会死了。"

"也许吧。不过告诉你家的佣人，离营地远一些。"

"我会的，真对不起。我相信克里斯蒂安没有恶意。"

"那就好。"

"再见，鲁迪。说不定明早还能见到你。"

"我还会在这儿。"

"拜拜。"

哈罗德等了几分钟，然后他听到卡伦说："没事了。"

他爬出树丛。"你太聪明了！"

"我越来越会撒谎了。这可不是什么好事。"

他们向修道院走去——却又有了新情况。

快走出树林的时候，哈罗德看到了波尔·汉森——那个村警，也是当地的纳粹——正站在教堂门口。

他低声骂了一句。这个汉森来这里干吗，尤其是在这个时间？

汉森两腿大开地站在那里，双手抱在胸前，眼睛直直地盯着军营的方向。哈罗德赶紧握住卡伦的手臂，拉住了她，可却没办法拦住托尔。托尔显然感到了卡伦对对方的敌意，勇敢地跑了过去，隔着一段距离朝着汉森大叫。汉森又怕又气，一只手握住了皮带上的枪。

卡伦悄悄地说："我来对付他。"还没等哈罗德回话，她就走了过去，吹了一声口哨，"来这边，托尔！"

哈罗德放下油桶，蹲下身子，在树后面观察。

汉森对卡伦说："你应该把狗关好。"

"为什么？它住在这儿。"

"但它太凶悍了。"

"它看到有人侵入我家就会叫，这是它的工作。"

"如果它侵犯警务人员，就会被打死。"

"别开玩笑了。"卡伦说，哈罗德看到她此刻展现出了大小姐的傲慢，"你在干吗？在我们家花园旁边鬼鬼祟祟的？"

"我在办公事，小姐，您还是做自己的事吧。"

"公事？"她怀疑地问。哈罗德猜她是想从对方嘴里套一些信息。

"我在找哈罗德·奥鲁夫森。"

哈罗德嘟囔了一句，"哦，糟糕。"这真是出乎他的意料。

卡伦吃了一惊，但还是很快掩饰住了。"没听说过。"

"他是你哥哥的同学。警察局在找他。"

"我不可能认识我哥哥的所有同学。"

"他来过城堡。"

"哦？他长什么样？"

"男孩，18岁，六英尺一英寸高，金发碧眼，应该是穿着一件校服，袖子上有条纹。"汉森好像在背警察局的通缉令。

"听上去是个帅哥，除了校服之外。但我不记得他了。"卡伦还是一副毫不在乎的样了，但哈罗德看到她的表情有些紧张。

"他至少来过这里两次，"汉森说，"我见过他。"

"那我肯定是错过他了。他犯什么罪了？没按时还书？"

"我不——我不能说。我是说，只是常规检查。"

汉森显然不知道发生了什么事，哈罗德想。他只是在替其他警察问话——估计是彼得·弗莱明。

卡伦说："我哥哥去奥尔胡斯了。这里没有人——当然，除了100多个士兵之外。"

"我之前见过奥鲁夫森。他骑了一辆可疑的摩托。"

"哦，那个男孩啊。"卡伦假装自己刚刚想起来，"他被学校强迫退学了。爸爸不会让他来这里的。"

"是吗？我想我还是得跟你父亲谈谈。"

"他在睡觉呢。"

"我可以等。"

"随你便。来吧，托尔！"卡伦走开了，汉森继续向前开去。

哈罗德继续等待。卡伦走到教堂前，回头看了看汉森有没有在偷看，然后马上钻了进去。汉森去了城堡的方向。哈罗德希望他不会和鲁迪说什么，那个哨兵见过一个金发白人曾经在油罐车的附近出现。幸运的是，汉森走过军营，最终消失在了城堡后面。他应该是到厨房门那边去了。

哈罗德快步走向教堂。他把最后一桶油放在了地上。

卡伦关上大门，锁好门锁，再插上门闩。然后她转向哈罗德。"你一定累坏了。"

是的。来回几趟之后，他感到手臂生疼，双腿酸软。现在一切都结束了，他反而感到被汽油味呛得有点恶心。但无论如何，他还是很兴奋。"你太棒了！"他说，"你跟鲁迪说话的感觉，就好像他是全丹麦最抢手的单身汉一样。"

"他比我还矮两英寸呢。"

"而且你完全骗过了汉森。"

"那倒不难。"

哈罗德提起油桶，把它拿进了大黄蜂的机舱里，放在了座位后面的行李架上。他关上舱门，转过身去，看到卡伦正站在他身后，脸上露出了明媚的笑容。"我们成功了。"她说。

"上帝，我们成功了。"

她用双臂环住了他，眼睛里充满了期待，仿佛想要吻他。他想吻她，却决定更果断些。他闭上眼睛，凑到了她面前。她的嘴唇柔软而温暖。他愿意就这样静静地感受她的双唇，但她却另有想法。她移开了嘴唇，又快速地吻了上去，先是他的上唇，然后是下嘴唇，再然后是下巴，之后再移回他的嘴唇。她仿佛在做游戏，在探索。他从来没有这样接过吻。他睁开眼睛，看到她正望着自己，闪亮的双眼里充满了愉悦。

"你在想什么？"她问。

"你喜不喜欢我？"

"当然喜欢，傻瓜。"

"我也喜欢你。"

"很好。"

他犹豫了一下，接着说："事实上，我爱你。"

"我知道。"她说完便再次吻住了他。

26

对于赫米娅·芒特来说，在这样一个阳光明媚的夏日清晨穿过莫兰德的中心地区，比在哥本哈根的时候还要危险。这个小镇的很多人都认识她。她去了教堂，看了场足球赛，去了亚恩最喜欢的酒吧，又和亚恩的母亲一起去逛了街。想到那个时候的欢乐时光，她感到难过不已。

也正因为如此，这里的很多人都认识了奥鲁夫森家长子的英国未婚妻。这加大了她被认出来的可能性。如果这样的话，人们一传十，十传百，警察很快就会听到口风。

这天早晨，她戴了一顶帽子和一副太阳眼镜，但这依然不能彻底消除她的危险。无论如何，她必须要冒这个险。

昨晚她一直在市中心，希望能够碰到哈罗德。她知道他喜欢爵士乐，所以首先去了霍特酒吧，但那里已经关门了。在所有年轻人聚集的酒吧或者咖啡馆，她都没看到他的踪影。整个晚上都白费了。

今天早晨，她准备去他家。

她想过打电话，但那有些太冒险了。如果她说了自己的真名，监听者会听到；而如果起个假名，或者不告诉对方自己的名字，那就有可能吓到哈罗德，让他逃跑。她必须亲自去一趟。

然而这样的危险可能更大。莫兰德是一个城市，可桑德却是一个小岛，岛上的居民几乎都彼此认识。她只能期待那里的人把她当成一个游客，不会去注意她。再没其他办法了。离月圆只有五天的时间了。

　　她走到港口，拿着小箱子登了船。在舷梯尽头站着一个德国兵和一个丹麦警察。她向他们出示了自己的假护照。那份文件已经经过了三次检查，但递给他们的时候她还是不禁抖了一下。

　　那个警察仔细地研究着她的身份证。"你真是远道而来啊，瑞克斯小姐。"

　　她已经做好了准备。"我是来参加葬礼的。"这应该是个比较可靠的理由。她不知道亚恩的葬礼是什么时候，但早到个一两天也没有什么可疑的，尤其是在战争时期。

　　"是奥鲁夫森的葬礼。"

　　"是的。"眼泪顿时涌了上来，"我是他的远房表妹，但我母亲和莉斯贝思·奥鲁夫森走得很近。"

　　虽然隔着眼镜，警察还是感到了她的悲伤。他温柔地说："请节哀。"然后就把文件交给了她，"还有时间。"

　　"是吗？"也就是说葬礼就在今天，"我不太肯定，电话也打不通。"

　　"葬礼是今天下午三点钟。"

　　"谢谢。"

　　赫米娅走到船上，倚着栏杆。船开了，她望着海对面那个平凡的小岛，想起了自己第一次到那里时的情景。亚恩家里冰冷的房间让她感到吃惊。这样严肃刻板的家庭居然可以养育出像亚恩一样风趣幽默的人。

她本来也是个严肃的人，至少她的同事是这么认为的。她在亚恩的生活中好像扮演了一个母亲的角色：催促他准时，不让他醉酒；而他则教会她放松，享受生活。她曾经对他说："自然随性要看时间和场合。"为此他笑了她一整天。

她后来又去过一次桑德岛，是在圣诞节的时候。奥鲁夫森家的圣诞跟大斋期没什么区别。对于牧师一家来说，圣诞节是一个宗教事件而非狂欢的日子。但她反而觉得这样安安静静地度过节日，倒也别有一番趣味：她和亚恩玩拼字游戏，和哈罗德聊天，吃着奥鲁夫森太太准备的平凡食物，穿着毛皮大衣，和心爱的人手牵手地走在寒冷的海边。

她从来没想过来这里参加他的葬礼。

她很想去，但却知道那是不可能的。那里有太多人认识她了。甚至可能有警察。无论如何，如果赫米娅都能知道，亚恩的工作已经另交他人，那么警察恐怕也可以得到同样的结论。

因为葬礼，她可能要在这里多待几个小时了。她得等到葬礼结束之后才能去奥鲁夫森家。因为葬礼前，会有邻居在家里的厨房帮忙，在教堂摆花，有承办商和护柩人。那比参加葬礼本身还要危险。但葬礼一结束，悼念者喝完茶，吃完小三明治，很快就会离开。空留下逝者的家人独自悲痛。

这意味着她要找个地方把时间耗过去，而且还不能被发现。如果她今晚能够拿到哈罗德手上的胶卷，就可以搭明早的第一班车赶往哥本哈根，再在明晚坐船去博恩霍尔姆，第二天过海去瑞典，24小时后就能抵达伦敦，比满月之夜还提前了两天。这样想来，浪费这几个小时还是值得的。

她在桑德岛下了船，向酒店的方向走去。她不能进大堂，那里可能有人还记得她，所以她走到了沙滩上。今天并不是个适合到海边晒太阳的日子——天空中堆着厚厚的云，凉风一阵阵地吹过海面——但那些旧式的更衣房依然被推了出来，有人在海里游泳，还有人在岸上野餐。赫米娅找到了一个沙丘的斜坡，假扮成度假的游人躺了下来。

她一直等到涨潮。酒店的马把那些更衣房拉走了。这两周以来，她能做的仿佛只有等待。

圣诞之后，她又见过亚恩的父母一次。那次他们百年不遇地去了趟哥本哈根。亚恩带他们到提华里花园逛了一圈，当时的亚恩风趣幽默，服务周到，逗得他母亲笑声不断，就算是那位严父也不禁回顾起了在詹斯博格的学生生涯。几周后，纳粹来了，赫米娅乘着一辆装满了来自德国敌对国外交官的火车，满怀耻辱地离开了丹麦。

而如今，她回来了，冒着自己和他人生命的危险，寻找一个致命的机密。

沙滩上已经没有人了。她在走向教堂的路上遇到了几个人。她和他们保持了距离，假装自己是一个不友善的游客。好在没人认出她。

她终于看到了那座矮矮的教堂和牧师的房舍。想到那是亚恩的家，她再次悲从中来。周围一个人都没有。她走近一些后，看到那个小墓地中多了一座新坟。

她沉痛地走到了她未婚夫的坟前，摘下了墨镜。那里摆满了花。人们通常都会为年轻人的早逝而感到遗憾。她突然无法抑制自己的悲痛，浑身颤抖，眼泪从她的脸上淌了下来。她跪了下来，捧了一抔土，心中想着他在坟墓中的身体。我曾怀疑过你，她想道，但你却是我们之中最勇敢的。

她终于平静了一些，站起身来。她用袖子擦干了脸上的泪水。还有很多工作要做。

她转身离开时，她看到了亚恩父亲高大的身影站在几码之外，正定定地望着她。他应该是怕惊动她，一直静静地等在那里。"嗨，赫米娅，"他说，"上帝保佑你。"

"谢谢您，牧师。"她想拥抱他，但他不是一个习惯拥抱的人，所以最终只是和他握了握手。

"葬礼已经结束了，你来晚了。"

"我是故意的。我不能让别人看到我。"

"还是进屋里来说吧。"

赫米娅跟着他穿过草坪。奥鲁夫森太太正在厨房里，却少有地没站在水池旁边。赫米娅猜想邻居应该是帮忙洗好碗了。奥鲁夫森太太穿着黑色的长裙，带着黑帽子，坐在厨房桌前。一看到赫米娅，她的眼泪流了出来。

赫米娅抱了抱她，但她的心情并不只有同情。她想找的人不在这里。她尽量委婉地说："我以为哈罗德会在。"

"他不在。"奥鲁夫森太太说。

赫米娅突然感到，自己漫长而危险的旅程最终还是白费了。"他没来参加葬礼吗？"

她含着泪摇了摇头。

赫米娅尽量掩饰着自己的失望，说："他去哪儿了？"

牧师说："你最好坐下来。"

她告诉自己要有耐心。牧师习惯了别人的服从。反对他不会有任何好处。

奥鲁夫森太太说："想喝杯茶吗？当然，只是代茶。"

"好，谢谢。"

"三明治呢？剩了很多。"

"不用了，谢谢。"赫米娅一天来什么都没吃，但可能是因为紧张，她居然一点也不觉得饿。"哈罗德去哪儿了？"她失去了耐心。

"我们也不知道。"牧师说。

"怎么回事？"

牧师的脸上露出了一个鲜见的惭愧表情。"我们吵架了。我和他一样固执。从那时起，上帝开始提醒我和子女的相处时间有多么珍贵。"他的脸上划过了一滴泪水，"哈罗德因为生气离开了，不愿意告诉我们他去了哪里。过了五天，他又回来了，可只待了几个小时。我们的关系缓和了一些。他告诉他母亲会住在一个同学家，但我们打电话过去，他却不在那里。"

"您觉得他还在生您的气吗？"

"不，"牧师说，"当然，可能也是吧，但那不是他消失的原因。"

"你什么意思？"

"我的邻居阿克塞尔·弗莱明的儿子在哥本哈根警察局。"

"我知道，"赫米娅说，"彼得·弗莱明。"

奥鲁夫森太太插话说："他居然敢来参加葬礼。"她从来没有这样愤恨过。

牧师继续道："彼得说亚恩是英国的间谍，而哈罗德在继续他的工作。"

"啊。"

"你好像并不惊讶。"

"我不想对您撒谎，"赫米娅说，"彼得是对的。是我让亚恩去拍摄德军基地的照片的。胶卷现在在哈罗德手上。"

奥鲁夫森太太哭了。"你怎么能这么做？亚恩就是因为这个才死的。我们失去了儿子，你失去了未婚夫！你怎么能这么做？"

"对不起。"赫米娅低语。

牧师说："这是场战争，莉斯贝思。很多年轻人为了反抗纳粹都牺牲了生命。这不是赫米娅的错。"

"我必须要从哈罗德那儿拿到胶卷，"赫米娅说，"我想找到他。你们能帮我吗？"

奥鲁夫森太太说："我不想再失去一个儿了！我受不了！"

牧师拉住了她的手："亚恩是因为反抗纳粹而死的。如果赫米娅和哈罗德可以完成亚恩未完成的事，他的死就没有白费。我们必须要帮助她。"

奥鲁夫森太太点了点头。"我知道，"她说，"我只是害怕。"

赫米娅说："哈罗德说他要去哪儿？"

奥鲁夫森太太回答说："科斯坦。哥本哈根外面的那个城堡，是达克维茨家。约瑟夫·达克维茨是哈罗德的同学。"

"但他们说他不在那儿？"

她点了点头。"但他应该离那儿不远。我和约瑟夫的妹妹卡伦说过话，她好像爱上了哈罗德。"

牧师不相信地问："你怎么知道？"

"因为她谈起他时的语气。"

"你没有跟我说。"

"你不会相信我。"

赫米娅说："您觉得哈罗德正躲在科斯坦村，而且卡伦知道他在哪儿？"

"是的。"

"那我必须得去一趟。"

牧师从口袋里掏出了一块表。"最后一班船已经开了。你最好在这儿过夜。明天早晨我带你去赶早班船。"

赫米娅降低了声音。"您怎么会对我这么好？亚恩是因我而死的。"

"主赋予，主收回。"牧师说，"主之名应当称颂。"

27

大黄蜂准备就绪。

哈罗德已经接好了从瓦达尔拿来的电线。他最后的任务只剩下那个瘪轮胎了。他用那辆劳斯莱斯的千斤顶把飞机垫起来，然后卸下轮胎，拿到最近的一家修理行，找了一个机械工修理。他还制作了一个给飞机加油的小装置，将装置的管了从驾驶舱的窗户伸出来，与加油管相连。最后，他把机翼打开，把它们固定好。展翅的大黄蜂几乎把教堂占满了。

他往窗外看了看。天气不错，有一点微风，低空的云朵刚好可以帮大黄蜂逃开德军的视野。

他的胃因为紧张而痉挛了。开着虎蛾在瓦达尔飞行学校绕一圈对他来说已经是一场大冒险了，可现在，他却要飞越几百英里的海面，到英国去。

这样的一架飞机应该紧挨着海岸飞行，这样万一有什么问题，还可以立刻想办法着陆。理论上来讲，这也是行得通的。他们可以沿着丹麦的海岸线，途径德国、荷兰、比利时和法国，最终抵达英国。但哈罗德和卡伦必须要远离德占区，因为在德占区如果有意外发生，他们将无处降落。

哈罗德还在为此次行程忧心忡忡，卡伦突然从窗口钻了进来，手里提了一只篮子，犹如童话故事里的小红帽。看到她，哈罗德的心一下子敞亮了。整个一天时间，早晨偷完汽油后的那个吻都在他的脑海中挥之不去。他时不时地会用手指碰一碰自己的嘴唇，想重温那时的感受。

她一进来，就惊讶地看着那架展翅的大黄蜂惊叹了一声："哇噢！"

他很高兴自己的工作成果获得了她的赞叹："漂亮吧？"

"但你不能让它这样出门。"

"我知道。必须得把机翼收起来。出去后再打开。"

"那为什么要展开呢？"

"练习一下。下次再打开的时候速度就能快一点了。"

"多快？"

"我不知道。"

"那些士兵怎么办？如果他们看到我们……"

"他们那时在睡觉。"

她一脸凝重。"我们已经准备好了，对吧？"

"是的。准备好了。"

"什么时候走？"

"当然是今晚。"

"我的上帝。"

"时间拖得越久，被发现的风险就越大。"

"我知道，但是……"

"怎么了？"

"我没想到一切会发生得这么快。"她从篮子里拿出了一个纸包递给他，样子有些心不在焉的，"里面有些冷牛排。"她每晚都会去给他送饭。

"谢谢。"他仔细地观察着她，"你不会后悔了吧？"

她坚决地摇了摇头。"不是。我只是突然间意识到，我上次开飞机还是三年前的事。"

他走到工作台前，拿了一个短柄斧头和一盘粗绳子。他把它们放在了飞机仪表盘下面的小柜子里。

卡伦说："带这些东西做什么？"

"如果我们真的坠到海里，飞机肯定会沉，因为引擎太重。但是机翼可以漂在海面上。如果我们能把机翼卸下来，就还可以把它们当救生筏。"

"在北海？我估计我们很快就冻死了。"

"总比淹死好。"

她抖了一下。"仁者见仁、智者见智吧。"

"我们还要带点饼干和水。"

"我可以从厨房拿一些。说到水……我们会在空中飞六个小时。"

"所以呢？"

"我们怎么去厕所？"

"打开舱门直接解决呗。"

"对你来说很容易。"

他不好意思地笑了。"对不起。"

她四周转了一圈，拿来了一叠旧报纸。"把这个也带上吧。"

"做什么用？"

"万一我要方便，可以用。"

他皱了皱眉。"我想不出这怎么……"

"你最好永远也不用知道。"

他把报纸放在了座位上。

"我们有地图吗？"她问。

"没有，我想我们可以一直往西开，只要看到陆地，就应该是英国了。"

她摇了摇头说："在天上很难辨别方向。我以前飞行的时候经常迷路。而且如果有风怎么办？我们有可能会误降在法国。"

"上帝，我从来没想过这件事。"

"唯一的方法是根据地图对照下面的地形。我看看家里能不能找得到。"

"好。"

"我最好现在就回去看看有什么我们需要的。"她拿着空篮子，从窗口钻了出去。

哈罗德紧张极了，完全吃不下东西。他开始收机翼。整个过程简便而迅速：设计者显然考虑到了飞机的主人可能每晚都要收好机翼，把飞机停在自家的车子旁。

为了防止机翼收起时上翼弄坏机舱顶，机翼后缘的内侧安了扇合叶，在收起时可以翻上去。所以哈罗德首先要打开合叶的锁栓，把它推上去。

上翼的下方装着辅助支杆，哈罗德把它固定在上下翼末端之间，以免它们掉下来。

把机翼固定在打开位置的是一个L形的插销。上翼的插销是用辅助支杆锁住的。哈罗德已经取出了支杆，现在要做的就是把那个滑销转90度，再向前推四英寸就可以了。

下翼上的滑销是用皮带固定住的。哈罗德解开了左翼的皮带，然后打开锁扣。

一切就绪之后，机翼开始移动了。

哈罗德突然意识到自己疏忽了。停在地面的时候，飞机机尾触地，机身是倾斜的，机头朝上；现在机翼由于重力作用要掉下去了。他想抓住它，怕它把机身撞坏。他伸手去抓下翼的边沿，可翼面太厚了，他没有抓住。"糟了！"他往前跨了一步，抓到了上翼和下翼中间的钢索，机翼放缓了速度，钢索却割得他的手生疼，他不由自主地松开了手。机翼最终还是"嘭"的一声砸在了机身上。

他边骂自己的粗心，边走到机尾，双手握住机翼的下缘，把它抬起来，检查机身是否受损。幸运的是，上下翼的边沿看来完好无损，机身上也没有什么伤痕。只有哈罗德的右手受了伤。

他舔掉了手掌上的血，走到了飞机右边。这一次，他用一茶叶箱的杂志撑住了下翼，这样它就无法移动了。他拉开插销，然后转到机翼的另一边，拿开杂志，托稳机翼，把它慢慢地放了下去。

卡伦回来了。

"东西拿齐了吗？"哈罗德紧张地问。

她把篮子放在了地上。"我们今晚不能走。"

"什么？"他有一种被骗的感觉，白白地担心了这么久，"为什么不能？"他生气地问。

"我明天要跳舞。"

"跳舞？"他几乎是怒不可遏了，"你怎么能为了跳舞而耽误了我们的任务？"

"这对我来说很重要。我告诉过你我一直在练习主角的舞步。我们团里有一半的人都得了胃病。两个团队的主角全病了，所以他们就叫我去跳。这对我来说就像是天上掉馅饼！"

"在我看来是天上掉炸弹！"

"那可是在皇家剧院的演出，而且你猜怎么样？国王也会去！"

他用手挠着头。"我真不敢相信你到这个时候居然在跟我讲这些。"

"我给你留了一张票。你可以到售票处去拿。"

"我不会去的。"

"别这么大脾气！明天表演结束后，我们就可以飞了。之后一周不会有演出，下次再演出的时候那两个主角总会有一个已经康复了。"

"我才不在乎什么见鬼的芭蕾——战争怎么办？艾斯说英国皇家空军肯定正在筹划一次空袭。他需要我们在那之前把照片交给他们！想想那些生命危在旦夕的空军！"

她叹了口气，缓和了语气。"我知道你会这么想。我也想过放弃这次机会。但我们就算是明天飞，也可以提前三天到英国啊。"

"但之后的24个小时里，我们随时都有被发现的危险！"

"听着，没有人知道这架飞机存在——为什么他们单单就会在明天发现呢？"

"这是有可能的。"

"哦，别幼稚了，什么都有可能发生。"

"幼稚？警察在找我，你知道的。我是一个逃犯，所以我希望尽早离开这个国家。"

她开始生气了。"你必须要了解这次演出对我来说意味着什么。"

"我不了解。"

"听着，我有可能死在这架破飞机上。"

"我也可能。"

"我在北海淹死或者冻死之前，最好能完成自己的梦想，在皇家剧院，在国王面前跳一次舞。你难道不明白吗？"

"不明白！"

"那么你就下地狱吧。"

她说完便跳出了窗户。

哈罗德看着她的背影。他仿佛被雷击中了一般。他看了看她拿来的篮子，里面放着两瓶矿泉水、一包饼干、一个手电筒、一节富余的电池、两个备用灯泡。没有地图，不过她带来一本学校发的地图册。他打开了那本书，最后一页写着一行娟秀的小字：

卡伦·达克维茨，3班。

"哦，见鬼。"他说。

28

彼得·弗莱明站在莫兰德的码头，看着最后一班船靠岸，等待着那个神秘的女人。

虽然早料到可能如此，但他还是感到很失望。哈罗德昨天没有在葬礼上出现。彼得仔细地观察过每一个吊唁者，大部分人都是彼得从小就认识的岛民，让他感兴趣的是那些外来者。葬礼后，他到牧师家的茶会上盘问了每个来客。其中几个是亚恩的校友，有军队的同事，还有来自哥本哈根的朋友，当然还有詹斯博格的校长。他核对了渡船码头的警察交给他的旅客名单。只有一个人没有来：阿涅斯·瑞克斯。

回到码头，他问那名警察这个阿涅斯·瑞克斯是否回到了大陆。"没有，"那个人回答说，"我记得她的样子。那可是个尤物。"他咧嘴笑了，两只手在胸前比划了一下，示意那个女人有着丰满的胸部。

彼得走去了父亲的酒店，发现并没有一个叫阿涅斯·瑞克斯的女人登记。

他感到很好奇。这个瑞克斯是谁？她来这里干什么？直觉告诉他这个女人与亚恩有关。或者他是太急于想得到结果了，才会这么想。但目前这也是他的唯一线索了。

站在那里登船有点太引人怀疑了，所以他走到了海港的市场附近。但瑞克斯女士始终没出现。乘客离开后，船泊进了港湾。彼得只能回酒店休息。

酒店大堂有一个小电话亭。他打给了蒂尔德·叶斯帕森在哥本哈根的家。

"哈罗德参加葬礼了吗？"她马上问。

"没有。"

"可恶。"

"我查过每个吊唁者。毫无线索。但现在有个新情况，有个叫阿涅斯·瑞克斯的女人很可疑。你那边怎么样？"

"我一整天都在跟全国各地的警察局打电话。我让他们查哈罗德的同学。他们明天应该会给我消息。"

"你逃避了自己的任务。"他突然转换了话题。

"这不是个普通的任务，不是吗？"她显然料想到他会这么说。

"为什么？"

"你带我去是因为想和我上床。"

彼得咬了咬牙。他确实为了和她做爱而违背了自己的职业操守，现在也没办法反驳她。"这就是你的借口？"

"这不是借口。"

"你说过你不喜欢我质问奥鲁夫森夫妇。警察不应该为这样的事就擅离职守。"

"我并没有擅离职守。我只是不想和一个能做出那种事的人做爱。"

"我只是履行职责！"

她的声音变了。"不一定吧。"

"你什么意思？"

"如果你只是为了工作才做出残忍的事，那么也无可厚非。我尊重敬业的人，但事实上你喜欢你做的事。你折磨牧师，欺负他的太太，而且你很享受于此。他们的悲痛让你感到满意。我不能和这样一个人上床。"

彼得挂上了电话。

整夜他都没有睡好，脑子里一直想着蒂尔德。他感到十分的愤怒，幻想着自己扇她耳光；他想直接闯进她家，把她从床上揪起来，惩罚她；他幻想着她请求自己的宽恕，自己却完全不为她所动；他会撕碎她的睡衣强奸她，她大声地尖叫着反抗，但他把她按在了床上，最后，她只能含着泪乞求他的宽恕，而他则会一言不发地离开。

想着想着，他睡着了。

早晨，他再次来到码头，等待第一班从桑德岛过来的渡船。他满怀期待地看着船驶入了码头。阿涅斯·瑞克斯是他唯一的希望了。如果她与此事无关，那么他就真的束手无策了。

有几个乘客下了船。彼得本来打算让警察告诉他哪个是瑞克斯女士。但已经没有必要了。他一下子就在几个赶着上早班的男人中间看到了一个戴着太阳眼镜、裹着头巾的高个子女人。走近一些之后，他发现这个人他认识。他看到了围巾外面露着的黑发，还有那个标志性的大鼻子。他看着她自信地迈着男人似的步子走下了船，和他两年前见到她时一模一样。

那就是赫米娅·芒特。

她比1939年亚恩把她带回桑德岛时瘦了也老了，但彼得非常确定，那就是她。

"你这个狡猾的婆娘，我终于抓到你了。"他满意地自语道。

他怕她会认出他，所以戴上了一副金丝框眼镜，再用帽子遮住自己的红头发。然后他跟着她走向火车站。她买了一张去哥本哈根的车票。

等待良久之后，他们登上了一辆慢吞吞的老式烧煤火车，一站一停地横穿向丹麦的东边。彼得坐在头等车厢，满心焦急。而赫米亚则坐在隔壁的三等车厢。现在上了火车，她就逃不掉了。但在她下车之前，彼得也不能采取任何行动。

火车驶入位于菲英岛中央的尼堡时已经是下午了。从那里他们会搭船横穿大贝尔特海峡到最大的西兰岛，然后再搭乘另外一辆火车到哥本哈根。

有人曾计划建造一座12英里长的大桥来代替渡船。传统主义者热爱丹麦的渡船，声称它们的缓慢速度正好代表了丹麦这个国家悠然的态度，但彼得恨不得把它们全都废弃掉。他有太多的事要做，大桥显然更适合他。

在等渡船的时候，他找到了一个电话亭，打去警察局找蒂尔德。

她表现得冷漠而专业。"我没找到哈罗德，但有一条线索。"

"太棒了！"

"他上个月去了两次科斯坦村，达克维茨的家。"

"犹太人？"

"是的。当地的警察见过他。他说哈罗德骑着一辆蒸汽摩托车，但他很肯定哈罗德现在不在那里。"

"再确认一下。你亲自去。"

"我也是这么打算的。"

他想和她讨论昨天的事。她真的不想再和他做爱了吗？但他想不出该如何转到这个话题上，所以他只能继续谈这个案子。

"我发现了瑞克斯女士。她就是赫米娅·芒特，亚恩·奥鲁夫森的未婚妻。"

"那个英国女人？"

"是的。"

"好消息！"

"是啊。"蒂尔德对这个案子显然没有失去兴趣。这让彼得感到欣慰，"她现在要去哥本哈根，我正在跟着她。"

"她不会认出你吗？"

"有可能。"

"我去火车站吧，免得她逃走。"

"可我还是希望你能去科斯坦村。"

"我可以两者兼顾。你现在在哪儿？"

"尼堡。"

"你们到站至少还需要两个小时。"

"要更久，火车慢得像蜗牛。"

"我可以开车去科斯坦庄园，在那里待上一个小时，然后到火车站和你见面。"

"好，"他说，"就这么办。"

29

　　哈罗德冷静下来之后，感到卡伦要推迟飞行的决定也并不是完全的疯狂。他试着站在她的立场上，想象自己有一个机会和尼尔斯·玻尔一起做一个物理实验。如果真是那样，他恐怕也会希望推迟飞行时间。或许他可以和玻尔一起改变人们对宇宙运行的认识。如果真的要死，他也希望可以在死前完成自己的梦想。

　　尽管如此，他还是在紧张不安中度过了这一天。他又把飞机从头到尾检查了两次，仔细地研究了控制台，以便帮卡伦的忙。这架飞机不是为夜间飞行而设计的，所以控制台没有照明装置，他们只能用手电筒代替。他又练习了一次打开和收回机翼，这一次比上次进步了很多。他又试了试自制的那个加油装置，通过由窗户伸进来的连接管往油箱里加了一点油。天气还不错，微风阵阵，云朵漂浮。大半个月亮升了起来。他换上了干净的衣服。

　　他躺在"床"上，抚摸着佩恩托普。就在这时，他听到有人在大门外面说话。

　　哈罗德即刻坐了起来，把佩恩托普放在了地上，仔细地听着外面的动静。

　　他听到了波尔·汉森的声音："我告诉你了，这里锁了。"

　　一个女人回答说："所以才更要看一看。"

哈罗德恐惧地发现，那个声音充满了权威。他猜想对方应该是一个迷人却冷硬的30岁女人。她一定是警察。昨天可能就是她让汉森到城堡去找哈罗德的。显然她并不满意汉森的答案，今天亲自过来了。

哈罗德骂了一句。她应该会比汉森更仔细。她用不了多久就能找到方法进来了。除了劳斯莱斯的后备箱，他没其他任何地方可以藏身。但显然任何正常的搜查者都不可能忘记检查那辆车的后备箱。

哈罗德恐怕已经没时间从他们通常出入这里的那扇窗逃跑了，那里离大门太近。但高坛附近还有很多扇窗，他快速钻了出去。

跳到地面上的时候，他小心地环顾了一下四周。教堂的这一端只有一部分伸进了树林里，他依然有可能被士兵发现。不过幸运的是，旁边一个人都没有。

他犹豫了一下。他想逃走，但需要知道到底发生了什么事。他贴在墙上，听到了汉森在对那个女人说："叶斯帕森太太？如果我们站在那个木墩子上，就能翻进去了。"

"所以这个墩子才放在这儿。"那个女人脆声回答说。她显然比汉森聪明多了。哈罗德害怕她会发现一切。

他听到脚蹬着墙壁的声音，然后是汉森的呻吟声，他应该是从窗口挤了进去，然后重重地落在了教堂的石板地面上，接着是一个轻一点的声音。

哈罗德沿着教堂的墙移动到了那扇窗下，站在了那个木头墩上，偷偷往窗户里面看。

叶斯帕森太太确实是一个漂亮女人，30来岁，身材丰满圆润，穿着一身便装：衬衫、短裙、平底鞋，卷曲的金发上扣了一顶蓝色的贝雷帽。虽然没穿制服，但她一定是一名警探。哈罗德想道。她肩上挎了一个小包，里面应该有手枪。

钻窗子把汉森累得满脸通红，他看上去疲倦而厌烦。哈罗德想，这个村警一定恨死和眼前这个头脑聪明的女警察打交道了。

她先看了一眼哈罗德的车子。"这就是你说的那辆车？蒸汽发动机。真是聪明。"

"他肯定是走了。"汉森马上解释道。显然他应该是告诉那个警探哈罗德已经离开了。

但她显然并没被说服。"也许吧。"她走到那辆车旁，"好车。"

"是犹太人的。"

她用一只手指在挡泥板上滑过，望着上面的灰尘。"显然很久没开了。"

"当然了——轮胎都卸了。"汉森觉得自己终于胜了一局，看起来洋洋自得。

"那也说明不了什么——装轮胎很容易。但灰尘可很难作假。"

她穿过房间，拿起了哈罗德扔掉的衬衫。哈罗德喉咙里呻吟了一声。他为什么就不能把它放到别的地方呢。她闻了闻。

佩恩托普突然出现了，把自己的脑袋在叶斯帕森太太的腿上蹭。她弯下腰来抚摸着它。"你想要什么？"她对那只小猫说，"有人喂过你吗？"

什么也瞒不过那个女人的眼睛。哈罗德满心忧虑。她太仔细了。她走到了哈罗德的床边，拿起那张折叠整齐的毯子，然后又放了下来。"有人住在这里。"她说。

"可能是流浪汉。"

"也有可能是见鬼的哈罗德·奥鲁夫森。"

汉森呆住了。

她转向那架大黄蜂。"这又是什么？"哈罗德绝望地看着她掀开了飞机上盖着的布。"我想是架飞机。"

结束了，哈罗德想。一切都结束了。

汉森说："我想起来了，达克维茨以前有架飞机，但很多年都没飞过了。"

"这飞机状况不错啊。"

"都没有翅膀！"

"机翼折起来了——这样才能把它从外面推进来。"她打开机舱，边移动操控杆，边检查飞机的反应，看到升降舵在移动，"看来没什么问题。"她看了看油表，"油箱是满的。"她检查了一下驾驶舱，又说："座位后面还有四加仑的油。柜子里还有两瓶水和一包饼干。一把斧子、一卷绳子、一把手电筒，还有地图册——上面一点灰尘都没有。"她从驾驶室里伸出头来，"他想要飞走。"

"好吧，我错了。"汉森说。

哈罗德居然想到了杀掉他们。他从没想过自己可能在任何情况下杀掉任何人，不过很快地他就意识到，自己不可能空手杀掉两个警察。

叶斯帕森太太加快了语速。"我必须要回哥本哈根。负责这个案子的弗莱明警官正搭火车赶去那里。以现在火车的速度估计，他应该在12小时内到达。他一到我们就会回来。如果哈罗德在这儿，我们就会逮捕他；如果他不在，我们会布一个陷阱。"

"您想让我做点什么？"

"留在这儿。在树林里找一个有利位置，盯着教堂。如果哈罗德出现，先不要跟他说什么，直接给警察局打电话。"

"您会找人帮我吗？"

"不。我们不能吓跑他。如果他只是看到你，肯定不会受惊——你只是村警，但如果是陌生警察出现，恐怕他会怀疑。我不想他再躲到别的地方去。刚刚找到他，我们绝对不能再把他弄丢了。明白了吗？"

"是。"

"另外，如果他要起飞，必须阻止他。"

"逮捕他？"

"如果必要的话，你就开枪——但看在上帝的分上，绝对不能让他起飞。"

她冷静的语气让哈罗德感到毛骨悚然。她的口吻如果夸张一点，哈罗德反而不会感到这样恐惧。但眼前这个美丽的女人正在用平淡如水的语调告诉汉森可以开枪打死他。这是他第一次意识到，警察确实可以杀掉他。叶斯帕森太太沉静的冷酷让他浑身颤抖。

"帮我打开这道门，我不想再翻窗户了。"她说，"不过我走后再把它锁上，这样哈罗德就不会怀疑了。"

汉森打开锁，拔下门闩。两个人走了出去。

哈罗德跳到地上，回到了教堂的另一边。他藏到一棵树的后面，看着叶斯帕森太太走到了一辆黑色别克旁。她在车窗上照了照，用一种柔美的姿势调整了一下自己的贝雷帽。然后，她又回到了刚刚的"警察模式"，和汉森匆匆握了一下手，便开车离开了。

汉森走了回来，消失在了哈罗德的视野中。

哈罗德靠在树干上，想起卡伦说过跳完舞后就会马上来这里。如果真是那样，她就会撞到那些警察。到时候她怎么解释自己的行为呢？警察一定会认定她参与其中。

哈罗德必须要通知他。最好直接找到她，告诉她这件事。最简单的方法就是去剧院。这样他肯定可以见到她。

他感到一阵恼火。如果他们昨晚出发，现在就已经到英国了。他警告过她，这样做会为他们两个带来危险。事实已经证明他是对的。但后悔没用。事已至此，他必须要找到解决的办法。

可就在这时，汉森居然走到了教堂的这一边。他看到了哈罗德，一下子定住了。

他们两个都呆在了那里。哈罗德本以为汉森会过去锁门。而汉森也从没想过这么快就碰到了自己的目标。他们彼此对视，时光仿佛静止了一般。

接着，汉森想要拔枪。

哈罗德想起了叶斯帕森太太的话："如果必要的话，你就开枪。"汉森，一个村警，估计一辈子都没有开枪射击过任何人，但他很可能把握这次机会。

哈罗德没有思考的余地，条件反射地扑向了汉森。汉森拔出了枪，而哈罗德撞进了他的怀里。汉森被推了一个趔趄，"咚"的一声撞在了教堂的墙上，可手却依然握着枪。

他举起枪瞄准了哈罗德。哈罗德知道他只有一秒钟可以自救。他举起拳头一拳打在了汉森的下巴上。那是歇斯底里的一击。汉森的脑袋猛地向后一仰，撞在了墙上，随即眼睛一翻，身子一软，晕倒在地。

哈罗德很怕他死了。他跪在他身边，发现汉森还在呼吸。感谢上帝。他实在无法想象自己可能杀死一个人——哪怕是像汉森这样一个残忍的蠢蛋。

这场架只用了几秒钟时间。但会不会被人看到呢？他朝军营那边看了看。有几个人在那边走来走去，但好像并没有朝他们这边看。

他把汉森的枪塞进了自己的口袋里，抬起了那个毫无生气的身体，把他扛在了自己的肩膀上。他快步走到教堂大门口，门还没有锁。很幸运，没有人看到他。

他放下汉森，锁上了教堂的门，从大黄蜂的驾驶舱里拿出那盘绳子，把汉森的双脚绑在了一起，之后又把他翻过来，绑住他的手。最后，他把自己那件扔掉的衬衫塞到了汉森的嘴里，用绳子勒住，以免那个布团从他嘴里掉出来。

最后，他把汉森放进了劳斯莱斯的后备箱里，盖上了车后盖。

他看了看表。还有时间到城里去找卡伦。

他点着了摩托车的锅炉。这样开去剧院显然很危险，但他已经没时间犹豫了。

无论如何，口袋里放着一把警察用的枪肯定会给他带来麻烦。他不知道怎么处理这把枪，只能打开大黄蜂的右舱门，把它放在了地板上。

蒸汽冒出来了。他打开教堂的大门，把车推了出去，然后再回到教堂里，把门从里面锁好，再钻出窗户。周围一个人都没有。

他开到城里，小心回避着警察，把车停在了皇家剧院外面。大门口铺着红地毯。他记起国王会来观看表演。有一张公告提醒观众，《林中仙子》是三场芭蕾表演的最后一场。一些穿戴优雅的观众正端着酒杯站在台阶上。哈罗德意识到这应该是中场休息时间。

他走到后台门口。在那里他碰了壁。一个穿着制服的门卫拦住了他。"我想找卡伦·达克维茨。"哈罗德说。

"不可能。"那个门卫说，"她就要登台了。"

"我有很重要的事。"

"你必须要等到散场。"

哈罗德知道，这个人是不可能通融的。"演出要多久？"

"半个小时，要看乐队演奏是快是慢了。"

哈罗德记得，卡伦在售票处给他留了一张票。他决定去看她跳舞。

他走进了铺着大理石的大厅，拿到了票之后便直奔演出厅。他从来没有来过剧院，被里面恢宏而华丽的装饰和那一排排豪华的红座椅惊呆了。他找到了自己在第四排的座位。他的前面刚好坐着两个穿着制服的德国军官。他看了看表。为什么芭蕾还不开始呢？每迟一分钟，他被彼得·弗莱明抓到的可能性就高一分。

他拿起旁边座位上的节目单翻看着，想找到卡伦的名字。她并没有被列在演出人员中，但里面夹着的一张纸，上面写着主演生病，将由卡伦·达克维茨代替她进行演出。同时，舞蹈男主演也会由替补演员让·安德斯来代替。估计那个男主角也是被胃病传染了。舞蹈团一定担心极了：国王来观看演出，可男女主角却都是学生。

没过多久，他就看到达克维茨先生和太太在他前面一排坐了下来。一开始，他有点害怕他们看到他。但转念一想，一切都已经无所谓了。警察已经发现了他的藏身之所，实在用不着再跟别人保密了。

想到自己身上还穿着达克维茨先生的美式运动衫。虽然内兜上的标签上标着15年前的日期，但卡伦并没有请示他的父亲，就把衣服拿给了他。达克维茨先生会不会认出这衣服来？哈罗德突然想到现在实在不是想这个问题的时候。跟他的处境相比，被达克维茨先生指责简直不值一提。

他握住了口袋里的那个胶卷盒，心里想着究竟还有没有机会和卡伦一起开着大黄蜂飞去英国。一切都要指望于彼得·弗莱明的火车了。如果它到得早，弗莱明和叶斯帕森太太就会在哈罗德和卡伦回去之前赶到科斯坦村。他可能可以逃离追捕，但很难想象他们怎么在警察的监视之下驾驶大黄蜂离开丹麦。而如果弗莱明的火车在凌晨之前没有到，现在村里又没有其他警察，他们或许还有一丝希望可以起飞。

而且叶斯帕森泰坦并不知道哈罗德看到了她。她以为自己的时间还很充裕。这是唯一对哈罗德有利的事。

这个见鬼的演出到底什么时候才能开始啊？

每个人都就座以后，国王走进了皇家包厢。观众起立。这是哈罗德第一次看到克里斯蒂安十世本人，但他曾在无数照片中看到过那张脸，他嘴唇上的八字唇须让他的表情更符合一个被占国傀儡国王的角色。他穿着晚礼服，站得笔直。在照片里，国王通常会戴帽子。直到今天，哈罗德才发现国王其实已经秃顶了。

国王坐下后，观众也都陆续就座。终于开始了，哈罗德想道。

幕布升起。20多个女孩子围成了一个圈，一动不动地站在那里，唯一一个男人站在那个圆圈12点的位置。所有的舞者都穿着白衣，灯光如月光般皎洁，光照不到的舞台都消失在了四周的一片黑暗里。这是一个戏剧化十足的开场，哈罗德瞬间被吸引得忘记了自己的忧虑。

由高至低的音符缓慢地流淌而出，演员们开始起舞。圆圈四围散去，只剩下四个人依旧定格在舞台上：一男三女。其中一个女孩躺在了地上，如熟睡一般。乐池里走出了一段曼妙的华尔兹。

卡伦在哪儿呢？所有的女孩子穿着一模一样的紧身露肩芭蕾舞服，蓬蓬的纱裙随着她们的舞步而上下摆动。那衣服很是性感，但强烈的灯光把她们照得仿佛同一个人，哈罗德根本分不清哪一个是卡伦。

躺在地上的那个女孩突然动了。哈罗德马上看到了卡伦标志性的红发。她侧身舞至舞台的中央，哈罗德的心顿时收紧了，害怕她出错，毁掉这个对她来说最重要的日子，但她看上去镇定而自信。她立起了脚尖。哪怕是看到她着地的脚尖，都会觉得疼，哈罗德眨了眨眼睛，但她反而十分自如，如同飘浮在空中一般。旁边的舞者都聚到了她的周围，时而成行，时而成圈。观众席鸦雀无声，所有人都被她吸引了。哈罗德的心中充满了自豪。他庆幸她坚决地留了下来，无论结果怎样，都是值得的。

音乐转了一个调。那个男生跳跃着穿过舞台时，哈罗德注意到他的步子有些犹疑，才想起来这个安德斯也是预备演员。卡伦的步子沉着自若，举重若轻，可这个男孩子显得十分紧张，让人替他捏了把汗。

曲子的结尾是开头的重复。原来这一段表演并没有任何故事性，舞蹈可以同音乐一样抽象。他看了看表。才过了五分钟。

演员们四散开来，又集合成了新的队形，开始了一系列的独舞。所有的音乐都是四三拍的，曲调美妙。对于爱好爵士乐的哈罗德来说，这样的曲子实在太过柔美了。

芭蕾虽是新鲜感十足，但哈罗德的心依旧惦记着教堂里的大黄蜂、劳斯莱斯后面的汉森以及叶斯帕森太太。彼得·弗莱明会不会赶上了丹麦唯一准点的火车？如果真是这样，那么他和叶斯帕森太太已经到科斯坦庄园了吗？他们发现汉森了吗？会不会已经在等他了？他又怎么才能知道呢？或许他应该从树林里偷偷潜到教堂附近去探一探，看看有没有埋伏。

卡伦开始独舞了。哈罗德发现自己担心她比担心警察的追捕还要多。他多虑了：她看上去非常放松，舞步浑然天成，快乐地踮着脚尖旋转跳跃着。他吃惊地看到她表演了一些高难度的动作，在舞台上高高跃起，又完美而优雅地落在地上，仿佛惯性在她的身上完全不起作用。她已经打破了物理定律。

卡伦和让·安德斯开始合舞了。哈罗德感到十分担心。这应该是叫做"双人舞"，他不晓得自己从哪里知道的这个词。安德斯不停地把她举到空中。她的裙子向上掀起，露出了修长的双腿。安德斯有时候会用单手托着她定格在舞台某处，有时候会托住她起舞。双人舞终于结束了，哈罗德松了一口气。群舞再度开始。他看了看表。这应该是最后一支舞了。感谢上帝。

安德斯做了几个高难度的跳跃，又托起了卡伦几次。之后，音乐渐渐推向高潮。灾难发生了。

安德斯再次抱起卡伦，用一只手托着她的腰部。她在空中平躺了下来，双腿前屈，双臂高举到头上方。他们定在了那里。就在这时，安德斯滑了一下。

他的左脚往前一滑，一个趔趄，向后仰了过去。卡伦被摔在了他旁边，右臂和右腿一下子砸在了地上。

观众们吓坏了。其他舞者即刻跑到了他们两个旁边。音乐又进行了几个小节，便很快停了下来。一个穿着黑衫黑裤的男人从舞台旁边跑了上来。

安德斯站了起来，手握着一边的手肘。哈罗德看到他正在流泪。卡伦想站起来，却失败了。那个穿黑衣服的人做了个手势，幕落了下来。观众席一片混乱。

哈罗德站起身来。

他看到前排的达克维茨先生和太太已经站起身来，边向旁边的观众说抱歉，边急着往外走。他们显然想去后台。哈罗德决定也跟过去。

人太多了。想走到过道上去实在不容易。他得小心地侧着身才能不碰到其他观众的膝盖。不过他还是和达克维茨夫妇同时来到了过道上。"我和你们一起去。"他说。

"你是谁？"

她的母亲回答说："是约瑟夫的朋友哈罗德。你之前见过他。卡伦喜欢他。让他来吧。"

达克维茨先生咕哝了一声，算是应允了。哈罗德不知道达克维茨太太怎么知道卡伦喜欢他，不过他很高兴自己成为了她家的一分子。

他们走到出口的时候，剧院突然安静了下来。达克维茨夫妇和哈罗德都转过身来。帷幕拉了起来，那个一身黑衣的男人出现了。

"国王陛下，女士们先生们，"他说，"很幸运，舞蹈团医生今天也来了。"哈罗德想，可能所有和舞蹈团有关的人都想参与这次皇家演出，"医生现在就在后台，正在为我们的男女主角进行检查。他告诉我他们两个的伤都不重。"

台下响起了一阵掌声。

哈罗德感到一下子放松了许多。知道她没有大碍之后，他才意识到她的伤势有可能会影响他们的计划。就算他们能登上那架大黄蜂，卡伦还能驾驶吗？

黑衣男人接着说道："正如您所知，此次演出男女主人公的扮演者都是替补演员，还有很多其他角色也是如此。但他们都表现出了高超的舞蹈水平，几乎是成功地完成了全部表演。感谢各位的莅临。"

帷幕再次落下，观众鼓掌致意。之后是演员谢幕，只是少了卡伦和安德斯。舞者们深深地鞠了一躬。

达克维茨夫妇走了出去，哈罗德跟在了他们后面。

他们快步走到后台。守门人把他们带进了卡伦的化妆间。

她正坐在椅子上，脖子上吊着受伤的右臂。一袭白衣的她露着肩头，胸部高高地挺起，看上去美如仙子。哈罗德感到呼吸困难，分不清楚到底是因为紧张还是欲望。

医生正半跪在她面前，在她的右膝上贴了一块纱布。

达克维茨太太快步走到她面前："我可怜的宝贝。"她一下子抱住了她。这正是哈罗德想做的。

"哦，我没事。"卡伦一脸苍白。

达克维茨先生问医生说："她怎么样？"

"她没事，"那个人回答说，"只是扭了手腕和脚踝。可能会疼上几天，要休息至少两个礼拜，之后就应该没事了。"

一听说她的伤并不严重，哈罗德即刻想问：她能飞行吗？

医生用安全针固定了她的伤口。他拍了拍她裸露着的肩膀："我要去看看让·安德森了。他没你伤得重，但我比较担心他的手肘。"

"谢谢您，医生。"

他的手继续轻抚着她的肩膀——这让哈罗德感到一阵恼火。"你之后会跳得一样棒，不要担心。"他离开了。

卡伦说："可怜的让，他一直在哭个不停。"

哈罗德恨不得杀了那个安德斯。"都是他的错——他把你摔下来了。"他愤愤不平地说道。

"我知道。所以他才伤心。"

达克维茨先生不快地看着哈罗德。"你怎么会在这儿？"

他的妻子又替哈罗德回答说："哈罗德一直都住在科斯坦。"

卡伦很惊讶。"妈妈，您怎么知道？"

"你以为没人会发现厨房里的剩菜每晚都会不翼而飞吗？做母亲的不是傻瓜啊。"

达克维茨先生问："那他住在哪儿？"

"在那间旧教堂吧？"他的妻子回答说，"所以卡伦才一定要把它锁起来。"

哈罗德吓坏了：原来自己的秘密这么早就已经被发现了。达克维茨先生看起来很生气，但他还没来得及发作，国王就走了进来。

房间里顿时鸦雀无声。

卡伦想站起来，可国王阻止了她："亲爱的小姑娘，不要动。你觉得怎么样？"

"很疼，陛下。"

"一定是的。不过没有造成永久性的损伤，对吧？"

"医生是这么说的。"

"你跳得非常美。"

"谢谢您，陛下。"

国王带着询问的目光看着哈罗德："晚上好，年轻人。"

"我是哈罗德·奥鲁夫森，陛下。我是卡伦哥哥的同学。"

"哪间学校？"

"詹斯博格·斯科尔。"

"你们还是叫你们的校长艾斯吗？"

"是的——还叫他的妻子米娅。"

"好的，好好照顾卡伦。"他转向卡伦的父母，"你好，达克维茨，又见面了。你女儿真了不起。"

"谢谢您，陛下。您还记得我太太汉娜吧？"

"当然。"国王和达克维茨太太握了握手，"作为母亲，您一定很担心，达克维茨太太。不过我相信卡伦一定会痊愈的。"

"是的，陛下。年轻人恢复很快。"

"当然！我现在要去看看那个把她摔下来的小伙子了。"国王朝门口走去。

哈罗德第一次注意到国王旁边有一个年轻的助手，或者是保镖，又或者两者兼是。"请这边走，陛下。"那个年轻人推开了他们。

国王走了出去。

"哇哦！"达克维茨太太的声音里充满了兴奋，"真是风度翩翩啊！"

达克维茨先生说："我想我们最好把卡伦带回家去。"

哈罗德不知道自己什么时候有机会能跟卡伦单独说说话。

卡伦说："妈妈需要帮我脱掉这身衣服。"

达克维茨先生走到了门口，哈罗德跟着她，不知道该做些什么。

卡伦说:"我换衣服之前能跟哈罗德单独说两句话吗?"

她的父亲很不高兴,可她的母亲却说:"好吧——只是快一点。"他们离开了那个房间,达克维茨太太关上了门。

"你真的没事吗?"哈罗德问卡伦。

"你亲亲我,我就没事了。"

他在她椅子旁弯下身子,吻住了她的嘴唇。之后,他无法压抑内心的亢奋,又吻了她的肩膀,她的脖子,然后他的嘴唇继续下移,一直移到了她的裸露的胸脯。

"哦,上帝,停下吧,我受不了了。"她说。

哈罗德不情愿地停了下来。他看到她的脸色又变得红润了,喘息也变粗了。他没想到自己的吻可以有这样的效果。

"我们得谈谈。"她说。

"我知道。你还能驾驶大黄蜂吗?"

"不能了。"

这正是他所担心的。"你确定吗?"

"太疼了。我现在恐怕连门都开不开。而且我没办法走路,所以也不可能用脚踩踏板。"

哈罗德双手捂住了脸。"一切都结束了。"

"医生说没几天我就会恢复了。我们可以那时候飞。"

"有件事我还没来得及告诉你。汉森今晚又来了。"

"他不是问题。"

"和他一起来的还有一个女警探,叫叶斯帕森太太。她可比汉森聪明多了。我听到了他们的谈话。她进了教堂,看到了所有的东西。她猜到我住在那儿,也知道我要开飞机离开。"

"哦,不!她准备怎么办?"

"去找他的老板，也就是彼得·弗莱明。她让汉森留在那儿盯着我，如果我要起飞，就开枪打死我。"

"打死你？那你怎么办？"

"我把汉森打昏了，然后把他绑了起来。"哈罗德的声音里带着一点骄傲。

"哦，上帝！他现在在哪儿？"

"在你爸爸那辆车的后备箱里。"

她笑了。"你这个坏蛋！"

"我想我们只有一个机会了。彼得现在在火车上，叶斯帕森太太不知道他什么时候才能到。如果我们今天晚上可以在彼得和叶斯帕森太太赶来之前回到科斯坦庄园，那么我们还有机会可以逃走。但现在你不能飞了……"

"我们还是可以飞的。"

"怎么可能？"

"你可以驾驶。"

"我不可能——我只上过一节课！"

"我可以教给你。保罗说你有当飞行员的天赋。我可以用左手控制那些操控杆。"

"你是认真的吗？"

"是的！"

"好吧。"哈罗德严肃地点了点头，"就这么办。现在我们就祈祷彼得的火车晚点吧。"

30

在船上，赫米娅·芒特发现了彼得·弗莱明。

她看到他倚在栏杆上，望着大海。这让她想起在莫兰德的站台上好像也见过这个穿着燕麦色西装、留着小胡子的男人。当然，从莫兰德去哥本哈根的人不止她一个，但这个人看上去非常熟悉。帽子和眼镜可能可以起一些遮掩作用，但最后她还是记了起来：这就是彼得·弗莱明。

她和亚恩在一起的时候曾见过他。这两个男人是儿时的玩伴，可后来因为家庭间的矛盾闹翻了。

现在彼得成了警察。

想到这儿，她可以确定他是在跟踪自己。恐惧让她不禁一阵颤抖。

没时间了。距离空袭只剩三晚，而她却还没有找到哈罗德·奥鲁夫森。即使她今晚能拿到胶卷，也很难想象怎样把它带回英国。但她不会放弃——为了亚恩，为了迪格比，为了所有冒着生命危险反抗纳粹的人们。

为什么彼得不逮捕她呢？她是一个英国间谍。或者和她一样，彼得也在找哈罗德？

船靠岸了，彼得跟着她上了火车。火车一开，她就沿着过道查看每个车厢，最终在头等车厢找到了他。

她回到了自己的座位，满心焦虑。这太糟糕了。她不能把彼得引到哈罗德那里。她必须要甩掉他。

她有足够的时间来制定一个计划。火车不停地延误，到哥本哈根时已经是晚上十点了。火车进站时，她已经有了主意。她会到提华里花园去，让彼得在人群里迷路。

下火车的时候，她回望站台，发现彼得正从头等车厢走到站台上。

她慢悠悠地走上楼梯，穿过检票口，走出车站。天色已沉。提华里花园离这里非常近。她走到大门口，买了一张票。"12点关门。"售票员告诉她说。

1939年的夏天，她和亚恩曾经来过这里。那是一个节日的夜晚，五万多人都聚集在公园里看焰火。此刻，这个花园却成了对曾经那个热闹场景的忧伤纪念，仿佛一个水果盘的黑白相片。花丛间的小道依然美丽而雅致，但因为政策限制，树上的闪灯全熄了。童话剧场外面的防空洞更是为这场景加上了一条伤疤。就连乐队也停止了表演。而更令赫米娅失望的是，游客并没有想象中那么多。这样的话就很难甩掉自己的"尾巴"了。

她停下来，假装在看旁边的杂耍表演，迅速地回头瞥了一眼。彼得正在一个小卖部买啤酒。怎么才能甩开他呢？

她走到了露天舞台周围的人群里，那里正在上演一出轻歌剧。她从一边挤了进去，又从另一端挤了出来。但出来之后，她发现彼得还在后面。不能再继续这样做了，否则彼得会意识到她想逃跑。那样的话他就只能逮捕她了。

她害怕地绕着湖走，来到了一片露天的舞场。一个乐队正在演奏狐步舞曲。这里至少有100多对舞伴在热情地跳着舞，旁边的观众就更多了。赫米娅突然感受到了提华里曾经的气氛。一个英俊的年轻男子正站在一旁观看。她突然来了灵感，满脸堆笑地朝他走了过去。"想和我一起跳舞吗？"她问。

"当然！"他挽住了她，走进了舞池。赫米娅舞艺不精，但如果男士带得好，她还是可以跟上的。亚恩绝对是舞场中的行家，舞步优美，仪态迷人。眼前的这个男人也是自信而果断。

"你叫什么？"

她差点说出真名。"阿涅斯。"她及时地改了口。

"我叫约翰。"

"很高兴认识你，约翰。你的狐步舞很棒。"她看了一眼舞场旁边的小径，彼得正站在那里看着他们。

不巧的是，音乐戛然而止。舞者向乐队鼓掌致意。有些人离开了，另一些则走了进来。赫米娅说："再跳一支？"

"非常荣幸。"

她决定向他坦白。"听着，有可怕的家伙正在跟踪我。我想甩掉他。你能和我一起跳到那边去吗？"

"真刺激！"他望向观众，"哪一个？那个红脸胖子？"

"不是。穿着浅色西装的那个。"

"我看见了。他挺帅的。"

乐队奏起了一曲波尔卡。"哦，上帝。"赫米娅说。波尔卡太难了，但她必须要试一试。

约翰非常专业，帮了她很大的忙。他边跳边说："那个跟踪你的人——他是陌生人，还是熟人？"

"我见过他。带我去那边吧，乐队的那边——对。"

"他是你男朋友吗？"

"不是。约翰，我一分钟内就要离开你了。如果他要追我，你能帮我绊住他吗？"

"如果你希望我那么做。"

"谢谢你。"

"我猜他是你丈夫。"

"绝对不是。"他们舞到了乐队旁。

约翰带着她走到了舞场的边缘。"可能你是间谍，他是警察，你从纳粹那里偷了军事机密，他要抓你。"

"差不多。"她笑着说，然后一下子溜出了他的怀抱。

她飞快地离开了舞池，绕过乐队，跑进了树丛里。穿过草坪，她走到了另一条路上。最后，她从侧门离开了花园。转头望去，彼得已经消失了。

离开花园后，她直奔街对面的城郊车站，买了一张通向科斯坦村的车票。她兴奋极了。她居然甩掉了彼得。

站台上除了她之外，只有一个戴着天蓝色贝雷帽的漂亮女人。

31

哈罗德小心地潜入教堂附近。

刚刚下了一阵雨，草都淋湿了。不过现在雨已经停了。一阵轻风吹走了云朵，缺了一个小角的月亮从云彩的缝隙里射出了皎洁的光。钟楼的影子随着月光时隐时现。

他没看到任何车子停在外面，但这也不能保证他们不在。警察如果要设陷阱抓他，肯定会想办法把车子藏起来。

修道院里漆黑一片。现在是午夜，士兵们都睡了，只剩下两个人还醒着：军营外面的哨兵，还有兽医院里值班的护士。

哈罗德在教堂外面仔细地倾听着。他听到回廊那边有匹马喷了一下鼻子。为了谨慎起见，他站在那块木桩上，向窗户里望了望。

借着月光，他可以看到劳斯莱斯和大黄蜂的轮廓。说不定有人正躲在那里等着他。

他听到了含混的咕哝声和什么东西的碰撞声。过了一分钟，又撞了一下。他想那应该是汉森。阿罗德感到有了希望。如果汉森还捆着，那就说明叶斯帕森太太和彼得还没回来。看来他们还有可能起飞。

他钻进窗户，摸索着走到了飞机旁边。他从机舱里拿出了那只手电筒，在教堂中照了一圈。四周一个人也没有。

他打开后备箱，汉森依然被绑着躺在那里。哈罗德检查了一下绳子。还好，并没有松动。他盖上了车后盖。

卡伦是坐着救护车回来的。他们离开剧院前，她说她会尽快从家里逃出来。如果警察还没来，她就会来教堂找他。

他关上手电，打开了教堂的大门。她一瘸一拐地走了进来，肩膀上披了一件毛皮大衣，怀里抱了一条毯子。他用手臂轻轻地环住了她，避开她右手的吊带，把她揽进了怀里。她温暖的身体和头发的香味让他一阵迷惑。

很快地，他就转回到现实问题上。"你觉得怎么样？"

"疼得要死，但我可以忍。"

他看着她的大衣。"你冷吗？"

"现在不冷。但在北海5000英尺上面恐怕会冷。毯子是给你的。"

他把毯子接了过来，拉住了她的手。"你确定要这么做吗？"

"是的。"

他轻轻地吻了她。"我爱你。"

"我也爱你。"

"真的吗？你从来都没这么说过。"

"我知道，但我可能会死，在我死前必须要让你知道。"她的语气十分平静，"你是我遇到过的最棒的男人，而且要比其他人好十倍。你聪明，却从来不压制别人。你温柔善良，却有军人的勇气。"她抚摸着他的头发，"而且你还很帅，是那种很有趣的帅。我还能再要求什么呢？"

"有些女孩子希望男人西装革履。"

"说得好。这一点我们可以慢慢调整。"

"我也想告诉你我为什么爱你，但是警察可能就要来了。"

"没关系，我知道为什么——因为我很棒。"

哈罗德打开舱门，把毯子扔了进去。"你快上飞机吧，"他说，"我们尽量在这里面把一切准备好，出去后能尽快起飞。"

"好的。"

他发现她爬不进机舱，便搬了一个大箱子过来。她站在了箱子上，却很难把那只伤了的腿挪到机舱里。大黄蜂机舱的空间还没有一辆小轿车的前座空间大，正常人进去都很费劲，对于伤到了两根肋骨的人就更难了。看来哈罗德得把她抱进去。

他用左手抱住她的肩膀，右手放到她膝盖下面，自己站到箱子上，把她放到了右边的座椅上，这样她就可以用左手操控中间的Y形操作杆了。哈罗德将坐在左边的驾驶座上，用右手操控。

"地上是什么？"她用手摸索着。

"是汉森的手枪。我不知道把它放在哪儿。"他关上了舱门。"你还好吗？"

她打开了窗户。"我没问题。最佳的起飞地点就是那条车行道。风力还好，是朝着城堡的方向吹的，所以你得把飞机推到城堡大门那边去，机尾对着城堡，迎风起飞。"

"好。"

他打开教堂的门。现在就要把飞机移出去了。幸运的是，之前停机的位置很好，机头正好对着教堂正门。起落架上绑了一条绳子，哈罗德刚发现它的时候就知道这是拉动飞机用的。他握住绳子，用力将飞机向外拽。

大黄蜂比他想象的要重。除了引擎之外，上面还装了39加仑的油，再加上卡伦。这不是个轻松的活。

让飞机从静止到开始移动，确实费了一番力气，但飞机一向前滑动，就没有刚才那么重了。无论如何，哈罗德还是废了九牛二虎之力才把它拉了出去，穿过公园，走到车行道上。

月亮藏到了云彩后面。公园里灯火通明。如果有人望过来，一眼就能看到那架飞机。必须要再快一点。

他打开了左翼和机身之间的插销，打开机翼。然后又把上翼内侧最里面的折叠式襟翼折了下去。之后，他绕到机翼的前缘处，打开下翼插销，把它拨回原位，但好像有什么东西挡住了。之前练习的时候，他就遇到过这种情况。他轻轻地摇了摇机翼，插销马上归了位。接着他用皮带将机翼锁住。他重复着同样的步骤打开了上翼，用翼间支柱将它固定住。

三两分钟后，飞机左翼已经展开。他朝军营那边看了看。哨兵看到了他，正朝这边走过来。

他加快速度打开了右边的机翼。刚刚完成，便发现哨兵走到了他身后。是那个友好的里奥。"你在干什么？"他好奇地问。

哈罗德早已经编好了故事。"我们要拍一些照片。达克维茨先生想卖掉这架飞机，反正也弄不到燃油。"

"拍照片？在晚上？"

"是拍月光下的照片，用城堡当背景。"

"我们长官知道吗？"

"哦，知道，达克维茨先生跟他说过。克莱斯上尉说没问题。"

"哦，好，"里奥说，可接着又皱起了眉头，"奇怪，达克维茨先生居然没跟我说一声。"

"他可能觉得没什么重要的。"哈罗德意识到事情可能没那么简单。如果德国人真的那么粗心，也就不可能征服欧洲了。

里奥摇了摇头。"这样的事必须要通知哨兵。"他仿佛在背诵行为规范上面的条款。

"我想达克维茨先生如果没和克莱斯上尉说的话，决不可能让我们拍照。"哈罗德倚在横尾翼上往前推。

里奥看到他推得很费劲，索性帮他一起推。他们把机身转了四分之一个圈，让机头朝着车行道的方向。

里奥说："我最好和上尉说一下。"

"如果你不怕吵醒他。"

里奥看上去有些犹豫。"他可能还没睡。"

哈罗德知道军官都在城堡里睡。他想到了一个方法，既可以拖住里奥，又可以帮自己的忙，"好啊，如果你要到城堡去，那就帮我把飞机推过去吧。"

"行。"

"我推左翼，你推右翼。"

里奥扛着他的步枪，两只手推住了上下翼之间的金属支杆。多了一个人帮忙，大黄蜂变得轻了许多。

赫米娅赶上了韦斯特港站出发的最后一班火车。火车在午夜到达了科斯坦村。

她不知道自己到城堡之后应该怎么办。她不想敲门引起注意。或许应该等到早晨，再打听哈罗德的去向。可这意味着她要在外面度过整晚时间。这倒也没什么。不过如果城堡里有灯光，她倒可以找个人私下里打听一下，比如找一个仆人。时间太宝贵了，她实在耽误不起。

还有一个人跟她一起下了火车。那是一个戴着蓝色贝雷帽的女人。

她有点害怕。她会不会做错了？这个女人可能是和彼得·弗莱明一起在跟踪她？

她必须要弄清楚。

她在漆黑的车站外停了下来，打开了箱子，假装在寻找着什么。如果那个女人确实是在跟着她，那么她就也会找个理由停下来。

可她却走出车站，毫不犹豫地从她身边走过去了。

赫米娅继续边在箱子里摸索，边用余光观察着那个女人。

她走到附近的一辆黑色别克旁。有一个人坐在驾驶位，抽着烟。赫米娅看不清那个人的脸，只能看到烟头的火星。那女人坐了进去。车开走了。

赫米娅的呼吸平静了一些。那女人应该是进城去玩的，她的丈夫在这里等着接她回家。是自己多虑了。

她朝着城堡走去。

哈罗德和里奥把那架大黄蜂沿着车行道向前推，经过了哈罗德曾经偷汽油的那辆油罐车，一直走到城堡前面的院子里，又将机头转向迎风的方向。里奥跑进城堡，想叫醒克莱斯上尉。

哈罗德只有一两分钟时间了。

他从口袋里拿出手电筒，打开，用嘴叼住。他打开机身左前面的挂钩，打开了引擎罩。"燃油开启？"他问。

"燃油开启。"卡伦回答说。

哈罗德拉开打油泵的拉环，压了两下燃油泵的杠杆，给化油器注油。然后他关上引擎罩，挂好挂钩。把手电从嘴里拿下来。

"节流阀就位？磁动机打开？"

"节流阀就位，磁动机打开。"

他站在飞机前，转动了螺旋桨。他模仿着之前卡伦的做法，又转了第二次，第三次。最后，他使出最大的力气拉下那个扇面，接着马上退后了一步。

什么动静都没有。

他骂了一句。这可不是出问题的时候。

他重复了之前的步骤。但他知道，肯定有什么地方不对了。他转动螺旋桨的时候，本该有些什么反应，但现在完全没有。他试着回忆之前的情景。

想起来了。之前每转一下螺旋桨，总是会听到"咔啦"一声。卡伦告诉过他那是脉冲启动器的声音。没有那个声音，就不会有火花。

他跑到她那边的窗前。"没有声音！"他说。

"磁动机故障。"她冷静地说，"经常会这样。打开外面的引擎罩，脉冲启动器就在磁动机和引擎中间。用石头砸它一下。应该有用。"

他打开了右边的引擎罩，拿着手电照了一下引擎。脉冲启动器是一个金属的圆柱体。他低头找了一圈。附近一块石头都没有。"在工具箱里找个东西吧。"

她找到了工具箱，递给他一个扳手。他用那个扳手砸了一下脉冲启动器。

后面响起了一个声音："马上停下！"

他转过身去，看到克莱斯上尉上身穿着睡衣，下面穿了军装裤，从院子那边朝他跑过来，里奥紧跟在他后面。克莱斯没拿武器，而里奥则扛着他的步枪。

哈罗德把扳手放进兜里，关上引擎罩，走到机头的位置。

"离开那架飞机！"克莱斯喊道，"这是命令！"

突然，卡伦喊了起来："停在那儿！否则我就开枪了！"

哈罗德看到她的胳膊伸出了窗户，正用汉森的手枪对着克莱斯。

克莱斯停了下来，里奥也定在了那里。

哈罗德不知道卡伦会不会用手枪——当然，克莱斯也不知道。

"放下步枪，里奥。"卡伦说。

里奥放下了武器。

哈罗德再次转动了螺旋桨。

它发出了巨大的"咔啦"声。

彼得·弗莱明带着蒂尔德·叶斯帕森在赫米娅前赶到了城堡。"我们得把车停得隐蔽点，看她想怎么样。"他说。

"好。"

"关于桑德岛的事——"

"请不要再说那件事了。"

他压抑着自己的怒气。"什么？永远不提了吗？"

"永远。"

他真想掐死她。

科斯坦村出现在了车灯前。他们看到了一座教堂和一个小旅馆。村庄前面，就是一个宽阔的大门。

"对不起，"蒂尔德说，"我犯了一个错误。一切都结束了。我们依然是朋友，是同事。"

他觉得自己已经什么都不在乎了。"见鬼去吧。"他开上了通向城堡的那条大道。

右手边，他看到了一座废弃的修道院。"奇怪，"蒂尔德说，"教堂门怎么开着？"

彼得希望有什么事能让他暂时忘记蒂尔德的拒绝。他停下那辆别克，熄了火。"我们去看看吧。"他打开汽车仪表盘下面的小柜拿出了一把手电筒。

他们走进了教堂。彼得听到了好像有什么人在呻吟。声音应该是从那辆劳斯莱斯里发出来的。他打开后备箱，用手电往里一照，看到了一个被绑着手脚的警察正躺在里面。

"这就是你说的汉森？"他说。

蒂尔德说："飞机不见了！它飞走了！"

话音未落，他们就听到了飞机引擎的轰鸣声。

大黄蜂一下子活了，仿佛盼望着展翅高飞一样。

哈罗德快步走到克莱斯上尉和里奥面前，捡起那支步枪，用它对着他们两个人，装出一副自信的样子。他缓慢地退回飞机旁，绕到左舱门前。他拉住门把手，打开舱门，把枪放在了座位后面的行李架上。

他正要上飞机，却听到外面有什么动静。他看到克莱斯上尉朝着飞机扑了过来，一下子趴在了地上。虽然螺旋桨的声音很大，哈罗德依然听到了那声震耳欲聋的枪声——卡伦开枪了。但因为挡着窗户，卡伦的手没办法放得更低，枪打偏了。

克莱斯滚到机身旁，跳到了机翼上。

哈罗德想关门，可克莱斯却挡在了那里。那个上尉抓住了哈罗德的领子，想把他从座位上拉出去。哈罗德努力地想挣脱克莱斯。卡伦用左手握着枪，可机舱里太拥挤，她很难转过身来开枪。里奥这时也跑了过来，但因为舱门和机翼挡在中间，他没办法接近他们。

哈罗德从兜里拿出刚刚用过的扳手，使劲朝对方砸去。扳手的尖部打在了克莱斯眼睛的下面，顿时鲜血直流，但他依然没有放手。

卡伦探身过来，把节流杆推到了最前面。引擎瞬时轰鸣起来，飞机开始前行。克莱斯失去了平衡，但他依然用一只手臂紧紧抓着哈罗德。

大黄蜂跑得更快了，在草地上颠簸着。哈罗德又打了克莱斯一下。这一次他大叫了一声，放了手，摔在了地上。

哈罗德关上了舱门。

他伸手想抓住操控杆，可卡伦却说："让我来吧——我可以用左手操作。"

飞机沿着车行道前行了一段距离，但速度提高以后，它便开始向右边偏去。"踩脚踏板！"卡伦大喊，"保持走直线！"

哈罗德踏下左踏板，想让飞机回到了路中间。但却没有任何反应。他加大了力气。过了一会儿，飞机开始向左转。它穿过大路，开始向着左手边的草坪滑过去。

"它的反应会滞后，你得估计好。"卡伦接着喊。

他明白了她的意思。这就像是开船，而且比船的反应还要慢。他又踩下了右脚踏板，让机头拐回来，飞机转向右边后，他再踩下左脚调整。这一次，机头没有那么极端的反应了。他终于让它回到了路中央。

"保持这个方向。"卡伦大声说。

飞机加速了。

这时，一辆车朝着他们驶来。

彼得·弗莱明换到一挡。蒂尔德刚要上车，车子就蹿了出去。她撒开了正要关车门的手，大叫了一声，重重地摔在了地上。彼得真希望她扭了脖子。

他加速前进，任副驾驶那边的车门在风中摇摆。听到引擎在尖叫，他切换到了二挡。哈罗德·奥鲁夫森就在飞机上，这一点他非常确定。他要阻止他，哪怕要了他们两个人的命也无所谓。

他又换到了三挡。

卡伦向前推动操控杆，大黄蜂的机尾抬了起来。他喊道："你看到那辆车了吗？"

"看到了——他是想撞我们吗？"

"是的。"哈罗德盯着前面，竭力让飞机直线前进，"我们能在他们撞到我们之前起飞吗？"

"我不知道——"

"你必须得确定！"

"准备好转弯！"

"准备好了！"

那辆车已逼近到了他们面前。哈罗德知道他们来不及起飞了。只有转弯了。卡伦喊道："转！"

他踏下左脚。由于滑行速度提高，飞机这次的反应快了许多，一下子滑向车道外——它转得太猛了，哈罗德有些担心刚刚修好的起落架受不了这样的转动。他马上又踏下另一只脚调整。

余光中，那辆车也转向了同一个方向，并没有放弃的意思。那是一辆别克，和彼得·弗莱明开去詹斯博格·斯科尔的那辆车一模一样。车子一个急转弯，对飞机穷追不舍。

但飞机有脚踏板，可汽车的方向完全靠方向盘。所以在草坪上行驶时，二者的情况完全不同。那辆别克一开到草地上，就开始打滑。在这时，月光从方向盘后面那个男人的脸上扫过，哈罗德看到那就是彼得·弗莱明。

飞机摇晃了两下之后又恢复了平衡。哈罗德看到他们正朝着那辆油罐车撞去。他踩下左脚的踏板，大黄蜂的右翼将将避开了那辆车。

彼得·弗莱明可就没那么幸运了。

哈罗德朝后望了一眼。那辆别克完全失去了控制，朝着油车开去。车子几乎是全速撞在了那辆车上，瞬间火光四射，整个公园都被点亮了。哈罗德想看看大黄蜂的机尾是否也着火了，但他实在没法回头看，只能祈求上帝保佑了。

别克车消失在了一片火海中。

"集中精力！"卡伦朝他喊道，"我们要起飞了！"

他将注意力转回到脚踏板上。他发现他们正向军营那边滑去，马上踩下了右舵。

当机头转回到正确方向后，飞机加速了。

赫米娅听到飞机的响声，开始朝城堡的方向跑去。走进科斯坦庄园之后，她看到了车行道上有一辆黑色的轿车在狂奔，跟刚刚在车站看到的那辆车很像。突然间，那辆车突然向旁边一滑，撞向了路旁的一辆油罐车。两辆车顿时一起炸成了碎片。

她听到一个女人大喊道："彼得！"

火光中，她看到了那个带着蓝色贝雷帽的女人。一切都清楚了。那女人确实在跟踪她。而别克里的那个男人就是彼得·弗莱明。到车站之后，他们就不需要跟着她了，因为他们非常清楚她要去哪里。他们比她先到达了城堡。可之后呢？

她看到一架小双翼飞机在草坪上滑行，看上去是要起飞了。那个带着蓝色贝雷帽的女人跪下身来，从挎包里掏出手枪，瞄准了那架飞机。

到底发生了什么？赫米娅推想，如果那个戴蓝贝雷帽的女人是彼得·弗莱明的同事，那么飞机上的人就一定是好人，甚至有可能是哈罗德。他可能想带着那卷胶卷逃跑。

她必须要阻止那个女人。

公园里被火光照得如同白昼。哈罗德看到叶斯帕森太太正用枪对着大黄蜂。

他什么也做不了。他只能正对着她开过去，如果转向某一边，她就更容易瞄准了。他咬紧了牙关。子弹有可能只是穿过机翼或者机身，不一定会造成什么威胁。但她也可能会打到引擎，打坏配件，或者打穿了油箱，又或者打死他或卡伦。

可就在这时，他看到有一个拎着箱子的女人穿过草坪跑了过来。"赫米娅！"他惊讶地叫道。她用手里的箱子打中了叶斯帕森的头。那个侦探一下子扔掉了枪，倒在了地上。赫米娅又打了她一下，捡起了地上的枪。

飞机经过了它们身边。哈罗德意识到，他们已经离地了。

他们马上就要撞到教堂的钟楼了。

32

卡伦把Y形操控杆推向了左边，撞在了哈罗德的膝盖上。大黄蜂一边上升一边倾向一边，但角度不够大，飞机依然朝着钟楼撞了过去。

"左脚踏板！"卡伦尖叫道。

哈罗德记起他也可以驾驶。他使劲踩下左脚，飞机倾斜得更严重了。可右翼依然朝着钟楼的砖墙扫了过去。飞机转得太慢了。他绝望地等着撞击的那一刻。可万幸的是，翼尖居然躲过去了。

"我的上帝啊。"他说。

飞机在风中颤抖着。哈罗德感到他们仿佛随时都会掉下去。但卡伦却继续让飞机边转方向边爬升。哈罗德咬紧牙关。飞机转了整整180度。最后，机头终于转向了城堡那边。卡伦把机身调回到水平位置。机身升高之后，飞机稳定了下来。哈罗德记起之前保罗·柯克告诉过他，离地面越近，波动会越严重。

他朝下面望了望。火焰吞噬了那辆油罐车。火光中，德国兵们穿着睡衣从修道院里跑出来。克莱斯上尉正挥着手发号施令。叶斯帕森太太依然躺在地上，显然还没醒。赫米娅·芒特已经消失了踪影。在城堡大门附近，几个仆人正抬着头看着他们的飞机。

卡伦指了指仪表盘上的一个仪表。"看着这个，"她说，"这是转弯侧滑显示表。用脚踏板保持指针指向正上方，12点的方向。"

月光穿过飞机透明的顶棚，照了进来，但这种光线下依然很难看清楚表盘的指针。哈罗德打开了手电筒。

他们继续爬升。城堡在他们后面渐渐地缩成了一个点。卡伦一直左右观察，而眼前却只是月光中丹麦的轮廓。

"系紧安全带。"她说。他看到她的安全带已经绑好了。"否则如果有气流，你的脑袋可能会撞在顶棚上。"

哈罗德系好了安全带。他的信心越来越足了，他们或许真的可以安全逃走。他开始有些小小的胜利感了。"我以为我会死。"他说。

"我也是——而且很多次。"

"你父母肯定担心死了。"

"我给他们留了个字条。"

"比我好多了。"他从来没想过这件事。

"我们要活下来，这样他们才会开心。"

他摸了摸她的脸颊："你还好吗？"

"好像有点热。"

"你在发烧。你应该喝点水。"

"不用了。我们要飞六个小时，这里没有厕所。我可不想当着你的面在报纸上小便。那样的话，估计我们的友谊就要结束了。"

"我会闭上眼睛。"

"闭着眼睛开飞机？算了吧。"

她打着精神开玩笑，可他还是很担心她。到目前为止，他对他们两个人的表现感到无比的骄傲，而且她还受了伤。他希望她不要昏过去。

"看看罗盘，"她说，"我们在哪儿？"

他在教堂的时候就研究过那个罗盘，已经学会怎样看了。"现在是230。"

卡伦向右转。"英国应该是250。到250的时候告诉我。"

他用手电对着罗盘。指针转到了250的方向。"到了。"

"时间？"

"12点40分。"

"我们应该记下来，可是没带笔。"

"我相信我会记得这一切。"

"我想开到云上面去。我们现在的高度是多少？"

哈罗德又用手电照了一下高度计。"4700英尺。"

过了一会儿，飞机钻进了一片雾中。哈罗德知道他们在穿越云层。

"一直照着空速表，"卡伦说，"如果速度变了就告诉我一声。"

"为什么？"

"盲飞的时候很难保持正确的高度。我有可能不自觉地抬起或者是压下机头。但我们可以通过速度变化知道机头是不是移动了。"

盲飞让他感到十分紧张。估计事故都是在这样的情况下发生的，他想道。在云中，飞机很可能朝着山头飞过去。幸运的是，丹麦没有山，但如果有另一架飞机碰巧也飞到了同一片云里，那么两个飞行员恐怕都无法提前预知。

几分钟之后，他看到云朵上反射着的月光。大黄蜂已经穿过了云层。

卡伦向前推动了操控杆，飞机再次水平飞行。"看到转速表了吗？"

哈罗德用手电照了一下。"2200转。"

"慢慢回拉节流杆，让转速降到1900。"

哈罗德照做了。

"我们用功率来改变水平高度。"她解释说，"前推节流阀，就会升高，回拉就会降低。"

"那我们怎么改变速度呢？"

"通过飞机的高度。俯冲就会加速，爬升就会减速。"

"明白了。"

"但不要把机头抬高得太猛，否则就会熄火。那样飞机就要掉下去了。"

哈罗德吓了一跳。"那可怎么办？"

"压下机头，提高转速。本来是很容易的事，但有时候你会本能地想把飞机升起来，那样反而适得其反。"

"记住了。"

卡伦说："你开一会儿。看看能不能保持平稳。好了，你来驾驶。"

他用右手握住了操控杆。

她说："你应该说，'我来驾驶。'这样驾驶员和副驾驶员就不会都误以为对方在操控飞机了。"

"我来驾驶。"但他心里却没有一切尽在掌控的感觉。这架大黄蜂如同是活的一般，随着气流上下左右地晃动。他必须要集中百分之百的精神才能让机头和机翼保持平稳。

"你发现了吗？你总得不停地回拉操控杆？"

"是啊。"

"这是因为我们已经消耗了一些燃油，所以飞机的重心发生了变化。你看到你那边舱门的前上角有一个拉杆了吗？"

哈罗德迅速地瞥了一眼。"对。"

"那就是升降舵控制杆。我在起飞的时候把它推到了最前面，因为那个时候油箱是满的，机尾特别重。现在我们要重新调节一下。"

"应该怎么做？"

"很简单。松开你的右手。你有没有感到飞机自己在往前飞？"

"是的。"

"现在把升降舵控制杆往回拉。这样你就不用一直回拉操控杆了。"

她是对的。

"你可以调整这根控制杆的位置，让飞机可以自己平稳地飞行。"

哈罗德缓慢地往回拉那根升降舵控制杆，可右边的操控杆却同时向后压住了他的手。"太多了。"他说，他把控制杆又往回推了一点点，"这回差不多了。"

"你还可以用仪表板下面那个球形把手调整方向舵。如果操作正确的话，飞机就能自己向前飞行，这些操控杆都不会受到任何压力。"

哈罗德尝试性地松开了握着操控杆的手。大黄蜂继续平稳前行。

他又握住了操控杆。

下面的云层时有时无。透过云间的空隙，哈罗德看到了月光下的陆地。很快，他们离开了西兰岛，飞到了大海上。卡伦说："看一下高度计。"

边驾驶飞机边查看仪表盘对他来说可不是一件容易的事。他战战兢兢地往下瞥了一眼，却发现他们已经到达7000英尺的高度了。"这怎么可能？"他惊讶地说。

"机头抬得太高了。这很正常，你害怕下坠，所以无意识地抬高机头。把鼻子压下去。"

他向前推了推操控杆。机头向下降的时候，他看到了另一架飞机，机翼上画着巨大的十字。哈罗德心中一惊。

卡伦也同时看到了那架飞机。"糟糕，"她说，"是德国空军。"她的声音里充满了恐惧。

"我看到了。"哈罗德说。它飞到了他们的左下方，大概有四分之一英里，正朝着他们开过来。

她抢过操控杆，机头瞬间降了下去。"我来驾驶。"

"你来驾驶。"

大黄蜂开始下降。

哈罗德看到那是一架梅塞施密特Bf-110双引擎夜间战斗机，有着双片式水平尾翼和像暖房一样的座舱盖。他记得亚恩曾经既紧张又羡慕地谈到过Bf-110的军事装备：它的机头处安装了大炮和多支机关枪。此刻哈罗德就可以看到座舱盖处伸出来的机关枪。这就是在桑德岛的雷达装备探测出同盟国飞机位置之后派去迎战的战斗机。

大黄蜂却是手无寸铁。

哈罗德说："我们怎么办？"

"在他靠近以前我们得藏到云层里。真糟糕，我不应该让你爬得这么高。"

大黄蜂在俯冲。哈罗德看了一下空速表，他们的空速已经达到130节①了。那感觉就如同是坐过山车。他紧紧地抓着座位的边沿。"这样安全吗？"他问。

"总比被击中安全。"

那架飞机越来越近了。它的速度比大黄蜂快多了。空中突然有一瞬亮如白昼，接着是连续的炮火。哈罗德知道，梅塞施米特击中他们恐怕是易如反掌，但他还是忍不住恐惧地大喊了一声。

卡伦转向左边，想躲开机枪的瞄准。梅塞施米特从他们下方开过，炮火停了下来。大黄蜂的引擎继续隆隆作响。他们暂时安全了。

哈罗德记起亚恩说过，飞行速度快的飞机很难击中慢的飞机。也许这就是他们还能安然无恙的原因。

转过弯去之后，哈罗德从窗户里看到那架战斗机退到了远处。"他退到射程外了。"

"很快还会回来的。"卡伦说。

她话音未落，那架梅塞施米特就已经掉头了。接下来是瞬间的平静，大黄蜂朝着云层中俯冲，战斗机则挥翅转弯。哈罗德看到他们的空速达到了160。他们离云层越来越近了——却还是不够近。

---

① 节，专用于航海的速率单位，后延伸至航空方面。130节相当于240.76千米/小时。

天空再次被照亮。战斗机又开炮了。这一次，它离得更近了，而且射击角度也更好了。他恐惧地发现左下翼上的面料有一个破洞。卡伦猛推操控杆，哈罗德身体斜向一边。

可就在这时，他们突然冲进了云层。

枪声骤停。

"感谢上帝。"哈罗德说道。虽然机舱里冷飕飕的，但他却出了一身汗。

卡伦拉回了操控杆，机头抬了起来。哈罗德用手电筒照了照高度计，看到指针缓缓地沿逆时针方向回落，最终稳稳地指在了5000英尺的刻度上。空速也回到了80节的正常速度。

她再次让飞机倾向一边，改变了方向，这样战斗机就不会那么容易循着他们之前的飞行轨道跟上他们了。

"把转速降到1600转。"她说，"我们要贴着云层下边飞。"

"为什么不待在里面？"

"很难一直待在云彩里，会迷失方向的，就连上下都分不清楚。仪表有显示，但你心里不能确定。很多时候飞机就是这样出的事故。"

哈罗德在黑暗中摸到了升降舵控制杆，把它拉了回来。

"那架战斗机是碰巧找到我们的吗？"卡伦说，"他们可能可以用无线电波追踪到我们。"

哈罗德皱起了眉头。现在有事情能思考一下也是好事，可以让他暂且忘了目前的危险处境。"我觉得可能性不大，"他说，"金属可以反射无线电波，但是我想木头和纤维应该不能。大型的铝制轰炸机可以把无线电波反射回它们的天线装置，但我们的飞机上只有发动机可能反射，可我们的发动机又太小，它们很难探测到。"

"希望你是对的，"她说，"否则我们就死定了。"

他们降到了云层下面。哈罗德把发动机转速提高到1900转。卡伦拉回了操控杆。

"注意观察，"卡伦说，"如果再看到它，我们就得马上回到云里去。"

哈罗德环顾四周，但并没有看到什么异常情况。前方大约一英里处，月光穿过云朵间的空隙照了下来。哈罗德借着月光看到了地面上天地和森林的轮廓。他们现在应该是到了菲英岛上方。一束亮光正穿过漆黑一片的陆地。他猜想，那不是火车，就是警车的车灯。

卡伦开始让飞机倾向右边。"注意你的左边。"她说。哈罗德什么也看不见。接着，她又斜向另外一边，然后从她那边的窗口望了出去。"我们每个角度都要看清楚。"她解释说。他发现她因为要不停地大喊，嗓子都哑了。

梅塞施米特突然出现在了他们前方。

它从大概四分之一英里以外的云朵里掉了出来，地面反射的月光照出了它的轮廓。"最大马力！"卡伦大喊道。事实上没等她说，哈罗德就已经把发动机转速提到了最高。她把操控杆拉到最后面，抬起机头。

大黄蜂用了几秒钟时间反应，然后便开始爬升。战斗机转了一大圈，跟着他们爬升。和他们达到同一水平高度后，它开火了。

就在这时，他们钻回了云彩里。哈罗德欢呼起来。"甩掉它了！"他说。但他的语气中依然夹杂着恐惧。

他们在云中继续爬升。月光照亮了他们四周的一片混沌。哈罗德意识到他们已经就要穿回到云彩上面了。"回拉节流杆，"卡伦说，"我们要尽可能地留在云里。"飞机开始水平飞行。"盯紧空速表，"她说，"保证我们没有在爬升或者是下降。"

"好的。"他检查了一下高度计，现在的高度是5800英尺。

突然，那架梅塞施米特出现在了几码之外。

它正从他们右下方的位置朝他们飞过来。一秒钟之间，哈罗德看到飞行员充满恐惧的脸：他的嘴大张着，显然是在大叫。他们马上就要撞在一起了。战斗机的机翼从大黄蜂下面划过，离起落架几乎只有一根头发的距离。

哈罗德踩下左脚踏板，卡伦则拉回了操控杆。那架战斗机不见了。

卡伦长长地出了口气："上帝啊，太险了。"

哈罗德望着眼前滚动的云朵，等待着梅塞施米特出现。一分钟过去了，又一分钟过去了。"我想他和我们一样被吓到了。"卡伦说。

"你觉得他接着会怎么样？"

"可能会贴着云飞一会儿，等着我们出现。如果幸运的话，我们可能会分开，说不定能甩掉他。"

哈罗德看了看罗盘。"我们正在向北飞呢。"

"为了躲他，我都偏离航向了。"她边说边让飞机倾向左边，哈罗德调整了方向舵。罗盘指向了250的位置。"好了。"她把飞机调整回水平位置。

他们开出了云层，两个人四周环视了一圈，没有其他飞机的影子。

"我好累。"卡伦说。

"理所当然。我来驾驶吧。你歇一会儿。"

哈罗德集中精神维持着飞机笔直前行。他已经逐渐习惯了细微的方向调整。

"你要时不时地看一下仪表，"卡伦提醒他说，"比如空速表、高度计、罗盘、油压，还有油量。在开飞机的时候，要时时关注这些仪表的显示。"

"好的。"他强迫自己每一两分钟都看一下那些表盘。每次移开目光，他都害怕飞机会突然掉下去。还好，那只是杞人忧天。

"我们现在应该已经到日德兰半岛上空了。"卡伦说，"不知道我们往北偏了多远。"

"怎么才能知道？"

"经过海岸的时候我们得飞低点。我只能通过陆地的形状来确定我们的方位。"

月亮低低地挂在地平线上方。哈罗德看了看表，惊讶地发现它们已经飞了两小时了，感觉仿佛才几分钟而已。

"我们现在就看看。"卡伦过了一会儿说道，"把转速降到1400，开始下降。"她找到地图册，借着手电的光研究了一下。"还要再低些，"她说，"我看不清下面的地形。"

哈罗德把飞机降到了3000英尺的高度。月光下可以看到地面的轮廓，但却看不到细节，只是一片土地。卡伦说："你看——前面是一个镇子吗？"

哈罗德向下望去。很难确定。因为灭灯的规定，那里没有灯光——德军就是不希望敌军从空中分辨出城市才做了这样的规定。但月光中的前面那一片区域确实和其他部分不太一样。

突然，空中出现了一个个光点。"那是什么东西？"卡伦喊道。

难道有人在向大黄蜂放焰火？可自从德国入侵丹麦以来，焰火就已经被禁止了。

卡伦说："我从来没看到过曳光弹，但这个——"

"可恶，难道这就是？"哈罗德没等卡伦指导，就把节流阀推到了最前面，抬起了机头。

就在这时，探照灯亮了。

近处响起一声爆炸声。"什么东西？"卡伦喊。

"我想应该是弹壳。"

"有人在朝我们开枪？"

哈罗德突然想到了什么。"这一定是莫兰德！我们应该就在港口上面。"

"转弯！"

飞机倾向了一边。

"别抬得太高，"她说，"会熄火的。"

又是一发子弹。探照灯在黑夜中扫射着。哈罗德感到他仿佛是在用意志力将飞机抬了起来。

他们转了180度。哈罗德继续爬升。又一发子弹爆炸了，但已经被他们落在了后面。他又有了些信心。

枪声停了。他又转回到他们初始的方向，继续向上爬升。

一分钟以后，他们离开了海岸。

"我们离开陆地了。"他说。

她没有回答。他看到她已经闭上了眼睛。

哈罗德借着月光，回望身后越来越远的海岸线。"不知道我们这一生能不能再回到丹麦。"他自语道。

33

　　月落了。云彩也突然消失了。点点星光出现在哈罗德眼前。这些星星是唯一可以让哈罗德分得清上下的标志物了。飞机的引擎一直在隆隆作响。他们现在位于5000英尺的高度，空速是80节。气流没有他第一次上飞行课时那么强，也许是因为他在海面上飞行，又或者是因为夜里的气流比较弱——再或者两者都是。他一直在查看罗盘，但不确定他们的大黄蜂被风吹偏了多少。

　　他松开手中的操控杆，摸了摸卡伦的脸。她在发烧。他把飞机调整到水平位置，然后从仪表盘下面的柜子里拿出一瓶水，往手心里倒了一些，然后用手在卡伦额头上轻轻地拍了拍，帮她降温。她的呼吸算是正常，但呼出的气很热。因为发烧，她睡得很熟。

　　再望向前方时，他发现天已经蒙蒙亮了。他看了看表：才凌晨三点钟。他们应该飞了一半的路程了。

　　晨光中他看到前面有一片云彩。他正对着那团云朵钻了过去。有几滴雨水打在了挡风玻璃上。大黄蜂和汽车不同，没有雨刷器。

　　他记起卡伦说过迷失方向的问题，尽量不做任何突然的操作。但看着四周的一片空洞，他依然感到有些惊慌。他希望卡伦能给他点意见，可又不忍吵醒她。时间仿佛静止了。他开始观察这些云朵的形状：有的像马头；有的像林肯大陆轿车的引擎罩；还有的像是海神尼普顿的小胡子。在他前方11点方向偏下一点有一艘渔船停在那里，渔夫正在好奇地盯着他看。

那不是幻觉，他突然恢复了神志。眼前的云雾已经消散了，那是一艘真的渔船。他看了看高度计，飞机已经在海平面的高度了。他居然完全没有察觉到。

他本能地回拉操控杆，想抬起机头，可卡伦的话在他脑海中响起：不要把机头抬高得太猛，否则就会熄火。那样飞机就要掉下去了。他知道该怎么做，却不知道还够不够时间。飞机还在下降。他压下机头，把节流阀推到最前面。他从那艘渔船旁飞了过去。之后他将机头抬起了一点，想着机轮很可能会碰到水面。还好，飞机继续飞行。他再抬机头，瞥了一眼高度计。飞机开始爬升了。他吁了一口长气。

"小心一点，傻瓜，"他自言自语道，"别睡着了！"

他继续上升。云彩散开了，这是一个晴朗的早晨。他看了看表，四点了，太阳要升起来了。透过透明的顶盖，他看到北极星就在他的右边。也就是说他的罗盘是准确的。他正在向西飞行。

为了不要和海面离得太近，他向上爬升了近半个小时。温度低了许多，冷冷的空气从窗户的缝隙钻了进来。他裹上了卡伦拿来的毯子。到达10000英尺的高度后，他开始水平飞行。可引擎突然发出了一声奇怪的响声。

一开始，他弄不清这是什么声音。引擎已经正常地轰鸣了几个小时，他几乎听不到了。

没过多久，它又响了一下。他意识到引擎可能要熄火。

他感到自己的心跳像是要停止了一般。他现在已经远离了陆地，如果引擎出问题，他们就会直接掉到海里。

引擎又响了。

"卡伦！"他喊道，"醒醒！"

她没有反应。他松开操控杆推了推她的肩膀。"卡伦！"

她睁开了眼睛。在小睡之后，她的气色好了很多，脸也没那么红了。但听到引擎的声音后，她的脸一下子吓白了。"怎么回事？"

"我不知道！"

"我们在哪儿？"

"北海中间。"

引擎再"咳"了一声，便发出了"噼噼啪啪"的爆裂声。

"我们可能要落在海里了，"卡伦说，"现在是什么高度？"

"10000英尺。"

"节流阀开着吗？"

"是的，我刚刚一直在上升。"

"就是因为这个。把它关到一半的位置。"

他拉回节流杆。

卡伦说："节流阀全开的时候，引擎会从外面而不是从机器间吸气，那些空气太冷了——在这个高度，外面的空气会冻住化油器。"

"那我们怎么办？"

"下降。"她握住操控杆，把它推到前面，"下降的时候，空气温度会上升，冰最后应该会融化。"

"可如果不……"

"找找海里有没有船。如果我们可以落在它附近，还有可能获救。"

哈罗德眺望整个海面，却没看到一艘船的影子。

引擎失火之后，他们开始快速下降。哈罗德从柜桶里拿出一把斧子，准备按之前的计划在坠落后砍下机翼作救生筏。他把矿泉水放进了衣服口袋里。不过掉到海里之后，他应该活不到渴死那一刻吧。

他看了看高度计。他们已经下降了1000英尺了。然后又是500英尺。海水看上漆黑而冰冷。上面依然一艘船也没有。

哈罗德突然冷静了下来。"我想我们可能会死，"他说，"对不起，都是我的错。"

"还没那么糟，"卡伦说，"提高转速，这样我们就不会摔得太重。"

哈罗德把节流杆向前推。引擎的声音变大了。它在打火。

哈罗德说："我不觉得——"

就在这时，引擎有要启动的意思。

它叫了几秒钟，哈罗德屏住了呼吸。可接着它再次失火。最后，引擎终于恢复了工作。飞机开始爬升。

两个人全都欢呼了起来。

发动机转速已经升到了1900。"冰化了！"卡伦开心地叫道。

哈罗德亲了她一下。这可不容易。他们虽然肩并肩地坐在狭窄的机舱里，但身子却很难在椅子里移动，尤其他们又都系着安全带。但他还是做到了。

"这感觉真好。"她说。

"如果我们能活着飞到英国，我这一生的每天都会吻你。"

他开心地说。

"真的？"她说，"一生可很长。"

"越长越好。"

她看上去很高兴。"我们应该看看还有多少油。"

哈罗德转过身去看了看座椅后面的刻度表。这个刻度表有两个刻度，一个显示的是空中的油量，一个显示的是飞机在地面上机头向上时的油量。

但两个刻度全都接近最下方了。

"糟糕，油箱快空了。"

"附近也没有陆地。"她看了看表，"我们飞了快五个半小时了，大概还有半小时才能见到陆地。"

"没关系，我来加油。"他解开安全带，转过身去，跪在座位上。他把那个油桶立在了座位后面的行李架上。它的旁边是一个漏斗以及一段花园里浇水用的水管子。在起飞前，他在窗户上割了一个小洞，把那个简易加油装置的管子从这个洞里穿出去，另一端绑在了机身一边的汽油进口处。

可就在这时，他发现管子的另一端正在风中飞舞。他骂了一句。

"怎么了？"卡伦问。

"管子松了。看来我绑得不够紧。"

"那怎么办？我们得加油啊！"

哈罗德看了看那个油桶，旁边的漏斗、水管，还有身旁的窗户。"我得把水管放到加油口里。但在机舱里可做不到。"

"你不能出去！"

"如果我打开舱门会怎么样？"

"上帝，那等于是在空中刹车。我们会一下子慢下来，然后向左转。"

"你能应付吗？"

"我可以压下机头以保持速度，而且我应该可以用左脚踩右脚踏板。"

"那我们就试试吧。"

卡伦缓缓地让机头沉了下去，然后用左脚踩住了右边的踏板。"好了。"

哈罗德打开舱门。飞机一下子被吹向了左边。卡伦踩住右脚踏板，但他们依然在向左偏。她将操控杆推向右边，飞机倾斜了，但依然向左转过去。"不行，我控制不住！"她喊道。

哈罗德马上关上了舱门。"如果我把窗户打碎的话，门的阻力应该能减少一半。"他说。他拿出口袋里的扳手。这些窗户用的是一种叫赛璐珞的材质，比玻璃要坚硬很多，但他知道，它不是抗打击的——两天前他还打破了后窗。他向后举起右手，重重地砸在那扇窗户上。赛璐珞被砸成了碎片。他把窗户框里上残留的碎片扔了出去。

"准备好再来一次了吗？"

"等一下——我们得提高空速。"她推开了节流阀，然后又把升降舵控制杆往前推了一英寸，"好了。"

哈罗德打开了舱门。

飞机又开始向左转，不过这一次没有那么快了。卡伦成功地用方向舵稳住了飞机。

哈罗德跪在椅子上，把头伸了出去。他看到水管子的那一头正在油箱盖附近飞舞。他用右肩顶着舱门，以免它关上，伸出右臂抓住那根水管。现在，他要做的就是把它放进加油口里了。他看得到开着的油箱盖，却看不到加油口。他抓住水管，想把它伸进加油口里，但因为飞机在颠簸，那段水管子在他手中来回乱动，很难对准加油口。这就像是在飓风中认一根针一样。他尝试了几分钟，但怎么都放不进去，而且他已经感到自己的手要冻成冰块了。

卡伦拍了拍他的肩膀。

他把手缩了回来，关上了舱门。

"我们又在下降了。"她说，"我们得爬上去。"她拉回了操控杆。

他对着手吹着热气，"这样不行。"他说，"放不进去。我必须得拿着水管的那头往里放。"

"怎么拿？"

他想了一会儿。"估计伸出一只脚去，就能够得着了。"

"哦，上帝。"

"高度够了就告诉我一下。"

几分钟之后，她说："可以了，但我一拍你肩膀，你就得马上关舱门。"

哈罗德脸朝后，左腿跪在座椅上，右脚伸出舱门，踏在了加固机翼的外包布上。他左手抓着安全带，探出身子想够到水管的末端，最后终于成功了。然后他又向外探了一些，想把水管插进进油口里。

大黄蜂飞进了一个气窝。飞机颠簸起来。哈罗德失去了平衡，右脚差点从机翼上掉下来。他一手握牢安全带，另一只手不由自主地抓住水管，想站直身子。就在这时，管子在机舱里的那端脱了绳。哈罗德无意识地松了手，气流把那根管子卷走了。

哈罗德吓得浑身发抖，钻回了机舱。

"怎么回事？"她说，"我没看见！"

他有一刻几乎什么也说不出。"我把水管子弄掉了。"

"哦，不。"

"我们快没油了。"哈罗德又看了一下刻度表。

"我不知道该怎么办了！"

"我必须要站在外面把油倒进油箱里。这需要两只手——我一只手肯定举不起四加仑的油桶。太重了。"

"但你怎么保持平衡啊？"

"你得用左手抓住我的皮带。"卡伦很有力气，但他不知道如果他要摔倒，她能不能抓得住他。但没有别的选择了。

"可这样的话我就没法控制操控杆了。"

"那我们只能期望飞机可以自己飞了。"

"那我们就再升高一点吧。"

他环视了一下四周。没有陆地。

卡伦说："你先暖暖手。把手放我大衣里面捂一会儿。"

他转过身去，跪在椅子上，把手放在了她的腰上。她里面穿了一件轻薄的夏季运动衫。

"伸到运动衫里面吧。我身上很热。我不介意。"

他碰到她时，她敏感地抖了一下。

飞机还在上升，他一直把手放在那儿。突然间，引擎的声音断了。"没油了。"卡伦说。

过了一会儿，引擎又响了起来，但他知道她是对的。"开始吧。"他说。

她控制住飞机的方向。哈罗德打开油桶的盖子，虽然风很大，但汽油的味道还是在机舱里弥漫开来。

引擎再次失火，开始颤抖起来。

哈罗德拎起油桶。卡伦拉住了他的腰带。"我抓着你呢，"她说，"别担心。"

他打开舱门，伸出右脚，把那个油桶放在了座位上。然后他又踏出了左脚，站在机翼上身子探到机舱里。他从未感到过如此恐惧。

他拎起油桶，直直地站在机翼上。他做了一个不明智的决定：往下面望了一眼，顿时感到胃里一阵翻腾。油桶差点掉下去。他闭上双眼，咽了一口吐沫，让自己平静下来。

然后他睁开了双眼，提醒自己不要再往下看。他趴到注油口前。皮带紧紧地勒住了他的腹部。他举起油桶。

飞机不停地在颠簸，很难准确地把油倒进油箱里。不过没过多久，他就把握了节奏。他前后晃动着，把自己的生命完全交给了卡伦。

引擎断断续续地失火了几秒钟，接着终于恢复了正常。

他太想马上回到机舱里了，可他们需要足够的油才能顺利降落。汽油像蜂蜜一样黏稠，流得很慢，有些随着风飞到了空气里，有些则洒在入口处溅了出去，不过大部分还是成功地流进了油箱。

油桶终于空了。他把它扔在了风中，然后满心庆幸地用左手抓住舱门的门框，小心翼翼地回到机舱里，关上了舱门。

"看！"卡伦指着前面叫道。

远处出现了一个黑色的轮廓。陆地出现了。

"哈里路亚。"他轻声说。

"祈祷那就是英国吧，"卡伦说，"我不知道我们的方向偏了多少。"

过了好长时间，那块黑色的形状终于清晰了，演化为一片海滩，一个港口小镇，一片无垠的田地，以及绵延起伏的山川。

"我们下降一点看看。"卡伦说。

他们降到了2000英尺的高度，仔细地观察着这个小镇的形状。

"很难说这里是法国还是英国，"哈罗德说，"我都没去过。"

"我去过巴黎和伦敦，但都不是这样。"

哈罗德检查了一下油箱的刻度表。"无论如何，我们都得马上着陆了。"

"但我们得确定这里不是我们敌人的领地。"

哈罗德抬头向上望，看到了两架飞机。"很快就能知道了，"他说，"你看上面。"

他们望着头顶那两架从南边快速飞来的飞机。它们离近之后，哈罗德盯着它们的翅膀，寻找着特殊的标记。会不会有德国的十字标呢？难道这一切努力最终还是白费？

最终，哈罗德看到它们是英国皇家空军的喷火式战斗机。

他胜利地欢呼着："我们成功了！"

飞机朝他们飞过来，分别飞到了他们的两侧。哈罗德看到了飞行员在盯着他们看。卡伦说："希望他们不会把我们当成间谍，向我们开炮。"

那是非常可能的事。哈罗德拼命思考着怎么告诉皇家空军他们不是敌人。"举白旗。"他说。他脱下上衣，把它从窗户伸了出去。那件白衣服在风中舞动起来。

这办法起作用了。其中一架喷火式战斗机开到了他们前面，摇动着翅膀。卡伦说："我想它的意思是让我们跟着它。但我们的油不够了。"她看了看下面的陆地。"根据烟囱的烟判断，海风是从东边吹过来的。我们可以降落在田里。"机头缓缓地沉了下去。

哈罗德紧张地看着前面那架飞机。没多久，它开始转圈，但依然还是维持着之前的高度，好像是想看看大黄蜂要做什么。也许它们认为一架大黄蜂应该对英国造不成什么影响。

卡伦降到了1000英尺的高度，向那片田野飞去。可视范围内并没有任何障碍物。她调整到逆风的方向，准备降落。哈罗德调整方向舵，让飞机保持笔直飞行。

他们离地面20英尺高时，卡伦说："拉回节流杆。"哈罗德照做了。她微微抬起机头。从哈罗德的角度看，飞机好像马上就要着陆了，可事实上它又继续飞行了五十几码的距离，最终机轮触到了地面。

几秒钟之后，飞机慢了下来。哈罗德透过打碎的窗户望出去，看到几码之外，一个年轻人正骑在一辆自行车上，张着嘴惊讶地盯着他们。

"不知道我们在哪儿。"卡伦说。

哈罗德朝着那个骑自行车的年轻人喊道："嗨，你好！"他说，"这是什么地方啊？"

那个人愣愣地看着他，仿佛他是星外来客一般。"至少，"他终于说话了，"这里可不是什么见鬼的①机场。"

①原文中此处为"bloody"，这是英国人常用的语言习惯，表示哈罗德与卡伦已在英国降落。

尾　声

哈罗德和卡伦在英国着陆24小时以后，哈罗德拍摄的桑德岛德军基地的照片就被放大后钉在了西敏寺一个大房间的墙上。照片上画了很多箭头和圈圈点点。房间里站着三名身穿RAF制服的男人，正在一边研究照片，一边低声探讨。

迪格比·霍尔带着哈罗德和卡伦走进了那个房间，关上了门。几名军官转过身来。其中一个身材高大、留着灰白唇须的男人说："你好，迪格比。"

"早上好，安德鲁。"迪格比说，"这是空军副统帅安德鲁·霍格爵士。安德鲁爵士，这是达克维茨小姐和奥鲁夫森先生。"

霍格握了握卡伦的左手——她的右手还吊着绷带。"您真是一位勇敢的小姐。"他的英语说得有点含混不清，好像嘴里面含着东西。哈罗德得用力听才能明白他说的是什么。"哪怕是经验丰富的飞行员都不一定敢开着大黄蜂穿越北海。"霍格加了一句。

"事实上我在起飞的时候并不知道有这么危险。"

霍格转向了哈罗德。"我和迪格比是老朋友了。他从头到尾地跟我讲述了你的壮举。你带来的信息对我们的重要性无法形容。但我现在希望你能跟我讲一讲这三部机器是怎样一起工作的。"

哈罗德集中了一下精神，回想着应该怎样用英文叙述自己看到的场景。他指着那张包含了全部三台机器的相片说："这个大机器一直在转动，好像在扫描天空。小的机器会左右上下移动，应该是在追踪飞机。"

霍格打断了他，转向另外两个军官说："我派了一名无线电专家今天黎明的时候乘飞机去了桑德岛上空。他接收到了2.4米波长的信号，那应该就是从那个大的芙蕾雅雷达发射出来的，还有55厘米的信号应该是那两台小机器发射出来的，也就是他们所说的维尔茨堡雷达。"他转向哈罗德，"请继续。"

"那么也就是说那部大机器在探测到轰炸机后发出警告，其中一部小机器追踪轰炸机，而另一部则是跟踪他们自己派出去攻击这架轰炸机的飞机。这样可以大大地提高指挥者调配战斗机的准确度。"

霍格再次转向他的同事。"我想他是对的。你们觉得呢？"

其中一个军官说："我还是想确定'Himmelbett'是什么意思。"

哈罗德说："Himmelbett？就是德语里说的那种床……"

"英语叫'四柱床'。"霍格告诉他说，"我们听说这种雷达机器被安置在'四柱床'系统中，但我们不知道这是什么意思。"

"哦！"哈罗德惊叹道，"我一直在想他们是怎样组织这一切的。现在清楚了。"

大家都安静了下来。"是吗？"

"如果您是德国空军的指挥官，您有可能会把天空分成几大块，比如五英里宽20英里深，然后让每一套设备来负责一块……或者说一个'四柱床'系统。"

"或许你是对的，"霍格若有所思地说，"这样的话，他们的防守几乎可以说是坚不可摧了。"

"如果飞机并排飞行，也许确实如此，"哈罗德说，"但如果皇家空军的飞行员排成竖行飞行，让他们穿过同一个'四柱床'，那么德国空军就只能跟踪一架飞机，其他的飞机能穿过防线的概率就大大提高了。"

霍格盯着他看了一会儿，然后又转向了迪格比和其他同事，最后又将目光移回到他的身上。

"就是说让轰炸机排成一串。"哈罗德不知道他是否听明白了。

依然是沉默。哈罗德以为自己的英文说错了。"你们听明白我的意思了吗？"

"哦，当然。"霍格终于说道，"我完全明白你的意思。"

第二天，迪格比开车带着哈罗德和卡伦离开了伦敦，直接向东北方向开去。三个小时之后，他们来到了一栋村舍，这里已经被征用成为了空军的军官宿舍。他们在这里安顿了下来。后来，迪格比又带他们见了自己的弟弟巴特。

下午，他们和巴特一起来到了附近的皇家空军站点，他的中队就驻扎在这里。迪格比带他们参加了任务部署会议，向地方指挥官解释了任务的机密性质，不允许询问任何相关信息。之后，地方指挥官介绍了飞行员在这次行动中将使用的新队形——"串形"列队。

他们的行动目标是汉堡。

英国东部的另外几个空军站点也在进行着同样的部署。迪格比告诉他们，将有超过600架轰炸机参加今晚的行动，希望能把德国空军从苏联战场引回他们的大本营。

月亮在六点多时升起。八点钟，惠灵顿轰炸机的双引擎轰然响起。在指挥室的信息板上，每架飞机的代码旁都写着它的起飞时间。巴特驾驶的是G机。

夜幕降临了。无线电报员发来了轰炸机传去的信息。它们的位置被标在了地图上。地图上的标志物离汉堡越来越近了。迪格比一根接着一根地抽着烟。

打头的C号飞机报告说它遭到了一架轰炸机的袭击，之后它的信号消失了。A机接近了汉堡上空，报告有高射炮，然后扔下了易燃物，以便为之后的轰炸机照明。

他们开始投炸弹了。哈罗德想到了自己在汉堡的表亲，希望他们不要出事。去年上学的时候，他有一门课要求必须要读一本英文书，他选择了威尔斯写的《空战》，书中空袭的情景让他做了一夜的噩梦。他知道此次行动是为了打败纳粹，但他却无法不为莫妮卡表妹感到担心。

一个军官走到迪格比身边，低声告诉他，他们联络不到巴特了。"有可能是设备故障。"他说。

一架架的轰炸机都汇报已经完成任务，开始返航——除了C和G。

刚刚那名军官回来了。他告诉迪格比说："F机的机尾射手告诉我们他看到一架飞机被击落了，他看不清，但我觉得有可能是G。"

迪格比用双手捂住了脸。

地图上代表飞机的标志物从欧洲大陆回来了，只有C和G留在那里。

迪格比打给了伦敦，然后告诉哈罗德："'串形轰炸'成功了。这次的损失比我们这一年来每一次的战斗都要低。"

卡伦说："希望巴特没事。"

凌晨，飞机陆续回来了。迪格比走出了房间，卡伦和哈罗德也跟了出去。他们看着飞机降落在跑道上，飞行员走下飞机，虽然疲惫，却十分兴奋。

月亮落下去了。除了C和G，所有的飞机都着陆了。

巴特·霍尔再也没有回来。

哈罗德换上了迪格比给他的睡衣，心情非常低落。他本来应该很高兴。他成功地完成了一次生死飞行，将至关重要的情报传递给了英国，并看到了这一情报挽救了几百名空军的生命。但巴特的牺牲和迪格比的痛苦让他想起了同样为此献出了生命的亚恩、保罗·柯克，还有其他被捕而且几乎必然会被处死的丹麦英雄，此刻他唯一能感到的只有悲伤。

他望着窗外。天已经蒙蒙亮了。他拉上了那扇小窗上的薄窗帘，爬上了床。他躺在那儿，完全睡不着，心里非常难受。

卡伦走了进来，身上也穿着借来的睡衣，因为太大，所以挽起了袖子和裤腿。她的表情凝重，一言不发地躺在了他的身边。他揽住了她。她把脸埋进了他的肩膀，哭了起来。他没有问为什么。他知道她的心情和他一样。渐渐地，她哭着睡着了。

他也睡了。再睁开眼睛的时候，阳光已经透过薄薄的窗帘照了进来，他满心欢愉地望着自己怀里的这个女孩。他曾经无数次地梦想和她一起共度夜晚，但却从没想过会是这样一番情景。

他感觉到了她的膝盖挨着他的身体，一边的胯骨贴着他的大腿，而自己胸前酥软的部位应该就是她的胸部了。他看着她的脸，仔细地观察着她的嘴唇、下巴、眉毛，还有那两排泛着红色的睫毛。他感到自己的心已经被爱胀满了，随时会炸开一般。

她终于睁开了眼睛，微笑着看着他："早晨好啊，亲爱的。"她吻了吻他。

他们做爱了。

三天后，赫米娅·芒特出现了。

哈罗德和卡伦走进了国会大厦，等着和迪格比见面，结果看到赫米娅正坐在那里喝着金汤力酒。

"你是怎么回来的？"哈罗德问，"那天我们看到你用箱子砸了叶斯帕森警官的头。"

"当时科斯坦村一片混乱，我趁没人注意我的时候逃走了。"赫米娅说，"我连夜走到哥本哈根，黎明的时候进城，然后按来时的路返回，搭渡轮到博恩霍尔姆，再搭渔船到瑞典，最后从斯德哥尔摩飞回来。"

卡伦说："恐怕不像你说的那样容易。"

赫米娅耸了耸肩。"但和你们的经历是没法比的。你们实在太棒了！"

"你们都很了不起。"迪格比说。不过他的眼神已经泄露了秘密，赫米娅显然是他心中最了不起的那个人。

迪格比看了看表。"到时间去见温斯顿·丘吉尔了。"

穿过白厅的时候，空袭警报响了起来。所以他们只能在战时内阁地下室与首相见面。温斯顿坐在一间狭窄的办公室里，身后的墙上挂着一大幅欧洲地图。旁边还有一张铺着绿床罩的单人床。他脱去了白条纹的西装上衣，不过整个人看上去依然清爽利落。

"你就是开着虎蛾飞越北海的那个小姑娘吧？"他走上前和卡伦握了握手。

"是大黄蜂蛾式，"她更正道，虎蛾的驾驶舱是开放式的，"要是虎蛾的话，我想我们会冻成冰块的。"

"啊，是啊，当然，"他转向哈罗德，"你就是发明了'串形轰炸'的小伙子？"

"那是大家讨论出来的。"哈罗德有点不好意思。

"他们可不是这样跟我说的，不过你的谦虚更让人钦佩。"丘吉尔又转向赫米娅，"而你组织了整个行动。女士，你的能力可以和两个男人匹敌。"

"谢谢您，长官。"她说。哈罗德看出了她笑容里的牵强，显然她不认为这句话是什么褒奖之词。

"正因为你们的工作，我们将希特勒的几百架飞机引回了德国。而且我想告诉你们，今天我和苏联签订了一份《战时盟国协定》，能签订这个协定的很大原因也是因为有了这次的成功。英国现在不再孤立无援了。我们拥有了世界上实力最雄厚的盟国。苏俄可能会暂时低头，但她决不可能被打败。"

"上帝。"赫米娅说。

迪格比轻声说："这消息明天就会见报。"

"你们这两位年轻人之后有什么打算？"

"我想加入皇家空军，"哈罗德马上说，"我想学习飞行。之后要解放我的祖国。"

丘吉尔又问卡伦："那你呢？"

"类似吧。我知道他们不会让我成为飞行员，虽然我的技术比哈罗德好得多。但我还是希望能加入女性的空军组织——如果有这样的组织存在的话。"

"很好，"首相说，"但我们倒有一个建议。"

哈罗德惊讶地看着他。

丘吉尔朝赫米娅示了一下意，后者接着首相的话说："我们希望你们回到丹麦。"

哈罗德完全没想到这种可能性。"回去？"

赫米娅继续道："当然，首先你们要先参加一个培训课程——时间很长，要六个月。你们会学到无线电的操作，密码的使用，还要学习使用武器和炸药，等等。"

卡伦说："原因是？"

"你们会带着无线电装备、武器，还有假身份证件跳伞降落到丹麦。你们的任务是建立一个新的抵抗组织，来代替'守夜人'。"

哈罗德的心跳加快了。这是一个极其重要的工作。"我本来是想成为飞行员的。"他说。但事实上这个新任务听上去更加令人兴奋——当然也是危险万分。

丘吉尔插了进来。"我们有成千上万的年轻人希望成为飞行员，"他的话简短而有力，"但目前为止，我们还没有找到任何人能去完成我们希望你们二位去做的工作。你们很特别。你们是丹麦人，了解那个国家，说的是当地的语言。而且你们已经证明了自己不同寻常的智慧和勇气。这么说吧，如果你们不去做这件事，就没有人可以做了。"

丘吉尔的要求是很难拒绝的——而且哈罗德也并不想拒绝。他如今得到了一个他盼望已久的机会，想到未来所面临的工作，他心中激动不已。他看着卡伦："你觉得怎么样？"

"那样我们就可以在一起了。"她说，仿佛对她来说，这才是最重要的。

"所以你们答应了？"赫米娅说。

"是的。"哈罗德说。

"是的。"卡伦说。

"好，"首相说道，"那就一言为定。"

后　记

丹麦的抵抗行动最终成为了整个欧洲最成功的地下行动。它不断地向同盟国提供军事机密信息，针对占领政府组织了成千上万次的破坏行动，并且帮助丹麦犹太人秘密地逃离德国人的迫害。

致　谢

一如既往，来自纽约作家创作中心的丹·斯塔特先生(dstarer@researchforwriters.com)给予了我不少帮助，为我与下列名单中的大部分人牵线搭桥。

感谢德·哈维兰技术支持有限公司的马克·米勒先生成为我的顾问，回答我关于大黄蜂蛾式双翼机的故障以及如何修复的问题。感谢北安普顿飞行学校的雷切尔·劳埃德先生使出浑身解数，教我如何驾驶虎蛾双翼机，彼德·古尔德和沃尔特·凯斯勒对我亦有帮助。此外也感谢我的飞行之友肯·布罗斯和戴维·吉尔莫。

感谢在丹麦为我操持一切的导游埃里克·兰格。同样感谢克劳斯·杰森、本特·约根森、库尔特·哈特托森、多夫·彼德森和索恩·斯特加德为我解答关于战时丹麦的生活细节。

为了了解丹麦的寄宿学校生活，我非常感谢赫鲁夫森神学院的克劳斯·尤西比乌斯·雅各布森、比克勒体育馆的埃里克·约根森和巴斯克维德体育馆兼寄宿学校的赫勒·图恩给予我的帮助。

我很感激趣伏里公园的汉尼·哈伯；斯德哥尔摩邮政博物馆的路易斯·林德；斯德哥尔摩电报博物馆的安妮塔·肯普、简·加内特和K. V. 托万南；空军图书馆的汉斯·施罗德；丹麦足球协会的安德斯·伦德和位于哥本哈根的丹麦抗德博物馆的亨里克·卢德巴克提供的信息。

感谢捷克·坎宁安为我描述了英国海军部电影院的细节,同样也感谢HOK国际建筑师事务所的尼尔·库克为我提供了电影院的照片。康迪斯·德隆和麦克·康登帮助我了解武器设备。约瑟芬·拉塞尔向我描述了芭蕾学生的日常生活。提克·艾伦和皮特·加甘帮助我了解古董摩托车的背景知识。

在此我对我的编辑们和代理人表示感激,他们是:艾米·伯克奥维尔、莱斯利·戈曼、菲利斯·格兰、尼尔·奈伦、伊莫根·泰特和阿尔·朱克曼。

最后我要感谢阅读我的提纲和草稿的家人们,他们是:芭芭拉·福莱特、伊曼纽尔·福莱特、玛丽-克莱尔·福莱特、理查德·奥福里、金·特纳和詹·特纳。

扫二维码，关注"**卖书狂魔熊猫君**"，

并回复"**肯·福莱特**"，

了解"英国金庸"肯·福莱特走红全过程！

图书在版编目（CIP）数据

大黄蜂奇航 / (英) 肯·福莱特 (Ken Follett) 著；
张雅楠译. -- 南京：江苏凤凰文艺出版社，2017.9

书名原文：Hornet Flight

ISBN 978-7-5594-1079-5

Ⅰ.①大… Ⅱ.①肯… ②张… Ⅲ.①长篇小说—英
国—现代 Ⅳ.①I561.45

中国版本图书馆CIP数据核字（2017）第217203号

中文版权©2017上海读客图书有限公司

经授权，上海读客图书有限公司拥有本书的中文（简体）版权

图字：10-2013-50号

书　　名　大黄蜂奇航

著　　者　（英）肯·福莱特

译　　者　张雅楠

责任编辑　丁小卉　姚　丽

特邀编辑　任俊芳　闵　唯

责任监制　刘　巍　江伟明

策　　划　读客图书

版　　权　读客图书

封面设计　读客图书　021-33608311

出版发行　江苏凤凰文艺出版社

出版社地址　南京市中央路165号，邮编：210009

出版社网址　http://www.jswenyi.com

印　　刷　三河市吉祥印务有限公司

开　　本　890mm x 1270mm　1/32

印　　张　15

字　　数　330千

版　　次　2017年9月第1版　2017年9月第1次印刷

标准书号　ISBN 978-7-5594-1079-5

定　　价　59.00元

如有印刷、装订质量问题，请致电010-85866447（免费更换，邮寄到付）